JONAS WAGNER

BÖSE

THRILLER

HarperCollins

1. Auflage 2021
Originalausgabe

Gesetzt aus der Stempel Garamond
von GGP Media GmbH, Pößneck
Druck und Bindung von CPI books GmbH, Leck
Printed in Germany
ISBN 978-3-7499-0222-4
www.harpercollins.de

Klimaneutral
Druckprodukt
ClimatePartner.com/15109-2009-1001

FSC
MIX
Papier
FSC® C083411

Die 101 verschwamm beinahe mit der Umgebung, so trüb war es an diesem Tag. Regen und Dämmerung tauchten die Landschaft in ein undurchdringliches Grau, sodass man nur ein paar Meter der Straße erkennen konnte. Landschaft! Fenja schnaubte. Ja, Landschaft hatten sie hier viel. Aber sonst war die Gegend so tot, dass einem schlecht werden konnte. Was hätte sie darum gegeben, wieder in Coburg zu leben. Vor ein paar Monaten noch hatte sie Coburg für den Arsch der Welt gehalten. Aber gegen das hier war Coburg so was wie Manhattan. Selbst Chemnitz wäre besser gewesen. Fenja rutschte im nassen Gras am Straßenrand aus und wäre beinahe hingefallen. Fluchend stolperte sie ein paar Schritte in die Mitte der Fahrbahn. Würde eh kein Auto kommen. Um die Uhrzeit schliefen die Einwohner alle. Einwohner! Klang fast ein bisschen wie Eingeborene. Wilde. Fenja lachte bitter. Wo war sie hier nur gelandet? Warum hatte sich ihre Mutter ausgerechnet hier Arbeit gesucht? Schon klar, Mama war davongelaufen. Wollte »neu anfangen«. Aber wieso, zur Hölle, sollte irgendjemand ausgerechnet hier neu anfangen? Hier, wo man wirklich am Arsch der Welt war!

Der Regen fühlte sich an, als würden ihr die Tränen herunterlaufen. Aber Fenja war einigermaßen sicher, dass sie nicht heulte. Nicht mehr. Hatte sie am Anfang ein paarmal. Aber seit sie John hatte, ging es besser. Irgendwie war das erste Treffen mit ihm wie ... wie ein Sonnenaufgang gewesen. Ja, wie ein Sonnenaufgang.

Lichter. Hastig verzog sie sich wieder an den Straßenrand. Irgendwer war tatsächlich um diese Zeit auf dieser bescheuerten Landstraße unterwegs. Konnte sich nur um einen Fremden handeln. Die Eingeborenen lagen schließlich brav in ihren Betten. Außerdem fuhren die nicht so schnell. Dazu waren die alle zu ordentlich. Eben doch keine Wilden. Aber der hier, der war wirklich erstaunlich schnell unterwegs! Und das bei den Sichtverhältnissen! Das Scheinwerferlicht machte den Regen noch undurchdringlicher. Fenja hielt sich die Hand vors Gesicht, geblendet von dem rasch näher kommenden Strahl. Hoffentlich sah er sie! Zur Sicherheit ging sie noch ein Stück näher an den Rand. Der Wagen war fast da, als sie ausrutschte und rückwärts die Böschung runterfiel. Es war kein schwerer Sturz, und es tat nicht wirklich weh. Aber dennoch fluchte Fenja und hielt sich den Kopf. Einen Moment brauchte sie, um wieder zur Besinnung zu kommen. Dann versuchte sie, sich aufzurappeln. War der Wagen weg? Oder hatte er angehalten? Noch etwas schwindlig auf den Beinen drehte sie sich um – dann wurde es schwarz um sie.

#NICEPLACE2STAY

1.

So still, so friedlich lag Hussfeld vor ihnen, dass Katharina Bosch seufzte. »Sieh dir nur dieses zauberhafte Örtchen an!«, rief sie und deutete auf eine Wiese neben der Straße. »Sogar Schafe haben sie hier.«

Fenja verdrehte die Augen. »Ja. Klar. Das wollte ich immer. An einem Ort leben, wo die Schafe grasen.«

»Wir werden es uns schön machen, glaub mir«, erklärte Katharina. »Ich hab eine hübsche Wohnung gefunden, zwei Zimmer, eins für dich, eins für mich. Eine kleine Küche haben wir, Badezimmer …«

»Sag bloß.«

»Jetzt sei doch nicht so!« Katharina seufzte. Sie versuchte, sich zu erinnern, ob sie mit siebzehn genauso gewesen war, aber es gelang ihr nicht. Vermutlich ja. Doch seit ihre Mutter vor zwei Jahren gestorben war, gab es niemanden, den sie hätte fragen können. Nun, sie hätte es auch nicht gewollt. »Wart's ab«, sagte sie. »Du wirst es noch lieben.«

»Ganz bestimmt«, erwiderte Fenja und versuchte vergeblich, so was wie ein Handynetz zu finden.

»Ist auch gar nicht mehr weit.«

»Wie auch?«

Katharina seufzte. Sie konnte ihre Tochter ja verstehen. Aufs Land zu ziehen war in dem Alter natürlich nicht das, was man sich wünschte. Schon gar nicht in der Gegend. Chemnitz war zwar nicht weit, aber es war eben Chemnitz. Und sonst gab es nicht viel. Aber Katharina hatte einen Job gebraucht, mit dem sie endlich aus den Schulden kommen konnte. Und ja, eine Luftveränderung hatte sie sich auch gewünscht. Sie war entschlossen, es gut zu machen, auch für Fenja. »Ich möchte gerne noch rasch in die Kirche gehen, bevor wir uns die Wohnung ansehen, ja?«

»Echt jetzt? Bist du auf einmal religiös geworden?« Fenja sah ihre Mutter an, als wäre sie von einem anderen Planeten.

»Quatsch. Aber ich finde, das ist eine … eine … Es ist einfach gut.«

»Entschuldige bitte: Was ist gut?«

»Damit zu beginnen. Ich finde, das ist ein gutes Zeichen.«

»Mhm.« Fenja tippte irgendetwas in ihr Handy und achtete gar nicht darauf, dass ihre Mutter auf einen Parkplatz fuhr, wo der Wagen unter einem riesigen alten Baum auf knirschendem Kies zum Stehen kam.

»Komm! Steig aus!«

Ohne den Blick von ihrem Smartphone zu nehmen, öffnete Fenja die Tür und setzte ein Bein nach draußen, nur um es im nächsten Moment kreischend zurückzuziehen. »Was war das?« Sie starrte auf den Boden und sah gerade noch, wie etwas Schlangenartiges zwischen ein paar Gräsern beim Baum verschwand. »Das war eine Schlange, Mama!«, keuchte sie.

»Ach komm, hier gibt's doch keine Schlangen.«

»Ich schwöre, das war 'ne Schlange!«

»Und wenn schon«, sagte Katharina, und es klang gelassener, als sie sich in dem Moment fühlte. »Die hat sich bestimmt mehr erschreckt als du.«

»Hm. Dürfte nicht gut möglich sein.« Fenja beugte sich aus dem Auto und untersuchte den Boden, als könnten Kriechtiere hier in ganzen Horden unterwegs sein. Erst dann stieg sie mit einem unguten Gefühl aus. Wenn der Zweck des Abstechers gewesen war, so was wie ein gutes Omen für die Zeit in Hussfeld zu bewirken, dann war das jedenfalls schon mal verdammt schiefgegangen. Fenja wusste jetzt schon, dass sie das Kaff hasste. »Hassfeld« taufte sie es heimlich für sich. Ihre neue Heimat: das Dorf am Ende der Welt.

*

Die Kirche lag idyllisch auf einem kleinen Hügel, umgeben von einem Friedhof, der aussah, als wäre er schon jahrhundertealt. Vermutlich war er es. Hohe Bäume ragten über dem schmalen Weg empor, der zum Portal führte. Alles erschien klein und aufgeräumt und verwunschen. Es war ein sonniger Sommernachmittag. Drinnen strahlten die Fenster in tausend Farben. Doch im Übrigen schien die Kirche von trostlosem Grau. Und kalt war es hier. Eisig geradezu, vor allem wenn man von draußen kam, wo es bestimmt an die dreißig Grad waren. Fenja fröstelte. Sie schlang die Arme um ihren Oberkörper. »Mach schnell, ja?«, sagte sie.

Katharina, die etwas ratlos vor dem hölzernen Kreuz stand, das über dem Altar hing, nackt und schmucklos, nickte. »Klar. Du kannst auch draußen auf mich warten, wenn du möchtest. Ich komme gleich.«

Fenja nickte und lief rasch wieder hinaus auf den Kirchhof, der auch ein Friedhof war, suchte sich ein Plätzchen außerhalb des Schattens der Baumriesen und fand ihn an einer weiß gestrichenen Mauer, die zu einem Bogengang gehörte. Er war ein Teil der Mauer, die die Kirche umgab, und endete hier in einem kleinen Gebäude mit vergitterten Fenstern. Es sah aus, als hätte sich das alles seit dem Mittelalter nicht verändert. Fenja machte ein Selfie und löschte es gleich wieder. Nein, von hier würde sie keine Bilder hochladen.

»Wollen wir?«, rief Katharina, als sie wieder nach draußen trat.

»Wenn's sein muss«, erwiderte Fenja und warf ihr ein schräges Grinsen zu.

Sie waren schon an der kleinen Pforte des Kirchhofs angelangt, da hielt Katharina ihre Tochter am Arm fest. »Schatz?«

»Hm?«

Sie holte tief Luft. »Ich weiß, dass das hier nicht leicht für dich ist. Aber ich verspreche dir, wir machen es uns schön, ehrlich. Weißt du, wir brauchen einfach wieder so was wie eine Zukunft.« Leise fügte sie hinzu: »*Ich* brauche wieder eine Zukunft. Auch für dich, Fenja.«

Ihre Tochter nickte. »Ich weiß, Mama. Es ist nur …« Was immer sie sagen konnte, würde nur einen Teil dessen ausdrücken, was Fenja umtrieb – den kleinsten Teil. Eigentlich konnte man das alles gar nicht sagen. Schon deshalb, weil sie selbst noch nicht einmal wirklich genau wusste, wo ihr ganzer Frust anfing und wo er aufhörte – falls er überhaupt ein Ende hatte.

Statt etwas zu erwidern, nahm Katharina ihre Tochter in den Arm und drückte sie fest. »Du bist die Beste.«

»Du auch, Mama.« Stimmte ja. Irgendwie. Obwohl die Aktion hier natürlich krass scheiße war. Aber es nützte nichts, ihre Mutter hatte die Chance verdient, so viel war klar. »Lass uns die Traumwohnung anschauen fahren.«

»Guter Plan!«, rief Katharina und hakte sich bei ihrer Tochter unter. Mit schnellen Schritten liefen sie zurück zum Wagen und waren schon wenige Augenblicke später wieder auf der Straße. Die Blicke, die sie aus dem Bogengang der Kirche beobachteten, bemerkte keine von beiden.

*

Die Wohnung war tatsächlich hübscher, als Fenja erwartet hatte. Klein, ja, zwei Zimmer, Küche, Bad. Aber mit einem Balkon, auf den die Sonne schien, Blick Richtung Wald und irgendwie süßen Kacheln über der Spüle, auf denen kleine Blümchensticker klebten. Das war zwar megaspießig, aber auch ein bisschen rührend. Fenja konnte ihre Mutter verstehen, dass sie sich das nett vorstellte hier. Nur wir zwei, du und ich, hatte sie gesagt. Und Fenja hatte gedacht: Klingt gruselig. Aber ihre Mutter war schon in Ordnung, da gab es echt schlimmere. Und vielleicht ging ja hier in der Gegend bei den Jugendlichen auch einiges, und man erkannte es bloß nicht auf Anhieb. So wie sie. »Ist nett«, sagte sie und spürte förmlich, wie ihre Mutter aufatmete.

»Findest du? Das freut mich so!«

»Also, wir haben es hier im Haus gerne ruhig«, erklärte die Vermieterin, die hinter ihnen her durch die Wohnung schlich und so misstrauisch dreinguckte, als wären die beiden Frauen aus Coburg überhaupt nur hier aufgetaucht, um Ärger zu machen. Frau Kleve. Fenja hasste sie jetzt schon.

»Wir auch«, stimmte Katharina ihr zu. »Das ist doch wundervoll, nicht wahr?«

Diesmal sagte Fenja lieber nichts, sondern ging hinüber in das Zimmer, das ihres sein sollte. Zehn Quadratmeter. Vielleicht zwölf? Sicher nicht mehr. Aber wenn erst einmal die Möbel da waren, würde es fast genauso aussehen wie ihr altes. Nur mit der besseren Aussicht.

»Wenn Sie eine Feier planen«, erklärte die Vermieterin und schielte ziemlich eindeutig Richtung Tochter, »dann sind die Mitbewohner im Haus rechtzeitig zu informieren, ich will hier keinen Unfrieden.«

»Wir auch nicht, Frau Kleve«, beeilte sich Katharina zu versichern. »Seien Sie ganz unbesorgt.«

Die Vermieterin nickte. Offenbar war es das, was sie hatte hören wollen. »Hussfeld ist ein guter Ort«, sagte sie. »Ein friedlicher Ort. Hier passiert nie etwas. So soll das auch bleiben.«

»Das ist ganz in unserem Sinn, Frau Kleve. Vielen Dank.«

Die Vermieterin war schon im Begriff zu gehen, da wandte sie sich noch einmal um. »Und weshalb sind Sie noch mal hierhergezogen?«

»Die Arbeit«, erklärte Katharina. »Ich habe eine Stelle bei Krummbach + Krummbach in Ehrweg angenommen.«

»Bei Krummbach, mhm. Gut. Und einen *Herrn* Bosch gibt es nicht?«

»Nicht mehr. Also: Wir sind geschieden.«

»Mhm. Na, geht mich ja nichts an.«

Für Fenja klang es nicht so, als würde sie das wirklich denken. »Wohnen Sie eigentlich auch hier?«, fragte sie voll banger Vorahnung.

»Im Erdgeschoss«, erwiderte die Vermieterin.

Damit war klar, dass sie jeden im Auge hatte, der ins Haus kam oder von hier wegging. Sie wusste immer, wer von ihren Mietern gerade da war, wer sich nachts herumtrieb, wer jemanden mitbrachte ... Schöne Aussichten.

»Also«, sagte Frau Kleve noch einmal. »Dann mal willkommen in Hussfeld. Ich hoffe, Sie fühlen sich hier wohl.«

»Das werden wir ganz bestimmt«, erwiderte Katharina. »Vielen Dank, Frau Kleve.« Sie nahm die Schlüssel, die ihr die Vermieterin hinhielt. Dann begleitete sie sie zur Tür und schloss sie so leise hinter ihr, dass man buchstäblich nichts hörte.

Da fiel Fenja zum ersten Mal auf, wie unfassbar still es hier war. Totenstill geradezu, dachte sie und blickte erschrocken auf ihre Mutter, die ihr so starr den Rücken zudrehte, als hätte sie in dem Moment genau denselben Gedanken gehabt.

*

Während Katharina sich auf den Weg machte, um den ersten Einkauf zu erledigen, setzte sich Fenja auf den Boden in ihrem

Zimmer und sah nach, was es Neues gab. Es war unglaublich: Die Sommerferien waren noch nicht zu Ende, aber irgendwie fand sie schon gar nicht mehr statt in den Gruppen. Sicher, sie hatte jetzt nicht irre viel geschrieben oder gepostet, aber es war auffällig, dass sich eigentlich schon keiner mehr bei ihr meldete, ihr was schickte, sie irgendetwas fragte. Sie lief nur noch mit. Die Schweine hatten sie alle schon vergessen. Es war nicht so, dass sie viele besonders enge Freundschaften gehabt hätte in Coburg. Aber hey, Carla hätte trotzdem mal fragen können, wie es in Hussfeld so ist. Jenny hätte sich interessieren können oder Tilo. Stattdessen posteten sie Bilder aus dem Urlaub und bescheuerte TikTok-Videos und machten ihr eigenes Ding.

Sie steckte das Handy weg. Immerhin hatte sie hier ein Netz, das war schon mal gut, ein Pluspunkt für diese Wohnung. Sie stand auf und ging herum. Irgendwann heute sollte auch der Möbelwagen kommen. Eigentlich war es nicht einzusehen, warum der so lange brauchte. Die fuhren doch die gleiche Strecke wie sie und ihre Mutter.

Fenja machte die Fenster auf. Alle. Luft! Sie lehnte sich ans Fenster im Wohnzimmer, das zugleich das Schlafzimmer ihrer Mutter war – dafür hatten sie extra ein ausziehbares Sofa gekauft. Vor dem Haus gab es einen Parkplatz, der ein bisschen überdimensioniert schien. Vor allem war er hässlich. Aber auf der anderen Straßenseite stand ein hübsches grün gestrichenes Bushäuschen, auf das irgendjemand in Rosa »Süße Sau« gepinselt hatte. Fenja musste grinsen. Ganz tot schien es also nicht zu sein hier. Und ganz so brav, wie Frau Kleve tat, war's wohl auch nicht. Sie machte ein Foto und schickte es in die Gruppe: #niceplace2stay. Allerdings ohne Reaktion. Na ja, vielleicht später.

Solange der Möbelwagen noch nicht da war, konnte sie sich noch im Haus umsehen. Den Keller hatte ihnen die Vermieterin gar nicht gezeigt. Aber den hatte Mama vermutlich bei der ersten Besichtigung gesehen. Das Treppenhaus war düster und eng. Enger, als man bei so einem Haus gedacht hätte. Und es roch nach kaltem Essen. Eintopf oder so. Irgendwas mit Kohl. Fenja spürte, wie sich ihr Magen hob, obwohl sie seit dem Frühstück nichts gegessen hatte. Eine Tür ging nach hinten raus. Sie war abgesperrt. Natürlich. Aber der Wohnungsschlüssel passte auch hier.

Als Fenja nach draußen trat, fühlte sie sich wie auf einem Gefängnishof. Eine Mauer von mindestens drei Metern Höhe erstreckte sich auf beiden Seiten des Hauses zu einer Reihe von Garagen hin, deren Blechtore rotbraun gestrichen waren – und alles, was es auf dieser Fläche gab, war ein geteerter Boden und am Rand zwei Teppichstangen. Trostloser hätte es nicht sein können. Seitlich war eine Einfahrt von der Straße her. Fenja drehte sich um und betrachtete das Haus, bemerkte, wie jemand im zweiten Stock hinter einem Vorhang verschwand, machte sich heimlich lustig über die Massen an Topfpflanzen, die auf den Fensterbänken standen, schoss ein paar Fotos und ging dann wieder hinein, um in die leere Wohnung hochzusteigen und auf ihre Mutter zu warten oder auf den Umzugswagen, wer immer zuerst hier ankam.

In ihrem Zimmer sah sie sich noch mal die Aufnahmen an, die sie gemacht hatte: Alpenveilchen, einen Riss in der Hauswand, Garagentore, die »Süße Sau«, der kleine Bau an der Kirchenmauer mit dem Fenster, an das sie sich gelehnt hatte. Auf der anderen Seite des Fensters schien jemand zu stehen. Neugierig zoomte Fenja ins Bild hinein. Tatsächlich war im Dunkel des Inneren eine Gestalt zu erkennen, ein Gesicht hauptsächlich, blass und ernst, aus dem große dunkle Augen in ihre Richtung starrten, während die Hände … Fenja hielt den Atem an, verschob das Foto ein wenig, um den unteren Teil besser zu sehen, den Teil, auf dem zu erkennen war, wie diese Hände auf einem blank polierten Stück Holz lagen. Sie spürte, wie sich die

Härchen an ihren Armen aufstellten. Das war nicht einfach ein Stück Holz. Das war ein Sarg.

*

Hussfeld war ein kleines Paradies. Katharina war ja schon ein paarmal hier gewesen, zur Besichtigung der Wohnung und zur Unterzeichnung des Mietvertrags. Ihr war auch dabei schon aufgefallen, dass es ein idyllisches Örtchen war, wo die Welt noch in Ordnung schien. Die Straßen und Wege waren gepflegt und reinlich wie in der Schweiz – jedenfalls stellte sich Katharina die Schweiz so vor –, zwischen den bürgerlichen Häusern aus jüngerer Zeit standen tatsächlich noch einige Fachwerkanwesen aus dem vorletzten Jahrhundert, wenn sie nicht noch älter waren. Sicher, es gab auch ein paar Wohnblöcke aus der DDR-Zeit, so wie der, in dem sie nun eine Wohnung gefunden hatte. Aber auch die waren halbwegs ansehnlich und jedenfalls gut gepflegt. Dort, wo die Straße einen Knick machte, war sogar so etwas wie ein Ortskern erkennbar, an dem auch das Rathaus lag – hinter einer mächtigen Buche, unter der sich drei Parkbänke gruppierten, auf denen allerdings niemand saß. Überhaupt schienen die Bewohner von Hussfeld gut beschäftigt. Denn was ebenfalls auffiel, war, dass kaum jemand unterwegs war.

Immerhin, im Supermarkt waren ein paar Kunden und in der Apotheke ebenfalls. Katharina kaufte erst einmal nur das Nötigste: Milch, Eier, zwei Päckchen Nudeln, Brot, Butter, Marmelade und nebenan Aspirin, und sie löste ihr Rezept für die Pille ein, obwohl sie für die eigentlich schon länger keine Verwendung hatte – weshalb sie auch noch ein Päckchen Kondome mitnahm. Zur Not würde sie die an Fenja abtreten, auch wenn die ebenfalls Single und Katharinas Einschätzung nach noch Jungfrau war. Vielleicht würde sie ja hier ihren ersten

Freund finden. Wahrscheinlich! Das Mädchen war immerhin schon siebzehn. Und dann war es gut, wenn das Nötige zur Hand war. Ein wenig bang war Katharina wegen der kleinen Wohnung. Schwer vorstellbar, wie das werden würde, wenn sie nebenan im Wohnzimmer war, und Fenja hätte einen Freund bei sich. Aber man würde sehen. Sie selbst hatte ihre Unschuld ja auch nicht bei sich zu Hause verloren.

»Beides?«, fragte der Apotheker mit Blick auf das Rezept und die Kondome.

»Beides bitte«, erklärte Katharina und lächelte ihn freundlich an.

Er erwiderte das Lächeln nicht, sondern runzelte kaum merklich die Stirn. »Gerne«, sagte er. Klang aber nicht so. Als er das Päckchen mit der Pille auf die Theke legte, musterte er Katharina. »Sie sind neu hier?«

»Ja«, sagte sie. »Katharina Bosch. Ich wohne jetzt mit meiner Tochter bei Frau Kleve. Oben beim ...«

»Ich weiß, wo Frau Kleve wohnt«, erklärte der Apotheker. »Und jetzt machen Sie die wichtigsten Besorgungen«, bemerkte er mit Blick auf ihre Einkaufstasche.

»Genau so ist es. Wir freuen uns, dass wir hier sind.«

»Ja.« Er scannte die Codes der beiden Päckchen. »Das macht zweiundvierzig siebzig.«

Katharina reichte ihm einen Fünfziger über die Theke.

»Ist ein guter Ort hier«, sagte der Apotheker. »Man kann gut in Hussfeld leben. Wenn man sich ein wenig auf die Leute einstellt ...« Er ließ das im Raum stehen, ohne es zu erklären. »Die Hussfelder legen Wert auf Ruhe und Ordnung.«

Vielleicht fürchtete er ja, zwei Frauen, die sich erst einmal mit Empfängnisverhütungsmitteln eindeckten, könnten die öffentliche Moral gefährden. Katharina lächelte ihm noch einmal zu und deutete ein Zwinkern an. »Damit bin ich sehr einverstanden«, sagte sie. »Das werden wir auf jeden Fall beachten.«

Sie nahm das Wechselgeld und wandte sich zur Tür. Doch ehe sie sie öffnen konnte, hörte sie den Apotheker in ihrem Rücken: »Haben Sie sich schon gemeldet? Im Rathaus?«

»Heute ist Samstag«, erwiderte Katharina und sah dem Mann ins Gesicht. Hatte sie irgendetwas falsch gemacht? »Ich wollte mich gleich am Montag darum kümmern.«

Der Apotheker nickte. »Ist immer gut, wenn man weiß, wer im Ort wohnt.«

»Ganz meine Meinung, Herr …«

Er überhörte die unausgesprochene Aufforderung, ihr auch seinen Namen zu nennen.

»Also dann, danke.«

»Schönen Tag noch.«

»Ihnen auch, Herr Apotheker.«

*

Die Sonne strahlte, aber die etwas eigenartige Atmosphäre in der Apotheke hatte Katharina ein wenig die Laune verdorben. Auf dem Rückweg konnte sie sich an der Aufgeräumtheit und der Gepflegtheit des Örtchens nicht mehr in der gleichen Weise freuen wie vorhin noch. Sie beschloss, sich für einen Augenblick auf eine der Bänke vor dem Rathaus zu setzen. Die Tasche stellte sie neben sich und holte ihr Handy hervor, um Fenja anzurufen. »Fenny? Alles gut bei dir? War der Möbelwagen schon da?«

»Fährt gerade vors Haus. Ich geh jetzt runter und mach denen auf.«

»Wieso haben die so lange gebraucht?«

»Das fragst du mich? Keine Ahnung.«

»Okay, ich bin gleich da.«

»Alles klar. Bis gleich.«

»Bis gleich.«

Sie hätte noch eine Flasche Sekt oder wenigstens Wein mitnehmen sollen, um heute Abend mit Fenja auf das neue Zuhause anzustoßen, eigentlich auf einen ganz neuen Lebensabschnitt. Denn der Umzug bedeutete ja nicht nur eine neue Wohnung, sondern auch eine andere Schule für ihre Tochter, eine neue Arbeitsstelle für sie, neue Nachbarn, im Grunde eine ganz neue Art zu leben. Kurz entschlossen ging Katharina noch einmal in den Supermarkt und sah sich im Weinregal um. Sie verstand nicht viel von Wein, aber dass die Auswahl hier einigermaßen gruselig war, das verstand sie durchaus. Aus einer Laune heraus griff sie zu einer Flasche Rotkäppchen-Sekt und ging an die Kasse. »Die hier hatte ich noch vergessen.«

»Sonst nichts?«, fragte die Kassiererin und starrte auf Katharinas Einkaufstasche.

»Die anderen Sachen sind von vorhin«, erklärte Katharina. »Wollen Sie sehen?« Sie hob die Tasche hoch, sodass die Kassiererin einen Blick hineinwerfen konnte.

»Nein. Das passt. Wir haben hier Vertrauen zueinander.« Die Frau an der Kasse nahm das Geld, gab Wechselgeld heraus und sah Katharina hinterher, als wollte sie sichergehen, dass sie auf dem Weg zum Ausgang nicht noch irgendetwas mitgehen ließ.

Vor der Tür wäre Katharina beinahe in einen Mann gelaufen, der auf dem Weg zum Rathaus schien. »Oh! Entschuldigung!«, stotterte sie.

»Meine Schuld«, behauptete der Mann und nickte ihr freundlich zu. Er mochte in Katharinas Alter sein, ein unauffälliger Mensch, mittelgroß, ordentlich rasiert, kurzes Haar, Sakko, glänzend geputzte Schuhe. Das fiel Katharina immer gleich auf, weil sie selbst nicht besonders sorgfältig beim Schuheputzen war. »Kann ich Ihnen helfen?«, fragte er zu allem Überfluss und gewann damit sofort Katharinas Sympathie. Es gab also auch nette Menschen hier.

»Nein, nein«, beeilte sie sich zu sagen. »Ich muss mich jetzt nur beeilen. Wir sind neu im Ort, und meine Tochter hat mich gerade wissen lassen, dass die Möbel angekommen sind.«

»Ach, dann sind Sie die Familie, die bei Frau Kleve einzieht!«

»Das wissen Sie schon?«

»Gehört zu meinen Aufgaben«, erklärte der Mann. »Ich bin der Bürgermeister hier.« Er lachte. »Und der Vorsitzende der freiwilligen Feuerwehr. Und der Vorstand der Gemeindebibliothek. Und ... ach. Sie kommen also nicht um mich herum.«

»Verstehe«, sagte Katharina mit einem Lächeln. »Das ist ja nett. Also, freut mich, ähm, Katharina Bosch.« Sie nahm die Tasche in die linke Hand und reichte ihm die rechte.

»Hutter. Armin. Angenehm.« Er hatte einen kräftigen Händedruck und einen freundlichen Blick, auch wenn in seinen Augen eine gewisse Melancholie verborgen schien. Etwas, das ihn spontan noch ein wenig sympathischer für Katharina machte. »Willkommen in Hussfeld.«

»Danke. Wir freuen uns, dass wir hier sind. Ich würde am Montag ins Rathaus kommen. Wegen der Anmeldung, meine ich.«

»Gerne. Wir haben ab sieben Uhr dreißig geöffnet.«

»Das ist ja wunderbar. Dann kann ich sogar noch vor der Arbeit da sein.«

»Sehr schön. Dann einen guten Einzug und ein schönes Wochenende.«

»Ihnen auch, Herr Hutter.«

*

An diesem Abend lag Katharina lange wach, obwohl sie vom Möbelräumen so erschöpft war, dass sie sich kaum noch rühren konnte, und obwohl die zwei Gläser Rotkäppchen-Sekt sich anfühlten wie eine Flasche Schnaps. Alles drehte sich um sie.

Fenja konnte auch nicht schlafen. Katharina hörte, wie sie sich im Nebenzimmer immer wieder hin und her wälzte. Von Zeit zu Zeit war auch leise Musik zu hören. Offenbar guckte sie zwischendurch irgendwelche YouTube-Filmchen, um sich abzulenken.

Vorhänge hatten sie noch nicht. Deshalb leuchtete die Straßenlaterne, die genau vor dem Haus stand, grell herein wie ein Scheinwerfer auf den Gefängnishof. Ansonsten war die Nacht unfassbar friedlich. Es war buchstäblich nichts zu hören, obwohl das Fenster auf Kipp war. Nichts außer Fenja nebenan.

Irgendwann meinte Katharina, ein leises Schluchzen zu hören. Erschrocken stand sie auf und lauschte. Sie ging auf die Toilette, kam zurück, lauschte wieder. War das ein Schniefen? Vielleicht war's auch nur ein Geräusch, das so ähnlich klang. Vorsichtig klopfte Katharina an die Tür ihrer Tochter.

»Hm?«

»Kannst du auch nicht schlafen? Darf ich reinkommen?«

»Mhm.«

Augenblicke später schlüpfte Katharina unter die Decke zu ihrer Tochter und nahm ihren Kopf in ihre Armbeuge. »Ist besser so, oder?«

Fenja nickte. Und tatsächlich schliefen sie wenig später beide und ließen sich von ihren Träumen durch die erste Nacht an diesem neuen Ort tragen.

*

II.

Karl holt erst wieder Luft, als sie vorbei ist. Er hat sie beobachtet, die Neue, die mit ihrer Mutter in das Haus an der Bushaltestelle eingezogen ist. Sie ist heiß. Und sie ist ungefähr in seinem Alter. Okay, vielleicht ein, zwei Jahre älter. Aber sie ist heiß, das steht fest. Er riecht gleich, dass das Ärger geben wird in Hussfeld, ohne zu wissen, warum. Vielleicht einfach, weil solche Mädchen hier nicht herpassen. Jetzt ist er sogar ein bisschen neugierig, wie die Mutter aussieht. Die hat er noch nicht entdeckt.

Von seinem Fenster aus hat er einen Teil der Straße ganz gut im Blick. Er schaut nicht oft runter, weil sowieso nie etwas passiert. Lieber hängt er am Computer ab. Dazu ist in den Ferien jetzt viel Zeit. In drei Jahren kann er den Führerschein machen, dann kann er endlich auch mal schnell rüber nach Chemnitz. Aber mit dem Fahrrad ist ihm das meist zu anstrengend. Sind immerhin von hier aus fünfzehn Kilometer. Noch mal fünfzehn zurück, das bringt es nicht. Und eigentlich ist Chemnitz ja auch trostlos. Obwohl – ab und zu fährt er zum American Diner's rüber, das ist schon geil. Nur dass die richtigen Leute dort halt auch mit ihren Autos auf dem Parkplatz stehen. Einmal hat er sein Fahrrad sogar um die Ecke abgestellt und ist zu Fuß hingegangen. Weniger peinlich als mit dem Rad. Karl kann es kaum erwarten, volljährig zu sein, er denkt täglich daran. Und sein Vater erinnert ihn auch ständig daran. Bei dem geht's allerdings mehr so um »Verantwortung übernehmen«, was immer er damit meint. Aber Vater hat eben dieses soziale Ding. Es nervt, aber besser so, als wenn sich einer gar nicht kümmert. Und sein Vater kümmert sich um ihn, das steht fest. Hat ihn immerhin allein großgezogen, nachdem die Mutter gestorben war.

Er würde ja gerne runtergehen und nachsehen, wohin die Neue unterwegs ist. Da drüben gibt's doch nichts außer dem Fußballplatz, auf dem jetzt keiner ist, und das Vereinsheim, wo erst recht keiner ist. Würde er wirklich gerne. Aber wenn er ehrlich ist zu sich selbst, hat er ein bisschen Schiss. Die Neue ist eben heiß. Und er ist es nicht. Das weiß Karl selber.

Ob sie einen Freund hat? Eher nicht. Hier jedenfalls kann sie ja noch keinen haben, weil sie ja gerade erst hergezogen ist. Ob sie einen finden wird? Klar, wenn's nach ihm ginge, wüsste er schon, wer dafür infrage kommt. Karl muss grinsen. Überlegt sich, doch runterzugehen. Er muss sie ja nicht ansprechen. Wieso auch? Einfach mal eine Runde draußen drehen. Sein Vater sagt sowieso immer, er soll nicht so viel drinnen sitzen. Von wegen ist nicht gesund und so. Vielleicht nimmt er das Fahrrad. Dann fährt er ihr hinterher und einfach weiter. Guter Plan.

*

Hier gab es ein paar Geschäfte, ein Rathaus, das hier »Bürgerhaus« hieß, irgendeine Firma mit Landmaschinen, ein Versicherungsbüro und natürlich die unvermeidliche Kirche, in die Fenja keine zehn Pferde mehr bringen würden, nachdem sie erkannt hatte, dass sie im Nebengebäude die Toten aufbahrten. Keinen Kindergarten, keine Schule, keinen Club, nicht mal eine Tanke, aber ein Leichenhaus. Irre. Oh ja, und hier am anderen Ortsende hatten sie einen Sportplatz mit Vereinsheim, Fenja hätte kotzen können. Noch lahmer ging es ja wohl nicht.

Drei Minuten nachdem sie von zu Hause losgegangen war, erreichte sie schon das andere Ende von Hussfeld. Sie blieb stehen und versuchte einzuschätzen, wie weit es bis zum Wald war, hatte aber keine Idee. Neben dem Sportplatz zweigte ein Feldweg ab, der dorthin führte. Nach ein paar Metern überquerte dieser Trampelpfad einen kümmerlichen Bach, vermutlich war das die Huss. Oder hieß es *der* Huss?

Es war heiß, Fenja war froh, dass sie nur das kurze Top angezogen hatte. Die Jeans waren natürlich die Hölle. Aber kurze hatte sie zurzeit nicht. Und im Kleidchen wollte sie auf keinen Fall rumlaufen. Kurz überlegte sie, ob sie die Füße ins Wasser hängen sollte, aber dann fiel ihr die Schlange vom Vortag wieder ein, und sie verzichtete lieber darauf.

Hinter sich hörte sie eine Fahrradklingel. Sie drehte sich um und sah einen Jungen auf der andere Spurrille des Feldwegs auf sich zu und an ihr vorbei holpern. »Hey!«, rief sie.

Der Junge hielt an. »Ja?«

»Bist du von hier?«

»Klar. Wieso?«

»Ich würde gerne was wissen.«

Er stieg ab und versuchte sich lässig an sein Fahrrad zu stellen, was niedlich aussah. »Okay?«, sagte er.

»Ich bin neu hier.«

»Ähm, ja. Hi. Ich bin Karl.«

»Karl. Okaaay«, sagte Fenja amüsiert und konnte ein Grinsen nicht unterdrücken. »Und ich hab kein Fahrrad.« Ob er merkte, dass sie sich über ihn lustig machte?

»Ich kann dir meines mal leihen. Wenn du willst«, sagte er.

»Das wäre cool.« Sie sah sich um. »Was macht man hier so?«

»Hä?«

»Ich meine, das ist hier doch total tot, oder?«

»Schon, ja.«

»Was macht ihr, wenn ihr was unternehmen wollt?«

»Hm.« Die Frage schien ihn spontan zu überfordern. Fenja überlegte, wie alt er sein mochte. Dreizehn? Vierzehn? Dass er schon fünfzehn sein könnte, kam ihr nicht in den Sinn. Aber es spielte ja auch keine Rolle.

»Also, es ist ja nicht weit bis Chemnitz«, sagte er.

»Echt jetzt? Man muss bis Chemnitz, wenn man hier was erleben will?«

»In Zwönitz gibt's einen Club«, schlug der Junge vor. »In Zschopau, glaub ich, auch.«

»Zwönitz. Echt, ja?« Kurz fragte sich Fenja, ob er sie verarschen wollte. Zwönitz klang ungefähr so geil wie … wie Hussfeld. Eher noch geiler.

»Ich fahr nach Chemnitz, wenn ich was vorhab.«

»Ja? Mit dem Fahrrad?«

Er zuckte die Schultern.

»Und wo gehst du dann so hin?«

»Ins Diner's«, erklärte der Junge.

»Verstehe.«

*

Sie kommt näher. Sehr nah sogar. Er kann sie riechen. Sie hat ein bisschen geschwitzt, aber sie trägt auch Parfüm. Er spürt, wie er eine Erektion bekommt.

»Ich bin neu hier«, sagt sie und guckt ihn an, wie ein … wie ein Untersuchungsobjekt, schießt es ihm durch den Kopf. Wie irgendwas, was sie im Bio-Unterricht auf den Tisch legen und untersuchen, bevor sie es aufschneiden. »Fenja.«

»Ähm, ja. Hi. Ich bin Karl.«

»Karl. Okaaay.« Sie lächelt, und hey, sie hat ein Megalächeln. »Und ich hab kein Fahrrad.«

»Ich kann dir meines mal leihen. Wenn du willst.«

»Das wäre cool.«

»Kein Ding.«

Sie sprechen über Clubs und wo man so hingehen kann in der Gegend. Dinge, von denen Karl nicht genug weiß, weil er abends noch nicht lange genug wegkommt von zu Hause, was ihn tierisch ärgert. Aber das will er sich nicht anmerken lassen.

»Und wo wohnst du, Karl?«, fragt das Mädchen namens Fenja irgendwann.

»Also, ich wohne gleich da vorne, zweites Haus.« Er deutet am Vereinsheim vorbei nach rechts. Sie nickt, obwohl sie gar nicht hinguckt. Stattdessen guckt sie Richtung Straße, wo ein Auto stehen geblieben ist, aus dem ein Mann herüberspäht.

»Das ist mein Vater«, erklärt Karl und winkt hinüber zu dem Wagen. Sein Vater erwidert den Gruß nicht, sondern lässt nur wieder die Fensterscheibe hochfahren. Das ärgert Karl. Es lässt ihn irgendwie blöd dastehen, findet er. »Er ist hier Bürgermeister«, sagte er und weiß gleich, dass das ein Fehler war. Es klingt sogar in seinen Ohren angeberisch. »Aber nur ein ganz kleiner«, schiebt er hinterher. »Ist ja nur ein ganz kleiner Ort.«

»Wow«, sagt das Mädchen. Klingt aber nicht nach wow, sondern eher ein bisschen gelangweilt.

Karl schluckt. Es hätte so gut laufen können. Tut es aber nicht. Er spürt, dass das Mädchen sich heimlich über ihn lustig macht. »Fenja, ja?«

»Fenja. Genau. Ich muss dann mal«, erwidert sie.

»Ich auch. Aber wir sind ja in dieselbe Richtung unterwegs, oder? Du wolltest doch auch Richtung Wald?«

»Hab's mir anders überlegt«, sagt sie und verschwindet Richtung Dorf. Karl bleibt noch einen Moment stehen, starrt auf ihren Po, der sich in den engen Jeans beim Gehen hin- und herbewegt, als würde sie das absichtlich tun, weil sie weiß, dass er sie beobachtet. Dann seufzt er leise und schwingt sich wieder in den Sattel, um hinüber zum Wald zu fahren, wo er absolut nichts zu tun hat. Er wird eine Weile warten und dann wieder zurückfahren.

*

Der Junge war fünfzehn. Klar, dass ihm solche Mädchen gefielen. Wenn Armin Hutter an seine eigene Jugend zurückdachte, dann erkannte er sich in seinem Sohn wieder. Leider nicht nur in den positiven Eigenschaften, die Karl hatte. Hutter machte sich keine Illusionen, wieso der Junge den ganzen Tag am Computer hing. Bis vor Kurzem hatte er jede Website gekannt, auf der sich Karl herumtrieb. Aber jetzt hatte sein Sohn herausgefunden, wie er sich im Internet verstecken konnte. Das machte Armin Hutter Sorgen. Denn auf dieser Welt geschahen viele schreckliche Dinge, und er sah es als seine Pflicht an, sein Kind davor zu beschützen. So lange und so gut es ging.

Hussfeld war seit vielen Jahren eine Insel des Friedens in einer immer brutaler werdenden Welt. Das hatte die Gemeinde nicht zuletzt ihm zu verdanken. Als Bürgermeister war Hutter bereits zum zweiten Mal gewählt worden. Und dass er nach bald vierzehn Jahren auch noch für eine dritte Amtszeit gewählt werden würde, stand außer Frage. Denn Hutter kannte die Hussfelder. Er wusste, wie er sie zu nehmen hatte, wusste, was gut für die Gemeinde war. Und die Hussfelder kannten ihn. Sie wussten, dass es niemanden gab, der besser für Recht und Ordnung sorgen konnte, für ein friedliches Miteinander und für Stabilität. Es war eines seiner Lieblingswörter. Stabilität. Ein Gemeinwesen musste stabil sein. Man musste darauf bauen können, dass galt, was galt, dass die Dinge Bestand hatten. Für seinen letzten Wahlkampf hatte Hutter den Slogan gefunden: *Hussfeld + Hutter = Stabilität*.

Gut, ein Wahlkampf war es im Grunde nicht gewesen, denn schon im Vorfeld hatte sich kein Gegenkandidat für den Gemeindevorstand gefunden. Auch das ein klares Zeichen des Vertrauens der Hussfelder in ihren ersten Mann.

Hutter lenkte den Wagen vors Rathaus und blieb auf dem für den Bürgermeister reservierten Parkplatz stehen. Er fuhr einen VW Passat, ein solides, ordentliches Auto, vor allem: kein Angeberfahrzeug. Er hatte nie verstehen können, warum Politiker immer mit großen dunklen und teuren Limousinen durch die Lande kreuzten. Es entfremdete sie vom Volk.

Einen Augenblick blieb er noch sitzen und hörte sich die Verkehrsmeldungen an. Auf der A 72 hatte es wieder einen Unfall gegeben, eine Fahrspur war gesperrt. Hutter schüttelte den Kopf. Im Rückspiegel sah er, wie das Mädchen vom Ortsende her wieder zurückkam. Knallenge Jeans. Natürlich. Kurzes, enges Oberteil. Klar. Hutter kannte diese Sorte Mädchen. Sie gehörten nicht nach Hussfeld. Das brachte nichts Gutes. Seufzend zog er die Handbremse und stieg aus. »Guten Tag«, grüßte er, als das Mädchen an ihm vorbeiging.

»Tag«, erwiderte sie und wollte schon weitergehen.

»Bist du die Tochter von Frau Bosch?«

»Mhm.«

»Ich bin Armin Hutter«, sagte er. »Der Bürgermeister.«

»Aha? Der Vater von Karl?«

»Richtig. Ihr habt euch schon kennengelernt?«

»Sie haben uns doch gesehen, oder?«

Hutter zögerte kurz. »Stimmt. Ich habe euch beide auf dem Waldweg gesehen.«

»Sonst noch was?«

»Nein, nein. Ich wollte nur Hallo sagen.«

»Okay. Hallo auch.«

»Bis bald!«

»Hm.«

Ja, das würde noch Ärger geben, das spürte Hutter ganz genau. Solche Mädchen passten nicht hierher. Und wenn er bedachte, was er über das Einkaufsverhalten der Mutter gehört hatte, dann war es nur eine Frage der Zeit, bis sich das Problem manifestierte. Kurzer Zeit.

*

Irgendwie ist Ehrweg fast ein wenig sympathischer als Hussfeld, dachte Katharina, als sie aus dem Büro kam. Es war nicht so aufgeräumt, nicht so gleichförmig und außerdem ein bisschen größer. Es gab nicht nur ein Gasthaus, sondern auch noch zwei kleinere Kneipen, eine Tankstelle und einen »Italiener«, der aber eigentlich nur ein Ladenlokal mit zwei Tischen und ein paar Stühlen vor der Tür war – und einen Lieferservice, bei dem anscheinend jeder Oberstufenschüler arbeitete, der schon ein Auto besaß. Jedenfalls hatte Katharina von ihrem Bürofenster aus genau beobachten können, wie sich die Jugendlichen bei Pizza Da Capo die Klinke in die Hand gaben. Viele setzten sich auf eine Zigarette vor den Laden, bis die zu liefernden Pizzen fertig waren, tranken Softdrinks aus Dosen und lachten.

Die neuen Kollegen waren nett, aber die Arbeit war langweilig, das stand jetzt schon fest. Katharina hatte den Ordereingang zu organisieren. Das hieß: Bestellungen aufzunehmen und sie an die zuständigen Abteilungen weiterzugeben, ebenso Stornos und Änderungen. Leider führte das dazu, dass oft auch Reklamationen bei ihr landeten. Die Vorgängerin war schon seit drei Wochen weg, weshalb ein ziemliches Chaos entstanden war. Sie würde Tage brauchen, um allein das in Ordnung zu bringen. Das Unternehmen handelte mit Mode der letzten und vorletzten Saison, also den Stücken, die in den großen Ladenketten nicht abverkauft worden waren. Man bot die Kleidung auf dem »zweiten Markt« an, also den Läden und Boutiquen, die eher nicht ganz fashionable waren. Davon gab es erstaunlich viele. Nun ja, vielleicht auch nicht erstaunlich, wenn man bedachte, dass diese Ware nur einen Bruchteil des Preises von Mode der neuesten Kollektion kostete. Eigene Shops hatte das Unternehmen nicht. »Wir machen hier nur B2B«, hatte der Chef erklärt. Und für den Fall, dass Katharina es nicht kapierte: »Business-to-Business.«

Es war bereits kurz vor sechs, als Katharina an ihrem ersten Arbeitstag endlich nach draußen kam. Bei Pizza Da Capo gingen offenbar gerade die ersten Bestellungen fürs Abendessen ein, denn schon standen wieder ein paar junge Männer vor dem Ladenlokal und rauchten. Kurz entschlossen ging Katharina hinüber und trat ein. »Kann ich Pizza zum Mitnehmen bestellen?«

»Klar«, erwiderte der Junge hinter der Theke. Er mochte etwa zwanzig sein. »Dauert zehn Minuten. Hier ist die Karte.« Hinter ihm hing ein großes Schild an der Wand, auf dem Pizzen in drei Reihen hingen wie Schießscheiben.

»Einmal mit Schinken und einmal mit Pilzen und Peperoni, bitte«, orderte Katharina.

»Einmal Pizza Olaf, einmal Pizza Katja«, sagte der Junge und tippte in seine Kasse: »Macht fünfzehn achtzig.«

»Mach siebzehn«, sagte Katharina und schob ihm einen Zwanziger über die Theke.

»Gerne.«

»Klingt nicht wirklich italienisch, oder? Olaf. Katja …«

»Die Pizza Olaf heißt so wegen dem Hintern von Olaf. War hier mal ein stadtbekannter Lehrer. Und die Katja …«

»Ich will's lieber gar nicht wissen!«, rief Katharina lachend. »Ich warte draußen, ja?«

»Ich bring sie dann raus. Hier sind die drei Euro Wechselgeld.«

»Danke.«

Katharina ging vor den Laden und betrachtete die drei jungen Männer, die dort auf ihre Ware warteten. »Jemand eine Zigarette für mich?«, fragte sie, weil sie plötzlich riesige Lust darauf hatte, mal wieder eine zu rauchen.

»Klar«, sagte einer der Jungs und reichte ihr sein Päckchen Camel.

»Geht das Geschäft gut?« Sie klopfte eine Zigarette heraus und steckte sie sich zwischen die Lippen.

Der Junge zuckte die Schultern. »Geht so. Gibt ja nicht viele Jobs in der Gegend.« Er hielt ihr ein Feuerzeug hin. Katharina beugte sich vor und ließ sich Feuer geben. Erstaunt stellte sie fest, dass er nach Aftershave roch. Er sah auch gepflegt aus, wie ihr jetzt auffiel. »Ich bin neu hier«, sagte sie.

»In Ehrweg?«

»In Hussfeld.«

»Oh.« Es klang wie: mein Beileid.

»Wir sind am Wochenende hergezogen.«

»Mhm.«

»Meine Tochter wird nach den Ferien aufs Gymnasium nach Annaberg gehen.«

»Annathal? Welche Klasse?«

»Elfte.«

»Fett.«

Falls sie gedacht hatte, er würde ein bisschen mehr erzählen, hatte sie sich getäuscht. Stattdessen stand der junge Mann aus dem Laden in der Tür und rief: »John? Deine Lieferung.«

Der Junge nahm ihm den Stapel Pizzakartons ab und legte sie in den geöffneten Kofferraum seines alten Peugeots. Er warf seine Kippe auf den Boden, trat sie aus und schwang sich hinters Steuer. Sekunden später war er weg. Mit deutlich zu hohem Tempo Richtung Kreisverkehr, wo er nach Norden abbog.

Als Katharina ihre Zigarette ausgeraucht hatte, war auch ihre Bestellung fertig. »Einmal Olaf, einmal …«

»Katja.«

»Genau.«

»Danke.«

»Gerne. Guten Appetit.«

Katharina wechselte die Straßenseite und ging zu ihrem Wagen, den sie auf dem Firmenparkplatz abgestellt hatte. John, dachte sie. Lässiger Name für ein echtes Landei. Allerdings hatten die ja oft die obercoolen Namen.

Augenblicke später, die Pizza hatte bereits den ganzen Wagen mit ihrem Geruch durchdrungen, fuhr sie vom Hof und schlug den Weg nach Hussfeld ein. Die Straße war leer, die Pizza noch heiß, Katharina trat aufs Gas. Was ihr am Ortseingang von Hussfeld gleich mal ein Foto aus dem Blitzerkasten bescherte. »Kacke!«, schrie sie, weil sie es hasste, Geld für nichts aus dem Fenster zu schmeißen. Na gut, den Strafzettel würde sie sich als Andenken aufheben. Hoffentlich taugte wenigstens die Aufnahme etwas. Mit der Sonnenbrille würde sie vielleicht sogar aussehen wie ein richtiger Verkehrsrowdy.

*

»Ich hoffe, die Frau bringt keinen Unfrieden in die Gemeinde«, sagte der Pastor und sperrte die Kirche hinter sich ab.

»Keine Sorge, ich hab sie im Blick.« Hutter wartete, um den Geistlichen noch ein Stück zu begleiten.

»Geschieden, ja?«

»Das sind heutzutage viele.«

»Aber nicht in Hussfeld.«

»Nein. Hier nicht.«

»Und die Tochter?«

Hutter hob die Hände. »Was soll ich sagen: eine Siebzehnjährige eben.«

»Haben Sie sie schon gesehen?«

Hutter nickte. »Heute. Ja.«

Der Pastor blieb am oberen Ende der Treppe stehen und blickte auf ihn herab. Seine Augen schienen in Hutters Innerstem zu forschen. »Denken Sie, die Mutter hat ihre Tochter im Griff?«

»Dazu kann ich nichts sagen«, erklärte der Bürgermeister und seufzte. »Dafür ist es zu früh. Ich habe beide nur einmal gesehen. Das heißt, nein, die Mutter zweimal. Sie macht einen … einen ordentlichen Eindruck.«

»Ja? Tut sie das?« Der Pastor steckte den Schlüsselbund ein und kam herunter, ging an Hutter vorbei und strebte auf den Ausgang des Kirchhofs zu. Hutter ging ihm hinterher. »Ich habe gehört, sie hat sich erst einmal Schnaps und Zigaretten besorgt.« Er sog scharf die Luft ein. »Und Verhütungsmittel.«

»Also, Pastor Reichert, Sie wissen, dass es in Hussfeld keinen Schnaps zu kaufen gibt und auch keine Zigaretten. Und soweit ich weiß, hat sie hier eingekauft.« Er machte eine kleine Pause. »Sekt. Und Verhütungsmittel. Ja.«

»Na bitte«, erklärte der Pastor. »Quod erat demonstrandum.«

»Ich wüsste nicht, was das beweisen soll.«

»Sie führt ein lockeres Leben. Womöglich ihre Tochter auch.«

»Mit siebzehn?«

»Gerade mit siebzehn! Das sind die Schlimmsten!« Der Pastor hielt inne und wandte sich nach rechts. »Sie wissen, was wir schon alles erlebt haben, Herr Hutter.«

»Ich weiß, Pastor Reichert, ich weiß.« Hutter senkte den Kopf. Sie waren am Leichenhaus angelangt. Immer noch lag dort Otto Pritzkow aufgebahrt. Hutter hatte bereits seine

Sorge geäußert, und er wiederholte seine Mahnung: »Ich weiß nicht, ob es gut ist, den Leichnam so lange bei diesen Temperaturen hierzulassen.«

»Toter kann er nicht mehr werden, oder?«, stellte der Pastor fest. »Und Sie werden ihn auch nicht gerne bei sich aufbewahren wollen.«

»Man könnte ihn vielleicht in den Keller …«

»Der ist dafür nicht geeignet.« Der Pastor warf einen Blick auf die Eintragungen im Kondolenzbuch, das auf einem Tisch neben dem Sarg ausgelegt war, nickte zufrieden und wedelte den Bürgermeister wieder aus dem stickigen Raum. »Hören Sie, Herr Hutter«, erklärte der Geistliche. Trotz seiner geringen Körpergröße war er eine imposante Persönlichkeit. »Sie wissen, wohin es führt, wenn eine Frau die falschen Signale gibt.«

»Aber …«

»Es gibt immer Gründe. Unterschiedliche Gründe. Aber eine Einladung ist ein sehr wahrscheinlicher Grund, verstehen Sie? Wo Moral und Anstand verloren gehen, da ist es nur noch ein kleiner Schritt, um verwerflichen Wünschen nachzugeben. Wünschen, die das Böse über uns triumphieren lassen, Hutter.« Er sprach so eindringlich, dass dem Bürgermeister Schweißperlen auf die Stirn traten. Auch das schien Reichert wahrzunehmen, denn er starrte Armin Hutter lange an, als müsste er ihn einer Prüfung unterziehen. Schließlich seufzte er und murmelte: »Selig sind, die reinen Herzens sind; denn sie werden Gott schauen.«

*

»Pizza?«

»Was dagegen?«

»Überhaupt nicht!« Fenja grinste. »Ich sterbe vor Hunger.«

»Ich aber auch. Machen wir halbe-halbe?«

»Ich hätte lieber die mit Schinken«, erklärte Fenja.

»Wenn du wüsstest, warum sie die nennen, wie sie sie nennen, hättest du lieber die andere.«

»Echt? Wie nennen sie sie denn?«

»Pizza Olaf.«

»Voll italienisch.«

»Das ist, weil …«

»Will ich nicht wissen!«, fiel Fenja ihrer Mutter ins Wort. »Solange sie nicht Olaf verarbeitet haben …«

»Na ja«, gab Katharina zu bedenken. »Nicht ganz.«

»Hm. Sollen wir noch den Rest Sekt von vorgestern trinken?«

»Uhhh! Lieber nicht. Das ist so ein schlimmer Fusel.« Katharina schüttelte es beim Gedanken an Rotkäppchen.

»War nur ein Vorschlag.« Fenja holte Besteck aus dem Küchenkasten, dann setzte sie sich zu ihrer Mutter an den Tisch. »Dann lass mal gucken.« Sie klappte den Pizzakarton auf und grinste. »Ich denke, die ist doch deine«, sagte sie und schob ihre Schachtel über den Tisch, um nach der anderen zu greifen.

»Wirklich? Wieso?« Katharina nahm den Karton mit der Schinkenpizza an sich und besah sich das Kunstwerk. »Ist doch eine Eins-a-Pizza«, stellte sie fest.

»Ich meine wegen dem Deckel.«

»Dem Deckel?« Und dann erkannte sie, dass mit Kugelschreiber eine Telefonnummer darauf notiert war. Und dazu die Worte: *Für gewisse Stunden.*

Einen Moment war Katharina so perplex, dass sie nicht wusste, was sie sagen sollte. Dann lachte sie laut auf und rief: »Die müssen schon sehr verzweifelt sein hier, wenn sie so mit ihren Telefonnummern um sich werfen.«

»War bestimmt ein eleganter Herr in den besten Jahren«, spekulierte Fenja. »Dein italienischer Restaurantbesitzer.«

»Der war eher in deiner Altersklasse, mein Schatz«, erwiderte Katharina. »Und ein Hänfling war er obendrein. Aber sympathisch. Na ja, wenn man davon absieht, dass er ...« Sie unterbrach sich. »Vielleicht hat er das für jemand anderen aufgeschrieben und einfach die Kartons vertauscht. Ja, bestimmt. Klar, so muss das gewesen sein.« Sie zwinkerte ihrer Tochter zu. »Da sind eine Menge junger Leute beschäftigt bei diesem Pizza-Lieferdienst. Ist auch gar kein Italiener, wie man ihn sich vorstellt. Eher so ein ... ja, so eine Art Laden. Mit Getränken im Kühlschrank und Take-away. Vielleicht nehm ich dich morgen mit nach Ehrweg? Dann kannst du dich dort auch mal ein bisschen umsehen. Oder willst du lieber hier die Gegend weiter erkunden?«

»Hier? Machst du Witze?« Fenja biss herzhaft in die Pizza mit Champignons und Peperoni. »*Die Gegend* hier ist nach einer Viertelstunde erkundet. Wenn man ganz langsam geht.«

»Na, dann kommst du morgen einfach mit, und wir essen zu Mittag bei Da Capo. Und am Abend kochen wir uns selber was.«

»Klingt nach einem guten Plan.«

*

Pizza in Schachteln. Sie hätte es gleich wissen müssen. Sie hätte es wissen müssen, als diese Frau zum ersten Mal hier aufgetaucht war. Eigentlich schon früher. Als diese Bosch gesagt hatte, sie bräuchte die Wohnung für sich und ihre Tochter, da hätte sie direkt fragen müssen: Was ist mit dem Vater? Jetzt hatte sie den Salat. Über ihr wohnte eine Schlampe mit einem Teenager, der garantiert genauso verkommen war. Saßen da oben und fraßen Pizza aus der Schachtel. Wahrscheinlich tranken sie dazu Bier aus der Flasche. Wer weiß, was sie sonst noch alles da oben trieben. Es war eine dumme Idee gewesen, ihr die

Wohnung zu geben. Besser wäre gewesen, sie hätte sie gar nicht vermietet. War lang genug leer gewesen.

Gerda Kleve hatte nichts gegen Fremde. Mit Rövers, Ziegerts und Herkerdorfs war sie gut gefahren. Und man musste sich immer auf die Neuen einlassen, so war das eben. Aber die mussten auch ihrerseits mitspielen. Und sie mussten passen. Gerda Kleve hatte es gleich gespürt, aber nicht auf ihren Instinkt gehört: Diese beiden passten nicht.

Sie drückte die Klingel, als sie endlich oben angelangt war, und fluchte innerlich über ihr Knie, mit dem sie bald nicht mehr die Treppen hochsteigen konnte.

»Frau Kleve!«, rief die Neue und tat, als wäre sie erfreut.

»Guten Abend, Frau Bosch.« Es roch nach kalter Pizza. Wahrscheinlich hatten sie nicht mal richtig gelüftet. »Ich wollte Ihnen noch einen kleinen Nachtisch bringen.« Sie hielt der Neuen den Teller mit den zwei Stück Marmorkuchen hin. »Ist nicht viel. Aber selbst gemacht«, erklärte sie.

»Ach, das ist aber wirklich nett von Ihnen!« Katharina Bosch trat zur Seite. »Möchten Sie vielleicht einen Augenblick hereinkommen? Ich … Also, ich habe leider noch gar nichts im Haus, was ich Ihnen anbieten könnte. Aber vielleicht möchten Sie sich ja mal umsehen?«

»Ich möchte wirklich keine Umstände machen«, sagte Gerda Kleve und trat dennoch ein.

»Überhaupt nicht!«, beeilte sich Katharina, ihr zu versichern. »Wenn Sie sich nicht daran stören, dass gerade gar nicht aufgeräumt ist … Ich bin erst vor einer halben Stunde von der Arbeit gekommen.«

»Und jetzt haben Sie erst einmal etwas gegessen«, stellte die Vermieterin fest, während ihr Blick die leeren Pizzakartons streifte und dann auf Fenja haften blieb.

»Meine Tochter Fenja kennen Sie ja schon.«

Fenja hob etwas schlapp die Hand und sagte: »Hallo.«

»Guten Abend«, erwiderte Gerda Kleve und wartete. Doch von dem Mädchen kam nichts mehr. Sie stand nur da und guckte sie an. Unverschämt.

»Also, hier ist das Wohnzimmer«, sagte Katharina und ging voraus. Immerhin sah es in dem Raum schon einigermaßen ordentlich aus, wenn man sich nicht daran störte, dass es noch keine Vorhänge gab. »Ein bisschen gemütlicher muss es noch werden. Aber das sind Pläne für die nächsten zwei, drei Wochen. Vielleicht haben Sie ja eine Idee, wo ich mir Gardinen besorgen könnte?«

»Da fahren Sie mal am besten nach Zschopau. Da gibt es ein paar Läden für Vorhangstoff. Nähen lassen können Sie ihn bei Frau Petermann. Die hat ihre Schneiderei über dem Versicherungsbüro. Das haben Sie vielleicht schon gesehen?«

»Oh ja! Das hab ich.« Katharina freute sich. »Vielen Dank für die guten Tipps. Und hier ist Fenjas Zimmer.« Sie guckte kurz rein, seufzte und ließ dann zu, dass auch Frau Kleve es in Augenschein nahm. »Teenager«, sagte Katharina mit einem Lächeln.

»Hm. Also, wie gesagt, ich will nicht stören. Den Teller können Sie mir ja morgen wiederbringen. Oder Ihre Tochter.«

»Das wird Fenja sicher gerne machen«, erklärte Katharina und nickte ihrer Tochter zu, die die Augen verdrehte.

»Dann mal einen schönen Abend noch.«

»Ihnen auch, Frau Kleve. Und nochmals vielen Dank! Ich freue mich, dass wir in einem so netten Haus untergekommen sind. Wir fühlen uns richtig willkommen, nicht wahr, Fenja?«

»Total«, sagte Fenja und blickte der Vermieterin hinterher, die leicht hinkend die Wohnung wieder verließ. Und sie fragte sich, ob es nicht noch einen dritten Schlüssel gab, außer ihrem eigenen und dem ihrer Mutter. Einen Schlüssel, den diese Frau Kleve für sich aufbewahrt hatte.

*

Es roch immer noch nach Pizza in der Wohnung, obwohl sie alle Fenster aufgemacht hatten. Die Nacht war warm. Sehr warm. Und es war nicht so still wie die letzten zwei Nächte. Fenja lag auf ihrem Bett und lauschte. Irgendwo bellte ein Hund. Nach einiger Zeit ging das Bellen in ein Jaulen über. Sie fragte sich, ob der Besitzer dem Tier ein paar Schläge mit dem Gürtel verpasst hatte. In der Ferne röhrte ein Motor. Zweimal war das Grollen eines vorüberziehenden Flugzeugs zu hören. Einmal glaubte sie, einen Blitz über den Himmel zucken zu sehen – doch der Donner blieb aus. Kein Gewitter.

Dabei war es so schwül, dass das Laken an ihrem Rücken klebte. Außer dem Slip hatte sie sowieso schon nichts an. Aber trotzdem schien sie kaum Luft zu bekommen. Immer wieder stand sie auf und stellte sich ans Fenster, um wenigstens ein bisschen durchzuatmen. Die Straße war menschenleer. Natürlich. Wer sollte schon mitten in der Nacht in diesem Kaff unterwegs sein? Fenja beugte sich ein Stück weit hinaus und blickte die Straße hinunter Richtung Ort. Kein einziges Fenster war erleuchtet. Nur die trüben Straßenlaternen standen in Reih und Glied in der Dunkelheit. Und der Kirchturm war angestrahlt, als wäre er eine Sehenswürdigkeit. Dabei sah er mit der seltsamen rostroten Haube über dem rosa gestrichenen Mauerwerk eher aus wie ein riesiger Phallus. Fenja musste lachen, als ihr das in den Sinn kam. Weiter weg von der Realität konnte es gar nicht sein. Denn so tote Hose wie hier, das musste man erst einmal finden.

Sie dachte an Karl. Der Typ hatte es sich offenbar zur Gewohnheit gemacht, ihr aufzulauern. Immer wenn sie im Dorf unterwegs war, tauchte er plötzlich mit seinem lächerlichen Fahrrad auf. Rein zufällig natürlich. Ob er der einzige Jugendliche in Hussfeld war? Das war irgendwie schwer vorstellbar. Immerhin hatten die hier auch ein paar Tausend Einwohner, oder? Wo waren die eigentlich alle?

Tatsächlich kam noch einmal ein Bus die Landstraße entlang! Fenja trat einen Schritt zurück. Musste ja nicht jeder hier auf ihren Busen glotzen. Vorhänge waren dann doch irgendwie eine feine Sache. Bloß dass sie eben noch keine hatten. Der Bus blieb stehen, obwohl niemand an der Haltestelle wartete und außer dem Fahrer niemand darin saß. Weird, oder? Fenja verharrte, bis er wieder abgefahren war, ehe sie wieder ans Fenster trat und die Arme hob, um ein wenig Luft unter ihre Achseln zu lassen. Und dann stand doch einer da. Wie aus dem Nichts. Ein Mann. Er bewegte sich nicht, sondern starrte nur zu ihr hoch. Mit einem Blick, dass ihr plötzlich eiskalt wurde.

*

Er kann nicht schlafen. Und das liegt nicht nur an der verdammten Hitze oder daran, dass sein Vater ihm angedroht hat, ihm das Handy wegzunehmen. Karl kriegt die Neue nicht aus dem Kopf. Fenja. Dreimal hat er sie schon gesehen, nein: Dreimal hat er sie getroffen. Gesehen hat er sie schon öfter. Weil er die Straße beobachtet. Wenn sie am Schwarzen Ochsen vorbeikommt, kann er sie von seinem Zimmer aus sehen. Und wenn sie Richtung Ortsrand geht, auch. Tut sie aber nicht mehr. Der Spaziergang zum Vereinsheim vorgestern war bisher ihr einziger Ausflug dort entlang. Vom Klofenster aus könnte er sie noch ein Stück länger beobachten, weil ihm da das eigene Haus nicht so im Weg steht. Aber wenn sie erst mal so weit ist, rennt er lieber runter und schwingt sich auf den Sattel. Denkt sich irgendwas Blödes aus, was er sagen kann, damit er einen Grund hat, sie aus der Nähe zu betrachten. Weil es eigentlich genau das ist, was er tun will. Wenn er hinter ihr herfährt, saugt sich sein Blick förmlich an ihrem Po fest. Wenn er vor ihr steht, muss er aufpassen, dass er ihr nicht auf die Möpse glotzt. Aber in die Augen sehen darf er ihr auch nicht, denn dann kriegt er kein Wort mehr raus. Das ist ihm gestern passiert.

»Hallo?«

»Ich … äh … ja.« *Diese Augen, Mann!*

»Wolltest du was von mir?«

Gute Frage. »Wegen dem Fahrrad …«

»Ja?«

»Wenn du es brauchst oder so …«

»Schon klar. Ich melde mich, falls ich dein Luxusgefährt brauche.«

»Ja. Ähm. Gut.«

Hätte echt nicht peinlicher laufen können. Aber so hat er wenigstens einen Blick auf ihren BH werfen können. Rot. Mit Verzierungen am Rand.

Seine Unterhose ist klebrig. Es nervt. Alles nervt. Sein Vater nervt. Dieses ganze Bürgermeister-Ding nervt und die Ordnung und alles. Am liebsten würde er … Er würde …

*

III.

Ehrweg war tatsächlich nicht ganz so das Hinterletzte wie Hussfeld. Es war einfach mehr los. Das heißt: Es war natürlich eigentlich nichts los. Aber wenn man es mit Hussfeld verglich, dann war's schon fast mega. Fenja hatte mit ihrer Mutter ausgemacht, dass sie mit dem Auto mitkam, mit ihr noch zusammen zu Mittag aß und dann irgendwann später selber mit dem Bus zurück nach Hussfeld fahren würde. »Wenn es dir langweilig wird«, hatte ihre Mutter gesagt. Die hatte gut reden, die war ja beschäftigt. Aber was sollte man tun, wenn man nur die Wahl hatte zwischen sterbenslangweilig und todlangweilig? Ehrweg mochte einen Tick größer sein als der Nachbarort. Sie hatten ein paar Gaststätten und nicht nur Rentnertreffs wie den Schwarzen Ochsen, wo auf der Speisekarte nur Dinge standen wie Kohlroulade, Leipziger Allerlei und Eierschecke.

An der Tanke kaufte sie sich einen Energydrink und setzte sich auf einen Reifenstapel, der vor der Werkstatt nebenan lag. Ein Mechaniker tauchte auf. »Du bist neu hier, oder?«

»Langsam komm ich mir vor wie im Zoo«, erwiderte Fenja. »Hier gibt's wohl immer nur dieselben Gesichter zu sehen, was?«

»Klar«, sagte der Mechaniker. »Und? Wohnst du jetzt hier?«

»In Hussfeld.«

»Meine Fresse. Dann hast du dich ja gut getarnt.«

»Getarnt?«

»So tipptopp ordentlich, wie die immer sind?«

»Haben die euch genauso gern, wie ihr sie habt?«

»Vermutlich.« Er grinste. »Ich bin übrigens Thorsten.«

»Hi, Thorsten. Fenja.«

»Fenja.« Er wiederholte den Namen, als sei er was ganz Besonderes. »Und was machst du so? Ich meine: berufsmäßig?«

»Schule.«

»Oh. Und ich dachte …«

»Was dachtest du?«

»Nichts.«

»Sieht genauso aus.« Sie grinste zurück. Er war vielleicht nicht der Hellste, aber er war definitiv witzig. »Und du arbeitest hier?«

»Sieht so aus.«

»Dein Laden?«

»Meiner?« Thorsten lachte. »Seh ich aus wie Krösus? Nee. Ich maloche hier für den alten Teichmann.«

»Muss man den kennen?«

»Schadet jedenfalls nichts. Ihm gehört halb Ehrweg.«

»Wow.« Halb Ehrweg. Fenja überlegte, ob sie das irgendwie beeindrucken sollte. »Dann ist ja noch eine Hälfte für dich übrig«, erklärte sie, worauf der Mechaniker abermals lachte, und zwar so laut, dass man es vermutlich noch in Hussfeld hörte, und feststellte: »Du gefällst mir. So eine wie dich haben wir hier gebraucht.«

*

Um halb eins wartete Fenja vor dem Eingang von Krummbach + Krummbach. Sie hatte schon ein Loch im Bauch und ärgerte sich etwas, dass ihre Mutter erst nach mehr als zehn Minuten herauskam.

»Alles gut?«, fragte Katharina.

»Abgesehen davon, dass ich am Verhungern bin, ja.«

»Dann lass uns schnell rübergehen zu Hot Pot oder zum Italiener.«

Weil beim Vietnamesen die Tische draußen besetzt waren, wurde es wieder einmal Pizza Da Capo. »Schon wieder da?«, rief der junge Mann hinter dem Tresen und warf Fenja einen bewundernden Blick zu. »Hab ich was verpasst? Gibt's hier irgendwo ein Nest?«

»Ich reservier uns mal einen Tisch«, erklärte Fenja und drehte auf dem Absatz um. Als ihre Mutter wenig später wieder nach draußen kam, musterte Fenja sie spöttisch. »Hast ja schon echt Eindruck gemacht hier.«

Katharina lachte. »Das Kompliment hat dir gegolten.«

»Ein Kompliment war das?«

»Wie Landeier eben so Komplimente machen.«

»Klingt ein bisschen chauvi, wie du das sagst«, erklärte Fenja. »Ich denke, wir sind jetzt auch Landeier.«

»Absolut! Das sind wir jetzt auch.« Katharina stellte ihrer Tochter eine Cola auf den Tisch und setzte sich, um selbst einen Schluck aus ihrer Flasche zu nehmen.

»Keine Gläser oder so was?«

»Ist hier doch eigentlich nur ein Pizza-Lieferdienst. Hast du den Kühlschrank nicht gesehen? Die verkaufen Getränke nur in Flaschen. Die Tische sind so was wie Service. Wahrscheinlich vor allem für die Fahrer.«

Wie auf Ansage bog ein ziemlich schrottreifer BMW auf den Kies vor dem Haus und kam eine Handbreit vor ihrem Tisch zum Stehen. Katharina wäre beinahe vom Stuhl gefallen.

»Sorry«, sagte der Fahrer beim Aussteigen. »Hab einen Höllenzeitplan.«

»Das mit der Hölle könnte klappen«, erwiderte Katharina und funkelte ihn an. Er schien sich nicht weiter für sie zu interessieren, sondern ging nach drinnen, als wäre nichts gewesen. Katharina hörte, wie der Typ hinter der Theke ihn anpflaumte: »Du kannst mir hier nicht die Kunden umnieten, Mann.«

»Eben schien sie noch ganz lebendig. Jetzt mach mal halblang, ja? Sind die Pizzen fertig?«

»Pizzen ja. Nudeln dauern noch.«

»Dann werden die Pizzen kalt!«

»Eine Minute, okay?«

Tatsächlich stürmte der Fahrer eine Minute später wieder nach draußen, warf die Lieferung in den Kofferraum und startete, dass der Kies nur so spritzte.

»Nettes Örtchen hier«, sagte Fenja.

»Sind nicht alle so.«

Eine bemerkenswert dicke Frau brachte ihr Essen nach draußen. »Tut mir leid«, murmelte sie und blickte in die Richtung, in der der BMW verschwunden war. »Wenn er sich noch mal so aufführt, kriegt er Ärger. Bestimmt.«

»Danke fürs Rausbringen«, sagte Katharina, ohne auf die Bemerkung einzugehen. Dann wandte sie sich an ihre Tochter. »Bisschen viel Pizza die Tage, oder?«

Fenja zuckte die Achseln. »Passt schon. Mit Sardellen mag ich sowieso am liebsten.«

»Na dann, guten Appetit.«

»Dir auch.«

Sie aßen, schwiegen, guckten den Leuten zu, die nebenan in den Getränkemarkt gingen oder herauskamen, studierten die Schilder an der Kreuzung ein paar Meter entfernt, wo irgendein Witzbold das Wort »Hussfeld« mit einem »St.« verziert hatte und über das doppelte S ein R geschmiert hatte.

»St. Hurfeld«, stellte Fenja grinsend fest. »Klingt interessant.«

»Klingt blöd«, erklärte Katharina. »Hussfeld ist ein richtig nettes Städtchen.«

»Zu nett, wenn du mich fragst.«

»Hey! Auch wieder da!«

»Hallo, John«, grüßte Katharina den jungen Mann, der sich vor ihrem Tisch aufgebaut hatte und die beiden Frauen hinter seiner Sonnenbrille angrinste.

»Ihr kennt euch schon?«, fragte Fenja verblüfft.

»Lass mich raten: Du bist ihre Schwester?«

»Netter Versuch«, erwiderte Fenja. »Ich bin ihre Tante.«

»Cool.« Er zögerte, doch dann ließ er die beiden Frauen einfach links liegen und ging hinein.

Zu ihrem eigenen Ärger spürte Fenja, wie ihr Herz ein kleines bisschen schneller schlug, während Katharina zu ihrem eigenen Ärger spürte, wie sie ein klein wenig eifersüchtig auf ihre Tochter war. Eifersüchtig und stolz. Dass Fenja mittlerweile eine attraktive junge Frau war, das wusste sie. Aber dass sie so auf Männer wirkte, das war ihr neu. Neu und ein klein wenig unheimlich.

*

Eine halbe Stunde später waren die Pizzen aufgegessen, Katharina beeilte sich, wieder an ihren Arbeitsplatz zurückzukommen, und Fenja trug die leeren Schachteln und die Dosen nach drinnen, um sich das Pfandgeld rausgeben zu lassen. »Was macht man hier denn am Abend so?«, fragte sie den Typen hinter der Theke.

»Du meinst, wo wir abhängen?«

»Zum Beispiel.«

»Gibt einen Club ein Stück außerhalb …«

»Außerhalb«, wiederholte Fenja spöttisch. »Wie außerhalb kann man denn sein?«

»Och, der liegt wirklich abseits.« Er kam hinter seiner Theke hervor und ging zur Tür. »Also wenn du Richtung Zwönitz fährst und dann die erste Abzweigung nach rechts nimmst, dann kommt nach ein paar Hundert Metern ein Schotterweg …«

»Alles gut«, unterbrach Fenja ihn. »Solange ich keinen Führerschein habe, kann ich das sowieso vergessen.«

»Klar«, erwiderte der junge Mann. »Führerschein braucht man dafür. Oder jemanden, der ein Auto hat.« Er blickte sie vielsagend an. Fenja verdrehte die Augen.

»Was geht ab?«, rief John, der in diesem Moment wieder vor dem Da Capo ankam. »Macht er dich an? Machst du sie an, Mirko?«

Der Pizzaverkäufer schnaubte nur und ging wieder hinter seine Theke. »Zweimal Margherita und eine große Fanta. Schon fertig. Mach lieber, dass du Land gewinnst.« Er schob die Ware über den Tisch. John packte die Sachen und lief wieder zu seinem Wagen. »Weißt du, wann der nächste Bus geht?«, fragte Fenja, als er an ihr vorbeilief.

»Wohin, Schneewittchen?«

»Hussfeld, du Zwerg.«

Im Hintergrund hörte sie Mirko keckernd lachen.

»Hussfeld. Liegt in meiner Richtung. Steig ein.«

Alles war besser, als an der Bushaltestelle zu warten. Und diesen John kannte ihre Mutter immerhin schon. Das war eine gute Basis, fand Fenja und stieg ein. Sie hatte die Tür noch nicht zugeschlagen, da drückte er schon so aufs Gas, dass sie beinahe den Griff losgelassen hätte. »Hey, spinnst du? Willst du, dass ich rausfalle?«

Er warf einen Blick zu ihr und sagte so entspannt, als säßen sie in einem Ruderboot: »Ich will vieles, Baby. Aber nicht, dass du rausfliegst.«

Aus ihrem Bürofenster gegenüber beobachtete Katharina die Szene. Sie hatte ein ungutes Gefühl. Zu viel Adrenalin. Überhaupt zu viele Hormone. Das war eine gefährliche Mischung.

Die Jugendlichen hier litten natürlich darunter, dass nichts los war, dass sie eigentlich in die große weite Welt wollten und stattdessen in einem Kaff zwischen anderen Käffern saßen und nichts erlebten. Irgendwie wollte sich die Lebenslust Bahn brechen, ganz klar. Aber ausgerechnet mit ihrer Tochter auf dem Beifahrersitz? Sie würde sich diesen John noch sehr genau anschauen müssen. Und sie musste auf Fenja aufpassen. Nicht nur darauf, dass sie nichts Dummes anstellte. Das Mädchen brachte auch andere auf dumme Gedanken. Und Gedanken waren immer der Ursprung von Taten.

*

»Ich fass es nicht!«, rief Fenja, als sie an der Bushaltestelle stehen blieben.

»Nämlich?«

»Sie haben es schon weggemacht.«

»Sorry. Ich steh gerade auf dem Schlauch.«

»Die Schrift! *Süße Sau.* Stand hier. Schön groß und rosa. Jetzt sieht es aus, als wär nie was gewesen. Das Bushäuschen ist so sauber wie … wie neu.«

»Willkommen in Hussfeld!«, rief John und grinste. »Die sauberste Gemeinde der Welt.«

»So schlimm? Echt?«

»Ach was«, erklärte John und schob seine Sonnenbrille ins Haar, was ihn gleich noch attraktiver aussehen ließ. »Wir machen eben so unsere Witze. Die Leute hier sind auch nicht schlechter als anderswo. Ist nur, weil sie halt so nerven.«

»Und womit nerven sie so?«

»Das fängt beim Blitzer am Ortseingang an. Dann gibt es ja ein Motorradverbot, was ziemlich scheiße ist für die Kollegen, die mit dem Zweirad ausliefern. Dann haben sie den Sushi-Laden zugesperrt, weil sich *zu viele Jugendliche dort herumge-*

trieben haben. Solche Sachen, verstehst du?«

»Ist genau mein Eindruck von diesem Nest«, erklärte Fenja. »Hier ist so was von nichts los.«

John nickte. »Weniger als nichts.« Er überlegte. »Einmal im Jahr veranstalten sie einen Feuerwehrball, und ich glaube, der Sportverein hat auch irgendwas. Weihnachtsfeier oder so. Und ich schwöre, die haben in ihrem Vereinsheim, wo das immer stattfindet, eine Ausnüchterungszelle.«

»Ach, Quatsch.«

»Nee, im Ernst! Wenn da einer einen über den Durst trinkt, landet der in einem Raum bei den Sanitäranlagen und darf erst wieder raus, wenn er nüchtern ist. Ein Kumpel von mir hat es selbst erlebt. Den haben sie da bis zum nächsten Nachmittag festgehalten.«

Fenja seufzte. »Ich hab ja gleich gewusst, dass das hier ein Volltreffer ist.«

Da war es wieder, das Grinsen. »Absolut richtig, Schneewittchen«, sagte John. »Es *ist* ein Volltreffer. Denn hier hast du mich getroffen!«

»Oh, ja. Stimmt«, erwiderte Fenja gespielt gelangweilt. »Das hatte ich vergessen. Echt mega.« Sie griff nach der Tür, um auszusteigen.

»Geht nur von außen«, erklärte John, und sein Grinsen wurde noch breiter. »Aber ich helfe dir.« Er stieg aus und ging um das Auto herum. Doch Fenja war schneller, sie ließ das Fenster herunter und griff nach draußen, sodass sie schon ein Bein im Freien hatte, als er bei ihr ankam. »Oder so«, sagte er.

»Genau. Ich muss jetzt. Danke fürs Fahren.«

»Immer gerne, Schneewittchen. Samstagabend?«

»Was?«

»Wir treffen uns alle im Club.«

»Im Tal des Todes?«

Er lachte. »Kann man so nennen, ja.«

»Neun?«
»Zehn. Ich hol dich ab.«
»Abgemacht.«

*

Schneewittchen. Der Typ hatte Nerven. Fenja war blond und hatte gut Farbe bekommen in diesem Sommer bisher. Wenn sie sich auszog, sah man deutlich die Bikinistreifen. Ob es hier irgendwo ein Schwimmbad gab? Oder einen See? Musste sie alles noch in Erfahrung bringen. Aber ein Date am Samstagabend war immerhin mal ein Anfang.

»Guten Tag«, grüßte Frau Kleve, die wie zufällig im Treppenhaus stand, als Fenja zur Tür hereinkam.

»Guten Tag, Frau Kleve«, grüßte sie zurück, als wäre sie eine vorbildliche Tochter. War sie ja auch. Aber vermutlich nicht für diese alte Schachtel.

»Deine Mutter ist noch nicht da.«

»Ich weiß«, sagte Fenja. »Ich hab mich gerade mit ihr getroffen. Sie arbeitet noch.«

»Verstehe.«

»Schönen Tag noch!« Sie lief die Treppen hoch in den ersten Stock und hörte, wie die Vermieterin noch ein gnädiges »Ja« hervorpresste.

In ihrem Zimmer setzte sie sich aufs Bett, guckte nach, was in den Gruppen passiert war, und stellte fest, dass Jenny sie offenbar schon total vergessen hatte, Tilo sowieso und Carla erst recht. Sie verzichtete darauf, irgendwas zu schreiben, sondern ärgerte sich einfach nur. Vor allem natürlich darüber, dass sie John nicht gleich nach seiner Nummer gefragt hatte. Jetzt konnte sie bis Samstag warten und hoffen, dass er überhaupt auftauchte. Sie stand auf und ließ sich ein Bad ein. Es war so heiß draußen, dass sie sich schon richtig klebrig fühlte. Badeschaum hatte Mama noch nicht gekauft, also kippte Fenja ein bisschen Spüli in die Wanne. Es roch wie Kleinmädchenparfüm. Aber irgendwie passte das zu ihrer Stimmung.

Sie suchte sich eine Playlist mit guten Beats und ließ sich ins Wasser gleiten, träumte sich weg an einen anderen Ort. Irgendwohin, wo es spannender war. Wo das Leben tobte. Wo es geile Leute gab. Geile Partys. Wo einem nicht schon beim Aufstehen die Füße einschliefen. Am liebsten in ein anderes Land, auf einen anderen Kontinent. Auf einen fernen Planeten, yeah!

Dass ihre Mutter heimkam, hörte sie gar nicht. Erst als es heftig an die Badezimmertür pochte, schreckte sie auf. »Ja?«

»Fenja? Spinnst du, so einen Krach zu machen? Man hört deine Musik im ganzen Haus«, rief ihre Mutter von draußen. »Und auf der Straße«, schob sie nach.

Fenja griff nach dem kleinen Lautsprecher, den sie auf den Hocker neben der Badewanne gestellt hatte. »Tut mir leid!«, rief sie zurück, obwohl es nicht stimmte. »Ich komm jetzt sowieso raus.«

Sie wickelte sich in das Badetuch ihrer Mutter und schlang ihr eigenes um die mit Spüli gewaschenen Haare, dann schlurfte sie nach draußen. »Hi.«

»Hi. Hör mal, ich möchte nicht, dass wir gleich zu Anfang Ärger mit den Nachbarn bekommen.«

»Okay«, sagte Fenja und sah ihrer Mutter zu, wie sie ein paar Einkäufe auspackte. »Das verschieben wir also auf später.«

»Sehr witzig.«

»Kann ich eine Kiwi haben?«

»Nimm dir eine. Ich überlege noch, was wir heute Abend essen.«

»Spaghetti?«

»Ich hab aber keine Tomaten bekommen.«

»Für mich reicht Käse.«

Katharina lachte. »Das sind hier vielleicht Sitten. Fertigpizza,

Nudeln mit Käse … Was kommt als Nächstes? Würstchen aus dem Glas?«

»Gute Idee!«, erklärte Fenja und ging in ihr Zimmer, um sich was anzuziehen.

»Könntest du morgen mal einkaufen gehen?«, rief Katharina aus der Küche. »Ich schaff's einfach nicht, wenn ich solche Arbeitstage habe. Ich schreibe dir einen Einkaufszettel und geb dir meine Geldbörse. Okay? Fenja?«

»Okay«, kam es aus Fenjas Zimmer verhalten zurück. Die Einkäufe erledigen, das war nicht gerade die Art von Shopping, die sich Katharinas Tochter so vorstellte. Aber klar, sie würde ihrer Mutter helfen. Und wenn sie Kartoffeln nach Hause schleppte oder …

»Ich hab übrigens einen Staubsauger bestellt«, sagte Katharina prompt, als hätte sie gewusst, was sich ihre Tochter zu überlegen im Begriff war. »Der müsste morgen kommen.« Der alte hatte beim Umzug den Geist aufgegeben, nachdem Fenja ein Büschel feuchter Haare aus dem Duschablauf gesaugt hatte.

»Schon klar«, sagte Fenja, jetzt in Slip und Unterhemd in der Tür stehend. »Einkaufen und saugen. Sonst noch was?«

»Nein, mein Schatz. Das wäre schon alles. Ich danke dir.«

»Okay.«

*

Sie saßen gerade bei Nudeln mit Käse, als es klingelte. »Ich geh schon«, sagte Fenja und sprang auf.

»Zieh dir lieber was Richtiges an!«, rief Katharina und stürzte ihr hinterher. Doch Fenja hatte schon geöffnet, und in der Tür stand ein Mann in mittleren Jahren, der trotz der Hitze einen Anzug trug. Und ein weißes Hemd. »Guten Abend«, sagte er und wandte den fassungslosen Blick von Fenja zu ihrer Mutter. »Reichert. Ich bin der Pfarrer von St. Benno.«

»Oh! Guten Abend, Herr Pfarrer!«, sagte Katharina, und sie klang in Fenjas Ohren geradezu erfreut. »Was kann ich für Sie tun?«

Der Pastor erweckte gar nicht erst den Eindruck, als wolle er nicht hereingebeten werden. Doch Katharina schien nicht auf den Gedanken zu kommen. »Ich habe gehört, Sie sind neu nach Hussfeld gezogen«, sagte er. »Und ich wollte Sie willkommen heißen.«

»Das finde ich aber nett«, erklärte Katharina und blickte sich nach ihrer Tochter um. Fenja war immerhin so schlau gewesen, nicht im Flur stehen zu bleiben und dem Pfarrer weiterhin den Anblick ihrer Unterwäsche zuzumuten. Zumal die Unterwäsche, die die Mädchen inzwischen trugen, nun ja ... »Wir freuen uns sehr, dass wir hierhergezogen sind. Ein schöner Ort.« Katharina unterstrich ihre Worte mit einem heftigen Nicken. »Und nette Menschen hier!«

»Ja, die Hussfelder sind ein freundliches Völkchen«, stimmte der Pastor zu. »Also, ich wollte nicht stören, sondern nur Hallo sagen.« Er machte eine kurze Pause. Und als von Katharina nichts weiter kam, seufzte er und wünschte: »Einen schönen Abend noch, Frau Bosch.«

»Ihnen auch, Pastor Reichert!«

Er wandte sich schon zum Gehen, da schien ihm etwas einzufallen. »Ach. Ich würde mich natürlich freuen, Sie ab und an in unserer schönen Kirche zu sehen.«

»Ja«, sagte Katharina. »Wir waren sogar schon da. Gleich an unserem ersten Tag! Noch bevor wir hierher in unsere neue Wohnung gekommen sind.«

»Zum Gottesdienst«, erklärte der Pfarrer.

»Ja, natürlich«, sagte Katharina und hätte sich beinahe verschluckt. »Da kommen wir bestimmt auch mal hin. Ich meine: Da kommen wir sicher auch. Am Sonntag.«

»Am Sonntag. Richtig.« Er lächelte dünn, dann stieg er die

Treppe wieder hinab und verschwand. Fenja sah ihn vom Küchenfenster aus die Straße entlang Richtung Kirche gehen. War das nun eine sympathische Aktion gewesen, dass der Pfarrer vorbeischaute, um die Neuen zu begrüßen? Oder hatte er sie nur mal in Augenschein nehmen wollen? Ihr Auftritt war sicher nicht perfekt gewesen. Nicht für den Zweck.

»Kannst du dir bitte was anziehen?«, sagte Katharina, als sie wieder in die Küche kam.

»Wieso?«, frage Fenja. »Erwartest du noch jemanden vom Kirchenchor?«

*

Er hat sie gefunden. Hat eine Weile gedauert, weil sie nicht viel postet und nicht unter ihrem richtigen Namen angemeldet ist. Aber Karl wäre nicht Karl, wenn er sie nicht gefunden hätte. Der Computer ist sein Ding. Da macht ihm keiner was vor. Und er hat sie alle im Blick: die Mitschüler, die ihn mobben, die Mädchen, die ihn links liegen lassen, die Lehrer … und Fenja. Er hat schon einen Ordner für sie angelegt. Mit allem, was er über sie weiß. Mit Bildern, sogar mit einem Soundfile. Das hat er aufgenommen, als er sie zuletzt getroffen hat. Er hat sogar versucht, sie etwas Neues sagen zu lassen. Denn was sie gesagt hat, macht nun mal keinen Spaß: *Hab keine Zeit – Ja, echt heiß. – Läufst du mir eigentlich hinterher, oder was? – Nein danke, das interessiert mich nicht so sehr. – Super Angebot, aber lass mal gut sein, ja? – Nein, das find ich absolut nicht geil.* Er hatte ihr angeboten, sie mal ein bisschen in Hussfeld herumzuführen, ihr ein paar Plätze zu zeigen, die richtig gut sind. Hat sie ihm aber nicht geglaubt, dass es hier »richtig gute« Plätze gibt. Wenn er ehrlich ist, gibt's die auch nicht. Im Grunde hat er hauptsächlich versucht, sie zum Sprechen zu bringen. Um eine Aufnahme von ihr zu haben. Umgeschnitten hat er immerhin *Ich bin so geil. – Hinterher läufst du super. – Lass mich supergeil sein* draus gemacht. Vor allem *Ich bin so geil* ist geil geworden. Als hätte sie's genau so gesagt.

Mit der Timeline, die er jetzt abgreifen kann, mit den zusätzlichen Infos und allem kommt er garantiert weiter. Er kennt jetzt ihre Freunde, also: die ehemaligen Freunde, denn die sind ja alle in Coburg geblieben. Er weiß, wo sie zur Schule gegangen ist, hat sich schon die Klassenfotos mit ihr besorgt. Er weiß, was sie gelikt hat, wem sie folgt. Noch ein paar Tage, und er kennt sie besser als sie sich selbst.

»Karl? Mach jetzt das Ding aus und geh ins Bett!«, ruft sein Vater von unten. Klar, um zehn Uhr sollen alle brav in der Heia liegen. Karl sehnt sich nach dem Tag, an dem er für sich selbst entscheiden kann. An seinem Achtzehnten wird er weg sein. Hier gibt es nichts, was ihn hält. Na ja, vielleicht könnte ihn eine Frau wie Fenja halten. Aber die würde sich nie mit ihm abgeben, da hat er nicht die geringste Chance. Die müsste er sich schon mit Gewalt nehmen. Aber das würde er nie tun. Niemand dürfte böse zu ihr sein. Niemand.

»Karl?«

»Schon gut! Ich hör ja gleich auf!«

»Wenn du nicht in zwei Minuten das Licht aushast, komm ich hoch!«

»Schon gut! Gute Nacht.«

Kurz herrscht Stille im Haus, dann antwortet sein Vater: »Gute Nacht, Junge.«

Karl wirft einen letzten Blick auf Fenjas Jeanshintern, dann fährt er den Rechner runter und löscht das Licht. Auf seiner Netzhaut kann er die Umrisse immer noch vor sich sehen.

*

IV.

Sie glühte. Völlig ausgepowert und zugleich aufgekratzt stolperte Fenja nach draußen und blieb vor dem Eingang stehen, rang nach Luft. Drinnen war es so stickig gewesen, dass einem allein davon schon hatte schwindlig werden können. Luft! Gierig sog sie die kalte Morgenluft ein. Wie spät mochte es sein? Sie holte ihr Handy raus und konnte es erst selbst nicht glauben. Halb fünf! Es war kurz vor Sonnenaufgang. Aber noch lag tiefe Nacht um sie herum – und um den Club, der nicht ganz ohne Grund so weit ab von allem lag: Drinnen hämmerten immer noch die Bässe, dass die Wände vibrierten. Fenja war nicht sicher, ob der Rhythmus in ihrem Inneren ihren ganzen Körper in Aufruhr versetzte oder ob es die Musik war, die selbst hier alles zum Beben zu bringen schien.

»Hey!«, rief ein junger Typ, der kurz nach ihr ins Freie gekommen war. »Bist du ganz allein hier?«

Fenja tat, als würde sie ihn nicht hören. Sie hatte jetzt keine Lust, sich irgendwelche versoffenen Typen vom Hals zu halten.

»Hallo? Ich sprech mit dir!«

»Aber ich sprech nicht mit dir, Mann!«, warf sie ihm hin und ging ein paar Schritte weiter weg. Doch der Kerl schien sich davon nicht beeindrucken zu lassen und kam hinterher. »Bist du immer so eine Zicke?«

»Komm, lass gut sein«, sagte Fenja und überlegte, ob sie ihre

Mutter anrufen sollte. Nur zur Sicherheit. Obwohl die natürlich auch nichts tun konnte und vermutlich schlief. Hoffentlich. »Ich warte auf jemanden.«

»Hey, was für'n Zufall«, lallte er. Er hatte definitiv ein paar Bier zu viel intus. »Ich auch. Wir können zusammen warten.«

»Das würde meinem Freund nicht gefallen.«

»Deinem Freund?« Unvermittelt stand er so nah bei ihr, dass sie seinen Atem auf ihrer Haut spüren konnte. Hastig stolperte sie noch etwas weiter über den holprigen Feldweg, an dem der Club lag: ein niedriger Bau, der vermutlich mal ein Stall oder eine Lagerhalle gewesen war und jetzt am Wochenende zum Sauf- und Tanzpalast mutierte. Es war ein Fehler. Sie war jetzt so nah am Gebüsch, dass er sie mit Leichtigkeit hineinstoßen konnte. Hektisch versuchte sie, Johns Nummer zu finden, als ihr einfiel, dass sie die schlicht nicht hatte. »Holst du uns was zu trinken?«, fiel ihr plötzlich ein.

»Hä?« Er war schon wieder ganz nah …

»Ich hätte gern eine Cola. Lädst du mich ein?«

»Was krieg ich denn dafür?«, fragte er grinsend. Schon hatte er die eine Hand am Hosenknopf, während er sich mit der anderen das Shirt aus dem Bund zog.

»Das sag ich dir dann. Ich hab so'n Durst!«, erklärte Fenja und versuchte, zur Seite auszuweichen, wo aber ein Baumstamm im Weg lag, der den Parkplatz begrenzte. Kurz überlegte sie, ob sie sich zwischen die Autos flüchten sollte. Es waren immer noch viele Fahrzeuge da. Doch dann könnte niemand sie sehen, wenn er …

»Komm schon, Kleine! Dein Freund hat es ja nicht so eilig, wie's aussieht. Da kannste doch auch mal was anderes ausprobieren.« Er kam ihr hinterher, sodass Fenja sich umsah, ob sie einen großen Stein entdeckte oder einen Stock, mit dem sie sich wehren konnte. »Oder *wen* anderen«, schlug er vor.

»Wow«, sagte Fenja atemlos. »Find ich voll nett, dein Angebot. Aber mein Freund ist so eifersüchtig. Ich hab Angst, dass er …«

»Dass er was? Dass er dich schlägt? Dass er dir eine reinhaut? Ist es das, was du magst? Stehst du drauf?« Er torkelte auf sie zu. Zu schnell, als dass sie hätte ausweichen können. »Magst du's, wenn er dich schlägt?« Seine Augen waren groß und gierig. Fenja spürte ihr Herz bis in den Hals schlagen. »Das kannst du auch haben, wenn du darauf stehst«, sagte er heiser und hielt sie mit einer Hand am Arm fest, während er mit der anderen versuchte, seine Hose runterzuziehen.

»Alles klar bei euch?«, hörte Fenja hinter sich eine Stimme.

John! Erleichtert atmete sie auf.

»Stör ich hier?«

»Nein«, presste sie hervor und nahm all ihren Mut und all ihre Kraft zusammen. Dann stieß sie dem immer noch überrumpelten Typen ihr Knie in die Weichteile, dass er nicht mal dazu kam aufzujaulen, sondern direkt auf die Knie fiel und nach Luft rang. Schnell lief Fenja hinüber zu John und klammerte sich an ihn. »Ich bin ja so froh, dass du rausgekommen bist. Der Typ wollte … Er wollte …«

John schnaubte. »Also eigentlich ist Gregor ziemlich harmlos. Der hat einfach einen zu viel in der Krone.«

»Aber …« Ihr war auf einmal so kalt, dass sie schauderte. »Er hat mich … Er wollte …«

»Na ja, so wie's aussieht, wird es damit in nächster Zeit nichts, oder?« John grinste sie an, als wäre das alles ein Spaß gewesen. Vielleicht dachte er das auch. Aber es war kein Spaß. Und als sie noch einmal zu dem miesen Kerl hinsah, zuckte sie zusammen, so feindselig und rachsüchtig waren seine dunklen Augen.

*

Am liebsten hätte Katharina sie angerufen. Aber Fenja war siebzehn. Bald würde sie achtzehn. Katharina wusste, dass es Grenzen gab. Grenzen, die sie jetzt nicht mehr übertreten sollte. Fenja war intelligent genug, auf sich selbst aufzupassen. Sie war weder klein noch schüchtern noch naiv. Im Gegenteil: Manchmal schien sie ihrer Mutter eher ein bisschen zu wenig naiv. Und genau das machte ihr ebenso Sorgen. Einerseits sorgte sich Katharina, weil Fenja doch ihr Kind war, andererseits, weil sie eben genau das nicht mehr war: ein Kind.

Immerhin war ihre Tochter aufmerksam genug gewesen, ein paar Kondome einzupacken. Katharina hatte die Packung extra ganz unbefangen in das Schränkchen unter dem Waschbecken im Badezimmer gelegt, wo auch die Tampons waren. Wie sie gleich nach Fenjas »Tschüs« festgestellt hatte, fehlten jetzt zwei Stück. Das hatte sie beruhigt. Ein bisschen.

Aber die Nacht war lang – und bald zu Ende. Und Fenja war immer noch nicht da. Je später es wurde, umso größer wurden Katharinas Sorgen. Sie wusste ja nicht einmal, wo der Club war, zu dem John mit ihrer Tochter gefahren war. Und dass es ausgerechnet John war, das war letztlich auch nicht gerade beruhigend. Denn der Junge sah nicht nur verdammt gut aus, er wusste es auch noch. Er hatte ja nicht einmal bei Katharina seine Wirkung verfehlt. Und sie war Anfang vierzig.

Die Nacht war schwül. Es ging kein Lüftchen. Der Bus fuhr schon lange nicht mehr, sodass die Zeit geradezu stillzustehen schien. Ein einziges Mal seit Mitternacht war ein Auto durch den Ort gefahren, ein einziges Mal. Und zehnmal war Katharina aufgestanden und ans Fenster getreten, hatte rausgeschaut, als ob Fenja dadurch schneller käme. Hatte sich im Bett gewälzt, hatte die Nachrichten aufgerufen, hatte ein Bier getrunken, sich wieder hingelegt, war aufs Klo gegangen, hatte eine einsame Gestalt beobachtet, die eine Weile an der Bushaltestelle gestanden hatte, hatte sich erschrocken, als der Mann unvermittelt zu ihr heraufgeschaut hatte, hatte sich wieder im Bett verkrochen, das Kissen aufgeschüttelt, ein paar Minuten im Halbschlaf gedöst, nur um dann wieder dazuliegen und an die Decke zu starren und zu warten.

Irgendwann war sie dann doch eingeschlafen, da dämmerte es bereits. Und als Fenja nach Hause kam, merkte sie es gar nicht, sondern schlief den Schlaf der Gerechten.

Leise huschte Fenja in ihr Zimmer und warf sich aufs Bett, ohne sich abzuschminken oder auch nur auszuziehen. Nachdem sie noch eine Weile darüber nachgedacht hatte, ob es richtig gewesen war, mit John rumzumachen, oder ob sie es lieber richtig mit ihm hätte tun sollen, fiel sie völlig erschöpft in einen unruhigen Schlaf, der sie noch längere Zeit innerlich aufwühlte. Sie sah Johns Lippen auf sich zukommen, zärtlich und voller Lust. Doch dann war es plötzlich Gregor, der sie heftig, ja brutal küsste und seine Hand unter ihr Top zwängte. Sie stieß ihn zurück, und er fiel aus dem Auto, direkt in einen offenen Sarg, der im Leichenhaus stand und um den Karl mit seinem Fahrrad kreiste, wieder und wieder und wieder, bis ihr ganz schwindlig und schlecht wurde. Karl sprach dabei dauernd mit der Stimme von Frau Kleve: »Wir sind ein anständiges Haus, wir sind ein anständiges Haus, wir sind ein anständiges Haus …« Im Hintergrund dröhnten die Beats aus dem Club. Und als Fenja in den Sarg blickte, war es nicht Gregor, der darin lag, sondern sie selbst, und auf ihrer Stirn stand mit rosa Blut geschrieben: »Süße Sau«.

Irgendwann gegen zehn schreckte sie hoch, weil draußen ein Motorrad vorbeiröhrte und Frau Kleve aus dem Fenster schrie: »Motorradfahren verboten! In Hussfeld ist Motorradfahren verboten!« Als hätte der Biker das angesichts des Lärms, den er verursachte, hören können.

Dann war es wieder still. Nur das leise Schimpfen der Vermieterin war noch zu hören, die sich offenbar wieder in ihre Wohnung zurückgezogen hatte, sich aber nicht beruhigen konnte.

Gerädert und mit einem Brummschädel wie noch nie stand Fenja auf und tappte in die Küche. Mama hatte einen Zettel auf den Tisch gelegt: *Orangensaft im Kühlschrank. Ich hab dir ein Ei gekocht. Nimm was von dem Schinken.*

Eigentlich war ihr für so ein Frühstück eher zu schlecht. Aber vermutlich würde es ihr guttun, etwas zu essen. Und so setzte sich Fenja an den Küchentisch und versuchte, die Kaffeemaschine so lange anzustarren, bis die Kaffee machte. Was nicht klappte. Also raffte sie sich auf, drückte auf den Knopf und ging erst einmal duschen.

*

»Guten Morgen, Frau Bosch!«, grüßte Gerlach, wie immer mit korrekter Freundlichkeit. »Würden Sie nachher mal in mein Büro kommen?«

»Gerne, Herr Gerlach«, erwiderte Katharina. »Wann würde es Ihnen passen?«

»Machen Sie fertig, womit Sie gerade beschäftigt sind, und kommen Sie dann.« Er wartete nicht auf eine Antwort, sondern drehte sich um und ging. Gerlach war jederzeit nett, aber nie herzlich, das war Katharina schon bald aufgefallen. Er war korrekt und verbindlich, aber irgendwie distanziert. Für einen Chef waren das aus ihrer Sicht keine schlechten Eigenschaften. Sie standen für Verlässlichkeit und ein effektives Zusammenarbeiten. Trotzdem war sie ein wenig nervös, als sie ein paar Minuten später hinüber ging in sein Büro.

Gerlach saß an seinem Schreibtisch, wie immer vorbildlich gekleidet: Offenbar war er der Meinung, dass ein Vertreter der

Modebranche sich stets mit Krawatte und Dreiteiler präsentieren sollte – selbst wenn es nur um B-Ware ging. Nun ja, vielleicht gerade dann.

»Hallo, Herr Gerlach. Hier bin ich.«

»Kommen Sie rein, Frau Bosch, setzen Sie sich.« Er deutete auf einen der drei Sessel, die in einer Ecke seines ziemlich großen Büros standen. Im Regal dahinter präsentierten sich in verschiedenen Bilderrahmen junge Frauen in typischen Modeposen. Gerlach bemerkte ihren Blick. »Meine Töchter«, sagte er nicht ohne Stolz.

»Ach! Respekt!« Katharina meinte es ehrlich. Fenja würde auch in diese Sammlung passen, schoss es ihr durch den Kopf. »Wie viele Töchter haben Sie?« Auf den Modeaufnahmen konnte man die schlanken blonden Frauen nicht direkt unterscheiden.

»Diese beiden und die hier«, erklärte Gerlach und deutete auf insgesamt fünf Bilder. »Das hier ist eine Nichte, das auch. Und das ist …« Er winkte ab. »Nicht wichtig«, sagte er und setzte sich. Auch Katharina setzte sich, aufrecht und weit vorne auf der Kante des Sessels. Sie wollte gar nicht so tun, als wäre sie nicht aufgeregt.

»Sie sind jetzt eine Woche bei uns, Frau Bosch«, sagte Gerlach. »Wie gefällt es Ihnen denn hier?«

»Gut«, sagte Katharina und räusperte sich. »Also: Ich finde meine Arbeit interessant. Die Kollegen sind nett.«

»Die Kollegen?«

»Und die Kolleginnen natürlich auch. Ich meine alle.«

»Ja. Ich denke auch, dass wir hier ein gutes Team mit guten Mitarbeiterinnen und Mitarbeitern sind«, sagte Gerlach und lächelte wieder sein Cheflächeln. Er beugte sich vor, als wollte er in Katharinas Augen nach der Wahrheit forschen. »Sagt Ihnen denn das Arbeitstempo zu? Die Arbeitsbelastung? Der Druck?«

»Also, ich habe jetzt nicht das Gefühl, dass wir unter besonderem Druck stehen, Herr Gerlach«, beeilte sich Katharina zu versichern.

»Nun, manchmal braucht es auch einen gewissen Druck, um Dinge in Bewegung zu bringen. Zu wenig Druck kann zu Stillstand führen.«

Katharina probierte es mit einen Kompliment: »Stillstand kann es hier niemals geben. Das würden Sie gar nicht zulassen, Herr Gerlach.«

Er nickte. »Vermutlich haben Sie recht.« Einen Moment herrschte Schweigen. »Ich frage mich …«

»Ja?«

»Ich frage mich, ob Sie für die Position wirklich die Richtige sind.«

»Oh! Aber absolut, Herr Gerlach!« Die Worte des Chefs trafen sie wie ein Fausthieb in den Magen. Wollte er sie etwa nach einer Woche wieder feuern? Nachdem sie in dieses Kaff gezogen war? Nachdem sie ihr Leben in Coburg aufgegeben hatte? Nachdem sie Fenja überredet hatte, alles hinter sich zu lassen? »Ich liebe meine Arbeit!«

Irritiert blickte er auf. »Ach so! Nein, so habe ich das nicht gemeint. Ich fand nur, Sie haben sich in diesen ersten Tagen sehr engagiert. Das hat mich beeindruckt.«

»Tatsächlich? Freut mich, dass Sie das wahrgenommen haben.«

»Vielleicht sollten wir gelegentlich über eine verantwortungsvollere Tätigkeit für Sie in unserer Firma nachdenken.«

»Wenn Sie meinen …«

»Nun, wir behalten das im Auge, Frau Bosch. Machen Sie weiter so, das hat sich gut angelassen bis hierhin.«

»Danke, Herr Gerlach. Gerne.« Katharina erhob sich und zögerte nur kurz, unsicher, ob es noch etwas zu besprechen gäbe. Als das offenbar nicht der Fall war, verließ sie das Büro des Chefs. Und seltsamerweise hatte sie sich über das Lob zwar gefreut, aber dennoch machte ihr das Gespräch irgendwie Angst.

*

Drei Nachrichten von John. Vier. Eine kam gerade an, als Fenja auf ihr Handy guckte. Sie hatte sich zuerst eine Tasse Kaffee genommen und dann gleich noch eine zweite. Der O-Saft konnte warten. Die Dusche hatte gutgetan. So langsam fühlte sie sich wieder wie ein Mensch. Sie checkte ihre Nachrichten. Eine Freundschaftsanfrage von Karl. Einen Moment lang musste sie nachdenken, wer Karl war. Bis ihr einfiel, dass der Name zwar wie aus dem vorletzten Jahrhundert klang, aber Karl ja der Typ war, der hier immer mit dem Fahrrad cruiste. Sie lehnte ab.

Draußen schlug eine Kirchenglocke. Leise, fast zurückhaltend. Es war ein ganz seltsamer Klang. Sie schlug noch mal und noch mal, eine kleine Weile lang. Fenja spürte, wie ihr ein Schauder über den Körper lief. Sie trat ans Fenster und blickte hinüber zu St. Benno. Nichts regte sich dort. Doch dann entdeckte sie, wie auf der Straße eine Gruppe von Menschen die leichte Anhöhe heraufkam. Alle waren sie in Schwarz gekleidet. Unten trat Frau Kleve vors Haus, auch sie ganz in Schwarz und mit Hut. Der Trauerzug kam langsam näher, die Vermieterin schloss sich ihm an und ging mit den anderen zum Kirchhof. Unvermittelt musste Fenja an den Sarg denken, den sie auf dem Foto gesehen hatte. Sie hatte das Bild gelöscht, wollte es nicht behalten. Ein Selfie mit Sarg im Hintergrund, das war keine gute Sache.

Schweigend gingen die Menschen vorbei, erstaunlich viele waren es! Aber klar, in einem so kleinen Ort kannte sicher jeder den Verstorbenen. Und selbst wenn man ihm nicht unbedingt die letzte Ehre erweisen wollte, würde man nicht gut zu Hause bleiben können bei einer solchen Beerdigung. Das hätte dann bloß wieder Gerede gegeben. Und wenn sie hier eines nicht wollten, dann war das Gerede.

Weit vorne im Trauerzug schritt der Bürgermeister mit. Den kannte Fenja schon. Karls Vater. Der durfte bei so was garantiert nie fehlen. Karl allerdings konnte Fenja nirgends entdecken. Wenig später waren die letzten Teilnehmer des Begräbnisses hinter der Kirchhofsmauer verschwunden, nur ein paar Köpfe waren aus der Ferne zu erkennen.

Irgendwie war Fenja neugierig geworden. Sie zog sich ihre Jeans an und ein Shirt, schlüpfte in die Chucks und lief runter, um sich die Veranstaltung aus der Nähe anzusehen. War ja nicht verboten, oder?

Die Kirche war nur hundert Meter von der Wohnung entfernt. Wenn überhaupt. Nun stürzte sie doch noch schnell den Orangensaft runter und noch ein Glas Wasser hinterher, weil sie irren Durst hatte. Dann spazierte sie los, zunächst rüber zur Bushaltestelle, dann den schon etwas überwucherten Weg entlang, der auf die Mauer des Kirchhofs zulief und dann daran vorbeiführte. Im Schatten eines riesigen Baums blieb sie stehen und lauschte. Man konnte die Stimme des Pastors ziemlich genau hören. Er hatte so was Nasales. Fenja war schon lange nicht mehr in einer Kirche gewesen, das gab ihr nichts. Genau genommen nervte es sie eher. All diese Symbole, der Ernst, ja schon der Geruch … Aber so einen Pfarrer stellte sie sich eigentlich eher mit einer tiefen, mächtigen Stimme vor. Der sollte eindrucksvoller klingen als dieser … Sie suchte den Namen, konnte sich aber nicht mehr erinnern.

»… was immer er sich vorgenommen hat«, hörte sie den Pastor sagen. »Otto Pritzkow war ein guter Christ und ein guter Mitbürger. Er hat sich für seine Mitmenschen eingesetzt und war stets für seine Familie da. Er hat sich in der Gemeinde engagiert und war immer pflichtbewusst und voller Demut.«

Sie hätte kotzen können. Was für ein Gelaber.

»Heute nehmen nicht nur seine Angehörigen, seine Frau und seine erwachsenen Kinder Abschied von einem aufrechten Mann, ganz Hussfeld gedenkt eines braven Zeitgenossen, der bis zuletzt klaglos seine Krankheit ertragen hat und …«

»Aids«, erklang eine Stimme so nah neben Fenja, dass sie zusammenzuckte.

»Was?«, keuchte sie. »Du? Was willst du hier?«

»Er hatte Aids«, erklärte Karl, der so leise näher gekommen war, dass Fenja ihn gar nicht bemerkt hatte. »Aber keiner spricht darüber.«

»Und woher weißt du es?«

»Ich weiß es, weil es jeder weiß.«

»Aha.« Fenja blickte ihn zweifelnd an. »Jeder weiß es, aber keiner spricht darüber, ja?«

»Ist so«, stellte Karl fest. »Und jetzt tun sie alle, als hätte er sich nie was zuschulden kommen lassen.«

»Na ja, wenn er Aids hatte, hat er sich ja wohl nicht deshalb was zuschulden kommen lassen.«

»Er war schwul.«

»Ich dachte, er hinterlässt eine Frau und Kinder.«

»Eben. Deshalb tun alle, als wäre er's nicht gewesen. Und als hätte er kein Aids gehabt. Krebs nennen sie es.«

»Was machst du überhaupt hier?« Sie ging ein paar Schritte zur Seite, weil Karl so unangenehm nahe gekommen war. An der Friedhofsmauer lehnte sein Fahrrad, direkt unter dem Leichenhaus.

»Das Gleiche wie du. Ich seh mir das an.« Er kam ihr hinterher.

»Du hättest doch hingehen können. Du kanntest den doch wohl, oder?«

»Klar kannte ich ihn. Alle kannten ihn hier.«

»Weil er schwul war?«

»Weil er hier gelebt hat. Mann, das sind ja nicht so viele Menschen hier.«

»Stimmt«, gab Fenja zu. »Klar.« Sie lauschte, doch der Wind hatte gedreht, und die Stimme des Pastors war jetzt nur noch bruchstückhaft zu hören. »Und anschließend gibt's einen Leichenschmaus im Schwarzen Ochsen?«, vermutete sie.

»Gibt es immer«, bestätigte Karl. »Die Rede ist auch immer die gleiche. Für Beerdigungen müssen sie bei uns hier immer nur die Leichen austauschen. Der Rest bleibt gleich.«

Fenja musste grinsen. Auf eine seltsame Weise war dieser Junge witzig. Ein bisschen gruselig. Aber auch witzig. Wenn er ihr nicht auf den Ausschnitt starrte. So wie jetzt. »Ich leih mir mal dein Fahrrad«, sagte sie, griff nach dem Lenker und schwang sich in den Sattel. »Bin am Nachmittag wieder da!«

*

Hätte nicht besser kommen können! Wenn sie ihm sein Fahrrad bringt, muss sie ja wieder zu ihm kommen. Er braucht ihr also gar nicht hinterherzulaufen. Diesmal läuft sie ihm hinterher. Zufrieden blinzelt Karl Fenja nach. Eine Eidechse streckt ihren Kopf aus einem Riss in der Kirchhofsmauer. Blitzschnell greift er nach ihr. Aber die Echse ist schneller, sodass er sich die Knöchel blutig schlägt. Oben singen sie ein Lied. Tun, als würden sie trauern. Dabei sind sie alle froh, dass Pritzkow endlich unter der Erde ist. Aus dem Weg. Der Mann stört nicht mehr. Karl macht es nichts aus, er konnte Pritzkow nie leiden. Als Kind hat er sogar ein bisschen Angst vor ihm gehabt: Pritzkow war immer so nett gewesen. Hat ihn immer angelächelt, hat ihm mal Gummibärchen geschenkt und ihn einmal zum Skilaufen einladen wollen, als Karls Mutter gerade gestorben war. Vater hat das damals abgelehnt. Wer weiß, was der mit ihm angestellt hätte! So einer wie Pritzkow ist verdächtig. Da muss man immer mit allem rechnen, da muss man immer auf der Hut sein. Jetzt nicht mehr. Jetzt herrscht wieder Ordnung in Hussfeld. Und Karl ist nicht unglücklich darüber. Aber vielleicht ist es auch nur die Vorfreude darauf, dass er nachher Fenja wiedersehen wird, die ihn beschwingt zurück nach Hause gehen lässt. Er will noch ein paar Sachen vorbereiten, bis sie kommt.

*

Bis jetzt hatte Fenja sich lustig gemacht über das »Erzgebirge«. Denn was es hier nicht gab, war ein Gebirge. Die paar läppischen Hügel ein Gebirge zu nennen, das war echt ziemlich lächerlich. Als sie noch mit ihrem Vater zusammengelebt hatten, waren sie im Winter immer in die Alpen zum Skifahren gefahren. *Das* war ein Gebirge. Aber jetzt, auf diesem blöden Fahrrad von Karl, fühlten sich mit einem Mal auch die Erhebungen des Erzgebirges wie Dreitausender an. Fenja lief der Schweiß in Strömen herunter. Fluchend verwarf sie die Idee, nach Ehrweg zu radeln. Zu weit. Zu heiß auf der Straße. Und die letzte Nacht steckte ihr auch noch in den Knochen. Sie hatte schätzungsweise drei Stunden nur getanzt. Mindestens. Und durstig war sie auch schon wieder.

Es war ja noch nicht so lange her, dass sie die Huss überquert hatte. So ein kleines Bächlein war vermutlich sauber genug, um daraus zu trinken. Hier zumindest war das ganz sicher so, so sauber wie ganz Hussfeld war. Fenja drehte um und ließ sich die Straße, die sie sich die letzten Minuten hinaufgekämpft hatte, wieder hinabrollen, genoss den Fahrtwind und bog schließlich auf den kleinen Feldweg ein, auf dem sie Karl zum ersten Mal getroffen hatte. Vorbei am Vereinshaus und auf der

Buckelpiste bis zum Waldrand, wo sie abstieg und als Erstes die Schuhe von den Füßen streifte.

Trotz der Hitze war das Wasser des Bachs so kalt, dass sie leise aufschrie, als sie den Fuß hineinsetzte. Aber schon nach wenigen Sekunden überwog der Genuss, sodass sie sich ganz reinstellte. Das Wasser reichte ihr kaum über die Knöchel. Kurz bevor der Bach die Häuser erreichte, teilte er sich. Ein Teil lief unter der Straße durch weiter geradeaus, der andere parallel zur Straße irgendwo in die Richtung, in der das Haus lag, in dem sie jetzt wohnten. Dankbar schöpfte Fenja ein paar Handvoll und trank. Okay, das hatte sie in Coburg nicht gehabt. Na ja, vielleicht tat es auch einfach nur so gut, weil die Umstände eben waren, wie sie waren.

Sie blickte hinüber zum Wald. Schatten. Das war jetzt eigentlich genau das Richtige. Wie es sich gehörte, hatte man ein Bänkchen aufgestellt. Mit Blick auf Hussfeld, wow. Sie stieg aus dem Bach und schob das Fahrrad hinüber, lehnte es an die Seite der Bank und setzte sich. Rollte ihr Top bis unter den Busen, krempelte die Jeans, die natürlich an den Unterschenkeln ganz nass geworden war, hoch und legte sich hin.

Über ihr bewegten sich die Äste, sodass immer wieder der ein oder andere Sonnenstrahl den Weg auf ihr Gesicht fand. Sie genoss es, genoss den sanften Wind, die leichte Müdigkeit, die Tatsache, dass niemand etwas von ihr wollte. Zum ersten Mal eigentlich, seit sie hier war, fühlte sie sich wirklich wohl. Zumindest so lange, bis sie wieder an das Begräbnis denken musste. Sie versuchte, ihre Gedanken auf etwas anderes zu lenken. John fiel ihr ein und die Küsse, die sie sich gegeben hatten. Er war ein guter Küsser! Viele hatte Fenja noch nicht erlebt. Aber ob einem etwas gefällt, das merkt man auch ohne viele Vergleiche. Schon im Club hatten sie in einer Ecke bei den Toiletten gestanden, wo niemand sie beobachten konnte, und hatten geknutscht und ein bisschen gefummelt. Später dann im

Auto … Plötzlich musste Fenja wieder an den Arsch denken, der sie belästigt hatte. Gregor. John hatte ihn gekannt, er hatte ja seinen Namen gewusst. Aber als sie ihn anschließend nach ihm gefragt hatte, war John ausgewichen und hatte sie einfach so lange und so heftig geküsst, dass sie diesen Gregor ganz vergessen hatte.

John hätte jetzt hier sein müssen. Dann könnte sie wieder alles vergessen, was sie gerne vergessen wollte. Und diesmal wäre sie es, die ihn um den Verstand küsste. Lächelnd lag Fenja unter den Bäumen und fühlte, wie die Hormone durch ihren Körper rauschten, während nicht weit entfernt ein Paar Augen sie beobachtete, wie sie eine Hand unter ihr Top schob.

*

Der Schwarze Ochse war eines der ältesten Gasthäuser des ganzen Landkreises. Das Gebäude stammte aus dem fünfzehnten Jahrhundert und war eine ehemalige Mühle, die sich aus dem Abzweig der Huss speiste, der hinter dem Anwesen entlangplätscherte. Seit mindestens vierhundert Jahren wurde es ununterbrochen als Wirtshaus genutzt, auch wenn die Eigentümerfamilien öfter gewechselt hatten. Seit einigen Jahren war ein Serbe der Pächter des Schwarzen Ochsen, Zalic, ein vierschrötiger Mann mit inzwischen ergrautem, vorher aber dunklem Haar und Stiernacken, der deshalb von allen gerufen wurde wie sein Gasthaus: Schwarzer Ochse.

Der Leichenschmaus bestand aus Kartoffelsalat mit Würstchen und anschließend Eierschecke mit Kaffee, wobei der Kuchen von Ortrud Pritzkow selbst gebacken war. Für den Pastor hatte die Witwe eigens einen von Zalics legendären Fleischspießen bestellt, er war schließlich die wichtigste Person am Tisch. Der Vorsteher des Heimatvereins hielt eine kurze Rede, in der er vor allem auf die Verdienste des Verstorbenen als

Schriftführer des Vereins einging. Der ehemalige Arbeitgeber von Pritzkow richtete ein paar Worte an die Hinterbliebenen. Ansonsten wurde gegessen und getrunken. Der örtliche Arzt, Amtsarzt Holger Hoffmann, wurde von den meisten geflissentlich übersehen, weil niemand ihn in die Verlegenheit bringen wollte, über die Todesursache des Verstorbenen zu sprechen.

Nur Armin Hutter, der neben ihm saß, richtete gelegentlich das Wort an ihn. »Spüren Sie eigentlich die Hitze, Herr Doktor?«, fragte er, als die Bedienung ihre Teller wieder abräumte. »Ich meine, was Ihre Patienten anbelangt.«

»Dass ich mehr Patienten hätte, die wegen Kreislaufproblemen kämen?« Der Arzt schien zu überlegen. »Nein. Bis jetzt noch nicht. Aber wenn das noch länger andauert, dann wird es erfahrungsgemäß dem einen oder anderen zu viel. Da kann das schon vorkommen.«

»Ich hoffe, es regnet bald«, erklärte der Bürgermeister. »Die Felder brauchen Wasser.«

»Die Menschen auch, Herr Hutter.«

»Absolut. Aber für die ist leichter zu sorgen.«

»Verstehe.« Der Arzt stand auf. »Entschuldigen Sie mich kurz.« Er machte sich auf den Weg zu den Toiletten, während Hutter sitzen blieb und seine Gemeinde betrachtete. Natürlich hatte sich nur ein kleiner Teil der rund zweitausend Einwohner von Hussfeld hier versammelt. Aber es waren die, die man als den »harten Kern« bezeichnen konnte: Mitbürgerinnen und Mitbürger, mit denen man immer wieder zu tun hatte, weil sie in den Vereinen waren, weil sie sich in der Kirche engagierten, weil sie besondere Berufe ausübten, wie der Doktor oder Janke von der Volksbank. Oder weil sie von jeher Einfluss hatten, ohne dass jemand gewusst hätte, warum eigentlich. So wie Frau Kleve, der das Mietshaus bei der Kirche oben gehörte. Ihren Mann hatten sie vor fünf oder sechs Jahren unter die Erde gebracht. Der hatte nie verwunden, dass es die Stasi nicht mehr gab. War ein hohes Tier gewesen damals in der Partei, Kreisvorsitzender. Wenn der was gesagt hatte, hatten alle pariert. So wie im Grunde jetzt bei ihm. Wobei Hutter sich nichts darauf einbildete. Er betrachtete sein Amt als Bürgermeister eher als Aufgabe, manchmal auch als Bürde. Und er versuchte, es so auszuüben, wie es ausgeübt zu werden hatte: mit väterlicher Strenge. Dazu gehörte, dass er manchmal auch unpopuläre Entscheidungen traf – und damit jemandem wehtat. »Frau Kleve«, wandte er sich an die Hausbesitzerin zu seiner Linken. »Wie geht es denn mit den neuen Mietern?«

»Mieterinnen. Ja. Wir werden sehen«, erwiderte Gerda Kleve spröde.

»Gibt es denn Probleme?«

»Noch nicht.«

»Aber Sie fürchten, es könnte welche geben?«, forschte der Bürgermeister weiter. Wenn es eines gab, was ihn auszeichnete, dann dass er sich stets informierte und seine Augen und Ohren überall hatte im Ort. Sich überraschen zu lassen, das kam für ihn nicht infrage. Schon gar nicht seit den Ereignissen damals.

»Sagen wir so: Die Damen sind sehr ...« Die Vermieterin zögerte.

»Freizügig?«, schlug Hutter vor.

»So weit möchte ich nicht gehen.«

»Wenn man bedenkt, was Ihre neue Mieterin am ersten Tag an Einkäufen getätigt hat ...«

»Bis jetzt gab es noch keinen Herrenbesuch in meinem Haus«, erklärte Gerda Kleve, als müsste sie sich für das Verhalten der Frauen rechtfertigen.

»Was nicht ist, kann ja noch werden.«

»Nun, ich kann es Frau Bosch natürlich nicht verbieten«, stellte die Vermieterin klar.

»Das verstehe ich«, sagte Hutter. »Ich hoffe, es wird ein gedeihliches Miteinander daraus.«

»Das hoffe ich auch, Herr Bürgermeister.« Die Vermieterin seufzte. Sie schien es selbst nicht zu glauben.

Der Amtsarzt nahm wieder Platz, während Hutter nun aufstand, sich murmelnd entschuldigte und seinerseits den Weg zu den Toiletten suchte.

Der Schwarze Ochse war in den Jahrhunderten seines Bestehens so oft umgebaut worden, dass der Teil, in dem einst die Stallungen gewesen waren, einem Labyrinth glich, von den Räumlichkeiten im Untergeschoss ganz zu schweigen. Wer auf die Toilette wollte, stieg nach unten und landete in einem Gewirr dunkler unübersichtlicher Gänge, an deren einem Ende das WC für die Herren war und am anderen das für die Damen. Zalic hatte investiert, das war eindeutig, und das hatte er damals auch zugesagt, als er das Anwesen von der Gemeinde gepachtet hatte, also von Hutter. Er hatte die sanitären Räume renoviert und Bewegungsmelder angebracht, die Licht machten, wenn man einen der verwinkelten Flure betrat. Er hatte außerdem eine moderne Sprinkleranlage in den Gastraum einbauen lassen und einen Schutzraum irgendwo in den Katakomben unten. Hutter hatte damals alles mit abgenommen, als sie sich das Ergebnis der Arbeiten hatten präsentieren lassen. Dennoch war er nun froh, dass er auf Anhieb das Klo fand.

Da das Haus an der Straße stand, dahinter aber eine Senke begann, die bis zum Wald führte, hatte das Herren-WC Fenster. So konnte man vom Pinkelbecken aus auf Kinnhöhe die Landschaft betrachten. Gelb und leuchtend lagen die Gerstenfelder vor Hutter, während er sich erleichterte. Dahinter schwarz und stolz der Wald. Auf der Bank am Waldrand erkannte er eine Gestalt. Er kniff die Augen zusammen, um zu fokussieren. Eine Frau? Sie hatte sich dort hingelegt und … War das die

Neue? Die Tochter! Ja, das war sie. Je länger er sie anstarrte, umso deutlicher sah er, dass sie offensichtlich gerade …

»Sie auch, Herr Bürgermeister! Guten Tag«, grüßte Janke, der durch die Tür kam und sich neben ihn stellte, um sich ebenfalls zu erleichtern. Einen Moment fürchtete Hutter, der Banker könnte entdecken, dass er die junge Frau am Waldrand angestarrt hatte, auch wenn sie weit weg war. Doch dann erkannte er beruhigt, dass Janke nicht groß genug war, um beim Pinkeln aus dem Fenster zu blicken. Nein, Janke ahnte nichts. So sollte es auch bleiben.

»Schon fertig«, sagte Hutter und machte die Hose zu. »Wir sehen uns, Herr Janke.«

»Wir sehen uns, Herr Hutter«, erwiderte der Banker, dann ließ er seinem Strahl freien Lauf.

Wer so pissen kann, hat nichts zu verbergen, dachte Hutter und ging wieder nach oben.

*

Von einem Augenblick auf den anderen war die Sonne weg und der Wind stärker geworden. Fenja schreckte hoch. Sie blickte sich um. War jemand im Gebüsch, das sie von den ersten Bäumen trennte? Ihr war, als hätte sie ein Husten gehört. Sie lauschte. Nichts. Nichts außer den Baumkronen über ihr, dem Rauschen der Blätter, dem Ächzen einiger morscher Äste. Sie blickte hinüber zum Ort und fühlte sich, als würde der Ort zurückblicken. Fremd, abweisend, feindselig. Das gute Gefühl, das sie vorhin noch genossen hatte, war verflogen. Stattdessen war ihr ein wenig flau. Sie hätte etwas essen sollen. So langsam schwächelte sie, das merkte sie genau.

Wieder meinte sie, jemanden in der Nähe zu hören, ein Murmeln? Ein Flüstern? Hastig packte Fenja das Fahrrad und schwang sich in den Sattel. Minuten später holperte sie am Vereinshaus vorbei, sah aus den Augenwinkeln jemanden im Jogginganzug, ohne aber darauf zu achten, bog auf die Straße ab, wich einem Auto aus, das hupend weiterfuhr, und nahm die letzten paar Meter bis zum Haus der Hutters, wo sie abstieg und klingelte.

Karl musste hinter der Tür gestanden haben. Denn sie hatte noch kaum die Klingel berührt, da öffnete er schon und grinste sie an. »Hi. Willst du reinkommen?«

»Ich will dir dein Fahrrad wiederbringen.«

»Danke. Kommst du rein?«

»Wieso?«, fragte Fenja. »Gibt es Tee und Kekse?«

»Ist gerade keiner da.«

Fenja wusste nicht, ob er damit meinte, dass es mit Tee und Keksen nichts würde, oder ob er sagen wollte, er hätte sturmfreie Bude. Vermutlich Letzteres. »Wir können also knutschen?«, fragte sie und beobachtete belustigt, wie ihm das Blut ins Gesicht schoss.

»Ich … ähm, also … vielleicht magst du ja mal mein Zimmer sehen«, schlug er vor.

»Ein andermal«, sagte Fenja und wandte sich zum Gehen.

»Morgen?«

»Wenn du mal 'ne Party schmeißt«, rief Fenja lachend über ihre Schulter.

»Aber …« Karl stand in der Tür, unentschlossen, ob er mitgehen sollte oder ob es cooler wäre, einfach wieder reinzugehen. Aber irgendwie brachte er beides nicht über sich. Also stand er wie in Idiot da, bis sie um die Biegung der Straße und außer Sicht war. »Kacke«, knurrte er und schmiss die Tür zu. Dann stapfte er nach oben in sein Zimmer und warf sich auf den Schreibtischstuhl. Auf dem Bildschirm hatte er noch die Aufnahme von der Parkbank. Er hätte näher rangemusst. Aber wenn sie was gemerkt hätte …

Wenige Minuten später wurde unten die Haustür aufgeschlossen. Sein Vater war wieder da. Er kam die Treppe hoch und klopfte an Karls Zimmertür.

»Ja?«

»War das dein Fahrrad?«

»Hä?«

»Ich habe dieses Mädchen mit einem Rad gesehen, das aussah wie deines. Drüben am Wald.«

»Und?«

»Hast du es ihr geliehen?«

»Wieso fragst du das?«

»Ich möchte es wissen.«

»Ja.« Karl versuchte, seinen Vater anzusehen, schaffte es aber nicht. »Und?«

»Nichts und. Ich wollte es nur wissen«, erklärte Armin Hutter. Aber Karl konnte genau spüren, wie es in ihm arbeitete. Aus irgendeinem Grund war sein Vater geladen. Und wenn er genau in sich hineinhorchte, dann wusste Karl auch, warum.

*

Der Schwarze Ochse und St. Benno waren das wahre Hussfeld. Beide Bauwerke reichten bis in die früheste Zeit dieses Ortes zurück. Nichts hier war so alt wie das Wirtshaus und das Gotteshaus. Es gab noch Reste eines alten Zollhauses. Die Huss musste damals deutlich größer gewesen sein. Heute war sie nur noch ein Rinnsal. So wie der Glaube der Menschen zum Rinnsal geworden war. Voller Zorn über die Zeit, in der sie lebten, betrat Pastor Reichert die Kirche. Es hing noch der Geruch der Trauerfeier in der Luft. Trauerfeiern rochen immer nach Verdammnis, immer. Vielleicht taten sie ihm deshalb so gut. Sie erinnerten die Gemeinde daran, dass alles jenseits des Glaubens nur Schall und Rauch war. Memento mori – bedenke, dass du sterblich bist. Voll Genugtuung schritt der Pastor durch die beiden Bankreihen bis nach vorne zum Altar und kniete sich hin.

Die Kirche war ein geschützter Raum. Das galt sowohl für das Gebäude als auch für die Gemeinschaft der Gläubigen, auch wenn viele heute unter Kirche nur noch das Bauwerk verstanden. Ein Raum, der Schutz bot vor den Verlockungen der Welt, vor der Sünde, vor dem Bösen. Die Kirche war Wahrheit, Erkenntnis und Besserung. Manche dachten auch, sie sei Frieden. Doch so naiv war Jürgen Reichert nicht. Nie gewesen. Die Kirche suchte Gerechtigkeit und Vergebung. Und manchmal musste man auf dieser Suche steinige Pfade überwinden.

Hinter sich hörte er die Pforte gehen. Prompt durchwallte ihn eine Spur von Zorn. Warum hatte er sie nicht hinter sich abgeschlossen? Warum konnte er hier nicht in Ruhe gelassen werden? Er atmete durch und richtete sich auf, blickte sich um und entdeckte eine ihm unbekannte Frau, die sich neugierig im Kirchenraum umsah. »Guten Tag«, sagte er und bemerkte mit Genugtuung, dass sie zusammenzuckte. Offenbar hatte sie ihn nicht bemerkt.

»Guten Tag«, erwiderte sie. »Ich wollte nicht stören.«

»Dies ist ein Gotteshaus. Es steht jedem offen.«

»Danke«, sagte die Frau und ließ ihren Blick wieder schweifen. »St. Benno, ja?«

»So ist es. Kann ich etwas für Sie tun?«

»Es ist eine ... evangelische Kirche?«

»Evangelisch-lutherisch, jawohl.«

»Tja, dann ...« Sie zuckte entschuldigend die Achseln. »Ich hätte gerne gebeichtet, ich bin katholisch, wissen Sie.«

»Verstehe«, sagte der Pastor. »Nun, die Beichte können Sie leider nicht bei mir ablegen, gute Frau. Aber falls Sie das Gespräch mit einem Geistlichen suchen, dann stehe ich Ihnen gerne zur Verfügung. Manchmal kann das ja auch die Seele erleichtern.«

»Meinen Sie?«

»Gewiss!«, beeilte sich Reichert, ihr zu versichern. »Meine Gemeinde sucht ja auch das Gespräch mit ihrem Hirten.«

»Die Schäfchen, ja«, murmelte die Frau und schien mit sich zu ringen.

»Denken Sie denn, Sie haben eine Sünde begangen?«

Die Frau lächelte traurig. Oder war es mitleidig? »Tun wir alle das nicht ständig?«

»Doch, das tun wir«, gab Reichert ihr recht. »Aber ich denke, wenn Sie fernab von Ihrer Heimatgemeinde die Beichte suchen, haben Sie womöglich schwerere Last auf Ihre Seele geladen?«

»Ja«, sagte die Frau leise. »Vielleicht habe ich das. Danke für Ihr Angebot, Herr Pfarrer. Ich denke darüber nach.«

*

V.

Acht Wochen waren sie nun da, und Katharina fragte sich jeden Tag aufs Neue, ob ihre Entscheidung richtig gewesen war, nach Hussfeld zu ziehen. Wenn sie morgens aufstand und aus dem Küchenfenster blickte, wenn sie die blumengeschmückten Fensterbänke des Ortes sah, die hübsch gestrichenen Häuser, wenn sie beim Vorbeifahren die liebevoll gestalteten Schilder des Schwarzen Ochsen, des Rathauses und sogar der Volksbank sah, dann dachte sie, was für ein Paradies auf Erden sie sich da ausgesucht hatte.

Aber wenn sie abends zurückkam und es schon gegen sieben ganz ausgestorben wirkte, wenn sie im Supermarkt die Blicke in ihrem Rücken spürte, jeder sie mit schmalem Lächeln grüßte und Fenja nur Spott für dieses Kaff übrighatte, dann bereute sie, sich nicht mehr Mühe mit einem neuen Job in Coburg gegeben zu haben.

Im Grunde war es doch so, dass es nicht der Arbeitsplatz war, dessentwegen sie hierhergekommen waren, sondern der Wunsch, neu anzufangen. Man hätte es auch eine Flucht aus dem alten Leben nennen können. Katharina wollte vergessen, verdrängen, abschließen. Abschließen mit der Wut und der Enttäuschung über Volker, die Trennung, die Scheidung, die Demütigungen, weil sie jahrelang nichts geahnt hatte, während ganz Coburg offenbar bestens im Bilde gewesen war über Volkers Affären. Sie wollte die Abhängigkeit vergessen, in der sie sich befunden hatte, nicht nur wirtschaftlich! Denn die große Wohnung, die zwei Autos, Fenjas Privatschule, das hatten sie natürlich nicht dank ihrer Einnahmen als Angestellte bei der Stadtverwaltung bezahlen können, sondern nur, weil er als Vertriebsleiter einer Softwarefirma so gut verdient hatte. Bis die Firma pleitegegangen und im Zuge dessen auch die Wahrheit über Volkers Reisen ans Licht gekommen war. Reisen, auf denen er angeblich seine Frau dabeigehabt hatte – während Katharina brav in Coburg gesessen und ihm Herzchensmileys hinterhergeschickt hatte. Aber sie war ja auch so was von emotional abhängig von ihm gewesen! Wie offenbar alle seine Frauen, von denen er ja stets mehrere gleichzeitig hatte, auch wenn er nur mit ihr verheiratet war. *Gewesen* war.

Aber das war vorbei. Volker war vorbei. Coburg war vorbei. Die Stadtverwaltung, die Privatschule, die Abhängigkeit. Alles passé. Und das war bei Lichte betrachtet das Beste an Hussfeld: Dieser Ort und dieser Job bedeuteten ein neues Leben für sie und ihre Tochter. Hussfeld, so provinziell es sein mochte, das Erzgebirge, so spießig es sich anfühlen mochte, waren für Katharina und Fenja Bosch nichts anderes als Freiheit. Und dafür liebte Katharina dieses Nest, seine Bürger, ihren Job und, ja, sogar Gerlach, obwohl der seinen Andeutungen, ihr mehr Verantwortung übertragen zu wollen, bisher keinerlei Taten hatte folgen lassen.

Sie lenkte den Wagen auf den Parkplatz vor dem Haus und überlegte, dass sie Frau Kleve fragen sollte, ob sie nicht eine der Garagen im Hof mieten konnte. Bis jetzt hatte sie noch kein einziges Mal ein Auto aus- oder einparken sehen. Vermutlich stand die Hälfte der Boxen leer. Und allzu teuer konnte die Miete hier kaum sein, es gab schließlich mehr als genug Platz für jeden, der sein Auto auf der Straße abstellen wollte.

Auf dem Küchentisch lag ein Zettel: *Bin mit Freunden unterwegs. Brauchst nicht auf mich zu warten.*

Ein bisschen enttäuscht räumte Katharina die Lebensmittel weg, die sie auf dem Heimweg noch eingekauft hatte. Eigentlich hatten sie sich doch zu einem gemeinsamen Fernsehabend verabredet. Krimi gucken. Was nicht schwierig war, weil sie zwar keinen Streamingdienst abonniert hatten, aber am Freitagabend sowieso nur Krimis im Fernsehen liefen. Na gut, würde sie eben alleine gucken. Zum Glück hatte sie in Ehrweg eingekauft. Das bedeutete, dass sie auch eine Flasche Beaujolais bekommen hatte. Sie würde sich die restliche Lasagne von gestern in die Mikrowelle schieben, den Wein öffnen, ein paar Pralinen als Nachtisch ins Eisfach des Kühlschranks legen, sodass sie ein bisschen wie Eiskonfekt wurden, und dann würde sie sich ihren eigenen Krimiabend machen – mit Mord und Totschlag bis zum Abwinken. Oder jedenfalls, bis der Wein alle war. Aber vorher würde sie noch kurz unter die Dusche steigen.

Wie lange hatte es jetzt nicht mehr geregnet? Acht Wochen? Zehn? Irgendwie machte einen das mürbe. Das Wasser aus dem Wasserhahn kam auch schon längst nicht mehr kalt, sondern immer ein bisschen lauwarm. Zumindest würden die Nebenkosten überschaubar bleiben. Katharina duschte, wickelte sich ein Handtuch ums Haar, schlüpfte in ihr leichtestes Nachthemd und machte es sich auf dem Sofa bequem.

Irgendwo bellte ein Hund, was seltsam war, weil sie hier im Ort noch nie einen gesehen hatte. Schade eigentlich. Katharina liebte Hunde. Als Kind hatte sie einen gehabt. Das hieß: Ihr Großvater hatte einen gehabt. Aber der war lange tot. Beide: der Großvater und der Hund. Und ihre Eltern auch. Volker war weg. Fenja war mit Freunden unterwegs. Bisher hatten sich noch keine Freundschaften in Hussfeld ergeben. Das Wochenende lag vor ihr, eine lange Arbeitswoche hinter ihr, ein Mann war weit und breit nicht zu sehen. Katharina hörte sich selbst schluchzen, lachte auf, schüttelte den Kopf und sagte zu sich selbst: »Du wolltest die Freiheit, Katharina Bosch. Du wolltest ein neues Leben. Jetzt hast du's. Freu dich.«

Dann machte sie den Fernseher an und goss sich ein Glas Beaujolais ein. Ein großes.

*

Bequemer wäre es vermutlich auch nicht gewesen, wenn John ein größeres Auto gehabt hätte. Aber die Gangschaltung nervte definitiv. Wahrscheinlich würde Fenja morgen jede Menge blaue Flecken haben, und zwar nicht, weil John sie verprügelt hatte, sondern weil er zärtlich zu ihr gewesen war. *Sehr* zärtlich. Wobei – inzwischen war er vor allem eher stürmisch. Aber das mochte Fenja. Sehr sogar. Seit sie vor zwei Wochen zum ersten Mal mit ihm geschlafen hatte, konnte sie gar nicht mehr genug davon kriegen. Die ersten zwei, drei Male war es nur aufregend gewesen, aber eigentlich nicht wirklich schön. Aber dann hatte sie den Bogen rausgehabt. Hatte gewusst, was ihr Spaß machte, hatte selber auch die Initiative übernommen und John dazu gebracht, das zu tun, was sie besonders mochte – und das andere verdammt noch mal bleiben zu lassen. Denn diese Typen meinten ja wirklich, man hätte an Dingen Vergnügen, die eigentlich nur pervers waren.

Gegen den Knüppel einer Gangschaltung war aber auch der zärtlichste Liebhaber machtlos. Sie wusste ja selbst nicht, wie sie sich positionieren sollte. Und auf der Rückbank war's genauso bescheuert gewesen. Tagsüber war das alles einfacher, weil Mama bei der Arbeit war. Aber jetzt, wo die Schule wieder begonnen hatte, nützte das nichts: Es war zu wenig Zeit, um sich zu Hause auf eine Runde Sex zu treffen. Das Auto als Alternative war allerdings auch Mist.

»Alles okay?«, keuchte John und hob den Kopf zwischen ihren Beinen.

»Alles super. Mach weiter.«

Er ließ es sich nicht zweimal sagen, und Fenja versuchte, sich zu entspannen. Bis sie zwischendurch die Augen öffnete und in ein fremdes Gesicht blickte, das zum Autofenster hereinstarrte.

»Hey!«, kreischte sie. »Hau ab!«

»Was?« John rappelte sich auf.

»Da war einer!«, schrie Fenja.

»Ach, komm. Wer soll denn da …«

In dem Moment blitzte es draußen.

»Hey! Hat der ein Foto gemacht?« Fenja drückte sich an die Tür, während John versuchte, seine Hose hochzuziehen, und auf das Fenster blickte, hinter dem in diesem Moment nur Schwärze zu sehen war.

Noch ein Blitz.

John stürzte nach draußen und stolperte ein paar Schritte in die Richtung, in der er den Beobachter vermutete. »Wer ist da? Was soll das?«, rief er.

Jemand lachte. »Schon hochgeladen, Mann! Nice pics. Und ein kleines Filmchen dazu!«

»Gregor? Bist du das?« Immer noch vom grellen Licht der Blitze geblendet, taumelte John ein paar Meter vom Wagen weg und fiel über eine Grasnarbe, während sich das Gelächter entfernte. »Ihr werdet die Stars auf YouTube sein!«

Ein Motor sprang an, jemand fuhr weg. Rücklichter glühten auf: ein Motorrad. »Gregor, du Arsch!«, schrie John. »Das wird dir so was von leidtun! Ich krieg dich, du Arschloch!«

Fenja hätte gerne nicht geweint, schaffte es aber nicht. Sie fühlte sich so gedemütigt. Wenn sie sich vorstellte, dass der Typ Fotos davon gemacht hatte, wie sie und John … wie er … Und wenn er das hochlud …

»Ich bring dich nach Haus, Baby«, sagte John, der sich wieder auf den Fahrersitz warf und ganz blass aussah.

»Lass mal«, erwiderte Fenja. »Ich geh allein.«

»Allein? Spinnst du? Es ist mitten in der Nacht. Ich habe ein Auto und …«

»Und du hast viel zu viel getrunken. Ich weiß es, ich war dabei«, erinnerte ihn Fenja. »Das passt schon. Nach Hussfeld ist es nicht weit. Ich kenn den Weg. Viel Verkehr ist auch nicht.«

»Ich fahr sowieso nach Hause!«, beharrte John.

»Du wohnst in der anderen Richtung. Schon vergessen? Und du fährst nicht, klar?«

»Ach, komm …«

»Hey!« Sie boxte ihn in die Seite. »Ich will morgen auch noch einen Freund haben, kapiert?«

John holte Luft, schien einen Moment zu überlegen und sagte: »Okay. Alles klar. Du bist der Boss.«

»Echt?«

»Na ja.« Er grinste. »Bis morgen früh, wenn ich wieder nüchtern bin.«

»Du Arsch!«, rief Fenja und trommelte lachend mit ihren Fäusten auf ihn ein, ehe sie ihm einen langen innigen Kuss gab.

»Aber bis zur Landstraße vor gehen wir gemeinsam, verstanden?«, bestimmte er, als sie sich wieder voneinander gelöst hatten.

»Was anderes hätte ich dir sowieso übel genommen.«

*

So spät kommt sein Vater selten nach Hause. Hastig klappt Karl den Computer zu und huscht hinüber in sein Zimmer. Er hat die Zeit vergessen. Das kommt vor, wenn er mal an einem anderen Rechner sitzt. Dann will er alles wissen, alles herausfinden. Die Passwörter, die Downloads, die abgelegten Dateien, die gelöschten Ordner, die *versteckten* Ordner! Fremde Computer sind wie ein Blick in den Kopf eines anderen Menschen.

Seit die Schule wieder losgegangen ist, hasst er sein Leben noch mehr. Er ist jetzt in der neunten Klasse, aber geändert hat sich nichts. Nicht für alle – und für ihn schon gar nicht. Dass er ein bisschen dicker ist als die meisten, interessiert die Mädchen mehr, als dass er ein bisschen intelligenter ist. Es interessiert sie aber nur insofern, als sie sich über ihn lustig machen. Und wenn er mal was sagt, dann gibt's gleich richtig auf die Fresse – im übertragenen Sinn. Gestern hat er Fenja auf dem Schulhof angesprochen. Einfach nur Hallo gesagt und ein bisschen mit ihr plaudern wollen. Und dann steht dieser John da, Johannes Schuster, die coolste Sau auf der Schule, und fragt sie, »ob der Zwerghamster was von ihr will«.

Karl könnte jetzt noch kotzen, wenn er daran denkt. Er hört sie noch lachen in seinem Rücken und Fenjas Antwort: »Oh, ich hab ihn gar nicht gesehen.«

Wenn sie wüsste, was er alles von ihr hat, dann würde sie so was nicht sagen. Sie hat ja keine Ahnung. Und John, dieser minderbemittelte Idiot, erst recht nicht. Aber der wird seine Quittung schon noch bekommen. Den hat Karl bei den Eiern, und er ahnt nicht mal was davon.

Karl hört, wie sein Vater im Badezimmer verschwindet. Er wartet noch eine kleine Weile, dann schleicht er sich nach draußen. Lässt das Terrassenfenster angelehnt und macht sich durch den Garten davon. Er hält es jetzt einfach nicht mehr zu Hause aus.

*

Wie viele Morde hatte sie jetzt gesehen? Zwölf? Vierzehn? Allein im ersten Film war locker ein halbes Dutzend Menschen umgebracht worden. Wenn es nach dem Fernsehprogramm ging, dann war Deutschland bevölkert von Serienmördern. Wahrscheinlich gab es mehr von ihnen, als es Polizeibeamte gab. Und die klärten sowieso nichts auf. Oder jedenfalls fast nichts. Stattdessen waren sie entweder blind oder korrupt. Oder beides. Und die Arbeit machten dann irgendwelche alten Damen, gepiercte Hackerinnen oder Reinigungskräfte. Schon Wahnsinn. Einerseits. Andererseits konnte man sich mit dem Blödsinn bestens unterhalten. Und eigentlich hatte Katharina ja auch nichts anderes gewollt, als sich mal einen Abend lang doof vor die Glotze zu legen und zu gucken, bis ihr die Augen zufielen.

Aus dem Abend war die halbe Nacht geworden, sicher auch deshalb, weil sie eine Art Resthoffnung hatte, dass Fenja doch noch zu christlichen Zeiten auftauchte. Tat sie aber natürlich nicht. Seit sie fest mit John zusammen war, kam sie am liebsten nur noch zum Schlafen nach Hause. Und zum Duschen. Das tat sie jetzt schon zweimal täglich. Klar, sie war ziemlich körperlich in letzter Zeit. Die Kondome waren alle. Und die neue Packung, die Katharina besorgt und, ohne darüber zu reden, in den Badezimmerschrank gelegt hatte, war auch schon wieder zur Hälfte aufgebraucht. Ein bisschen beneidete sie ihre Tochter. So was wie ein Sexualleben gab es für sie zurzeit nicht. Es war ja schon schwierig gewesen, als sie noch mit Volker zusammengelebt hatte. Der war oft zu erschöpft gewesen. Hatte eindeutig zu lange gedauert, bis sie kapiert hatte, dass er so erschöpft war, weil er kurz zuvor schon eine andere gevögelt hatte. Aber das war zum Glück ein abgeschlossenes Kapitel.

Katharina kämpfte sich hoch, spürte auf einmal auch den Wein, und zwar gewaltig. Sie nahm die Flasche und stellte erschrocken fest, dass nur noch zwei Fingerbreit übrig waren. So viel hatte sie getrunken? Schockiert stand sie auf und räumte das Geschirr in die Küche. Alles längst angetrocknet. Sie würde sich morgen darum kümmern. Die Flasche stellte sie erst in die Küchenkommode, dann holte sie sie wieder heraus und leerte den Rest auch noch. Weil es ja sowieso schon egal war. Wozu diese Pfütze aufheben?

Ein bisschen schwindlig war ihr, ein bisschen kalt auch. Klar, sie war übernächtigt. Sie gehörte ins Bett. Und dort wankte sie dann auch hin, warf sich aufs Kissen und dachte noch, wie viel in diesen Krimis geschossen wurde. Dabei hörte man doch im wahren Leben nie irgendwo mal einen Schuss, oder? Sie jedenfalls hatte noch keinen gehört.

Die Bettdecke fühlte sich feucht an. Blut!, dachte Katharina und kicherte. Mann, war sie betrunken. Eine ganze Flasche Wein allein, das hatte sie schon lang nicht mehr geschafft. Eigentlich noch nie. Aber wenn man so allein war ... Sie hätte ihre Kontaktlinsen herausnehmen sollen. Inzwischen fühlten sich die Augen an, als wären die Dinger festgewachsen. Aber rausnehmen klappte auch so. Dachte sie, quälte sich dann aber doch im Dunkeln im Bett mit schlechter Koordination bei all dem Alk.

Irgendwo flüsterte jemand. Im Haus? Vor dem Haus? Fenja vielleicht? Katharina überlegte kurz, noch mal aufzustehen, doch dann lauschte sie lieber umso angestrengter. Nein, das war nicht Fenja. Das war der Wind. *Wo waren Sie letzte Nacht, Frau Bosch?* Mit der Stimme von Kommissar Knecht. Knecht? *Ihnen wird der Tod Ihrer Tochter zur Last gelegt. – Ich ... ich ...* Die Bettdecke war klebrig von Blut. *Kaliber achtunddreißig. Das ist keine Frauenwaffe. – Wer sagt uns, dass das kein Täuschungsmanöver ist? – Sie wissen doch, was für ein zartes Geschöpf sie ist ...* Der Wind blies durchs Fenster herein, blähte die Vorhänge. *Vorhänge? Aber wir haben doch noch gar keine Vorhänge! – Wo kann ich denn welche besorgen, Frau Kleve? – Zu spät, Frau Bosch. Sie haben das Spiel verloren. – Bitte, Frau Kleve! Bitte, Herr Pastor! Ich kann doch nichts dafür! – Sie sollten dringend Ihre dunkle Seele entlasten. – Auf diesem Konto haben Sie kein Guthaben mehr. Nie mehr. – Aber ich ... Wie viele Kondome möchten Sie? Kaliber achtunddreißig? – Sind die groß genug? – Meine Tochter hat … sie ist …* Da ist sie ja endlich! *Fenja! Wo warst du denn so lange? Geht es dir gut? Hast du noch ein Stück Pizza für mich? – Sie tragen die Verantwortung, Frau Bosch. – Ich habe gleich gesagt, dass sie mehr Verantwortung übernehmen muss. – Die Verantwortung? Aber ich bin unschuldig. – Niemand ist unschuldig, Frau Bosch! Niemand!*

Ein Schuss riss Katharina aus ihren wirren Träumen. Oder hatte sie auch den nur geträumt? Zitternd setzte sie sich im Bett auf, schweißgebadet, und lauschte in die Nacht. An der Decke schimmerte ein bleicher Lichtschein auf, wurde heller, warf harte Schatten, begann sich zu drehen und schwenkte übers ganze Zimmer, während unten ein Wagen vorbeifuhr. Später würde sich Katharina noch lange fragen, ob die Bewegung von Westen oder von Osten ausgegangen war. Denn dann hätte sie gewusst, ob das Auto aus der Richtung Ehrweg gekommen oder dorthin gefahren war.

*

In der Ferne zuckten Blitze über den Himmel. Hoffentlich schaffte sie es bis nach Hause, bevor es hier losging mit Regen. Irgendwie hatte Fenja das Gefühl, als stünde die Luft um sie herum. Der Donner kam so unvermittelt, dass sie aufschrie. Wie viele Sekunden mochten vergangen sein seit dem letzten Blitz? Und warum hatte sie vorher nichts gehört? Vielleicht war sie einfach zu sehr in Gedanken gewesen. Aber so einen Knall hatte sie noch nie erlebt. Sie bebte jetzt noch am ganzen Körper und lief schneller.

John war Richtung Ehrweg abgebogen, während sie nach Hussfeld lief. Vorhin hatte sie auch ein paar wenige Lichter entdeckt. Aber entweder war jetzt eine Anhöhe dazwischen, sodass sie nicht mehr zu sehen waren, oder die Lichter waren inzwischen auch gelöscht worden. Fenja überlegte, ob es eigentlich eine Straßenbeleuchtung in Hussfeld gab, kam aber zu keinem Ergebnis. Sie war auch viel zu müde für solche Fragen. Außerdem war es auf der Landstraße so dunkel, dass sie immer wieder aufpassen musste, nicht in den Graben zu stürzen. Anfangs hatte sie sich noch mit dem Handy den Weg leuchten können. Aber inzwischen war der Akku leer, sodass sie nicht mal ihre Mutter aus dem Bett klingeln und bitten konnte, sie irgendwo aufzulesen, Scheiße noch mal.

Besser wäre gewesen, sie hätten einfach versucht, im Auto eine Runde zu schlafen und dann – ein bisschen nüchterner – am Morgen zurückzufahren. Jetzt lief sie Gefahr, in den Regen zu geraten. Fenja musste an John denken, der wie sie jetzt über die einsame Landstraße spazierte. *Du hast hier gefehlt*, hatte er gesagt. *Du bist genau das, was hier gefehlt hat.* Und sie hatte gefragt: *Nämlich was genau?* Er hatte sie mit diesen unwiderstehlichen Augen angesehen, hatte sie geküsst, eine Weile geschwiegen und dann gesagt: *eine gute Fee.*

Mit diesen Gedanken lief Fenja durch die Nacht. Beim zweiten Donner war sie schon vorbereitet und erschrak nicht mehr so sehr. Eine gute Fee war eine schöne Idee. Sie war gerne eine gute Fee. Johns gute Fee. Wenn sie darüber nachdachte, wie die anderen hier sie vermutlich betrachteten, kam sie einer Hexe allerdings wohl eher nahe.

In einiger Entfernung konnte sie ein Paar Scheinwerfer erkennen, die auf der Landstraße dahinzogen. Ob sie ihr entgegenkamen? Schwer einzuschätzen. Inzwischen hatte sich eine Wolkenschicht ganz nah herangeschoben. Und dann kam der Wind. Plötzlich und heftig. Und kalt. Fenja schlang die nackten Arme um ihren Leib und lief noch ein wenig schneller, was ihr aber schwerfiel. Sie war einfach zu müde. Zu fertig. Die Energydrinks wirkten nicht mehr genug, um sie aufzupeitschen, der

Alk wirkte nicht mehr genug, dass es ihr nichts ausmachte, sich zu verausgaben. Genau genommen fühlte sie sich zunehmend mies. Es war so was von Zeit, endlich nach Hause zu kommen. Aber die verfluchten Lichter von Hussfeld waren partout nicht mehr zu sehen. Und die Landstraße schien mit jedem Schritt noch länger zu werden. Dann fiel der erste Tropfen.

*

Wenn sie doch nur nach Hause käme! Sorgenvoll stand Katharina am Fenster und blickte auf die Straße hinaus. Längst waren auch die Laternen gelöscht worden. Wahrscheinlich war ihr Licht das einzige, das in ganz Hussfeld noch brannte – oder schon brannte. Denn bald würde der Morgen grauen. Aber vorher würde es ein gewaltiges Donnerwetter geben. Inzwischen schien der Ort geradezu umzingelt von heftigen Gewittern, und sie kamen von allen Seiten näher. Wenn nur Fenja nicht in ein Unwetter geriet!

Wieder probierte Katharina es auf dem Handy ihrer Tochter. Die übliche Zurückhaltung hatte sie schon vor ungefähr einer Stunde aufgegeben. Aber immer noch sprang nur die Mailbox an. Wenn sie nur gewusst hätte, ob sie das beruhigen sollte, weil es bedeutete, dass Fenja gerade mit ihrem Freund zusammen war und nicht gestört werden wollte … Aber eine attraktive Siebzehnjährige nachts allein unterwegs, da gab es eben leider auch andere Szenarien – und die wollte Katharina sich lieber gar nicht ausmalen. Nur dass sie nichts dagegen tun konnte. Ihre Fantasie erledigte das einfach von ganz allein.

Sie ging in die Küche, kochte Kaffee, schaltete das Radio an, um möglichst nicht das zu hören, was zu hören sie fürchtete: *Auto mit zwei Jugendlichen nach Discobesuch verunglückt – Siebzehnjährige auf Nachhauseweg überfallen und vergewaltigt – Tödlicher Unfall auf der B 11 …* Nichts davon kam in den Meldungen. Schon deshalb, weil um die Uhrzeit offenbar keine Nachrichten gesendet wurden. Stattdessen spielten sie Oldies: *Song sung blue, If I could turn back time, Yesterday …*

Irgendwo war ein Auto zu hören. Katharina atmete auf und lief wieder zum Fenster. Doch es war nicht John, der ihre Tochter nach Hause brachte. Stattdessen waren nur ein paar Rücklichter in der Dunkelheit zu sehen, die sich rasch entfernten. Inzwischen lagen zwischen Blitz und Donner kaum mehr ein paar Sekunden, das Gewitter war beinahe da. Und der Regen auch. Er kam mit solcher Wucht, dass Katharina hastig das Fenster schloss, weil es von einem Augenblick auf den anderen heftig hereinregnete.

Sie stürzte zur Garderobe, schnappte sich die Schlüssel und rannte hinaus. Obwohl sie ihren Wagen keine zehn Meter von der Haustür entfernt abgestellt hatte, war sie klatschnass, als sie die Tür hinter sich zuriss. Egal ob es uncool war, egal ob sie in die falsche Richtung fuhr, sie musste Fenja suchen, und zwar sofort. Wenn das Mädchen irgendwo allein an einer Bushaltestelle stand oder gar zu Fuß unterwegs war, musste sie aufgesammelt werden.

Mit Scheibenwischern, die auch auf der höchsten Stufe der Regenmassen kaum Herr wurden, fuhr Katharina los, während über ihr der Himmel grollte und ihr Herz sich zu einem Klumpen Angst verdichtete. »Fenja«, murmelte sie, den Blick starr auf die kaum erkennbare Straße gerichtet. »Oh, Fenja.«

*

Die 101 verschwamm beinahe mit der Umgebung, so trüb war es an diesem Tag. Regen und Dämmerung tauchten die Landschaft in ein undurchdringliches Grau, sodass man nur ein paar Meter der Straße erkennen konnte. Landschaft! Fenja schnaubte. Ja, Landschaft hatten sie hier viel. Aber sonst war die Gegend so tot, dass einem schlecht werden konnte. Was hätte sie darum gegeben, wieder in Coburg zu leben. Vor ein paar Monaten noch hatte sie Coburg für den Arsch der Welt gehalten. Aber gegen das hier war Coburg so was wie Manhattan. Selbst Chemnitz wäre besser gewesen. Fenja rutschte im nassen Gras am Straßenrand aus und wäre beinahe hingefallen. Fluchend stolperte sie ein paar Schritte in die Mitte der Fahrbahn. Würde eh kein Auto kommen. Um die Uhrzeit schliefen die Einwohner alle. Einwohner! Klang fast ein bisschen wie Eingeborene. Wilde. Fenja lachte bitter. Wo war sie hier nur gelandet? Warum hatte sich ihre Mutter ausgerechnet hier Arbeit gesucht? Schon klar, Mama war davongelaufen. Wollte »neu anfangen«. Aber wieso, zur Hölle, sollte irgendjemand ausgerechnet hier neu anfangen? Hier, wo man wirklich am Arsch der Welt war!

Der Regen fühlte sich an, als würden ihr die Tränen herunterlaufen. Aber Fenja war einigermaßen sicher, dass sie nicht heulte. Nicht mehr. Hatte sie am Anfang ein paarmal. Aber seit sie John hatte, ging es besser. Irgendwie war das erste Treffen mit ihm wie ... wie ein Sonnenaufgang gewesen. Ja, wie ein Sonnenaufgang.

Lichter. Hastig verzog sie sich wieder an den Straßenrand. Irgendwer war tatsächlich um diese Zeit auf dieser bescheuerten Landstraße unterwegs. Konnte sich nur um einen Fremden handeln. Die Eingeborenen lagen schließlich brav in ihren Betten. Außerdem fuhren die nicht so schnell. Dazu waren die alle zu ordentlich. Eben doch keine Wilden. Aber der hier, der war wirklich erstaunlich schnell unterwegs! Und das bei den Sichtverhältnissen! Das Scheinwerferlicht machte den Regen noch undurchdringlicher. Fenja hielt sich die Hand vors Gesicht, geblendet von dem rasch näher kommenden Strahl. Hoffentlich sah er sie! Zur Sicherheit ging sie noch ein Stück näher an den Rand. Der Wagen war fast da, als sie ausrutschte und rückwärts die Böschung runterfiel. Es war kein schwerer Sturz, und es tat nicht wirklich weh. Aber dennoch fluchte Fenja und hielt sich den Kopf. Einen Moment brauchte sie, um wieder zur Besinnung zu kommen. Dann versuchte sie, sich aufzurappeln. War der Wagen weg? Oder hatte er angehalten? Noch etwas schwindlig auf den Beinen drehte sie sich um – dann wurde es schwarz um sie.

*

ABGRUNDTIEF

1.

Ein Ort mit zweitausend Einwohnern hatte keine Polizeistation. Schon dass es hier ein Rathaus gab, hatte Katharina erstaunt, als sie hierhergezogen waren. Aber jetzt war sie froh. Denn dort konnte sie erst einmal um Rat fragen. Wenn eine Siebzehnjährige abends ausging und am nächsten Morgen nicht nach Hause gekommen war, dann musste man nicht gleich mit dem Schlimmsten rechnen. Fenja war kein kleines Kind, sie war außerdem selbstbewusst und sportlich. Wahrscheinlich hatte sie bloß vergessen, Bescheid zu geben, dass sie über Nacht bei John bleiben würde.

Als Katharina dann vor dem geschlossenen »Bürgerhaus« stand und sich bewusst machte, dass sie am Sonntag hier niemanden antreffen würde, war sie beschämt umgedreht und wieder nach Hause gegangen – nicht ohne mehrmals zu versuchen, Fenja anzurufen.

Nach der ersten Panik und der erfolglosen nächtlichen Suche war Katharina zu dem Ergebnis gekommen, dass ihre Tochter wahrscheinlich ganz einfach bei ihrem Freund übernachtet hatte. Sie würde wieder auftauchen, und es würde Krach geben. Nicht deshalb, weil sie die Nacht zusammen mit John verbracht hatte, sondern weil sie sich nicht gemeldet hatte und auch nicht erreichbar gewesen war. Dann würden sie ein wenig streiten, Fenja würde eine Weile schmollen, Katharina auch, schließlich würden sie wieder anfangen, miteinander zu reden – und am nächsten Tag würden sie so tun, als wäre nichts gewesen. Von da an würde Fenja aber Bescheid geben, wenn sie vorhatte, die Nacht außer Haus zu verbringen.

Davon war Katharina bis gegen Mittag ausgegangen. Gegen zwei Uhr waren die Sorgen zurückgekehrt. Um drei hatte sie wie paralysiert am Küchentisch gesessen. Aber als um vier Uhr die Turmuhr von St. Benno schlug, hatte sich ihr förmlich der Magen umgedreht. Nein, sie konnte nicht mehr dasitzen und nur warten. Mit zitternden Fingern tat sie endlich, was sie schon am Morgen hätte tun sollen: Sie wählte die 110, den Polizeinotruf.

»Guten Tag. Hier sprich Katharina Bosch aus Hussfeld«, sagte sie mit zitternder Stimme. »Ich … ich rufe an, weil meine Tochter nicht aufgetaucht ist.«

»Sie vermissen ein Kind?«

»Ja. Sie ist nicht nach Hause gekommen.«

»Verstehe. Wie lang ist sie denn schon weg?«, fragte der Polizeibeamte am anderen Ende der Leitung mit eindeutig sächsischem Dialekt. Katharina nahm diesen Tonfall ebenso mit Erleichterung wahr wie ein Tippen im Hintergrund. Offenbar wurde er schon tätig, ehe er noch Genaueres wusste. Das wirkte beruhigend auf sie. Jemand, der sich kümmerte. Jemand, der sich seiner Sache sicher war.

»Seit gestern Abend. Sie ist mit ihrem Freund ausgegangen. Aber sie ist bis jetzt nicht nach Hause gekommen.«

»Mit ihrem Freund? Wie alt ist denn Ihr Kind?«

»Siebzehn.«

»Also sprechen wir von einer Jugendlichen. Fast schon volljährig, was?«

»Ja«, bestätigte Katharina. »Das stimmt. Aber … aber sie wollte ja nur in den Club.«

Der Polizeibeamte am anderen Ende der Leitung hatte aufgehört zu tippen. Stattdessen atmete er hörbar durch. »Nur zur

Sicherheit: Sie melden hier keine Straftat, richtig? Es geht nur darum, dass Ihre fast volljährige Tochter heute Morgen nicht nach Hause gekommen ist, nachdem sie gestern mit Freunden ausgegangen ist. *In den Club.*« Letzteres betonte er, als hätte sie gesagt: in die Drogenküche.

»Ja, richtig. Aber ich kenne meine Tochter, wissen Sie …«

»Das denken alle Mütter«, erklärte der Mann. »Aber wenn Sie mich fragen: Man kennt nur die Kinder. Wenn die groß werden, dann sind sie plötzlich andere Menschen. Mit einem eigenen Kopf. Mag sein, dass da nicht immer viel drin ist. Aber man kann ja nicht reinschauen, wenn Sie verstehen, was ich meine.«

»Ehrlich gesagt, weiß ich gerade nicht …«

»Ihr Tochter taucht schon wieder auf, gute Frau«, sagte der Polizist. »Glauben Sie mir. Hussfeld sagen Sie? Da passiert sowieso nie was. Wenn Sie gut schlafen wollen, dann ziehen Sie nach Hussfeld.« Er lachte. »Sagen wir hier so.«

»Aber was ist, wenn sie doch …«

»Wenn sie wirklich nicht nach Hause kommt, dann rufen Sie uns morgen noch mal an. Dann sehen wir, was wir tun können, ja? Bis dahin bewahren Sie Ruhe und lassen Sie Ihr Handy angeschaltet. Vielleicht meldet sie sich ja.«

Fenja würde sich nicht melden, das wusste Katharina. Sie wusste es so genau, dass es wehtat. Wenn die Polizei ihr nicht glaubte … Hatte nicht der Bürgermeister gesagt, sie könne jederzeit zu ihm kommen, wenn sie ein Anliegen hätte? Welches Anliegen könnte es mehr rechtfertigen, ihn aus der heiligen Sonntagsruhe zu reißen, als eine Tochter, die nicht mehr aufgetaucht war?

*

Sie war wieder nicht zum Gottesdienst aufgetaucht. Pastor Reichert nahm es ganz genau wahr, wer kam und wer wegblieb. Es war nicht so, dass er es nicht gewohnt gewesen wäre. Immer noch gab es etliche Mitbürger, die die Segnungen der Religion nicht erkannt hatten. Ein böses Erbe aus einer bösen Zeit. Die Kommunisten hatten den Menschen die Liebe zu Gott ausgetrieben. Aber Reichert hatte schon viele von ihnen in den Schoß der Religion zurückgeführt. Er konnte überzeugend sein – und manchmal waren es die Umstände, die überzeugend waren.

Gegen achtzehn Uhr entschloss sich der Pastor, das Gotteshaus zuzusperren. Wer an diesem Sonntag in die Kirche gehen wollte, hatte dazu Gelegenheit gehabt. Ein letztes Mal schritt er über die in Jahrhunderten blank polierten Steinplatten, ging kurz vor dem Altar in die Knie, warf einen Blick durchs Kirchenschiff und hinauf zum Chorstuhl, dann trat er durch den Seiteneingang hinaus in die Sakristei und legte den Talar ab.

St. Benno war kein großes Gotteshaus, aber ein stolzes. Die Geschichte der Kirche reichte mehr als vierhundert Jahre zurück, mehrmals war sie umgebaut worden, zur Zeit der DDR heruntergekommen und meist geschlossen gewesen. Seit zwanzig Jahren aber stand Pastor Reichert der kleinen Gemeinde von Hussfeld vor, und in seiner Amtszeit war aus dem maroden alten Bau und seiner weitgehend zerfallenen Gemeinde ein leuchtendes Beispiel dafür geworden, wie man die Gemeinschaft der Gläubigen wieder zusammenführte und ihre Kirche zu einem blühenden Monument machte.

Dass solche Arbeit nicht ohne Härten möglich war, verstand sich von selbst. Pastor Reichert wäre der Erste gewesen, der diese Erkenntnis bestätigt hätte. Härten hatte er in seiner Amtszeit viele erlebt – gegen sich selbst und gegen andere. Letztlich waren es Prüfungen Gottes, nichts weiter. Entsprechend dankbar nahm er sie an und stellte sich ihnen.

Auf dem Friedhof entdeckte er Ursula Hoch, die wie jeden Sonntag ihren Mann besuchte. Er nickte ihr freundlich zu, sie nickte zurück und scharrte noch etwas mit ihrer Schaufel in der Erde. »Ich lasse das Tor für Sie offen, Frau Hoch!«, rief er ihr zu, als er eigentlich schon vorüber war.

»Danke, Herr Pastor!«, rief sie zurück und winkte ihm mit ihrer Schaufel zu, als wäre die eine Waffe. Dann beugte sie sich wieder über das Grab. Ihr Mann war schon vor zehn Jahren gestorben. Ein Unfall. Er war alt gewesen und hatte den Wagen nicht gesehen. Der Fahrer, ein in der ganzen Region bekannter Säufer aus Thum, hatte nicht einmal angehalten, nachdem er Hoch ungebremst angefahren hatte. Man hatte die Frau für mehrere Tage in der Psychiatrie behalten müssen, denn sie war neben ihm gegangen. Pastor Reichert dachte gerne an diese Geschichte, weil sie zeigte, wie gerecht Gott war! Der Unfallverursacher war nur eine Woche später mit seinem Wagen gegen einen Baum gefahren und zu Tode gekommen. Nüchtern! Zumindest wenn man der Aussage der Polizei glaubte. So oder so war es ein Gottesurteil gewesen. Eines, das der Mörder des alten Hoch im Grunde selbst gefällt hatte. Dass es so prompt erfolgte, war wie ein Signal an die Gemeinde gewesen: In den folgenden Sonntagen war das Gotteshaus bis auf den letzten Platz besetzt gewesen.

Manchmal natürlich dauerte es länger, bis Gott jemanden seiner gerechten Strafe zuführte. Manchmal brauchte es dafür auch keinen tödlichen Unfall. Manchmal, zumindest sah das Pastor Reichert so, manchmal war das Leben eine größere Strafe als der Tod.

Als hätte er nicht ohnehin schon mehrmals an sie gedacht, sah er die Neue vor sich her Richtung Ortsmitte laufen. Sie hatte den gleichen aufreizenden Gang wie ihre Tochter, selbst jetzt, wo sie verzweifelt war. Natürlich war der Pastor über alles informiert. Er wusste, dass die Tochter nicht aufgetaucht war. Wusste, dass sie sich nachts mit den Jugendlichen von Ehrweg und anderen Ortschaften in der Nähe herumtrieb. Wusste, wie die Alarmglocken schrillten, wenn das Kind am nächsten Tag nicht wieder nach Hause kam. Dazu musste man nur die Menschen kennen. Und das tat er wie kein anderer: Pastor Jürgen Reichert kannte die Menschen. Er kannte sie besser als sie sich selbst.

*

»Natürlich«, sagte Armin Hutter. »Kommen Sie herein.« Er trat einen Schritt beiseite und bedeutete Katharina einzutreten.

»Es tut mir wirklich leid, dass ich Sie am Sonntag störe, Herr Hutter«, murmelte Katharina nochmals, ehe sie das Haus betrat. Es war weder eines von den alten, die die Würde der Geschichte ausstrahlten, noch einer von diesen seelenlosen Bauten, mit denen auch Hussfeld nach dem Krieg verunstaltet worden war. Eigentlich war es ganz gemütlich, wenn auch etwas dunkel. »Bitte, hier hinein«, sagte der Bürgermeister und winkte sie ins Wohnzimmer.

»Ihrer Frau macht es auch nichts aus, wenn ich Sie hier belästige?« Katharina setzte sich auf einen der klobigen Sessel, ganz vorne an die Kante, ganz aufrecht wie ein Schulmädchen. Und irgendwie fühlte sie sich auch so.

»Meine Frau«, sagte Hutter mit einem wehmütigen Lächeln, »ist leider schon vor Jahren gestorben. Der Krebs.«

»Oh. Das tut mir leid.«

In einer hilflosen Geste hob Hutter die Hände. »Was führt Sie denn zu mir?«, wollte er wissen.

»Es geht um Fenja. Meine Tochter.«

Hutter nickte aufmunternd. »Ja?«

»Sie ist … sie ist nicht nach Hause gekommen.«

»Aha? Seit wann ist sie denn weg?« Hutter sah sich um, stand dann auf, ging zu einem Sekretär und holte etwas zu schreiben heraus.

»Seit gestern Abend.« Katharina holte tief Luft. »Und jetzt ist schon fast wieder Abend.«

»Verstehe. Darf ich fragen, wie alt Ihre Tochter ist? Ich weiß, dass sie schon mehr oder weniger erwachsen ist. Aber ist sie schon volljährig?«

Katharina schüttelte den Kopf. »Siebzehn.«

»Wussten Sie, dass sie ausgeht?« Als Katharina nickte, fragte er weiter: »Hatten Sie etwas ausgemacht, wann sie zurückkommen muss?«

»Nein«, sagte Katharina mit einem Seufzen. »Fenja ist ... na ja, sie ist eben schon fast erwachsen. Ich finde, da muss man ... da sollte man nicht mehr so enge Grenzen setzen.« Sie blickte in seine skeptische Miene. »Kleinlich sein, was das zurückkommen betrifft und so.«

»Mhm«, machte Hutter nur. Es war nicht zu übersehen, dass er diese Meinung nicht teilte. Im Gegenteil: Seine Miene wirkte plötzlich verschlossener als eben noch. Wie um sich selbst aus seinen negativen Gedanken zu reißen, sagte er unvermittelt: »Entschuldigen Sie, Frau Bosch – darf ich Ihnen irgendetwas anbieten? Möchten Sie etwas trinken?«

»Ein Glas Wasser vielleicht?«, entgegnete Katharina und sah dem Bürgermeister zu, wie er aufstand, hinausging und kurz darauf mit einem Krug und einem Glas zurückkam. Während er ihr etwas Sprudelwasser eingoss, fragte er weiter: »Wissen Sie, mit wem Ihre Tochter aus war? Sie ist ja vermutlich nicht allein unterwegs gewesen.«

»Es gibt einen Jungen. Aus Ehrweg, glaube ich. John. Sie wollte mit ihm irgendwohin.«

»Und haben Sie schon bei *John* nachfragt, ob sie vielleicht ... also: bei ihm ist? Oder ob er weiß, wo sie sein könnte?«

»Leider habe ich keine Telefonnummer von ihm. Oder Adresse.«

»Verstehe. Hm.« Wieder schlich sich ein abweisender Zug in Armin Hutters Miene.

Es ist eine dumme Idee gewesen hierherzukommen, dachte Katharina. Es würde nichts bringen. Und wenn Fenja wieder auftauchte, dann wäre so eine Geschichte sicher nicht sehr hilfreich für sie.

»Sie sollten besser mit der Polizei telefonieren, Frau Bosch«, riss Hutter sie aus ihren Gedanken. »Nicht dass ich damit sagen möchte, es muss etwas passiert sein. Aber viele junge Männer namens *John* gibt es in der Region sicher nicht.«

»Sie meinen, die hätten vielleicht eine Telefonnummer für mich?«

»Für Sie? Also nein, das denke ich nicht. Die Polizei darf nicht einfach Telefonnummern Dritter herausgeben. Aber sie könnte selbst forschen.«

»Die Wahrheit ist, dass ich zwar bei der Polizei angerufen habe, dass sie mich dort aber nicht ernst genommen haben«, erklärte Katharina. »Die gehen da einfach davon aus, dass ein junges Ding ein bisschen Abenteuer erleben möchte. Aber so eine ist Fenja nicht.«

»Ist sie nicht?«

Er hatte ja recht: »Doch, schon. Aber sie würde mit mir darüber sprechen, wenn sie …« Katharina biss sich auf die Lippen. Der Drang, in Tränen auszubrechen, war unvermittelt so überwältigend, dass sie ihn kaum beherrschen konnte. Hutter schien es zu sehen und legte ihr beruhigend eine Hand auf den Unterarm. Zugleich schien er sie nicht schonen zu wollen. »Aber wissen Sie, Ihre Tochter hat hier schon einen gewissen Ruf, wenn Sie verstehen, was ich meine.«

»Einen gewissen Ruf?« Katharina starrte ihn an. »Was für einen Ruf denn?«

Hutter atmete tief durch. »Ich will ehrlich zu Ihnen sein, Frau Bosch. Nicht den besten. Sie läuft hier leicht bekleidet durch den Ort, flirtet mit den Jungs, treibt sich nächtelang herum ...« Er erwähnte nichts von den Verhütungsmitteln, von den Sektorgien, die die Bosch-Frauen nach Meinung vieler zweifellos gefeiert hatten, kaum dass sie im Ort angekommen waren. Er erwähnte auch nicht, dass man sich wunderte, die Neuen bisher nicht in der Kirche gesehen zu haben, dafür aber nächtens nackt am Fenster. Aber er blickte Katharina in die Augen, und sie konnte die Vorwürfe erkennen, die er unausgesprochen an sie richtete. »Verstehe«, murmelte sie. »Sie halten meine Tochter hier für eine Schlampe.«

»Das habe ich nicht gesagt«, widersprach der Bürgermeister. »Und ich denke es auch nicht. Und manchmal ist das Bild, das sich andere von einem machen, nicht hilfreich.« Er versuchte ein Lächeln. »Nun bleiben Sie guter Dinge, Frau Bosch«, sagte er. »Das wäre doch allemal der beste Grund, weshalb Ihre Tochter noch nicht wieder da ist.«

Katharina nickte und schluckte die Tränen hinunter. »Wäre es«, krächzte sie. »Aber ich glaube es nicht.«

»Weil?«

»Weil ... ich es spüre, Herr Hutter. *Ich spüre es!*«

*

Jeder kennt John. Sein Vater kennt ihn auch. Warum hat er gesagt, er kennt ihn nicht? Was soll das heißen: Sie flirtet mit den Jungs. Sie treibt sich nächtelang herum. Karl versucht, mehr zu hören. Aber dummerweise führt sein Vater Frau Bosch über die Terrasse nach draußen. Von seinem Platz am Treppenabsatz aus kann er dem Gespräch nicht mehr folgen. Fenja ist siebzehn. Dass ihre Mutter schon Panik schiebt, wenn sie nur mal eine Nacht wegbleibt, das überrascht ihn. Bei seinem Vater hätte es ihn nicht überrascht. Bei ihr schon. Er hatte sie cooler eingeschätzt. Fast tut sie ihm ein bisschen leid. Lustigerweise sieht sie ihrer Tochter viel ähnlicher, wenn sie den Tränen nah ist.

Leider sieht Karl seinem Vater nicht ähnlich. Wenn er überhaupt sein Vater ist. Armin Hutter ist nicht sehr groß, aber er sieht gut aus. Er hat eine sportliche Figur, angegraute Schläfen im vollen Haar, er hat was Militärisches, findet Karl. Während er selbst zu dick ist, zu weich, eben so gar nicht der Typ, auf den die Frauen fliegen. Noch nicht. Aber er träumt davon, dass er's mal sein wird. Nein, er *wird* es mal sein. Bald.

Er geht zurück in sein Zimmer, setzt sich an den Computer und sieht den Ordner »fenja« durch, den er angelegt hat. Ist eine schöne Sammlung geworden, eine sehr schöne! Vor allem die Nahaufnahmen.

*

Das Da Capo hatte zu! Ausgerechnet! Verzweifelt klingelte Katharina wieder und wieder, bis im ersten Stock ein Fenster aufging und ein verpennter junger Typ zum Vorschein kam. »Was'n los, Mann?«

»Hey! Ich bin Katharina. Ich suche den jungen Mann, der hier immer hinter der Theke steht.«

»Mirko? Ist heute nicht da. Ist doch geschlossen, sehen Sie das nicht?«

»Das seh ich. Aber wissen Sie vielleicht, wo ich ihn finde? Oder kennen Sie John?«

»Jeder kennt John.« Der Typ gähnte, als hätte er seit Tagen nicht geschlafen.

»Wissen Sie, wo John wohnt?«

»Bertoldsbach.«

»Er wohnt gar nicht hier?«

»Nee. Hab ich gesagt, er wohnt hier?«

»Okay. Entschuldigung«, beeilte sich Katharina, ihn zu besänftigen, obwohl sie fand, dass er ruhig ein bisschen freundlicher hätte sein können. »Hören Sie, meine Tochter ist eine Freundin von John. Und eigentlich suche ich sie.«

»Jenny?«

»Nein. Ähm ...«

»Fenja!«

»Stimmt.« Katharina spürte einen Stich im Herzen. Hatte der Kerl mehrere Freundinnen? Und war dann eine davon Fenja? Teilte sie sich einen Lover mit mehreren anderen? »Wissen Sie, wo sie ist?«

»Fenja? Die war gestern Abend mit uns im Club.«

»Ja, das weiß ich. Aber sie ist nicht wieder nach Hause gekommen.«

Der Typ sah sie verständnislos an. »Ist doch Sonntag, oder? Vielleicht macht sie sich einfach 'ne schöne Zeit.« Er grinste: »Zum Beispiel mit John.«

Ja, dachte Katharina. Vielleicht. Aber sie wusste, dass es nicht stimmte. Je länger das alles dauerte, umso düsterer wurden ihre Ahnungen. »Haben Sie vielleicht eine Nummer von John?«

Der junge Mann drehte sich um und rief: »Heike! Du bist doch mit John Friends, oder? Kannst du den mal anrufen?« Einen Augenblick später hatte er ein Handy in der Hand und meinte: »Ich kann Ihnen die Nummer geben.«

»Das wäre großartig!« Niemals zuvor hatte Katharina einen so groben Klotz so wundervoll gefunden. Sie ließ sich die Nummer diktieren und rief gleich an – landete aber nur auf der Mailbox: *Hi. Hier ist John. Immer her mit den Nachrichten.*

»John, hallo. Hier ist Katharina, die Mutter von Fenja. Ich weiß nicht, ob sie noch bei dir ist. Aber ich suche sie. Dringend. Bitte ruf mich an, wenn du das hörst, ja? Danke. Bitte gleich anrufen! Danke!«

»Viel Glück«, sagte der junge Typ am Fenster und verschwand wieder nach drinnen.

»Danke«, murmelte Katharina und starrte verzweifelt ihr Handy an. Fenja war nicht erreichbar, John war nicht erreichbar ... Sie überlegte kurz, dann entschloss sie sich, nach Bertoldsbach zu fahren. Die Dörfer waren alle nicht weit voneinander entfernt, sie hatte noch nie von dem Nest gehört, also würde es nicht so riesig sein. Entsprechend musste die Chance groß sein, jemanden zu finden, der wusste, wo John wohnte.

*

Bertoldsbach entpuppte sich als ein Teil von Ehrweg. Ein seltsam düsterer Teil. Viele der Häuser hier waren verfallen, nichts schien in den zurückliegenden Jahrzehnten getan worden zu sein, um diesen Ortsteil vor dem Untergang zu bewahren. Aus mehreren Fassaden blickten Katharina blinde oder zerschlagene Fenster an, an einigen Gebäuden war das Dach eingestürzt. Nur eine Handvoll Anwesen war bewohnt. Vor einem traf Katharina einen Mann an, der an einem Fahrrad herumschraubte. »Entschuldigen Sie, ich suche einen Jungen namens John.«

Der Mann blickte auf und musterte Katharina feindselig. »Keine Ahnung«, sagte er dann und widmete sich wieder seiner Arbeit.

»Er soll hier in Bertoldsbach wohnen.«

»Soll er das.« Der Mann schien ihr weiter nichts zu sagen zu haben.

»Er ist ein Freund meiner Tochter.«

Statt Katharina noch eines Wortes zu würdigen, zuckte er nur die Achseln. Aber vielleicht bildete sie sich das auch nur ein. Sie atmete tief durch und ging weiter. Warum auch immer, die Atmosphäre in Bertoldsbach empfand sie als beklemmend.

Allerdings war sie natürlich auch mit den Nerven ziemlich runter.

»Er spricht nicht gern über seinen Sohn«, sagte eine Frau. Katharina blickte erstaunt zur Seite, wo sie sie in einem dunklen Hausflur stehen sah. Wahrscheinlich war sie schon eine Weile von ihr beobachtet worden.

»Bitte?«

»Der alte Schuster. Er spricht nicht gern über seinen Sohn.« Die Frau trat heraus und legte eine Hand über die Augen, um sich vor der tief stehenden Sonne zu schützen.

»Er ist der Vater von John?«

»Hm. John. Ja«, erwiderte die Frau, deren Kittelkleid so grau war wie ihr Haar. »Wir sagen Johannes zu ihm. Also, wenn wir ihn mal sehen. Ist ja nicht viel zu Hause, der Junge.«

»Und wissen Sie, wo er ist?«

»Nein, woher denn?« Die Frau gab ein abschätziges Lachen von sich. »Treibt sich rum, hurt herum, macht wer weiß was – nur nichts Ordentliches. Kein Wunder, dass der Alte nichts mehr von ihm wissen will.« Ihr Blick unter der schützenden Hand wanderte hinüber zu dem Mann am Fahrrad. Unwillkürlich wandte sich auch Katharina zu ihm um, musste allerdings feststellen, dass er verschwunden war.

»Wissen Sie«, versuchte es Katharina erneut, »ich suche meine Tochter. Sie war mit John, also mit Johannes, aus. Gestern Abend.«

Die Frau zuckte die Achseln. »Wer weiß, in welcher Absteige die beiden gelandet sind«, stellte sie fest.

Katharina seufzte. »Ich … ich weiß nicht viel über Johannes. Aber meine Tochter … also, die wäre nach Hause gekommen. Wenn ihr … also wenn ihr nichts …« Sie stockte.

»Sie denken, ihr ist etwas zugestoßen?«

»Ich habe Angst, dass es so sein könnte.«

»Verstehe. Und Sie sind?«

»Katharina Bosch. Aus Hussfeld.«

»Hussfeld«, wiederholte die Frau, und es schwang etwas in ihrer Stimme mit, das Katharina nicht zu benennen vermocht hätte. Ein Ton, den sie schon einmal gehört zu haben glaubte. Nur dass sie nicht wusste, wo oder von wem.

»Wenn Sie etwas hören. Oder wenn Sie Johannes sehen, könnten Sie mich anrufen? Könnten Sie ihm sagen, dass er sich bei mir melden soll? Dürfte ich Sie darum bitten?« Die Frau blickte sie lange an. Im Schatten ihrer Hand konnte Katharina ihre Augen nicht erkennen. Und doch meinte sie, etwas wie Feindseligkeit in diesem Blick zu spüren. »Bitte«, setzte sie noch einmal hinterher.

»Dann geben Sie mir mal Ihre Nummer.«

Katharina diktierte ihr ihre Handynummer. Aber sie wusste, dass die Frau sie nicht anrufen würde.

*

Die Nacht wälzte sich wie ein böses Tier über die Hügel. Die Schatten wurden länger, die Dunkelheit wuchs als unbezwingbare Macht in den Himmel, während Katharina, halb wahnsinnig vor Sorge, mit ihrem alten Peugeot über die Dörfer fuhr. Sie überlegte, ob Fenja vielleicht nach Coburg gefahren war. Aber weshalb sollte sie das heimlich tun und ohne sich zu melden? Weshalb war sie nicht erreichbar? Das ergab doch keinen Sinn!

Inzwischen hatte sie es bestimmt hundertmal auf Fenjas Handy probiert – erfolglos. Sie hatte noch zweimal bei der Polizei angerufen, wo man zunehmend genervt reagiert hatte. Sie hatte das Kreiskrankenhaus angerufen, die Feuerwehr, ja sogar Volker, obwohl sie mit ihm nie wieder hatte zu tun haben wollen. Dass er ganz ähnlich reagiert hatte wie der Polizeibeamte, hatte sie vollends aus der Fassung gebracht. Für einen kurzen Moment war sie sich nicht sicher gewesen, ob sie nicht tatsächlich völlig überzogen handelte, ob ihre Sorgen nicht absurd waren, eine Art Mutterkomplex. Doch dann dachte sie zurück, wie sie selbst als Jugendliche beinahe einmal Opfer einer Vergewaltigung geworden war. Auf Klassenfahrt. Alle hatten zu viel getrunken. Einige Jungs hatten sich produzieren wollen, einige Mädchen hatten sich lieber früher verabschiedet – und sie war so dumm und betrunken gewesen und so unerfahren, dass sie sich unnötig in Gefahr gebracht hatte. Nicht ihre Schuld, denn es ist nie die Schuld der Frau. Aber beinahe ihr Unglück.

Was, wenn Fenja in einer ähnlichen Situation gelandet war und ... Sie mochte gar nicht daran denken. Andererseits konnte sie bald kaum noch an etwas anderes denken. Wie sehr sie hoffte, dass Fenja nur nicht schlau genug gewesen war, ihr Bescheid zu sagen. Ihre Tochter wusste, dass Katharina keine von den Müttern war, die ihrem Kind kein Vergnügen gönnten oder nicht akzeptierten, dass man eben auch mit siebzehn schon eine Frau war – mit allem, was dazugehörte. Und Katharina wusste, dass Fenja schon lange darauf wartete, endlich mal richtigen Sex zu haben. So viel Erfahrung und Einfühlungsvermögen in das Seelenleben eines Mädchens hatte sie. Wie sehr sie sich wünschte, ihre Tochter könnte einfach zu überwältigt gewesen sein von ihren Gefühlen, zu sehr im Bann des aufregend Neuen stehen, um auch nur einen Gedanken an die Mutter zu verschwenden, die zu Hause saß und sich zu Tode sorgte.

Doch Katharina spürte, dass das nicht der Fall war. Auch dafür kannte sie Fenja gut genug. Und deshalb saß sie auch nicht zu Hause, sondern irrte wie eine Verrückte durch die Gegend, um irgendeinen Anhaltspunkt zu finden, wo sich ihre Tochter aufhalten könnte. Oder zumindest John!

Die Frau in Bertoldsbach hatte sie zu einem anderen jungen Mann geschickt, der in der Nähe wohnte: Gregor, ein ziemlich widerlicher Typ in einer noch widerlicheren Wohnung. Als er die Tür geöffnet hatte, hatte es so stark nach Rauch und alter Wäsche gerochen, dass Katharina beinahe übel geworden war. »John? Keine Ahnung, wo das Arschloch ist. Wenn Sie ihn sehen, können Sie ihm von mir in die Eier treten.« Das waren die Worte gewesen, die er für sie übrig gehabt hatte. Und als Katharina ihm erklärt hatte, dass sie Fenjas Mutter war, hatte er die Augenbrauen gehoben und sie gemustert, dass sie sich geradezu nackt vorgekommen war. »Geben Sie mir Bescheid, wenn Sie sie finden«, hatte er mit einem undefinierbaren Gesichtsausdruck gesagt. »Wir haben noch was zu besprechen.«

Katharina stand mit ihrem Auto auf der Straße. Sie hatte auf einer kleinen Kuppe angehalten, um nachzudenken, und starrte in die Schwärze, die sich über ihr aufgebaut hatte. Nach Westen hin schimmerte der Himmel noch blutrot. »Wo bist du, Kind«, flüsterte sie und fühlte ihr Herz wie in einer eisernen Faust. Langsam ging ihr die Energie aus. Wann hatte sie zuletzt etwas gegessen? Getrunken? Egal. Sie würde nie wieder etwas essen oder trinken, wenn das nötig sein sollte, um Fenja gesund nach Hause zu holen. Nur: von wo?

Ein anderes Fahrzeug fuhr mit lang gezogenem Hupton an ihr vorüber, dass sie zusammenzuckte. Klar, sie stand ja auch denkbar blöd im Weg. Seufzend ließ sie den Motor wieder an und fragte sich, ob es schlauer war, noch weiter über die Dörfer zu fahren und nach Fenja oder John zu fragen, oder ob sie lieber nach Hussfeld zurückkehren sollte. In einiger Entfernung vor ihr lag Ehrweg, ein paar Kilometer dahinter waren sie zu Hause.

Irgendwo hier musste dieser verdammte Club sein, von dem Fenja erzählt hatte. Der Mann von der Tanke in Ehrweg hatte Katharina den Weg beschrieben. Aber entweder war die Einmündung von der Landstraße wirklich so unauffällig, dass man sie kaum finden konnte, oder Katharina hatte einfach nicht mehr die nötige Aufmerksamkeit, sie zu entdecken.

Während der Wagen den Hügel hinunterrollte, betrachtete sie die Lichter von Ehrweg. Morgen früh sollte sie hier wieder ihre Arbeit tun. Und was, wenn Fenja bis dahin immer noch nicht aufgetaucht war? Im Moment konnte sich Katharina nicht einmal vorstellen, dass sie unter diesen Umständen die Kraft finden würde, auch nur aus dem Bett aufzustehen. Sie fuhr am Gebäude ihres Arbeitgebers vorbei. Schwarz und riesig wirkte es in der Nacht. Nur ein einziges Fenster war erleuchtet, und Katharina fragte sich, ob das bedeutete, dass tatsächlich jemand am Sonntagabend dort arbeitete, oder ob man die Lampen nur angelassen hatte, um etwaige Einbrecher abzuschrecken. Sie blickte auf die Uhr. Nach zehn. Jetzt brauchte sie Gerlach nicht mehr anzurufen. Sie würde morgen früh mit ihm sprechen.

Mit einem letzten Blick auf das wuchtige Gebäude drückte sie aufs Gas und fuhr die restlichen paar Kilometer zurück nach Hussfeld. Sie war so niedergeschlagen, dass sie sich nicht einmal über den Blitzer ärgerte, der sie einmal mehr am Ortseingang erwischte. Absurd: zu schnell an einem Tag, an dem die Zeit nicht zu vergehen schien …

Vor dem Schwarzen Ochsen trat Zalic auf die Straße. Katharina bremste und stieg aus. »Entschuldigen Sie!«

»Ja? Wir haben schon zu.«

»Natürlich. Ich … Es ist nur: meine Tochter. Haben Sie sie vielleicht irgendwo gesehen?«

»Heute?« Er schien nicht überlegen zu müssen, wen sie meinte. Aber sein Gesichtsausdruck machte Katharina sofort klar, was er sagen würde: »Nein. Wieso?«

»Sie ist nicht nach Hause gekommen.«

Der Wirt blickte auf die Uhr. »Es ist noch nicht mal halb elf. Die jungen Leute …«

»Nein, nein. Ich spreche nicht von heute. Sie ist gestern ausgegangen. Aber sie ist nicht nach Hause gekommen.«

»Von gestern?«

»Ja. Ich … ich weiß nicht, was ich tun soll.« Ein Schluchzen entrang sich ihrer Kehle. Sie presste sich die Faust auf den Mund.

»Kommen Sie rein«, sagte Zalic und sperrte wieder auf. »Manchmal hilft, wenn man spricht.«

»Nein, wirklich …«

»Doch. Sie kommen.« Er legte ihr die Hand auf den Rücken und schob sie nach drinnen, wo es dunkel war. Im nächsten Moment wurde sie von den wieder aufglimmenden Lichtern geblendet. Sie sah sich um. Bisher waren sie nicht im Schwarzen Ochsen gewesen. Es war rustikal. Viel dunkles Holz, mächtige Balken an der Decke, eine wuchtige Theke und große Tische, an denen wohl oft viele Menschen zusammensaßen. »Was wollen Sie trinken?«

»Nichts, Herr …«

»Zalic. Zlatan.«

»Herr Zalic. Danke. Ich muss nach Hause.«

»Ist jemand bei Ihnen?«

»Nein. Wir … wir leben zu zweit. Meine Tochter und ich.«

»Ist immer gut, wenn man hat Mann zu Hause.«

Katharina bemühte sich um ein Lächeln. »Ja. Jetzt hätte ich auch gerne einen. Aber im Moment gibt es keinen Mann.«

»Ein Bier? Ein Cola?«

»Eine Cola wird besser sein«, sagte Katharina. »Ich habe den ganzen Tag nichts gegessen. Wenn ich jetzt ein Bier trinke, falle ich wahrscheinlich vom Stuhl.«

»Dann Sie müssen auch noch essen.«

Augenblicke später standen ein Glas Cola und ein Teller mit einem Brötchen und einer Scheibe kaltem Braten vor ihr.

»Ist von heute, der Braten.«

»Danke. Sie sind wirklich sehr nett.«

»Müssen wir alle zusammenhalten. Sonst Leben macht keinen Spaß.«

Spaß. Ob sie den jemals wieder haben würde? Während sie gierig in das Brötchen biss, fragte sich Katharina unwillkürlich, ob Fenja in diesem Augenblick wohl satt und zufrieden war oder ob sie irgendwo hungerte. Ob sie überhaupt noch *hungern konnte*. Katharina brachte den Bissen nicht runter. Brauchte eine Weile, um sich wieder zu beruhigen, stellte fest, dass Zalic ein guter Zuhörer war, schon weil er sie nicht nötigte, nicht ausfragte, offenbar Zeit für Sie hatte. Denn er stand nur hinter seiner Theke, hantierte ein wenig herum, blickte immer mal wieder zu ihr und lächelte ihr aufmunternd zu.

»Haben Sie eine Idee, wo ich fragen könnte? Wissen Sie, ich habe schon mit der Polizei gesprochen …«

»Polizei?« Das schien ihn zu erschrecken.

»Natürlich! Das ist doch die erste Adresse, wenn jemand vermisst wird.«

»Aber ist doch kein Verbrechen hier.«

»Wenn man da sicher sein könnte …«, warf Katharina ein.

Der Wirt lachte. »Da Sie können sicher sein. In Hussfeld gibt kein Verbrechen.«

»Überall gibt es Verbrechen, Herr Zalic«, widersprach Katharina.

Doch der Wirt schüttelte energisch den Kopf. »Nicht in Hussfeld. Sie mir glauben.«

*

Stille. Es ist so still, dass sie zuerst glaubt, sie sei tot. So muss es sich anfühlen. Doch da ist noch etwas anderes: Schmerz. Fenja fühlt sich wie gerädert. Alles tut ihr weh, buchstäblich jeder einzelne Knochen im Leib. Und ihr ist schwindlig. Sie

fühlt sich, als wäre ihr Nabel der Mittelpunkt eines Karussells, das sich dreht und dreht und immer weiter dreht – und zugleich schwankt es in jede Richtung. Ihr ist schlecht.

Als sie die Augen öffnet, wird es etwas besser, das Schwindelgefühl lässt ein wenig nach. Nur ein bisschen, aber immerhin. Sie versucht, gleichmäßig zu atmen und einen klaren Gedanken zu fassen. Was ist passiert? Sie erinnert sich noch an das Auto, das plötzlich aufgetaucht ist. An die Scheinwerfer. Sie blenden sie immer noch. Obwohl es hell ist um sie herum, kann sie nichts erkennen. Doch! Dort drüben ist eine Form, ein Viereck, eine Tür vielleicht?

Der Schwindel lässt nach, dafür hämmert jetzt das Blut in ihrem Kopf, und sie muss tief durchatmen, um sich nicht zu erbrechen. *What the fuck?* Sie lauscht. War da nicht doch irgendein Geräusch? »Hallo?«, versucht sie, nur um festzustellen, dass sie kaum einen Ton rausbringt, so vertrocknet ist ihre Kehle. Sie räuspert sich, macht die Augen wieder zu, versucht sich zu erinnern, sich zu orientieren, wieder Kontakt zu ihrem eigenen Körper aufzunehmen. Im ersten Moment glaubt sie, sie sei gefesselt, weil sie ihre Arme nicht heben kann. Doch dann erkennt sie, dass es eine bleierne Erschöpfung ist, die sie mit brutaler Kraft nach unten zieht. Schlafen, denkt sie. Ich muss schlafen. Ja, schlafen würde ihr helfen. Oder sterben.

*

11.

»Gut«, sagte der Polizeibeamte und schnaubte am Telefon. »Kommen Sie bitte in die Dienststelle und geben Sie die Vermisstenanzeige persönlich auf. Bringen Sie Ihren Ausweis mit und, falls Sie den haben, auch den Ihrer Tochter. Außerdem ein möglichst aktuelles Foto von ihr.« Er zögerte. »Nach Möglichkeit eines, auf dem sie nicht sehr geschminkt ist.«

»Natürlich«, erwiderte Katharina. »Danke.«

Sie hatte die ganze Nacht kein Auge zugetan. Die Erschöpfung war inzwischen einem Gefühl der Leere gewichen. Vor ihrem geistigen Auge hatte sich eine Endlosschleife von schrecklichen Szenarien festgesetzt, die wieder und wieder abliefen, als hätte jemand sie an einen Kinosessel gefesselt und präsentierte ihr Horrorfilme, in denen buchstäblich alles geschah – nur nichts Gutes.

Auf dem Weg zur Polizei machte Katharina einen kurzen Stopp bei Krummbach + Krummbach. Sie musste mit Gerlach sprechen. Denn im Moment konnte sie nicht arbeiten. Vielleicht könnte sie die Kraft dafür aufbringen, wenn Fenja wieder da war. Aber jetzt musste sie vor allem eines: ihre Tochter finden. Dafür brauchte sie alle Energie, alle Zeit, die sie aufbringen konnte.

»Ja, bitte?«

»Entschuldigen Sie die Störung, Herr Gerlach«, sagte Katharina.

»Ja?« Ihr Chef machte keine Anstalten, sie in sein Büro zu bitten.

»Ich … ich wollte Sie bitten, dass Sie mir heute freigeben.«

»Wie? Von jetzt auf gleich?« Gerlach stand hinter seinem Schreibtisch auf, blieb aber stehen und sah sie nur mit zusammengekniffenen Augen an.

»Es geht um meine Tochter«, erklärte Katharina. »Sie ist verschwunden.«

»Aha. Und was meinen Sie mit verschwunden?«

»Sie ist am Samstagabend nicht nach Hause gekommen.« Katharina schluckte. »Und bis heute nicht wieder aufgetaucht.«

Ein paar Atemzüge lang schwieg Gerlach. Nichts in seiner Miene ließ Rückschlüsse auf seine Gedanken zu. Dann sagte er: »Sie wissen, dass Sie nach so kurzer Zeit noch keinen Anspruch auf Urlaub haben, Frau Bosch.«

»Das weiß ich, Herr Gerlach. Aber ich möchte ja auch keinen Urlaub machen, sondern nur …« Ja, was? Nach ihrer Tochter suchen? Zu Hause sitzen und auf sie warten? Sonst etwas tun, um Fenja wieder zurückzubringen?

Ihr Chef sog scharf die Luft ein. »Sie wissen, ich schätze Sie und Ihre Arbeit, Frau Bosch. Aber Sie wissen auch, dass wir zurzeit sehr viel Arbeit haben. Wenn die liegen bleibt, schadet das der Firma unmittelbar. Wir erwarten Lieferungen aus Tschechien und bereiten Abschlüsse mit Kraske in Paderborn vor und mit Lauinger in Köln.«

»Das weiß ich alles, Herr Gerlach. Und ich will ja auch meine Arbeit machen. Aber solange ich nicht weiß, was mit meiner Tochter ist, kann ich doch sowieso an nichts anderes denken.«

»Beruf und Privatleben sollten eigentlich …«, fing Gerlach gerade an auszuführen, als ihm Katharina ins Wort fiel: »Sie haben doch selber Töchter. Da wissen Sie doch, dass man sich Sorgen macht, wenn …« Sie stockte.

»Wenn was? Was ich sicher weiß, ist, dass mich meine Töchter bisher nicht in solche Situationen gebracht haben, Frau Bosch. Aber gut, ich bin ja auch kein Unmensch. Suchen Sie Ihre Tochter oder machen Sie, was Sie glauben, tun zu können. Sie haben hiermit zwei Tage unbezahlten Urlaub. Am Mittwoch erwarte ich Sie an Ihrem Arbeitsplatz, klar? Und schicken Sie mir Herrn Steiner, damit ich mit ihm bespreche, wie wir das hier auffangen.«

»Absolut klar, Herr Gerlach, vielen Dank!« Katharina nickte ihm dankbar zu und wandte sich ab, als sie seine Stimme noch einmal in ihrem Rücken hörte: »Und, Frau Bosch?«

»Ja?«

»Viel Erfolg bei der Suche.«

»Danke.« Sie atmete durch. »Danke, Herr Gerlach.«

Keine Minute später saß sie schon wieder in ihrem Auto und war auf dem Weg zur Polizeistation in Zwönitz. Von unterwegs aus rief sie noch bei Fenjas Gymnasium Annathal an, um dort Bescheid zu sagen, weshalb ihre Tochter nicht zum Unterricht erschien.

»Und wie lange wird sie voraussichtlich nicht kommen?«, fragte die Sekretärin, als hätte Katharina ihr gerade erzählt, das Kindchen habe Schnupfen.

»Hören Sie«, sagte Katharina, etwas ungehaltener, als klug war. »Der Punkt ist: Fenja ist weg. Ich weiß nicht, wo sie ist. Sie ist verschwunden.«

»Ohne eine Nachricht zu hinterlassen?«

»Ja. Leider. Denn sonst wüsste ich vielleicht, wo sie ist und dass es ihr gut geht!«

»Also ist sie gar nicht krank?«

»Ich hoffe nicht«, erklärte Katharina und wäre beinahe vor Zorn auf die Gegenfahrbahn geraten. »Ich hoffe, es geht ihr gut. Aber ich befürchte, dass das nicht der Fall ist. Im Moment kann ich gar nichts sagen, außer dass meine Tochter nicht nach

Hause gekommen ist und ich sie verzweifelt suche. Und dass ich hoffe, sie gesund und unbeschadet wiederzufinden. Bis dahin wird sie wohl nicht in die Schule kommen. Das sollten Sie bloß wissen.«

»Wenn sie länger nicht kommt, sollten Sie das mit unserer Rektorin besprechen«, legte die Sekretärin in Beamtenmanier dar. »Dann bräuchte sie nämlich eine Schulbefreiung und …«

Katharina beendete das Gespräch, ohne noch etwas zu erwidern. Es machte sie aggressiv, wenn Menschen nicht das geringste Einfühlungsvermögen hatten. Am liebsten hätte sie die Frau erwürgt. Gut, dass sie nicht direkt vorbeigefahren war, um Bescheid zu sagen, jedenfalls besser für die Sekretärin.

Ein Wagen kam ihr entgegen, der ihr bekannt vorkam, vielleicht weil sie ihn schon gelegentlich vor ihrem Haus hatte parken sehen? Die Person hinter dem Steuer trug eine Baseballkappe und eine große Sonnenbrille. Nicht zu erkennen, wer es war und ob sie sie kannte.

*

»Ich habe es gleich gewusst, dass diese Frau Unruhe bringen wird«, sagte Pastor Reichert, während er sich die Einkäufe von der Kassiererin einpacken ließ. Es war nicht zu überhören, dass in seinen Worten ein Vorwurf mitschwang.

»Sie hat einen ordentlichen Eindruck gemacht«, erklärte Gerda Kleve, die hinter ihm stand und ihre Einkäufe aufs Band legte. »Sie hatte gute Zeugnisse, einen anständigen Arbeitsplatz in Ehrweg …«

»Sie hat keinen Mann«, gab der Pastor zu bedenken. »Nur eine Tochter im gefährlichsten Alter.«

Gerda Kleve seufzte. »Man denkt ja nicht immer gleich das Schlechteste von den Menschen, nicht wahr?«

Reichert blickte auf sie herab, als würde er gerade das bei ihr bezweifeln. »Vielleicht ist das so«, sagte er. »Aber dennoch ist es unser aller Pflicht, darauf zu achten, dass auf diese kleine Gemeinde keine bösen Schatten fallen. Jeder Einzelne von uns muss wachsam sein und sich um den Frieden in Hussfeld bemühen. Und *jede* Einzelne. Richtig, Frau Kleve?«

Die Vermieterin nickte. »Da haben Sie recht, Herr Pastor«, presste sie hervor. »Das wird mir auch nicht noch einmal passieren.« Sie rang sich ein Lächeln ab, das wohl optimistisch wirken sollte. »Nun hoffen wir mal, dass die junge Frau wieder auftaucht.«

»Natürlich taucht sie wieder auf!«, erklärte Reichert im Brustton der Überzeugung. »In Hussfeld verschwinden keine jungen Frauen!« Er blickte zu der Kassiererin, die ebenfalls noch als jüngere Frau durchging. Die nickte eifrig, sagte aber nichts. Der Pastor verabschiedete sich und verließ mit seiner Einkaufstasche den Laden. »Na ja«, sagte Gerda Kleve leise. »So kann man das nicht sagen.«

*

Als Armin Hutter gegen Mittag aus dem Rathaus trat, um eine Pause zu machen und eine Kleinigkeit mit seinem Sohn zu essen, sah er zum ersten Mal das Plakat. Es war mit Heftzwecken an die große Buche geheftet, die am Hauptplatz stand. Und weil es sonst in Hussfeld keine Plakate oder sonstigen öffentlichen Aushänge gab, sprang es den Betrachter geradezu an:

Wo ist Fenja?

stand groß über einem Porträtfoto des Mädchens.

»Das ist doch …«, entfuhr es Hutter. Er trat auf das Plakat zu und riss es vom Baum – nur um im nächsten Moment zu entdecken, dass auch im Schaufenster der Bank eines hing und ebenso an einem Stromverteilerkasten.

Ein Blick zur Uhr besagte, dass die Bank erst in fünf Minuten über die Mittagszeit schließen würde. Als er eintrat, war Rolf Janke gerade mit Zalic im Gespräch und erklärte ihm: »Dafür brauchen wir Sicherheiten, Herr Zalic.«

»Aber Sie kennen doch mein Gasthaus!«, erwiderte der Chef des Schwarzen Ochsen gekränkt. »Alles, was ich habe, steckt da drin.«

»Eben«, seufzte Janke etwas zu nachdrücklich. »Und das haben Sie schon beliehen. Ich erinnere an die letzte Renovierung …«

»Die haben Sie selber von mir verlangt, als ich Geschäftsplan vorgelegt habe!«, ereiferte sich Zalic.

»Und zu Recht, Herr Zalic, zu Recht.«

»Aber die Leute wollen sitzen im Freien! Dazu brauchen wir richtige Terrasse. Stühle an Straße sind nicht erlaubt.« Der Wirt entdeckte den Bürgermeister. »Herr Hutter! Sagen Sie Herrn Janke, dass Stühle vor Gasthaus sind nicht erlaubt.«

Hutter nickte verdrossen. Er wollte sich nicht in die Geldangelegenheiten anderer einmischen. Janke würde seine Gründe haben, wenn er Zalic kein weiteres Geld lieh. »Ja. Eine Bestuhlung des öffentlichen Raums haben wir in der Gemeindeversammlung verworfen.«

»Sehen Sie!«, rief Zalic. »Deshalb muss ich auf Rückseite neue Terrasse bauen!«

Janke ließ seinen Blick eine kleine Weile auf dem Wirt haften, dann seufzte er erneut und räumte die Unterlagen zusammen. »Wir überlegen uns das, Herr Zalic. Überzeugt bin ich nicht. Aber vielleicht finden wir ja einen Weg.«

Der Wirt rang offensichtlich mit sich, ob es die Sache wert wäre, noch einen Vorstoß zu unternehmen, ließ es dann aber und verabschiedete sich.

»Was kann ich für Sie tun, Herr Hutter?«, wandte sich Herr Janke dem Bürgermeister zu.

»Ich habe das Plakat im Fenster gesehen.«

»Hm, ja. Ich weiß ehrlich gesagt noch nicht so recht, was ich davon halten soll.«

»Von dem Plakat?«

»Von dem Verschwinden. Zwei Tage ist das jetzt her. Nicht mal. Ob die Frau da schon solche Geschütze auffahren sollte ... Was, wenn die Tochter heute Abend putzmunter zu Hause auf der Matte steht? Da ist doch ihr Ruf auf alle Zeiten ruiniert.«

Hutter musterte den Banker, bis der die Arme hob. »Was?«

»Und wenn wir hier alles mit Vermissten plakatieren, dann ist *unser* Ruf bald auf alle Zeiten ruiniert, finden Sie nicht?«

»Wieso? Ich kann Ihnen nicht ganz folgen.« Der Banker deutete auf eine Sitzgruppe aus Leder, die den wichtigeren Kunden vorbehalten war und auf die er Zalic deshalb nicht hatte Platz nehmen lassen.

»Niemand weiß, wo das Mädchen ist. Aber wir pflastern unsere Straßen mit Plakaten zu wie zu RAF-Zeiten.«

»RAF-Zeiten? Stimmt, Sie stammen ja aus dem Westen«, sagte Janke, nicht ohne leisen Spott.

»Man muss kein Wessi sein, um sich an ungute Dinge zu erinnern. Die DDR hatte auch ihre Verbrecherplakate.«

»Hm. Hier wird aber nicht nach einer Verbrecherin gesucht, sondern nach einem verschwundenen Mädchen«, gab Janke zu bedenken.

»Was im Umkehrschluss bedeutet, dass es einen Grund geben muss, weshalb sie weg ist. Wer hier durchkommt, muss den Eindruck gewinnen, dass Hussfeld ein Ort ist, an dem das Verbrechen blüht.«

»Sehen Sie das nicht ein bisschen dramatisch, Herr Bürgermeister?«, fragte der Banker und winkte seiner Mitarbeiterin, die sich bisher im Hintergrund gehalten hatte, ihnen Kaffee zu bringen. »Ich glaube, Sie sind in der Hinsicht zu empfindlich.« Er sprach es nicht aus, aber Hutter wusste auch so, dass er dabei die Ereignisse im Sinn hatte, die vor vielen Jahren in dem kleinen Örtchen geschehen waren und die Hutters Sicht auf die Welt grundlegend geändert hatten.

»Vielleicht ist das so, Herr Janke. Aber vielleicht ist es trotzdem nicht falsch, das Böse schon im Keim zu ersticken, ehe es alles mit sich reißt.«

»Aber Herr Hutter!«, sagte Janke und machte eine beschwichtigende Geste. »Das Böse. Jetzt schießen Sie aber wirklich übers Ziel hinaus. Ein Mädchen ist nicht aufgetaucht, fast schon eine junge Frau. Möglich, dass ihr was passiert ist. Deshalb helfen wir der Mutter, die sich große Sorgen macht. Das ist doch alles, was wir bisher wissen, oder?«

»Ist es«, bestätigte Hutter. »Bisher.«

»Aber Sie erwarten, dass noch mehr bekannt wird?«

»Nun ja, irgendeinen Grund muss es für das Verschwinden ja geben.«

»Dann teilen Sie die Sorgen der Mutter? Was sollte also falsch daran sein, wenn wir ihr suchen helfen?«

Die Assistentin brachte Kaffee, den Janke ihr mit einem Lächeln und einem Blick auf ihren Busen abnahm, während Hutter weder auf die Tasse noch auf die junge Frau achtete.

»Alles, was ich will, ist, dass Hussfeld der friedliche Ort bleibt, der er ist«, erklärte der Bürgermeister.

»Da sind wir uns völlig einig, Herr Hutter«, entgegnete Janke.

»Und ich werde alles dafür tun.«

*

Als sie vor dem Da Capo vorfuhr, machte Katharinas Herz einen Sprung, weil sie dachte, dort stünde Johns Wagen. Doch es war nur ein Auto, das seinem ähnlich sah. An einem der Tische vor dem Haus saß ein junger Mann und rauchte. Katharina hatte ihn noch nie gesehen. Er war vermutlich Türke oder Syrer.

»Hallo«, sagte sie. »Kennen Sie Fenja?«

»Fenja? Sagt mir nichts.«

»Oder John?«

»John. Klar. Wieso?«

»Ich suche ihn.«

Der junge Mann lachte. »Da können Sie sich hinten anstellen. Den scheinen irgendwie gerade alle zu suchen.«

»Wirklich? Wieso?«

»Ja, das frag ich mich auch.«

»Nein, ich meine: Woher wissen Sie das, dass ihn alle suchen?«

Der junge Mann nickte Richtung Eingang. »Er hier hat mich schon nach ihm gefragt. Gregor wollte wissen, wo er ist. Jetzt kommen Sie ...«

»Verstehe«, sagte Katharina. Gregor. Den Namen hatte sie schon gehört, nur kam sie gerade nicht drauf, wer so geheißen hatte. Seit gestern hatte sie so viele Menschen angesprochen, war an so vielen Orten gewesen, dass alles zu einem großen Chaos in ihrem Kopf wurde. Sie trat ein und winkte müde: »Hallo, Mirko. Sie suchen auch nach John?«

»Er hätte gestern schon ausliefern sollen! In unserer Niederlassung in Ehrenfriedersdorf«, fuhr der Pizzeria-Betreiber auf. »Heute lässt er mich schon den zweiten Tag hängen, der Arsch!«

»Und Sie haben versucht, ihn zu erreichen?«

»Klar. Ungefähr eine Million Mal!« Ihm schien etwas einzufallen. »Hey! Ist er nicht mit Ihrer Tochter zusammen?«

»Stimmt. Zumindest war er's vorgestern Abend. Aber leider ist er seitdem nicht mehr aufgetaucht, wie's scheint. Und Fenja ist ebenfalls verschwunden.«

»Echt jetzt?« Mirko grinste. »Klingt romantisch. Pizzabote brennt mit Traumfrau durch.«

»Mit Traumfrau«, murmelte Katharina. »Ja. Hm.«

»Hey, sorry. Ist nicht persönlich gemeint. Aber Ihre Tochter ist echt …«

»Was?«

»Sie ist cool«, entschied sich Mirko, seine Begeisterung in gemäßigte Worte zu verpacken.

Katharina deutete auf eine Margherita, die vor ihm auf der Theke lag. »Ist die schon vergeben?«

»Ist sie. Aber der Bote ist noch nicht da«, erklärte Mirko. »Ist ein Geschenk des Hauses.« Nach hinten rief er: »Ey! Noch eine Margherita!«

»Echt jetzt? Danke. Ich brauche eigentlich nur eine Ecke«, sagte Katharina, die sich kaum vorstellen konnte, jetzt etwas zu essen, aber nicht riskieren wollte, wieder so entkräftet zu sein wie gestern.

»Kein Problem. Teilen Sie sie sich doch mit Ahmed draußen. Der muss sowieso länger warten, als ihm in den Kram passt.«

Katharina nahm mit einem dankbaren Lächeln den Karton, trug ihn vor die Tür und setzte sich zu Ahmed. »Helfen Sie mir bei der Pizza?«

»Halbe-halbe?«

»Mir reicht ein Viertel.«

»Kostet mich wie viel?«

»Nichts. Die hat uns Mirko geschenkt.«

»Seit wann ist der großzügig?«

»Vielleicht seit ich meine Tochter vermisse?«

»Okay. Erzählen Sie mal«, sagte Ahmed und griff nach der Pizza. »Vielleicht finden wir ja was heraus.«

*

Nachdem Ahmed seine Bestellung ausgeliefert hatte, meldete er sich ab und fuhr mit Katharina auf die Landstraße Richtung Zschopau. »Ist echt die einzige Location im ganzen Landkreis, wo wirklich was abgeht«, erklärte er, als könnte er ausgerechnet damit seine Mitfahrerin beruhigen.

»Und Sie sind sicher, dass die beiden am Samstag dorthin gegangen sind?«

»Ich weiß, dass John da sein sollte. Wir hatten uns ja verabredet. Nur hatte ich dann doch was anderes vor.«

»Also, gesehen haben Sie ihn nicht, richtig?«

Ahmed sah sie von der Seite her mitleidig an. »Er *war* hier. Das weiß ich sicher. Gibt nichts anderes. Da hätten sie schon nach Dresden fahren müssen.«

»Und was ist mit Chemnitz?«

»Karl-Marx-Stadt?« Ahmed lachte laut. »Toter geht nicht. Die kommen hierher, wenn sie Spaß wollen. Nicht umgekehrt.«

Katharina versuchte, sich den Weg zu merken. Als der junge Mann plötzlich auf eine Abzweigung einbog, die man für die Einfahrt zu einem privaten Grundstück hätte halten können, verlor sie dennoch die Orientierung. »Wo genau sind wir jetzt?«

»Da liegt Auerbach«, erklärte Ahmed lässig, »dort Gelenau.«

»Aha.« Beides sagte Katharina nichts. Durch Auerbach war sie bei ihrer gestrigen Verzweiflungsfahrt gekommen, das schon. Aber durch Gelenau?

»Ist nicht mehr weit«, sagte der junge Mann, während Katharina sich fragte, ob sie nicht gerade dabei war, sich selbst in Gefahr zu bringen. »Und keine Sorge, ich bring Sie dann auch heil wieder zurück nach Ehrweg.«

*

Das Gebäude erinnerte an eine alte Fertigungshalle, an ein ehemaliges Warenlager oder – Katharina schauderte, als es ihr in den Sinn kam – an die Baracken eines KZs. »*Das* ist der Club?« Nichts an dem Ort erinnerte auch nur entfernt an »Spaß haben«.

»Klar, Mann. Das Wichtigste am Club sind die Leute.«

»Hm.« Katharina stieg aus Ahmeds Auto und ging zur Tür. Weiße Farbe blätterte vom Metall. An der Klingel stand kein Name, keine Bezeichnung, nichts. Fenster gab es einige wenige – aber sie waren alle mit Folie verklebt. Katharina suchte eine Stelle, wo sie vielleicht hineinschauen konnte, einen Spalt, einen Riss in der Folie. Doch auch wenn es einige solche Stellen gab – zu sehen war nichts. Vermutlich waren sie auch von innen abgeklebt. »Und wann ist hier normalerweise geöffnet?«

»Jeden Freitag, Samstag und Sonntag. Ab acht«, erklärte Ahmed. »Kommt aber keiner vor neun, halb zehn. Wenn du um acht hier bist, musst du sehr verzweifelt sein.«

»Klar.« Katharina blickte sich um. »Können wir mal um den Schuppen rumgehen?«

»Wozu?«

»Neugier?«

»Okay. Wenn Sie meinen …« Er folgte ihr mit ein paar Schritten Abstand, worüber Katharina durchaus froh war. Denn das alles hier war schon ziemlich abgelegen. Nicht dass Ahmed irgendwie gefährlich gewirkt oder sich verdächtig gemacht hätte. Aber es war doch ein wenig seltsam, allein mit einem Fremden an einem solchen Ort unterwegs zu sein. Katharina fragte sich, ob Fenja vor zwei Tagen ein ähnliches Erlebnis gehabt hatte: an einem fremden Ort mit einem fremden Menschen zu sein und plötzlich zu erkennen, dass sie ihm, ja, ausgeliefert war.

Es war nicht möglich, das Gebäude zu umrunden. Auf der Rückseite wucherte Gestrüpp mehrere Meter hoch, ein undurchdringliches Dickicht. Am Rand einer platt getretenen

Wiese am Kopfende des Gebäudes, vom Parkplatz nicht einsehbar, lagen etliche Kondome. Halb unter Blättern, Zigarettenschachteln, Getränkedosen verborgen sah Katharina ein zerknülltes Höschen … Offenbar war dies hier der Ort, an dem man sich für »die schnelle Nummer« traf. Ob Fenja hier auch …? Das Höschen war jedenfalls nicht ihres, Fenja hätte nie Blümchenslips getragen.

Als Katharina sich umwandte, fiel ihr auf, dass Ahmed eine irgendwie verlegene Haltung eingenommen hatte. Vielleicht hatte er selbst schon das ein oder andere Date hier gehabt. »Und wem gehört der Club?«

»Das sind ein paar seltsame Typen aus Zwönitz«, erklärte Ahmed. »Mit denen will eigentlich keiner was zu tun haben.«

»Aha? Und warum nicht?«

»Mein Gott, das sind irgendwelche Exknackis. Haben einem von hier mal den Arm gebrochen, weil der seine Rechnung nicht bezahlen konnte.«

»Und dafür sind sie in den Bau gewandert?«

»Dafür?« Ahmed lachte. »Für so was werden die nicht mal verhört. Von verhaftet oder eingesperrt ganz zu schweigen. Nee, Mann, das sind harte Jungs. Wenn die in den Bau gehen, dann muss wirklich was passiert sein.«

»Und was könnte das dann zum Beispiel sein?«, fragte Katharina und versuchte sich vorzustellen, was das für Leute waren.

»Also jedenfalls nicht ein bisschen mit Koks dealen oder mal jemandem ’nen Arm brechen.« Ahmed sah sich um. Langsam schien es ihm unangenehm zu sein, dass sie hergekommen waren. Offenbar wollte er endlich wieder fahren. »Hören Sie, ähm, ich muss langsam wieder rüber nach Ehrweg. Lieferungen und so. Ist mein Job, okay?«

»Natürlich«, erwiderte Katharina. »Verstehe ich völlig. Lassen Sie mich bloß noch ein paar Fotos machen.«

Der junge Mann zuckte die Achseln und ging zurück zu seinem Auto, während Katharina ihr Handy nahm und Aufnahmen vom Eingang machte, vom Gebäude als Ganzem, vom Parkplatz vor dem Haus und von dem Feldweg, auf dem sie gekommen waren. Dann stieg sie zu Ahmed ins Auto und probierte es einmal mehr bei Fenja. *Hi. Hier ist die Mailbox von Fenja. Bitte nur gute Nachrichten.*

*

Am nächsten Tag ging der Albtraum weiter. Es fühlte sich an, als würde Katharinas ganzes Leben in Trümmer fallen. Ohne Fenja war alles nichts mehr wert. Die neue Wohnung, der neue Job, die Aussicht, ein neues Leben zu beginnen ... Wozu? Katharina ertappte sich zum wiederholten Mal dabei, dass sie sich ihr altes Leben zurückwünschte. Die Wohnung in Coburg, die Arbeit bei der Stadtverwaltung, ja sogar Volker, wenn es sein musste. Lieber hätte sie seine Untreue durchgestanden, die miesen Arbeitsbedingungen, den Chef, der sie bedrängte, Fenjas schlechte Noten auf dieser unsäglichen Schule ... Alles wäre besser gewesen, als nicht zu wissen, wo ihre Tochter war. Nicht zu wissen, ob es ihr gut ging!

Dass sie diesmal nicht in die Radarfalle tappte, hing nur damit zusammen, dass sie nicht einmal mehr die Kraft hatte, noch in ihrem üblichen Tempo Auto zu fahren. Mutlos, hilflos, antriebslos saß sie hinter dem Steuer und schlich über die Landstraße nach Hussfeld, vorbei am Sportplatz und am Vereinsheim, am Haus des Bürgermeisters, am Hauptplatz mit dem Rathaus, an der Bank und dem Supermarkt, am Schwarzen Ochsen vorbei und ... Katharina zuckte zusammen. Konnte es sein ...? Kurz entschlossen, drehte sie um und fuhr die Strecke durch den Ort noch mal. Und noch einmal bis zu ihrem Zuhause. Tatsächlich! Die Plakate waren weg. Alle! Sogar der

Aushang, den sie an die Bushaltestelle geklebt hatte. Kein Bild mehr, kein Hinweis auf Fenja.

Katharina brauchte einen Moment, bis sie sich beruhigt hatte. Dann stieg sie aus und ging hinüber zum Bushäuschen. Einer Ahnung folgend blickte sie in den Mülleimer, der dort aufgestellt war. Tatsächlich lag darin das zerknüllte Plakat, mit dem sie um Hilfe bei der Suche nach ihrer Tochter bat. Jemand hatte alle Poster im ganzen Ort entfernt. Nein, nicht nur *jemand*. Es mussten ja mehrere Menschen daran beteiligt gewesen sein. Denn sie hatte schließlich auch ein Plakat im Schaufenster der Bank und eines im Fenster des Supermarkts angebracht. Das konnte niemand ohne Einverständnis der Betreiber abhängen. Im Schwarzen Ochsen hing auch eines. Doch Katharina war sich sicher, wenn sie dort nachsah, wäre es genauso weg wie überall sonst im Ort. Was geschah hier? Wollte jemand, dass Fenja nicht gefunden wurde? Und warum spielten alle dieses böse Spiel mit?

Ein Stück entfernt entdeckte Katharina den Pastor, der auf dem Weg Richtung Kirche war. Sie lief hinüber und folgte ihm die Stufen hoch auf den Kirchhof. Anders als erwartet, ging er nicht in das Gotteshaus, sondern wandte sich nach links, wo am Ende eines Bogengangs ein kleineres Gebäude war. »Herr Pfarrer?«, rief sie ihm hinterher.

Der Pastor drehte sich um. »Ach, Sie sind das«, sagte er mit undurchsichtiger Miene.

»Ich ... Darf ich Sie vielleicht kurz sprechen?«

»Wenn es Sie nicht stört, dass ich derweil hier nach dem Rechten sehe ...«

»Überhaupt nicht!«, beeilte sich Katharina, ihm zu versichern. Sie folgte ihm in das Totenhaus, denn ein solches war es, wie sie sogleich schaudernd erkannte.

»Es geht sicher um Ihre Tochter«, vermutete Pastor Reichert.

»Ja«, bestätigte Katharina. »Sie haben es schon gehört.«

»Es hingen ja auch überall Plakate.«

»Ich hatte gehofft, man würde mir helfen, sie zu finden.«

»Und nun?«

»Nun sind die Plakate alle abgehängt worden. Und ehrlich gesagt, bin ich verzweifelt und auch ratlos.«

»Ihre Verzweiflung kann ich gut verstehen«, sagte der Pfarrer, der einige heruntergebrannte Kerzen entfernt hatte und sich nun zu ihr umwandte. »Aber ratlos?«

»Was sind das für Menschen? Eine Mutter sucht ihr Kind – und man sabotiert das? Das kann doch nicht sein.«

Reicherts Miene schien zu gefrieren. »Sie wollen wissen, was das für Menschen sind? Ich werde es Ihnen sagen, Frau Bosch. Anständige Menschen sind das. Anständige Menschen, die wollen, dass ihr Ort anständig bleibt.«

»Und Sie meinen, wir wären nicht … *anständig?«*

»Ich meine gar nichts Frau Bosch.« Er steckte neue Kerzen auf. »Ich weiß nur, dass es die Befürchtung gibt, Sie könnten Unfrieden in die Gemeinde bringen.«

»Unfrieden? Ich? Wir? Aber wieso denn das? Wir sind doch eine ganz normale Familie, die hier ein … ein ordentliches Leben führen möchte.«

»Sind Sie das?« Er bohrte seinen Blick in sie. »Eine *normale* Familie?«

Katharina ging unwillkürlich ein wenig auf Abstand und berührte dabei versehentlich einen Tisch, auf dem verschiedene Gegenstände standen. Erst jetzt erkannte sie, dass es sich um eine Urne handelte. Daneben das Bild einer älteren Dame, mit Trauerflor versehen, ein Kondolenzbuch und ein paar schon leicht welke Blumen in einer steinernen Vase. Nach einer Schrecksekunde hatte sie sich gefangen. »Sie meinen, weil wir nur zu zweit sind? Weil der Familienvater fehlt?«

Der Pastor hob die Hände, als wollte er zum Ausdruck bringen, dass damit alles gesagt sei.

»Wäre es besser, mit einem schlechten Vater zusammenzubleiben, nur um den Anschein einer heilen Welt zu bewahren, als dem Kind einen Neuanfang zu ermöglichen?«

»Dem Kind? Oder sich selbst? Es ist immer wieder eine wohlfeile Ausrede, dass man nur das Beste für die Kinder möchte, wenn man doch eigentlich nur aus der Verantwortung fliehen und es sich leichter machen will.«

Katharina schüttelte den Kopf, fassungslos, wie selbstverständlich der Geistliche ihr nur das Schlechteste unterstellte. »Ich glaube nicht, dass Gott so denkt«, erklärte sie. »Gott hat dem Menschen einen freien Willen gegeben, damit er ihn nutzt. Ich habe es mir nicht leicht gemacht. Alles hinter sich zu lassen ist nicht einfach. *Hierherzuziehen* war nicht einfach!«

»Wie Gott denkt – das einzuschätzen, sollten Sie vielleicht berufeneren Zeitgenossen überlassen, Frau Bosch. Aber vielleicht haben Sie ja Fähigkeiten, von denen wir alle nichts wissen. Vielleicht sollten Sie als Pastorin hier anfangen?«

Einen Moment herrschte Schweigen. Katharina spürte, wie ihr alles zu viel wurde, wie sie unter der Last der Sorgen und der Vergeblichkeit der Suche zusammenzubrechen drohte. »Es tut mir leid«, sagte sie leise. »Ich weiß nicht, wie Gott denkt. Alles, was ich weiß, ist, dass wir einfache Menschen sind. Ich bin eine einfache Mutter, die ihre Tochter liebt, verstehen Sie? Und ich mache mir Sorgen. Große Sorgen.« Sie atmete mehrmals tief durch und rang die Tränen nieder, die ihr in die Augen geschossen waren. »Und ich weiß, dass ich Hilfe brauche. Deshalb bin ich zu Ihnen gekommen, Herr Pastor.« Sie schniefte. »Wenn es jemanden gibt, auf den man hier hört, dann doch bestimmt auf Sie. Was ich falsch gemacht habe in meinem Leben, dafür darf man doch nicht meine Tochter verantwortlich machen, nicht wahr?« Sie blickte auf und erkannte erleichtert, dass der Pastor eine mildere Miene aufgesetzt hatte.

»Damit haben Sie völlig recht, Frau Bosch. Und ich nehme Ihre Entschuldigung auch gerne an. Sie sind voller Sorge und Angst. Das hat sie ungerecht werden lassen gegenüber Gott und Ihren Mitmenschen.«

»Die Plakate«, sagte Katharina. »Ich glaube, der Bürgermeister hat sie entfernen lassen.«

»Aha? Wie kommen Sie darauf?«

»Sie sind alle weg. Im ganzen Ort. Auch die in den Schaufenstern.«

Der Pastor nickte nachdenklich. »Verstehe«, sagte er. »Vielleicht haben Sie recht.«

»Aber wie kann er das tun?«

Reicherts Blick ruhte eine Weile auf Katharina, und er schien zu überlegen, ob er sie ins Vertrauen ziehen sollte, um sich schließlich dafür zu entscheiden: »Sie müssen Herrn Hutter verstehen. Er fühlt sich verantwortlich. Für die Sicherheit der Gemeinde, für den Frieden in Hussfeld ...«

»Aber die Sicherheit, das bedeutet doch auch, dass man sich kümmert, wenn jemand verschwindet, zum Beispiel«, warf Katharina ein.

Reichert wiegte den Kopf. »Ich nehme an, er sieht das anders. Solange nicht klar ist, dass *wirklich* etwas passiert ist ... Etwas Böses ... Solange gilt Hussfeld als der sicherste Ort im ganzen Landkreis.« Der Pastor lächelte leise. »Wahrscheinlich im ganzen Land.«

»Aber wie sollte denn ...«

»Unterschätzen Sie Herrn Hutter nicht. Er hat das Böse kennengelernt. Sein Wille, es nicht in diesen Ort zu lassen, ist stark. So stark, dass es ihm in beinahe zwölf Jahren gelungen ist, aus Hussfeld ein kleines Paradies zu machen. Er wird nichts und niemandem erlauben, dieses Paradies zu beschädigen oder gar zu zerstören.« Er bedeutete Katharina, wieder nach draußen zu treten. »Es würde von Vorteil sein, wenn Sie sich als gute Mitbürgerin zeigen, wenn Sie nicht nur Hilfe fordern, sondern auch anderen entgegenbringen. Dann wird Hussfeld gewiss bereit sein, Sie in jeder Hinsicht und nach Kräften zu unterstützen.«

»Ja, aber ich brauche die Hilfe doch jetzt!«, klagte Katharina verzweifelt.

»Dann beginnen Sie jetzt damit, sich zu ändern.« Er lächelte unverbindlich und sagte: »Ich bin sicher, es wird alles gut.« Dann drehte er sich um und schloss das Totenhaus wieder ab, ehe er sich durch die Arkaden entlang der Kirchhofsmauer entfernte.

*

Er kann sie sehen. Sein Herz schlägt bis zum Hals. Da ist sie. Klar und deutlich. Karl sieht sie vor sich. Und für einen Augenblick denkt er sogar, sie könnte ihn auch sehen. Aber das kann sie natürlich nicht. Wie sollte sie. Aber er sieht sie. *So!* Sein Hals ist trocken. Wie ein Insekt unter dem Mikroskop kann er Fenja beobachten, jede Regung, jeden Atemzug, jedes Flackern ihrer Augen. Jedes Muttermal auf ihrem Körper! Es ist faszinierend. Faszinierend und schrecklich.

*

III.

Das Licht schmerzt in ihren Augen. Es ist so kalt und weiß … Der Raum ist kahl. Fenja friert. Langsam dringen andere Empfindungen in ihr Bewusstsein als nur Verwirrung, Kopfschmerz und Durst. Je mehr sie sich umsieht, umso schockierter ist sie.

Der Schwindel hat nachgelassen. Sie wird aufstehen. Wo immer sie hier ist, es ist nicht gut. Sie ist hier nicht freiwillig hergekommen, sie hat hier nichts zu suchen. Und warum, verdammt noch mal, ist sie nackt? Mühsam kämpft sie sich hoch, bleibt für ein paar Atemzüge sitzen, versucht, Kräfte zu sammeln.

Eine Matratze, sicher nicht neu, aber okay. Ohne Laken, das fällt ihr auf. Vor allem aber: ohne Decke, ohne Kissen, ohne irgendetwas, mit dem sie sich hätte umhüllen können. Nein, das ist nicht gut. »John?« Hätte sie gern gerufen. Aber sie bringt kaum noch einen Ton heraus. Weil sie halb verdurstet ist. Als hätte sie tagelang nichts getrunken. Vielleicht ist ihr deshalb so schwindelig? Sie schluckt ein paarmal, das hilft ein wenig. »Hallo?« Noch einmal, etwas kräftiger: »Hallo? Hey!«

Nichts. Niemand antwortet. Irgendwo ist ein Kratzen zu hören. *Wo bin ich hier? Was soll das?*

Sie versucht, sich zu erinnern, wie sie hergekommen ist. Aber es gelingt ihr nicht. Nur das Licht, das sieht sie immer

wieder vor sich. Stimmt! Sie ist ausgerutscht und irgendwo runtergefallen. In den Straßengraben. Ja, daran erinnert sie sich wieder. Und dann? »Hallo?«, ruft sie wieder und steht auf, bleibt mit wackeligen Beinen neben der Matratze stehen und blickt zur Tür. Zur Tür, über der sie etwas richtig Gruseliges entdeckt: eine Kamera, die oben an der Decke angebracht ist.

*

Nach einer weiteren Nacht, in der sie kaum geschlafen hatte, und einem kurzen Anruf in der Firma saß Katharina mit einem großen Pott Kaffee in der Küche und brütete über der Frage, was sie noch tun konnte, um Fenja zu finden, als ihr Telefon klingelte. Eine ihr unbekannte Nummer aus der Region. Voller Hoffnung nahm sie den Anruf an. Doch es war nicht die Polizei, die ihr eine erlösende gute Botschaft überbrachte, sondern die Rektorin des Gymnasiums Annathal. »Röder hier«, meldete sich eine herbe Frauenstimme. »Ich bin die Rektorin Ihrer Tochter.«

»Ja. Guten Morgen, Frau Röder.«

»Wir haben festgestellt, dass Fenja heute wieder nicht zur Schule erschienen ist?« Es klang wie eine Frage.

Katharina seufzte. »Ich habe angerufen, um die Situation zu erklären.«

»So wie ich die Kollegin aus dem Sekretariat verstanden habe, hat sich Fenja abgesetzt?« Bei der Frau schien jede Feststellung eine Frage zu sein.

»Das denke ich nicht, Frau Röder«, erklärte Katharina. »Fenja ist am Samstagabend mit Freunden aus gewesen, aber dann nicht mehr nach Hause gekommen. Ich habe sie bei der Polizei als vermisst gemeldet.«

»Das heißt, Sie wissen nichts über Fenjas Verbleib?«

»Nein. Fenja ist verschwunden. Und ich mache mir große Sorgen.«

»Hat sie das früher schon gemacht?«

Katharina holte Luft, versuchte ruhig zu bleiben. Diese Formulierung … Schon wieder unterstellte jemand, Fenja wäre *absichtlich* nicht nach Hause gekommen. Sie atmete zweimal tief durch, gab sich keine Mühe zu verbergen, dass sie sich mäßigen musste, ehe sie antwortete: »Fenja ist nie verschwunden, sondern immer nach Hause gekommen. Wir hatten hier auch keinen Streit oder Probleme. Deshalb mache ich mir ja Sorgen. Ich glaube nicht, dass sie freiwillig weg ist.«

»Sie denken, ihr ist etwas zugestoßen?«

»Ich befürchte es.«

»Nun, dann hoffe ich, das ist nicht der Fall.«

»Danke.«

»Bitte melden Sie sich, wenn Sie wissen, wann wir wieder mit ihrer Teilnahme am Unterricht rechnen dürfen.«

»Natürlich, Frau Röder«, erwiderte Katharina und spürte einen Kloß im Hals. »Ach, Frau Röder?«

»Ja?«

»Dürfte ich vielleicht einmal an der Schule vorbeikommen und einige der Mitschülerinnen und Mitschüler fragen, ob sie etwas wissen oder ihnen etwas aufgefallen ist?«

Die Rektorin schwieg einen Moment. Dann sagte sie: »Das halte ich für keine gute Idee.«

»Weil?«

»Weil es ein schlechtes Licht auf die Schule wirft? Weil Ihre Tochter davon auch nicht zurückkommen wird? Weil Sie hier nur Unfrieden an die Schule bringen würden? Suchen Sie sich einen Grund aus, es gibt noch mehr.«

»Verstehe«, sagte Katharina. »Auf Wiederhören.«

»Ja«, sagte die Rektorin und legte auf.

Fassungslos starrte Katharina ihr Handy an. Was waren das

für Menschen? Wo war ihr Mitgefühl? Wo war ihre Hilfsbereitschaft? Diese ständigen Zurückweisungen nahmen ihr alle Kraft. Sie spürte, wie ihr Mut sank, ihr Antrieb und – am schlimmsten – ihre Hoffnung. Und so hatte sie sicherlich mehrere Minuten ratlos am Küchentisch gesessen, als es an der Tür klingelte. Sie riss sich zusammen und öffnete – nur um festzustellen, dass es natürlich wieder nicht Fenja war, sondern zwei Polizisten, die bereits vor ihrer Wohnungstür standen.

»Frau Bosch?«

»Ja. Guten Tag. Bitte kommen Sie rein.« Katharina trat beiseite und ließ die Männer eintreten, die sich neugierig umsahen, beinahe als erwarteten sie, dass Fenja jeden Augenblick um die Ecke kam oder sich unter der Konsole im Flur versteckt haben könnte.

»Wir kommen wegen Ihrer Tochter.«

»Ja, natürlich. Es gibt vermutlich nichts Neues?«

»Bei uns nicht. Bei Ihnen?«

Katharina schüttelte frustriert den Kopf. »Ich habe überall gesucht, habe jeden gefragt, auch nach John …«

»John?«

»Johannes. Den Nachnamen weiß ich jetzt leider nicht. Ein Freund von Fenja.«

»Ein Freund? Oder *der* Freund?«, fragte der andere Polizist, ein gedrungener Mann mittleren Alters, der ein Klemmbrett mit Papier bei sich trug, aber nicht danach aussah, als ob er es benutzen wollte.

»*Der* Freund. Aber das ist noch ganz frisch. Wir leben ja erst seit Kurzem hier.«

»Ein neuer Freund also«, stellte der erste Polizist fest, eher ein drahtiger Typ und so freudlos wie sein Kollege. »Halten Sie es nicht für wahrscheinlich, dass die beiden … sagen wir: durchgebrannt sind?«

»Wieso sollten sie?«, fragte Katharina zurück.

»Sagen Sie's uns«, forderte der Wortführer der beiden sie auf. »Gab es Stress in der Familie?«

»Stress? Nein, überhaupt nicht.«

»Würde Ihr Mann das auch bestätigen?«

»Mein Mann? Wir … wir sind geschieden. Mein Mann lebt seit Kurzem in Frankfurt.«

»Oder?«

»Main.«

»Verstehe. Kein Stress in der Familie, ja? Und in der Schule lief es auch gut?«

»Sie ist ganz neu an der Schule«, sagte Katharina und folgte den Männern, die sich wie selbstverständlich in der Wohnung umsahen, zuerst in der Küche, dann im Wohnzimmer. »Da kennt sie doch noch kaum jemanden.«

»Soso.« Der Wortführer verzog die Lippen zu einem dünnen Lächeln. »Das klingt auch nach einer sehr einfachen Situation.« Der Sarkasmus in seiner Stimme stach Katharina mitten ins Herz. »Ich nehme an, das hier ist das Wohnzimmer, und hier nebenan ist das Zimmer Ihrer Tochter? Sie selbst schlafen demnach wo?«

»Ich … ich schlafe im Wohnzimmer«, erklärte Katharina und stolperte hinter den Eindringlingen her. Sosehr sie sich gewünscht hatte, die Polizei möge sich um Fenjas Sache kümmern, so überrumpelt kam sie sich plötzlich vor.

»Beengte Verhältnisse«, murmelte der Mann mit dem Klemmbrett und machte sich Notizen.

»Hören Sie, das ist eine Zweizimmerwohnung. Wir sind ja nur zu zweit«, erklärte Katharina. »Und Fenja hat ihr eigenes Zimmer.«

»Ja«, bestätigte der Wortführer, während er in den Raum trat, den ihre Tochter bewohnte. »Matratze auf dem Boden …«

»Wir warten auf das neue Bett. Das alte war es nicht wert, dass wir es mitnehmen …«

»Natürlich«, sagte der Polizist und sah sich um. Warum hatten die Beamten sich nicht angekündigt? Vorhin noch hatte Katharina in einem Anfall von Verzweiflung alles auf den Kopf gestellt, weil sie gehofft hatte, irgendeinen Hinweis zu finden. In Fenjas Schulsachen. In ihrem Schrank. Ja sogar in ihrer Unterwäscheschublade. Vor der stand der Mann jetzt und blickte auf die durchwühlten Slips und BHs, atmete einmal vernehmlich durch, warf seinem Kollegen einen »Ich hab's ja gesagt«-Blick zu und wandte sich dann wieder an Katharina: »Hören Sie, Frau Bosch. Wir haben Ihre Vermisstenanzeige aufgenommen, und Ihre Tochter hat jetzt bei uns ein Aktenzeichen. Wir halten Augen und Ohren offen. Aber alles in allem glauben wir momentan nicht daran, dass hier ein Fall vorliegt, der Anlass zur Sorge gibt.« Er blickte sich noch einmal in Fenjas Zimmer um. »Zumindest aus polizeilicher Sicht.«

»Aber sie ist weg!«, rief Katharina. »Und was heißt das: nicht aus polizeilicher Sicht?«

Der Mann mit dem Klemmbrett gesellte sich zu seinem Kollegen. »Was das Jugendamt dazu sagt, können wir natürlich nicht beurteilen.«

»Aber Ihre Tochter ist ja beinahe volljährig«, stellte der Wortführer klar. »Ich denke nicht, dass wir da mit einem Tätigwerden rechnen können.« Er musterte sie und fügte hinzu: »Oder müssen.«

Katharina war viel zu perplex und viel zu übermüdet, um ihm die Stirn zu bieten. *Sie glauben mir nicht,* sagte sie sich. *Sie denken, Fenja sei weggelaufen. Und das aus gutem Grund.* »Aber …«

»Lassen Sie es für heute gut sein«, sagte der Beamte. »Und geben Sie uns Bescheid, wenn sie wieder da ist. Dann können wir das Aktenzeichen wieder löschen.«

*

Seine Hände sind schweißnass, als er das letzte Gefälle hinuntersaust, die Schultasche auf dem Rücken, den bescheuerten Helm auf dem Kopf, auf dem sein Vater immer besteht. Und sie sind es nicht deshalb, weil ihm so heiß ist. Das ist es zwar, aber er weiß, dass sie nass sind, weil er es kaum noch erwarten kann, den Rechner wieder hochzufahren. Fenja zu sehen und …

Als Karl um die Ecke biegt, steht sein Vater vor dem Haus. »Da bist du ja!«

Scheiße. »Ich hatte siebte Stunde heute.«

»Na, dann komm mal. Ist noch was vom Essen übrig. Ich mache es dir schnell warm.«

Er verdreht innerlich die Augen. Ausgerechnet heute. Er hatte fest damit gerechnet, dass sein Vater schon wieder bei der Arbeit ist. »Passt schon«, sagt Karl. »Ich mach es mir selber warm.«

Der Vater legt ihm eine Hand auf die Schulter. »Nein, nein, so viel Zeit muss sein.«

Was ist los? Sonst ist er doch immer ganz scharf darauf, schnell wieder an seinen Schreibtisch zu kommen. Arbeit ist das halbe Leben, sagt er immer. Aber für ihn ist es ja wohl eher das ganze Leben. Karl jedenfalls kennt seinen Vater nur so. Arbeitend. Pflichtbewusst. Ernst.

»Ich sperr noch rasch das Fahrrad ab.«

Der Vater nickt zufrieden und geht rein. Karl trifft ihn in der Küche. »Was gibt's denn?«

»Ich hab uns Frikadellen gekauft und Kartoffelsalat dazu gemacht.«

Okay, immerhin was Leckeres zu essen. »Super«, sagt Karl und setzt sich auf die Bank. Irgendwie ist ihm, als wäre heute etwas anders als sonst. Aber vielleicht ist das auch bloß, weil …

»Sag mal, du kennst doch das neue Mädchen.«

»Hm?«

»Die Neue, die mit ihrer Mutter hierhergezogen ist.« Hutter blickt sich um und mustert seinen Sohn. Karl hat das Gefühl, als schieße ihm das Blut ins Gesicht. Er räuspert sich. »Klar. Kenn ich. Geht ja zu mir auf die Schule.«

»Hast du sie die Tage mal gesehen?«

Einen Augenblick lang wird ihm fast schwarz vor Augen.

»Du bist ja ganz erhitzt«, sagt sein Vater und stellt die Pfanne auf den Herd. »Hier.« Er greift in den Küchenschrank und nimmt ein Glas heraus, lässt Wasser aus dem Hahn und stellt es vor Karl auf den Küchentisch. Zeit genug, sich wieder zu fassen. »Nun?«

»Also in der Schule war sie heute nicht.«

»Und gestern?«

Gestern. Er sieht sie vor sich. Allerdings nicht in der Schule … »Nee. Gestern auch nicht.«

Hutter nickt und legt zwei Frikadellen ins Öl. Es zischt. Er reicht Karl eine Schüssel mit Kartoffelsalat. Der nickt und steht auf, um sich noch ein Wasser zu holen. »Ist wirklich verdammt warm zurzeit«, sagte er, um Zeit zu gewinnen.

»Wird auch die nächsten Tage nicht regnen«, erklärt Hutter und wirkt besorgt. »Das wird noch schwer werden mit der Landwirtschaft. Die Ernte wird verdorren, wenn nicht bald Regen kommt.«

»Hat doch die Tage geregnet«, gibt Karl zu bedenken.

»Das war nur lokal und viel zu wenig. Zu kurz und zu heftig. Viele Felder haben nichts abbekommen, auf anderen ist alles niedergedrückt worden.«

»Hm.«

»Und?«

»Hm?«

»Und hast du eine Ahnung, wo sie ist?«

»Wer?«

»Das Mädchen. Die Neue.«

In seinem Rechner, denkt er. Aber er sagt: »Nee. Wieso?«

»Sie ist verschwunden. Angeblich.«

»Verschwunden? Abgehauen?«

»Ich bin sicher, dass sie abgehauen ist«, erklärte Armin Hutter und wirft einen so langen Blick auf Karl, dass der sich in die Hosen machen könnte. »Alles andere ist undenkbar.«

»Aber wieso? Ich meine …«

»Es ist undenkbar, Karl. Klar?«

»Klar«, erwidert Karl. Aber er weiß es besser. Es ist nicht nur denkbar. Es ist sogar mehr als wahrscheinlich. Aber er weiß nicht, ob sein Vater weiß, was er weiß. Ob das hier ein Verhör ist, weil er etwas ahnt, oder ob es nur Zufall ist, dass sie über Fenja sprechen. Fenja. Wow. Das würde ihm keiner glauben, wenn er das jemandem erzählte. Aber er wird es nicht erzählen. Ganz sicher nicht. Das bleibt sein Geheimnis.

*

Die Landschaft lag so idyllisch vor Katharina, dass es sich wie Hohn anfühlte. Grüne Hügel, Wälder, Ortschaften wie aus dem Märchenbuch. Das Erzgebirge war ein romantischer Landstrich, gewiss keiner mit einfacher Vergangenheit, aber doch ganz sicher einer mit harmloser Gegenwart. Oder? Wenn sie aus dem Fenster blickte, an St. Benno vorbei Richtung Südosten, dann wirkte alles, was sie in den zurückliegenden Tagen erlebt hatte, wie ein böser Traum.

Sie rief einmal mehr die Fotos auf ihrem Handy auf, die sie beim Club gemacht hatte. Auf einem war auch Ahmed zu sehen, wie er skeptisch zur Seite blickte, dorthin, wo der Slip gelegen hatte. Als sie mit ihm unterwegs war, hatte sie den jungen Mann sympathisch gefunden, hilfreich, freundlich. Aber jetzt wirkte er auf einmal suspekt auf sie. War es womöglich kein Zufall gewesen, dass er vor der Pizzeria gesessen hatte? –

Nein! Sie verwarf den Gedanken. Er war da gewesen, weil er eine Lieferung zu machen hatte. Er hatte gewartet. Und dann hatte er ihr Hilfe angeboten. Anders als praktisch alle anderen, mit denen sie in den zurückliegenden zwei Tagen gesprochen hatte. Ahmed war okay. Sie sah wirklich zunehmend Gespenster.

Vielleicht war Fenja ja wirklich weggelaufen? Vielleicht hatte John ihr einen Floh ins Ohr gesetzt. Vielleicht war es nur ein dummes Abenteuer, so wie Jugendliche sich eben dumme Dinge überlegten. Vielleicht hatte John ... Katharina wurde schlecht, als sie die Möglichkeit in Betracht zog, dass John nicht der nette junge Mann sein könnte, der er vorgab zu sein. Was, wenn er Fenja nur benutzt hatte, was, wenn er sie *ausnutzte?* Katharina hatte schon von Typen gehört, die ihre Mädchen abhängig machten, hörig. Die sie in die Prostitution zwangen. Mit Versprechungen, Lockungen, Lügen. Andererseits: Fenja? Nein, das konnte sie sich nicht vorstellen. Fenja war immer selbstbewusst gewesen, sie war es auch jetzt. Da würde sie nicht mitspielen.

Es musste etwas anderes sein. Etwas Schreckliches, da war Katharina sich sicher. Sie konnte nur nicht sagen, was geschehen war. Aber sie würde es herausfinden.

Sie schnappte sich die Autoschlüssel und machte sich auf den Weg. Es brachte ja nichts, hier herumzusitzen und zu warten. Von der Polizei würde nichts kommen, das war so klar, dass es wehtat. Die Beamten trauten ihr nicht, und sie glaubten ihr nicht. Weder dass dies hier ein »ordentlicher Haushalt« noch dass Fenja nicht durchgebrannt war. Einfach weil man diese Leute ja kannte. Sie hatten sich ein Bild von Mutter und Tochter Bosch gemacht. Und egal wie falsch dieses Bild sein mochte, sie würden es nicht mehr korrigieren.

Der Wagen stand vor dem Haus. Weit und breit war niemand zu sehen. Was Katharina aber sofort entdeckte, war der

Zettel, der am Scheibenwischer steckte. Im ersten Moment dachte sie an einen Strafzettel, wofür auch immer. Aber dann sah sie, dass es nur ein Stück Notizpapier war. Sie entfaltete es und las: HAU AB DU HURE.

Auch wenn sie innerlich bebte, faltete sie den Zettel so gelassen wie möglich wieder zusammen und steckte ihn in die Tasche. Dann entriegelte sie die Tür und setzte sich ins Auto. Sie wollten sie hier nicht haben, ja, das hatte sie inzwischen kapiert. Und wenn es noch einige Zeit so weiterging, würde es wohl bald auf Gegenseitigkeit beruhen. Die Feindseligkeiten, die Ablehnung, die Verschlossenheit, die Unterstellungen, das alles ging ihr nahe, gewiss auch weil sie durch das Verschwinden ihrer Tochter ohnehin extrem mit den Nerven runter war. Wer verletzt am Boden liegt, den treffen Schläge doppelt hart, das war ihr klar. Und trotzdem konnte sie ihre Enttäuschung und ihre Wut nur schwer niederringen. Aber wie groß der Frust auch sein mochte, solange sie Fenja nicht gefunden hatte, musste sie ihn im Zaum halten. Und wenn sie sie gefunden hatte, würde er sich in Nichts auflösen. Das hoffte sie jedenfalls, sie hoffte es mit jeder Faser ihres Körpers.

*

Es gehörte zu den Routinen solcher Einsätze wie dem Besuch bei Katharina Bosch, dass die Beamten die Behörden vor Ort informierten und sich mit den lokalen Kräften abstimmten. In dem Fall war die Anlaufstelle für beides der Bürgermeister, den die Polizisten im Rathaus angetroffen hatten.

»Und Sie denken, es könnte mit der familiären Situation zu tun haben, verstehe ich Sie richtig?«, fragte Hutter, während er das Plakat wieder einrollte, das er den Herren gezeigt hatte.

»Wir sind uns eigentlich sicher«, erklärte Spockmeier von der Polizeidienststelle Zwönitz. »Das Mädchen lebt mit seiner alleinerziehenden Mutter an einem fremden Ort und unter fragwürdigen Umständen. Die Wohnung wirkt verwahrlost, in der Schule hat das Mädchen keine Sozialkontakte, der Vater lebt sonst wo, die Mutter ist offenbar völlig überfordert …«

»Nun, in einer solchen Situation kann man überfordert sein, finden Sie nicht?«, gab Hutter zu bedenken.

»Kann man. Menschen, die in anständigen Verhältnissen leben, wären vermutlich überfordert«, stimmte Spockmeier zu. »Aber solche Leute wie die sind diese Art von Vorfällen gewöhnt. Es würde mich nicht wundern, wenn sich herausstellt, dass sie schon einmal ausgerissen ist.«

»Gibt es dafür irgendwelche Anhaltspunkte?«, wollte Hutter wissen.

»Das lassen wir gerade prüfen. Die Kollegen in Coburg nehmen sich der Sache an.«

»Wessis«, murmelte Hutter. Er hatte so seine Erfahrungen mit der Amtshilfe aus den alten Bundesländern gemacht. Er mochte vor Ewigkeiten selbst aus dem Westen gekommen sein, längst betrachtete er die Bewohner der »alten Bundesländer« mit Vorbehalten.

»Außerdem ist ja nicht nur das Mädchen verschwunden. Auch ihr Freund ist abgängig.«

»Aha?«, sagte Hutter. »Von dem steht auf dem Plakat nichts.«

Der Polizist schnaubte, sein Kollege rümpfte die Nase. »Wundert mich nicht. Solche Leute denken immer nur an sich.«

»Und was ist mit den Eltern des jungen Mannes?«

»Aus der Region«, erklärte der Kollege. »Unbescholtene Bürger. Sie haben bisher auf eine Vermisstenanzeige verzichtet.«

»Verstehe«, sagte Hutter, auch wenn er sich nicht ganz sicher war, ob er es wirklich verstand. »Und wie ist Ihr weiteres Vorgehen? Vor allem: Was können wir tun, um Sie zu unterstützen?«

»Wir beobachten die Lage«, erklärte Spockmeier. »Sollten sich tatsächlich Anhaltspunkte ergeben, dass hier ein Verbrechen vorliegt, dann werden wir tätig.«

»Aber das wird es natürlich nicht«, fügte sein Kollege hinzu. »Das hier ist Hussfeld.«

Hutter atmete durch. »Ich bin Ihnen dankbar, dass Sie das sagen. Sie wissen, wie ernst wir die Sicherheit unserer Mitbürger nehmen. Es wäre schwer erträglich für uns, wenn ein Schatten auf den guten Ruf dieses kleinen Ortes fiele.«

»Klein, aber fein!«, stellte Spockmeier fest.

»Ja«, stimmte der Bürgermeister zu. »Sie sagen es. Klein, aber fein. Und so soll es bleiben.«

»Das wird es, Herr Bürgermeister. Das wird es.«

*

Im ersten Moment ist er verwirrt. Die Perspektive ist genau die gleiche. Aber was Karl sieht, überrascht ihn. Sie hat ihm den Rücken zugewandt. Das heißt: nicht ihm, sondern der Kamera. Sich zusammengekauert und weggedreht, sodass sie wie eine Skulptur wirkt. Ganz reglos sitzt sie da, oder? Vielleicht zittert sie ein wenig, das lässt sich auf die Entfernung nicht sagen. Er wünschte, er könnte sie mit der Kamera heranzoomen. Aber das scheint nicht möglich zu sein.

Sein Herz klopft wie verrückt, wenn er Fenja so ansieht. Natürlich weiß er, dass er das nicht darf. Aber das macht ihn nur noch heißer auf sie. Sie so zu sehen … Inzwischen hat er dieses Bild praktisch ständig vor Augen. Dieses Mädchen in dem Raum. Nackt. Dem Auge der Kamera ausgeliefert. Und damit ihm. Er kann an nichts anderes mehr denken.

Da! Sie hat sich bewegt. Hat eine Hand auf die Matratze gestützt. Ihr Gewicht verlagert. Und ist wieder reglos. Er geht so nah an den Bildschirm, als könnte er sich auf der anderen

Seite durch die Kamera in den Raum beugen. Sieht die einzelnen Pixel, sieht die Narbe auf der Schulter. Zum ersten Mal. Fährt mit den Fingern über die Stelle auf dem Bildschirm – und fällt beinahe vom Stuhl, als sie plötzlich aufspringt, wie verrückt in die Kamera zu schreien beginnt, und wahnsinnige Blicke in die Linse abfeuert. Keuchend weicht er zurück, ringt nach Luft, hält sich die Ohren zu, obwohl er sie doch gar nicht hören kann. Und spürt, wie seine Hose warm und feucht wird.

*

»Frau Bosch? Hutter hier.«

»Herr Hutter! Guten Tag. Wissen Sie etwas Neues?«, fragte Katharina hoffnungsvoll. Weshalb sollte der Bürgermeister sie sonst anrufen. »Gibt es Nachrichten von Fenja?«

»Nicht direkt«, erklärte Armin Hutter mit Bedauern in der Stimme.

»Nicht direkt?«

»Also, Ihre Tochter ist noch nicht aufgetaucht. Leider. Aber die Polizei hat mir mitgeteilt, dass man das Auto von Johannes Schuster gefunden hat.« Er räusperte sich. »John.«

»Sein Auto? Wo?«

»Es stand auf einem Wendeplatz an einem Waldweg.«

»Und die beiden?«

»Von den beiden gibt es keine Spur.«

»Aber was haben sie denn dort gemacht?«, fragte Katharina, obwohl sie wusste, dass der Bürgermeister nicht mehr wissen konnte als sie.

»Dazu kann ich nichts sagen, Frau Bosch.«

»Wissen Sie, wo das war? Ich meine, wo der Wagen gefunden wurde?«

»Das muss zwischen Jahnsbach und Thum sein. Es gibt da ein größeres Waldstück …«

»Denken Sie, ich kann das finden?«

»Die Stelle im Wald? Das kann ich mir nicht vorstellen, Frau Bosch. Das findet man ja kaum, wenn man aus der Gegend stammt.«

»Wissen Sie jemanden, der mir die Stelle zeigen könnte?«

Der Bürgermeister überlegte einige Atemzüge lang. »Wenn Sie möchten, kann ich Sie hinbringen«, erklärte er schließlich hörbar widerwillig. »Ich habe gegen sechzehn Uhr Feierabend. Sie können zum Rathaus kommen. Falls das für Sie passt.«

»Danke, Herr Hutter«, sagte Katharina. »Tausend Dank! Ich bin um sechzehn Uhr dort.«

Sie würde mit ihrem eigenen Wagen hinter ihm her fahren, um unabhängig zu sein. Natürlich hielt er es für überflüssig, dass sie sich die Stelle ansah. Aber Katharina traute der Polizei nicht mehr. Wenn sie Fenja jemals wiedersehen wollte, dann musste sie sie selbst finden. Und dabei konnte die kleinste Beobachtung helfen.

Der Wagen würde nicht mehr da sein. Aber der Ort war vielleicht einer der letzten, an dem sich Fenja aufgehalten hatte, bevor sie verschwunden war. Und John.

*

IV.

Fenja hat einige Zeit gebraucht, ganz zu sich zu kommen. Ihre Situation zu erkennen. Einen klaren Kopf zu bekommen. Genau genommen hat sie ihn immer noch nicht. Wie auch? Langsam ist sie am Verdursten. Hunger spürt sie schon gar nicht mehr. Der einzige Vorteil ist, dass sie nicht aufs Klo muss, weil sie nichts von sich zu geben hat. Denn einen Ort, wo sie ihr Geschäft verrichten könnte, gibt es hier nicht.

Als sie erkannt hat, dass die Tür verschlossen ist und keinen Knauf und keine Klinke hat, mit der sie sie öffnen könnte, ist sie ausgeflippt. Sie hat geschrien, getobt, gegen das Metall geschlagen, bis sie ihre Hände kaum mehr bewegen konnte. Sie ist mit der Schulter dagegengerannt – als könnte sie eine Metalltür aus den Angeln hebeln. Konnte sie natürlich nicht. Dafür hat sie höllische Schmerzen gelitten. Eine Weile hat sie sich gefragt, ob sie sich die Schulter gebrochen hat. Doch dann ließ der Schmerz langsam nach, und der Durst ist wiedergekommen, heftiger als vorher.

Fenja hat versucht, die Kamera zu erreichen, ist hochgesprungen, aber ohne Erfolg. Hat die Matratze zur Tür gezerrt, zusammengeklappt und sich daraufgestellt, um den Abstand zu verringern. Ist von dort gesprungen, aber ebenso erfolglos. Die Kamera ist unerreichbar geblieben.

Es gibt ein winziges rotes Lämpchen an der Kamera, das ununterbrochen leuchtet und ihr sagt, dass sie unter ständiger Beobachtung steht. Irgendjemand da draußen kann sie sehen. Irgendjemand, der dafür verantwortlich ist, dass sie hier eingesperrt ist. Der Gedanke macht sie wahnsinnig. Nicht weil sie nackt ist. Oder doch: auch weil sie nackt ist. Sie hat kein Problem damit, wenn man sie nackt sieht – vorausgesetzt, sie hat entschieden, wer sie sieht und unter welchen Umständen. Aber so ist es eine Demütigung, und sie empfindet es als solche, in jedem Augenblick. Gleichzeitig spürt sie, wie ihre Kräfte schwächer werden. Sie weiß nicht, wie lange sie schon auf der Matratze sitzt, den Rücken zur Kamera, die Arme um die Beine geschlungen. Es ist die einzige Haltung, in der sie möglichst wenig von sich zeigen muss. Sie will nicht, dass jemand sie so sieht, dass jemand sie *leiden* sieht. Denn inzwischen ist es ein Leiden. An Durst und Hunger und Demütigung und Ausgeliefertsein. Und an Hilflosigkeit. Nichts hasst sie so wie Hilflosigkeit. Und es will ihr einfach nicht einfallen, wie sie sich aus dieser Situation befreien könnte. Stattdessen sitzt sie da und versucht, irgendeinen Sinn in das Geschehene zu bringen. Und von Zeit zu Zeit, wenn eine Welle der Wut durch ihr Blut rauscht, springt sie auf und brüllt all ihren Zorn und Frust heraus – mitten hinein in die Kamera, damit das Schwein auf der anderen Seite es sieht, dass sie sich noch nicht aufgegeben hat und dass sie ihn hasst, hasst, abgrundtief hasst.

*

Natürlich war der Wagen weg. Ob ihn die Polizei hat abtransportieren lassen? Oder hat ihn der Vater geholt? Ein seltsamer Mensch, fand Katharina. Er hatte kaum ein Wort zu ihr gesagt – vor allem hatte er sich nicht als Johns Vater zu erkennen gegeben. Die ganze Stimmung in dem verkommenen Kaff hinter Ehrweg war seltsam gewesen, düster, drückend, feindselig.

Hutter war vorausgefahren und hatte Katharina über die kleinen Sträßchen gelotst, von denen es überraschend viele in der Gegend gab, bis sie schließlich vor einem Waldstück stehen geblieben waren, ihr Wagen hinter seinem. »So«, hatte Hutter gesagt, »hier muss das gewesen sein. Entweder auf diesem Rangierplatz oder auf dem nächsten, der ein paar Meter weiter zwischen den Bäumen liegt.« Er deutete in den Wald.

»Danke, dass Sie mit mir hergefahren sind, Herr Hutter«, sagte Katharina und sah sich um. »Ich weiß das wirklich sehr zu schätzen.«

»Ich bitte Sie«, erwiderte der Bürgermeister. »Ich bin selber Vater. Man muss sich doch gegenseitig helfen. Auch wenn ich nicht weiß, was es bringen könnte, sich hier umzusehen.«

»Das weiß ich auch nicht, Herr Hutter«, erklärte Katharina. »Aber ich hatte das Gefühl, ich müsste den Ort sehen.«

»Alles, was hier gefunden wurde, ist das Auto von Johannes Schuster. Nicht der Besitzer – und nicht Ihre Tochter. Leider.« Und leise fügte er hinzu: »Oder zum Glück.«

Unwillkürlich schlug Katharina die Hände vors Gesicht. »Ja«, flüsterte sie. »Zum Glück. Wissen Sie …« Sie blickte auf. »Ich hoffe so sehr, dass sie auftaucht. Aber ich will nicht, dass jemand sie *findet*.«

Hutter nickte. »Ich weiß, was Sie meinen. Ich kann Sie verstehen.«

»Danke«, flüsterte sie und griff nach seiner Hand. Er erwiderte sanft den Druck ihrer Finger, und plötzlich war eine Art freundliches Einvernehmen zwischen ihnen entstanden, vielleicht sogar ein freundschaftliches.

»Kann ich sonst noch irgendetwas für Sie tun, Frau Bosch?«, fragte Hutter und setzte eine tröstende Miene auf.

Sie schüttelte den Kopf. »Nein. Danke. Ich bleibe noch ein bisschen hier, wenn Sie nichts dagegen haben.«

»Überhaupt nicht. Manchmal wirkt die Natur ja Wunder. Ein bisschen Licht und Luft, ein bisschen Wind, das kann Trost geben in schweren Stunden.«

»Da haben Sie recht, Herr Hutter. Einen schönen Tag für Sie.«

»Danke. Für Sie auch, Frau Bosch.«

Augenblicke später war er weg, und Katharina stand allein am Waldrand, vor sich ein verdorrtes Feld und weit und breit kein Mensch in Sicht. Sie sah ihm hinterher, wie er auf dem buckeligen Feldweg verschwand. Als er auf die Landstraße einbog, verschwand das Auto aus ihrem Blickfeld. Der Ort hier war in der Tat abgelegen. Wunderbar für ein Date, verborgen vor den Augen der Welt, gefährlich, wenn man Hilfe brauchte.

Vorsichtshalber sperrte Katharina ihren Wagen ab, dann sah sie sich noch einmal kurz auf dem Platz um, ehe sie sich aufmachte zu der anderen Stelle, die ein paar Meter zwischen den Bäumen lag.

Schon nach wenigen Schritten allerdings stellte sie fest, dass es deutlich mehr als ein paar Meter sein mussten. Denn in der Nähe war auf diesem Weg jedenfalls kein Rangierplatz für Landmaschinen. Zum Glück war auch der Waldboden längst so ausgetrocknet, dass sie problemlos auch mit leichtem Schuhwerk hier entlangwandern konnte.

Schon nach wenigen Minuten ragten die Bäume rings umher wie riesige Mauern in den Himmel, schwarz und bedrohlich. Was ihr schon bald aufgefallen war: Es war unglaublich still hier. Kein Vogel war zu hören, nicht einmal der Wind bewegte die Bäume. Stattdessen schien alles stillzustehen. Katharina bewegte sich in einer unbeweglichen stummen Welt.

Nach einiger Zeit weitete sich der Weg dann doch zu einer kleinen Lichtung. Vermutlich war dies der Platz, der mit

»Wendeplatz« gemeint gewesen war. Tatsächlich gab es auch eine Stelle, an der man sich gut vorstellen konnte, dass dort mehrere Tage ein Wagen gestanden hatte: Die Gräser dort waren platt gefahren und geknickt. Vorsichtig trat Katharina näher und betrachtete den Boden. Ob Fenja hier gewesen war? Mitten im Wald? In der Nacht? Trotz der Hitze bekam Katharina eine Gänsehaut, wenn sie sich das vorstellte. Nein, ihre Tochter wäre nicht mitten in der Nacht mit irgendwem in den Wald gefahren. Andererseits: John war nicht irgendwer gewesen, sondern ihr Freund. Und wenn man im Auto sitzt und nicht selbst fährt, wie frei ist man dann in seiner Entscheidung über das Ziel? Vielleicht hatten sie hier nur unbeobachtet sein wollen. Vielleicht aber hatte auch einfach John nur unbeobachtet sein wollen? Er war auch verschwunden. Aber musste das denselben Grund haben wie Fenjas Verschwinden? Wenn einer von beiden unfreiwillig verschwunden war, war es dann zwangsläufig der andere auch? Und wenn einer freiwillig weggelaufen war, wer wusste schon, ob das so auch für den anderen galt? Oder *die* andere?

Ihr Handy klingelte. Katharina erschrak so, dass sie einen kleinen Schrei ausstieß. Gerlach. Sie wusste nicht, ob sie erleichtert sein sollte oder enttäuscht. »Herr Gerlach?«

»Frau Bosch, hallo. Ich wollte nur fragen, wie es Ihnen geht.« Er atmete hörbar. »Ob Ihre Tochter aufgetaucht ist. Und ob Sie schon wissen, wann Sie wieder …«

»Ich weiß es noch nicht«, fiel sie ihm ins Wort. »Leider. Es … es tut mir wirklich leid. Sie ist noch nicht aufgetaucht.«

»Aha. Und bis sie auftaucht, wie soll ich sagen … was machen Sie so lange?«

»Ich versuche, etwas herauszufinden«, erklärte Katharina. »Ich … ja, ich suche sie.«

»Hm. Nun, das ist immerhin etwas. Dann wünsche ich Ihnen viel Erfolg, Frau Bosch. Wir hoffen alle, dass Sie bald wieder hier sein können. Die Saison wartet nicht, wie man so schön sagt.«

»Ja. Das hoffe ich auch. Danke, Herr Gerlach.«

»Ach, Frau Bosch?«

»Ja?«

»Eine Bitte.« Er macht eine kurze Pause, als wollte er sicher sein, dass sie ihm gut zuhörte: »Seien Sie doch so gut und melden Sie sich einmal täglich hier im Büro, ja? Einfach nur, damit wir wissen, wie der Stand der Dinge ist.« Und nach kurzem Zögern fügte er hinzu: »Und dass es Ihnen gut geht.«

»Ja. Das mache ich gerne, Herr Gerlach. Einen schönen Tag noch.«

Er hatte das Gespräch aber schon unterbrochen. In dem Moment sah Katharina unter dem Schirm eines Farns etwas aufblitzen.

*

Als Vermieterin betrachtete es Gerda Kleve als ihre Pflicht, jederzeit im Haus nach dem Rechten zu sehen. Zu diesem Zweck behielt sie stets einen Schlüssel jeder von ihr vermieteten Wohnung für sich. Man musste nur den richtigen Augenblick abwarten, dann konnte man sich ein Bild von der Situation machen, wie man es sonst nie bekam. Von der *wahren* Situation. Und die war schrecklich genug.

Offenbar war Frau Bosch mit ihrer Tochter völlig überfordert. Die Wohnung jedenfalls sah schon nach dieser kurzen Zeit aus wie ein Schweinestall. Die Betten waren nicht gemacht, auf dem Küchentisch standen noch die Reste vom Frühstück. Mehrere Flaschen mit Alkoholika reihten sich auf dem Küchenbüfett aneinander. Im Badezimmerschrank fanden sich alle Arten von Verhütungsmitteln … Es hätte Gerda Kleve nicht gewundert, wenn auch noch benutzte Kondome herumgelegen hätten. Aber die hatten sie wohl nach Gebrauch dann doch beseitigt. Obwohl die Vermieterin sich wunderte, dass sie niemanden gesehen und nichts von einem Männerbesuch gehört hatte. Aber früher oder später würde sie es schon mitbekommen, wenn hier ein buntes Treiben herrschte.

Vom Wohnzimmerfenster aus konnte man in den Innenhof blicken, auf die Garagentore und die Hofmauer. Es war ein gutes Bild. Gerda Kleve mochte es, wenn sie auf ihr Hab und Gut blickte.

Die beiden Räume zur anderen Seite hin blickten auf die Straße, zur Bushaltestelle und – etwas weiter rechts – zur Kirche. Als sie hinausschaute, erkannte sie Pastor Reichert, der an diesem Tag zu ihrer Überraschung auch mit dem Auto unterwegs war. Das war er meist nur, wenn ihn seine seelsorgerischen Pflichten riefen. Sie sah ihm hinterher, wie er Richtung Ehrweg davonfuhr. Dann zuckte sie zusammen, weil sie dachte, die Mieterin käme aus der anderen Richtung. Doch es war nur ein Unbekannter, der Hussfeld Richtung Westen durchquerte. Dresdener Kennzeichen. Trotzdem kam ihr der Wagen bekannt vor.

*

Seine Hände sind schweißnass. Nicht nur die Hände. Karl ist völlig durchgeschwitzt. Und er zittert am ganzen Leib. Dieser Blick! Völlig irre! Wie sie geschrien hat, Wahnsinn. Mit immer noch heftig klopfendem Herzen sitzt er vor dem schwarzen Bildschirm. Er hat den Computer gleich ganz heruntergefahren. Als hätte er Angst, Fenja könnte rauskommen, sich auf ihn stürzen und ihn mit sich ziehen in den Abgrund. Denn ein Abgrund war das. Ein verdammt tiefer Abgrund, in den er blickte. Fasziniert und beinahe süchtig nach ihrem Anblick. Aber auch zunehmend voller Schrecken, voller Panik und, ja, auch irgendwie voller Scham.

Draußen fährt ein Wagen vorbei. Die Kirchturmuhr schlägt zweimal. Wie lange sitzt er hier eigentlich schon vor dem ausgeschalteten Rechner? Wie spät ist es überhaupt? Was hat er die ganze Zeit über gemacht? Karl holt Luft, als hätte er stundenlang nicht geatmet. Er steht mit zitternden Beinen auf und geht in die Küche. Blickt aus dem Fenster die Straße runter. Noch ist sein Vater nicht zu sehen. Noch ist er allein. Er tritt an den Kühlschrank und nimmt ein Bier heraus, öffnet es mit dem Flaschenöffner an seinem Schweizer Messer. Trinkt einen tiefen Zug und noch einen. Blickt wieder hinunter auf die Straße. Sein Vater wird Terror machen, wenn er ihn mit dem Bier sieht. Karl bekommt nicht oft Schläge. Meistens straft ihn sein Vater mit Schweigen. Aber bei einem geklauten Bier wird es nicht bei Schweigen bleiben, das ist klar. Aber es ist ihm egal.

*

Ein Feuerzeug. Katharina bückte sich und hob es auf. Es gehörte jedenfalls nicht Fenja. Glaubte sie zumindest. Fenja rauchte nicht. Aber John rauchte. Katharina erinnerte sich, wie er ihr an ihrem ersten Tag bei Krummbach + Krummbach vor der Pizzeria eine Zigarette geschenkt und Feuer gegeben hatte. Könnte es sein Feuerzeug gewesen sein? Ein billiges Plastikding, das stimmte schon, daran konnte sie sich erinnern. Aber welche Farbe es gehabt hatte? Dieses hier war grün und vielleicht deshalb der Polizei nicht aufgefallen, als sie den Wagen geholt hatten. Vielleicht hatten sie sich auch nur nicht besonders sorgfältig umgesehen. Sie waren ja offensichtlich ohnehin der festen Meinung, dass es hier nichts zu ermitteln gab. Aber sie hatte es entdeckt, weil die Blechkappe silbern geschimmert hatte. Katharina betrachtete das Feuerzeug genau. Lange lag es jedenfalls noch nicht hier, denn es war kein bisschen verrostet.

Sie steckte es ein. Liegen bleiben durfte es bei der Hitze sowieso nicht. Wenn da auch nur der kleinste Tropfen Benzin drin war, konnte womöglich der ganzer Wald in Flammen aufgehen. Vielleicht war es ja wegen der Hitze, dass es so gespenstisch still hier war. Katharina blickte sich in alle Richtungen um. Hierher waren sie also gefahren. Und dann? Das Auto war leer gefunden worden, sie waren also ausgestiegen und weggegangen. Aber in welche Richtung? Aus dem Wald? Weshalb sollten sie den Wagen hier abstellen? Weiter hinein in den Wald? Kaum vorstellbar mitten in der Nacht. Vorausgesetzt natürlich, sie waren überhaupt in der Nacht hierhergekommen. Genauso gut möglich wäre es, dass sie zuerst noch woanders gewesen und erst bei Tag hierhergefahren waren. Aber wozu? Wenn sie nur einen verschwiegenen Ort gesucht hatten, wieso waren sie dann ausgestiegen und hatten sich vom Wagen entfernt? Es ergab einfach keinen Sinn!

Katharina atmete durch und beschloss, den Weg noch ein wenig weiter zu erforschen. Ihr Handy stellte sie vorsichtshalber auf lautlos, um nicht wieder so zu erschrecken, falls es in die Stille hinein klingelte.

Eigentlich war es schön hier. Kühl, schattig, fast ein wenig verwunschen. Ganz in der Nähe gab es viel Unterholz. Die Tannen waren fast schwarz und riesengroß. An manchen Stellen berührten sie sich über dem Pfad, der zunehmend verwilderte, sodass der Himmel kaum mehr zu sehen war. Katharina spähte in die ewige Dämmerung und versuchte sich vorzustellen, ob Fenja hier vor ein paar Tagen entlanggewandert sein könnte. Zunächst hatte sie sich gefragt, wohin der Pfad wohl führte. Doch inzwischen schien es ihr, als verlöre er sich zunehmend im Gestrüpp. Doch dann öffnete sich das Blätterwerk wieder vor ihr, und sie lief über einen dichten Teppich aus Tannennadeln und Moos, auf dem alle paar Meter ein einst mächtiger, stolzer Baum verweste. Sie blickte sich um. Von dem Weg war nichts mehr zu erkennen. Falls er hier entlangführte, so gab es jedenfalls keine Spurrillen mehr. Vielleicht fingen sie ja etwas weiter vorne wieder an. Aber es war wohl besser, wieder umzukehren. Sie war noch nie besonders gut in Orientierung gewesen. Sie sollte sich auf den Rückweg machen, ehe sie den Weg verlor.

Allerdings war sich Katharina nicht mehr sicher, wo sie den Pfad zuletzt gesehen hatte. Natürlich erinnerte sie sich an einige größere Stämme, die seitlich gelegen hatten. Aber wenn sie sich jetzt aus einem anderen Blickwinkel danach umsah, konnte sie nicht mehr sagen, ob sie links oder rechts an ihnen vorbeimusste. Vorsichtig ging sie ein paar Meter in die eine Richtung, nur um festzustellen, dass sie plötzlich an einer Stelle stand, die sie noch nie gesehen zu haben glaubte. Ein Ameisenhaufen tauchte vor ihr auf – sie hatte aber auf dem ganzen Weg keinen bemerkt. Also umkehren? Oder eher nach links wenden? Rechts war es ganz sicher nicht, dort lag dichtes Unterholz. Katharina spürte, wie Panik in ihr aufkeimte. Sicher, sie hatte ihr Handy. Aber wie sollte sie irgendjemandem erklären, wo sie war? Niemand würde sie finden. Sie wusste ja nicht einmal genau, wie sie hierhergefahren waren, an den Rand dieses Waldstücks.

Sie entschloss sich, einfach strikt geradeaus zu gehen. Das hier war das Erzgebirge, nicht die Rocky Mountains. Es konnte nicht ewig weit sein, bis sie an ein Ende des Waldes kam, irgendeines. Sie ging schneller, wich einer Wurzel aus, die aus der Erde ragte, stolperte und schlug hin. Aus dem Augenwinkel sah sie, wie etwas neben ihr unter einem Baumstumpf verschwand. Eine Schlange? Keuchend rappelte sie sich auf und stürzte davon, so schnell sie konnte, weiter, schneller, immer weiter. Es schien ihr ein endloser Lauf – bis sie unvermittelt wieder vor einem Ameisenhaufen stand und unwillkürlich aufschrie. Es war genau der Haufen, an dem sie vor Ewigkeiten gestanden hatte. Oder?

Sie blickte sich um. Starrte an den riesigen Stämmen hoch, die sich überall erhoben. Eine Ahnung von Himmel war da oben zu erkennen. Aber nichts, was ihr auch nur den kleinsten Hinweis gegeben hätte, wo gerade die Sonne stand, nichts, woran sie sich hätte orientieren können.

Schwer atmend stand sie da und versuchte, ihre innere Ruhe wiederzufinden, als sie plötzlich Schritte hinter sich hörte. »Hallo?«, rief sie. »Hallo? Ich brauche Hilfe!«

Die Schritte waren verstummt. Katharina lauschte, und es schien, als lauschte der Wald zurück. »Hallo?«

Nichts.

Wenn sie die Schritte gehört hatte, dann musste der Mensch, der so nah war, ihr Rufen doch auch gehört haben, oder? Ein Schauder lief über ihren Rücken. Langsam, vorsichtig setzte sie wieder einen Fuß vor den anderen und beschloss, stark zu sein und weiter nach einem Ausgang aus diesem scheinbar endlosen Wald zu suchen. Dennoch versuchte sie, möglichst schnell voranzukommen. Nach ein paar Metern blieb sie stehen und lauschte.

Schritte.

*

Schott kannte die Nummer. Er kannte auch die Durchwahl. Es war die Tusse aus der Lokalredaktion der Chemnitzer Zeitung, die für den Kreis Annaberg-Buchholz zuständig war. »Chemnitzer Zeitung, Elena Kr…«, meldete sich die Anruferin.

»Weiß ich«, knurrte Schott. »Gibt nichts Neues hier.«

»Ach, hören Sie, Herr Kommissar, das kann doch gar nicht

sein. Es gibt doch immer irgendetwas Neues!«, versuchte es die Journalistin betont fröhlich und achtete nicht auf seine ruppige Art.

»Nicht bei uns. Ist eine besonders harmlose Gegend hier.«

Die Reporterin ließ allerdings nicht locker. »Keine besonderen Vorkommnisse, was?«, sagte sie. »Keine größeren Unfälle, keine kleinen Diebstähle oder Einbrüche ...«

»Njet«, sagte Schott und genoss es, die Zeitungstante auflaufen zu lassen. Dieses schreibende Gesindel nervte immer mit Mutmaßungen, Übertreibungen und Besserwisserei. Am besten hätte man alle Zeitungen einfach verboten.

»Keine Schlägereien, keine Betrugsfälle, keine Sachbeschädigung?«

»Nichts dergleichen, tut mir leid.« Was es nicht tat.

»Kein Mord, kein Totschlag.«

Er erlaubte sich ein trockenes Lachen.

»Keine Entführung, kein ...«

»Hören Sie ...«

Tatsächlich aber hatte sie gehört. Nämlich wie er scharf die Luft eingesogen hatte. Elena Krakowski war erfahren genug, solche Reaktionen zu deuten. »Ist jemand entführt worden?«, fasste sie nach.

»Davon gehen wir nicht aus.«

»Das ist kein Nein, Herr Kommissar.«

»Ich bin kein Kommissar, Frau Krakowski«, blaffte Schott. »Das wissen Sie.«

Die Journalistin achtete nicht auf den Einwurf. Sie hatte eine Fährte gerochen und hakte nach: »Wer ist verschwunden?«

Schott zögerte. Ärgerte sich, dass ihm das zu entgleiten drohte. Warum hatte er nicht einfach Nein gesagt. Diese Journalisten waren die reinsten Bluthunde. Wenn die mal etwas witterten ... »Nur ein paar Ausreißer«, sagte er verdrossen. »Nicht der Rede wert.«

»Ein paar? Ausreißer?« Elena Krakowski kroch förmlich durch den Hörer. »Seit wann reißen denn Jugendliche in Rudeln aus?«

»Zwei«, sagte Schott. »Es sind nur zwei.«

»Jugendliche.«

»Hm.«

»Und wo? Wo sind sie ausgerissen? Das klingt doch nach einer wunderbar romantischen Geschichte, finden Sie nicht? *Jugendliches Paar ausgerissen – Traum von einem anderen Leben ...*«

»Schreiben Sie das nicht«, sagte Schott. »Es ist gar nicht gesagt ...« Er zögerte. Überlegte.

»Dass sie ausgerissen sind?«, mutmaßte die Journalistin prompt.

»Ach, hören Sie, das sind doch alles Spekulationen«, erwiderte der Polizist, während er sein Telefon anstarrte, als würde es irgendetwas bringen, es umgehend standrechtlich zu erschießen. »Sie wissen nichts, und ich kann Ihnen nichts sagen.«

»Weil Sie selber nicht mehr wissen oder weil Sie zum Schweigen verpflichtet wurden?«

»Beides«, stellte Schott fest, in der Hoffnung, die Diskussion damit beendet zu haben.

»Polizei tappt im Dunkeln«, dichtete Elena Krakowski. »Sollen wir das so schreiben?«

Es war einer der typischen Reflexe, die Schott nur schwer zu kontrollieren imstande war: Unterstellungen und Falschmeldungen brachten ihn regelmäßig auf hundertachtzig. »So, jetzt hören Sie mir mal zu, ja?«, blaffte er in den Hörer. »Hier tappt niemand im Dunkeln, weil es nichts zu tappen gibt! Die beiden sind verschwunden, und es gibt keinen Anlass zu vermuten, dass sie entführt wurden. Wer entführt denn zwei fast Erwachsene gleichzeitig? Die haben sich nach einem Discobesuch vom Acker gemacht, so was kommt immer mal wieder vor, dazu muss man nicht in Hussfeld wohnen – oder wo auch immer«, fügte er rasch hinzu, erschrocken über seine Unachtsamkeit. »Lassen Sie das mal schön mit dem Artikel«, erklärte er milder. »Wenn es etwas zu berichten gibt, dann erfahren Sie das von uns.«

»Tue ich das?«

»Das tun Sie.« Er räusperte sich. »Auch die Polizei hat ein Interesse an unabhängiger und objektiver Berichterstattung«, verleugnete er seine eigene tiefe Überzeugung.

»Wann darf ich mich in der Sache wieder melden?«

»Jederzeit«, presste Schott hervor. »Wir haben ja eine freie Presse.«

»Das wollte ich hören, Herr K… Herr Schott. Vielen Dank.«

»Ja«, sagte Schott und legte auf, vielleicht ein bisschen hastiger, als für seine Glaubwürdigkeit gut war.

*

Als sich ihr Puls wieder beruhigt hatte, bemühte sich Katharina, so langsam und vorsichtig wie möglich weiterzugehen, egal wohin. Nur weg. Alle paar Meter hielt sie inne und lauschte. Diesmal war sie darauf gefasst, Schritte zu hören. Doch zunächst tat sich nichts. Sie glaubte schon, den Beobachter abgeschüttelt zu haben, als sie abrupt stehen blieb und die Luft anhielt. Da! Ein Schritt. In ihrem eigenen Takt. Wer immer in ihrer Nähe war, hatte seinen Gang dem ihren angepasst, um nicht gehört zu werden. Doch mit einem plötzlichen Stopp hatte er nicht gerechnet und so noch einen Schritt mehr getan. Er war noch da. War in der Nähe. Irgendwo hinter ihr oder seitlich, immer noch konnte sie es nicht einschätzen, wo genau der Beobachter sich versteckt hielt. Wenn sie sich weiter vom Unterholz entfernte, würde er sie nicht weiter unerkannt verfolgen können, oder? Aber Gebüsch und Gestrüpp gab es in jeder Richtung. Sie konnte gar nicht ausschließen, dass sie ihm letztlich genau in die Arme lief, wenn sie noch länger zuließ, dass er in ihrer Nähe war.

Sie tat, als blickte sie auf ihr Handy, machte die Kamera an und stellte sie auf den Selfie-Modus ein, um hinter sich sehen zu können, ohne sich umzudrehen. Vielleicht entdeckte sie ihn so? Einen Moment verharrte sie auf diese Weise, bis plötzlich ein Vogel über ihr kreischend davonflog und sie vor Schreck das Handy fallen ließ. Hastig hob sie es auf und stolperte weiter. Sie musste raus aus dem Wald, ins Freie. Wenn jemand sie verfolgte, sie beobachtete, dann konnte es dafür keinen guten Grund geben – aber eine Menge böse Gründe. Und sie wollte keinen davon kennenlernen.

Auf einmal schien ihr die Umgebung wieder etwas vertrauter. War sie nicht vorhin an diesem morschen Baumstumpf vorbeigekommen? Eine Gruppe kleiner Tannen stand seitlich davon, das kannte sie doch. Dort drüben musste sie hergekommen sein. Mit schmerzenden Beinen rannte sie hinüber, fand zwischen dichten Farnen ein Stück des Forstwegs, überlegte nicht lange, sondern lief einfach weiter in diese Richtung. Ein Weg, der in den Wald führte, führte auch aus ihm hinaus. Und nichts wollte sie dringender, als endlich wieder hinauszukommen. Immer wieder blickte sie sich beim Rennen um, ob sie jemanden entdeckte, strauchelte, fing sich, stolperte weiter, glaubte, zwischen den Baumstämmen ein wenig Licht zu erkennen. Den Waldrand? Jetzt weiter auf dem Weg oder einfach seitlich dorthin, wo vermeintlich der Wald endete? Sie entschied sich für den Weg. Fluchte, weil er anscheinend wieder tiefer in den Wald hineinführte, zögerte, blieb bei ihrem Plan, den Spurrillen zu folgen, die immerhin mit jedem Meter deutlicher wurden. Und dann stand plötzlich jemand vor ihr. Er tauchte so unvermittelt auf, dass sie beinahe in ihn hineingerannt wäre. »Sie?«, keuchte sie.

»Ich habe mir Sorgen gemacht«, sagte Armin Hutter und ließ seinen Blick über ihre verwüsteten Kleider wandern.

»Oh Gott, ich … ich habe mich so verlaufen«, sagte Katharina und spürte, wie sie den Tränen nahe war. Eine Welle der Erleichterung erfasste sie. »Gott sei Dank, dass Sie …« Sie war so fertig mit den Nerven, so dankbar, ein vertrautes Gesicht zu sehen, dass sie sich an ihm festhielt.

Hutter legte die Arme um sie und beruhigte sie. »Es ist alles gut, Frau Bosch. Jetzt sind Sie ja wieder hier.«

»Ja«, sagte sie mit rauer Stimme. »Jetzt bin ich wieder hier.« Sie schluckte, fasste sich und ging wieder etwas auf Abstand. Auch er hatte Tannennadeln an seiner Kleidung. Seltsam.

*

Sie kann nicht mehr. Sie hat keine Kraft mehr. Inzwischen liegt Fenja nur noch da und dämmert vor sich hin. Der letzte Ausbruch hat ihr die verbliebenen Kräfte genommen. Sie hat das Gefühl, jeden Augenblick zu verdursten. Die Zunge klebt ihr förmlich am Gaumen. Wie lange ist sie jetzt schon hier? Unmöglich zu sagen. Es fühlt sich an wie Jahre. Aber es können ja nur zwei Tage oder drei sein. Irgendwo hat sie mal gelesen, dass man drei Tage ohne Flüssigkeit überlebt. Und dann?

Dann stirbt man. Sie wird sterben. Sie weiß es. Sie ist so schwach, dass sie kaum noch ihre Hand heben kann. Nichts. Es gibt hier nichts. Nur Licht. Ewiges Licht. Und die Kamera. Siehst du mir beim Sterben zu? Geht es darum? Manchmal hat sie noch genügend Kraft, um die Augen zu öffnen und hinüberzublicken zu der verfluchten Kamera. Aber meistens hält sie die Augen geschlossen. Ihr ganzer Körper fühlt sich an, als zöge er sich in sich selbst zurück, als gäbe es nur noch ihr Herz. Und ihr Hirn, das ihr aber immer

verrücktere Bilder und Töne vorspielt. John kommt vor in ihren Träumen. Mama. Ein Fahrrad, warum auch immer. Ein leerer Sarg. Vielleicht ist es ihrer? Sonne, immer wieder Sonne. So viel Sonne, dass ihr schlecht davon ist. Und immerzu dreht sie sich im Kreis, stundenlang. Ihr ganzes Dasein ist ein Karussell.

Arme und Beine spürt sie die meiste Zeit gar nicht mehr. Die Kälte? Manchmal. Der Hunger ist schon lange vorbei. Das ist gut. Aber der Durst ... der Durst ist wie ein grausames Tier, das sie von innen heraus auffrisst. Es kann nicht mehr lange dauern. Wenn sie daran denkt, wird ihr leichter. Wenn es vorbei ist, dann ist alles gut. Ja, darauf wartet sie. Nur noch ein bisschen Geduld.

Als das Licht endlich erlischt und sie von völliger Dunkelheit umgeben ist, denkt sie, sie hat es geschafft. Doch dann geht die Tür auf, und der Albtraum beginnt erst.

*

PANDORA+

I.

»Ist noch nicht geöffnet!«, rief Zalic nach oben. Er hasste es, wenn jemand in den Schwarzen Ochsen kam, obwohl die Gaststätte noch geschlossen war. Die Vordertür war zugesperrt, also musste wieder einmal jemand durch den Hintereingang in die Wirtsstube gelangt sein.

»Ich weiß«, rief eine weibliche Stimme von oben. »Ich wollte nur etwas fragen.«

Zalic stapfte die Treppe nach oben und fand an der Theke eine Frau vor, die er nicht kannte. »Ja?«, fragte er.

»Elena Krakowski«, stellte sich die Frau vor. »Von der Chemnitzer Zeitung.«

»Wollen Sie Bericht über mein Gasthaus schreiben?« Zalic trat an den Zapfhahn. »Ein Bier?«

»Nein, danke. Ja, vielleicht schreiben wir mal was über Sie, das ist eine gute Idee.« Sie sah sich um, als sähe sie schon die prächtigen Fotos vor sich, die der Kollege von der Bildredaktion schießen würde. Dabei gab es hier nichts zu sehen, was man nicht auch in jedem anderen Landgasthof im Erzgebirge zu sehen bekommen hätte, und das wussten sie beide: die Journalistin und der Wirt. »Ich wollte Sie fragen, ob Sie mir etwas zu den verschwundenen Jugendlichen sagen können.«

»Sind jetzt zwei?«, fragte Zalic unvorsichtigerweise.

»Sie wissen also von einem?«

»Ein Mädchen«, bestätigte der Wirt und zapfte sich selbst ein Bier, während er zu überlegen schien, ob er dazu überhaupt etwas sagen sollte.

»Aha. Und wer?«

»Kenne ich nicht richtig«, sagte Zalic. »Sind ja ganz neu hier.«

»Sie meinen in Hussfeld?«

»Ja. Leben erst seit ein paar Wochen in der Gegend.«

»Und wo genau? Wissen Sie das?«

Zalic zuckte die Achseln, machte aber den Fehler in die Richtung zu blicken, in der Frau Kleves Mietshaus lag. Er nahm einen Schluck und betrachtete die Frau, die in seinem Alter sein mochte, also vielleicht so um die vierzig. Sie sah gut aus. Wäre durchaus sein Typ gewesen. Sie machte Sport, dafür hatte er einen Blick. Er fragte sich, ob er sie schon mal gesehen hatte, kam aber nicht darauf, bei welcher Gelegenheit. »Warum wollen Sie wissen?«

»Ich bin Reporterin«, sagte Elena Krakowski. »Solche Geschichten sind interessant für die Leute.«

»Für die Leute oder für die Zeitung?«

»Für die Zeitung ist immer interessant, was für die Leute interessant ist«, erklärte die Journalistin.

»Verstehe«, erwiderte Zalic. »Aber ich kann nichts sagen. Weiß zu wenig.«

»Natürlich. Da haben Sie recht«, stimmte ihm die Frau zu und tippte irgendetwas auf ihrem Handy. »Das ist auch richtig so. Man sollte nicht über Dinge reden, von denen man nichts weiß. Schlimm genug, dass so ein junges, zartes Mädchen verschwindet.«

»Na, war nicht soo zart«, sagte Zalic mit einem Grinsen. »Eigentlich schon eine echte Frau und so.«

»Ach?«

»Aber ja!« Sein Tonfall verdeutlichte, *wie sehr* er das Mädchen schon als Frau betrachtet hatte.

»Sie hatte bestimmt viele Verehrer hier«, überlegte Elena Krakowski laut.

»Ist ein kleiner Ort, wissen Sie. Da muss man aufpassen.«

»Aufpassen?«

»Wird viel geredet.«

»Und das heißt?«

»Glaube ich nicht, dass viele zugeben, dass sie war sexy.« Er nahm noch einen Schluck Bier und schien den Gedanken an das Mädchen zu genießen.

»Und sie hat hier mit ihrer Familie gelebt?«

»Nur mit Mutter.« Zalic seufzte. »Hat schon gesucht. Aber kann man nichts machen, allein.«

»Vielleicht geben Sie mir doch ein Bier?«, schlug die Journalistin vor. Zalic nickte und zapfte ein zweites Bier.

»Ich vermute, der ganze Ort sucht nach ihr, oder?«

Zalic hob überrascht die Augenbrauen. »Ist Hussfeld hier«, erklärte er. »Da glaubt keiner an Verbrechen.«

»Und Sie?«, wollte die Journalistin wissen. »Glauben Sie an ein Verbrechen?«

Zalic zögerte. »Ich weiß nicht«, sagte er dann. »Ist Hussfeld hier.« Er schien mit sich zu ringen. Elena Krakowski nahm einen Schluck Bier und beobachtete ihn über den Rand ihres Glases. Der Mann wusste eindeutig mehr, als er bisher zugegeben hatte. Sie legte ihr Handy auf die Theke, die Aufnahmefunktion war eingeschaltet. »Sie hören doch bestimmt, was die Leute hier so reden …«

*

Sie ist jetzt schon mehr als eine Woche weg. Das heißt: Sie ist nicht weg. Sie ist *da drin*. Und er kann nicht anders, als sie jede freie Minute anzusehen. Sie verändert sich. Zwei Tage lang hat Karl sich nicht eingeloggt. Brachte es nicht über sich. Dann konnte er nicht mehr widerstehen. Das Passwort ist ein Witz. Die Sache ist es nicht. Karl zittert immer noch, wenn er vor dem Bildschirm sitzt und sie beobachtet. Immer noch ist sie nackt. Sie ist verwahrlost, ja, aber sie wirkt ganz anders als noch am Anfang. Am Anfang war sie wütend. Jetzt scheint sie aufgegeben zu haben. Sie kommt da nicht raus, und sie weiß es. Und er weiß, dass sie es weiß. Was sie nicht weiß, ist, dass er auf dieser Seite sitzt und sie anstarrt. Oder ahnt sie es? Was denkt sie? Denkt sie überhaupt noch? Irgendwann zwischen Tag drei und Tag vier ist etwas passiert. Etwas, das dazu geführt hat, dass sie jetzt nur noch dasitzt und ins Nichts starrt. Glotzt. Ja, sie glotzt. Wie ein Zombie glotzt sie vor sich hin. Manchmal zuckt sie zusammen, manchmal reißt sie den Kopf herum und blickt zur Tür. Zur Kamera blickt sie nur noch selten. Mit der scheint sie sich abgefunden zu haben.

In einer Ecke des weiß gekachelten Raums steht jetzt ein Eimer. In einer anderen stehen ein Napf und eine große Plastikflasche. Sie soll überleben. Am schlimmsten ist für Karl, dass sie jeden Tag weniger schön aussieht. Sie war doch so schön! Aber jetzt wird sie immer hässlicher. Man kann ihr dabei zusehen. *Er* kann ihr dabei zusehen. Er sieht auch die blauen Flecken, die sie jetzt hat. Und *wo* sie sie hat.

*

Frau Bosch, wir erwarten Sie morgen im Büro. Bitte seien Sie pünktlich. Wir können die Bearbeitung der Aufträge nicht länger hinausschieben. Gruß. Gerlach

Katharina lachte bitter. Zugleich war ihr zum Heulen zumute. Allerdings hatte sie schon zu viel geheult in den zurückliegenden anderthalb Wochen. Sie legte das Handy weg, nahm es nochmals, weil Gerlach offenbar etwas vergessen hatte, denn ein leises »Pling« wies auf eine weitere Nachricht hin:

Verstehen Sie das bitte nicht falsch. Wir befinden uns in der Probezeit, und Sie haben auch noch keinen Anspruch auf Urlaub. G.

Nein, sie verstand es ganz sicher nicht falsch. Sie würde den Job verlieren. Denn selbst wenn sie morgen – pünktlich! – im Büro erschien, würde sie nicht annähernd das zu leisten imstande sein, was man von ihr erwartete. Die Konsequenz würde sein, dass Gerlach sie in sein Büro kommen ließ, und dann würde er ihr eröffnen, dass sie sich leider fristlos von ihr trennen mussten, weil die Auftragslage Sonderurlaub nicht zulasse. Vermutlich würde er ihr nicht einmal einen Sitz anbieten.

Alles klar, schrieb sie zurück. Sie überlegte kurz, ob sie einfach hinterherschicken sollte: *Übrigens: Ich kündige.* Doch dann ließ sie es. Rechtlich war sie vermutlich in der besseren Position, wenn sie selbst gekündigt wurde.

Jeden Morgen rief sie bei der Polizei an. Und jeden Morgen erfuhr sie, dass es nichts Neues in der Sache gäbe. Weder eine junge Frau noch ein junger Mann seien irgendwo überraschend aufgetaucht oder aufgefunden worden. »Übrigens auch keine Leichen, die eine Ähnlichkeit mit Ihrer Tochter oder deren Freund aufweisen würden«, wie einer der Polizisten in Zwönitz überaus einfühlsam erklärte. Und Katharina fragte sich, ob sie das als gute Nachricht werten sollte oder nicht. Für sie jedenfalls war es keine gute Nachricht. Denn so viel Lebenserfahrung hatte sie, dass die Wahrscheinlichkeit, eine vermisste Person jemals wiederzufinden, mit jedem Tag, der verging, sank.

Inzwischen schlief sie in Fenjas Zimmer. Sie hatte dann das Gefühl, ihr näher zu sein. Es war noch ihre Bettwäsche, Katharina hatte sie bis jetzt nicht abgezogen. Fenjas Parfüm hing noch im Kissen. Wenn sie ihren Kopf darauflegte, musste sie erst einmal ein bisschen weinen. Dann dachte sie an Coburg.

An die alte Wohnung, in der sie zuerst mit Volker gewohnt hatten. Bis alles rausgekommen war, sein Doppelleben, seine Affären, und er sich entschieden hatte wegzuziehen – ohne vorher irgendetwas zu sagen. Er hatte Katharina nicht einmal eine Chance gegeben, ihn rauszuschmeißen. Sie dachte daran, wie sie nach Hause gekommen war und Fenja allein vor dem Fernseher gewartet hatte. Zwei Jahre war das jetzt her, fast drei. Drei Jahre, die sie gekämpft hatte. Zuerst um Volker, dann um eine faire Scheidung und schließlich um ein neues Leben, das sie hier in Hussfeld hatte finden wollen. Stattdessen schien der Umzug hierher das Dümmste gewesen zu sein, was sie in ihrem Leben getan hatte.

Sie hatte mit Volker telefoniert, in der absurden Annahme, Fenja könnte zu ihm gefahren sein, warum auch immer. »Ach, komm«, hatte er gesagt. »Die ist doch volljährig, die kann doch machen, was sie will.«

»Sie ist siebzehn, Volker!«

»Okay, siebzehn. Also fast volljährig. Lass sie, sie kommt schon wieder.«

»Und wenn nicht?«

»Sie kommt wieder.«

»Und du?«

»Was ich? Wir sind geschieden, schon vergessen? Ich komme ganz sicher nicht wieder.«

»Ich frage dich, was du unternimmst.«

Er hatte tief Luft geholt und dann erklärt, wie man einem besonders einfältigen Kind erklärt, was doch eigentlich jedem klar sein sollte: »Nichts, Katharina. Ich tue nichts. Weil es da nichts zu tun gibt. In ein paar Monaten oder so wird Fenja achtzehn. Dann kann sie machen, was sie will.«

»Aber sie noch nicht achtzehn, Volker!«, hatte Katharina insistiert.

»Ja. Was soll ich sagen? Mach einfach kein Drama draus, ja?

Sie wird schon wieder auftauchen.« Und dann hatte er aufgelegt. Einfach so.

Vielleicht war sie ja wirklich sonderbar? Außer ihr schien sich niemand Sorgen zu machen um Fenja. Bei den Einheimischen hier konnte sie sich zumindest sagen, dass Fenja für sie noch eine Fremde war. Aber nicht einmal der eigene Vater sorgte sich, was mit seiner Tochter geschehen war. Und die Polizei sah auch keinen Anlass für besondere Nachforschungen. Jeden Tag fühlte sich Katharina ein bisschen mehr alleine.

Johns Vater fiel ihr wieder ein. Vielleicht sollte sie ihn noch einmal aufsuchen. Als sie ganz am Anfang bei ihm war, war es noch so frisch gewesen, John war mal zwei Nächte nicht aufgetaucht. Möglich, dass man das etwas entspannter sah, wenn man der Vater eines jungen Mannes war. Außerdem war John ja schon volljährig. Und hatte nicht die Nachbarin gesagt, er sei nicht zum ersten Mal verschwunden? Aber nach anderthalb Wochen konnte man sich doch auch über das Verschwinden eines jungen Mannes Gedanken machen, oder?

Sie nahm die Autoschlüssel und verließ die Wohnung. Zeit, noch einmal hinüberzufahren nach Bertoldsbach. Im Treppenhaus traf sie auf Herrn Ziegert, der mit seiner Familie im dritten Stock wohnte. »Guten Tag, Herr Ziegert«, sagte sie.

»Moin, Moin!«, grüßte er munter zurück. Katharina fragte sich, ob er wohl aus dem Norden stammte. »Irgendwas Neues von Fenja?« Er hatte sich sogar den Namen gemerkt!

»Leider nein.«

»Ach, die kommt schon wieder«, erklärte der Mann beruhigend. Er mochte um die vierzig sein, also etwa in ihrem Alter. Seine Frau war deutlich jünger, aber Katharina hatte sie nur ein einziges Mal gesehen, seit sie hier war, obwohl sie ein kleines Kind hatten, das eigentlich doch ständig im Kinderwagen hätte herumgeschoben werden müssen.

»Ich hoffe es«, erwiderte sie.

»Ist ein Alter, in dem viele ausreißen«, erklärte Herr Ziegert und zwinkerte ihr zu. »Ich bin selber mit achtzehn von einem Tag auf den anderen für vier Wochen nach Ungarn abgehauen.«

»Ohne Bescheid zu geben?«

»Hm.« Er ließ offen, ob er seinen Eltern gesagt hatte, dass er »abhauen« würde. »Also«, sagte er: »Alles Gute. Wird schon, wird schon.« Dann war er weg, so schnell, dass es fast wirkte wie eine Flucht.

*

Es ist ein Brei. Jeden zweiten oder dritten Tag, wenn sie glaubt, dass sie den Hunger nicht überstehen wird, bekommt sie eine Plastikschüssel voll. Er schmeckt nach nichts. Aber er schmeckt himmlisch gut. Denn der Brei bedeutet Leben. Zumindest für einige Zeit. Dass es vielleicht zwei Tage sind zwischen zwei Mahlzeiten, das weiß Fenja nicht, sie schätzt es bloß. Es gibt in ihrer Welt nur grelles Licht. Bis auf die Momente, in denen es erlischt und sie gequält wird – und gerettet. Denn er kommt nicht nur, um sie zu misshandeln, er hat auch zu essen und zu trinken dabei. Eine Schüssel mit Brei und eine Flasche mit Wasser. Wäre es keine billige Plastikflasche, sie hätte sie wahrscheinlich längst zerschlagen und sich die Pulsadern aufgeschnitten. Denn inzwischen glaubt sie nicht mehr, dass sie jemals wieder hier rauskommt, jedenfalls nicht lebend. Das hier ist ihr Stall. Sie wird hier einfach gehalten wie Vieh. Wie ein Nutztier, ein Tier, das man benutzen kann. Obwohl niemand ein Tier so benutzen würde. Das heißt …* ***Ihm*** **würde sie es zutrauen. Wer einem Menschen so etwas antut, tut es auch einem Tier an.**

Sie teilt sich den Brei ein. Ständig ein bisschen hungrig zu sein ist nicht so schlimm, wie einmal satt zu sein und dann

zu befürchten, dass man verhungert. Obwohl der Durst immer noch das Schlimmste ist. Vor allem weil sie inzwischen weiß, wie das Spiel geht: Er kommt erst, wenn sie schon halb besinnungslos ist vor Durst, wenn sie fantasiert, wenn sie nicht mehr die Kraft hat, sich zu wehren. Dann kommt er. Und er benutzt sie, tut ihr all das an, was er ihr antut – und dann erst gibt er ihr einen Schluck Wasser und stellt die Flasche neben sie.

Beim ersten Mal hat sie die Flasche beinahe auf einmal ausgetrunken. Das wird sie nicht mehr tun. Denn je länger sie bei Kräften bleibt und je länger sie wach ist, umso länger wird er nicht kommen. Umso länger wird das Licht nicht ausgehen und ihr Dasein in eine unvorstellbare Finsternis stoßen. Deshalb isst und trinkt sie immer der Kamera zugewandt. Zeigt, dass sie noch nicht am Ende ist. Es ist ihre Art zu signalisieren, dass er sich vorsehen soll. Denn irgendwann wird er einen Fehler machen. Und der wird ihn das Leben kosten. Wenn sie nicht vor ihm stirbt.

*

Bertoldsbach sah an diesem Tag etwas weniger düster aus als bei ihrem ersten Besuch. Katharina stellte den Wagen an einem der ersten Häuser ab und ging dorthin, wo sie Johns Vater letztes Mal begegnet war. Diesmal stand er nicht draußen. Auch das Fahrrad war weg. Stattdessen entdeckte sie Johns Auto am Straßenrand. Sie beugte sich hinunter und blickte durch das Seitenfenster. Es war nichts Besonderes zu sehen. Der kleine Aschenbecher in der Mittelkonsole war geöffnet, darin ein paar Kippen. Auf dem Rücksitz zwei Dosen mit Energydrinks, wie man sie im Da Capo bekam. Sie prüfte, ob die Tür verschlossen war. War sie.

»Hallo? Was machen Sie da?«, rief jemand hinter ihr.

»Ich … ich … Oh, Herr Schuster, guten Tag. Ich bin's, Katharina Bosch, die Mutter von Fenja.«

»Ich kenne keine Fenja.«

»Johannes' Freundin.«

Der Mann zuckte die Achseln. »Geht mich nichts an«, knurrte er und musterte sie, als wäre sie eine Autodiebin.

»Ist John wieder aufgetaucht?«

»John«, schnaubte der Mann und dreht sich um. »Falls Sie Johannes meinen, der kann von mir aus bleiben, wo der Pfeffer wächst!« Er ging wieder zu seinem Haus.

»Aber Herr Schuster!«, warf Katharina ein. »Er ist doch Ihr Sohn!«

»Ist er das? Wissen Sie das so genau?«

In der Tür tauchte eine Frau auf, die John so ähnlich sah, dass sie nur seine Mutter sein konnte. »Was ist denn los, Dirk?«

»Sie fragt nach Johannes.«

»Wer sind Sie? Was wollen Sie von uns? Hat er was ausgefressen?«

Katharina hob die Arme. »Aber nein! Ich … ich bin die Mutter seiner Freundin. Meine Tochter ist verschwunden. Ihr Sohn wohl auch, wie ich gehört habe?«

»So. Haben Sie das gehört«, erwiderte die Frau bloß, während ihr Mann die Besucherin abschätzig musterte. »Dann wissen wir ja, welchem Flittchen er hinterhergelaufen ist, dass er jetzt nicht mehr da ist«, sagte er.

»Aber …« Für einen Moment war Katharina sprachlos und sah einfach nur zu, wie die beiden im Begriff waren, wieder im Haus zu verschwinden. »Hören Sie mal, Ihr Sohn ist älter als meine Tochter. Sie ist ja noch nicht einmal volljährig!«, rief sie.

Dirk Schuster wandte sich nur einmal zu ihr um. »Umso schlimmer, dass Sie nicht besser auf sie aufgepasst haben«, zischte er. »Kommt hierher und macht uns Vorwürfe. Ich sag

Ihnen mal was, gute Frau. Ihre Tochter kenne ich nicht. Aber meinen Sohn, den kenne ich. Und der bräuchte jemanden, der ihm ein bisschen Disziplin beibringt, nicht so eine kleine Nutte, die es mit jedem macht. Der Junge hat schon genug Ärger mit der Polizei gehabt. Und wenn mir jetzt Ihretwegen wieder die Polente vorm Haus steht, dann stehe *ich* als Nächstes vor *Ihrem* Haus.«

»Herr Schuster!«, versuchte Katharina ein weiteres Mal und trat einen Schritt auf das Haus zu. Doch die Frau zog ihn nach drinnen und schloss die Tür.

Von drinnen hörte sie Schuster poltern: »Hauen Sie ab, und kommen Sie nicht wieder hierher. Wir brauchen Sie hier nicht. Wir haben allein genug Probleme. Und falls Sie Johannes sehen, *John*, dann sagen Sie ihm, er braucht auch nicht wiederzukommen. Wir sind fertig mit ihm.«

Verzweifelt sah sich Katharina um, als könnte sie hier irgendeine Art von Hilfe erwarten oder etwas entdecken, was Fenja zurückbrächte. Sie nahm ihr Handy heraus und prüfte, ob eine Nachricht eingegangen war. Natürlich nicht. Inzwischen hatte sie bestimmt tausendmal nachgesehen und gehofft und war enttäuscht worden. Sie steckte es wieder weg und ging die Straße entlang zurück zu ihrem Auto. Setzte sich hinein und stierte vor sich hin, ratlos, was sie noch tun konnte. Ein Regentropfen zerplatzte vor ihr auf der Windschutzscheibe und noch einer. Doch der lang ersehnte Regen kam nicht. Wieder nicht. Stattdessen brachen die Tränen aus ihr heraus, als könnte sie nie wieder aufhören zu weinen. Fenja zu suchen, stark zu sein, nicht aufzugeben, sich nicht unterkriegen zu lassen war das eine. Aber sich von jemandem so anfahren zu lassen, der es doch so viel besser hätte wissen müssen, das konnte sie nicht verwinden. Schusters Worte hatten sie wie ein Tiefschlag getroffen. Wenn nicht einmal die Eltern des Jungen auf ihrer Seite standen, der ebenfalls verschwunden war … Es fühlte sich an, als wäre sie ganz allein auf der Welt.

Von Trauer und Enttäuschung überwältigt, saß Katharina in ihrem Wagen und starrte aus von Tränen blinden Augen ins Nichts, als sie plötzlich von einem Klopfen aus ihren kreisenden, niederschmetternden Gedanken gerissen wurde. Sie wischte sich übers Gesicht und blickte zur Seite. Durch das Fenster der Beifahrertür erkannte sie Johns Mutter. Sie beugte sich rüber und machte auf. »Entschuldigung …«, stammelte sie. »Ich … ich …« Dann schwieg sie. Denn es war ja sowieso sinnlos, jemandem, der nicht das geringste Interesse und schon gar kein Einfühlungsvermögen hatte, ihre Situation zu erklären. Johns Eltern *wollten* ja gar nichts hören.

»Kann ich Ihnen noch kurz etwas sagen?«, fragte die Frau.

Katharina nickte und bedeutete ihr einzusteigen. »Bitte«, sagte sie und zog die Nase hoch.

Zögernd sah sich Frau Schuster um und stieg dann rasch in das Auto. »Können wir ein Stück weiter wegfahren?«, fragte sie. »Um die nächste Ecke vielleicht?«

Noch einmal nickte Katharina, ließ den Motor an und wendete den Wagen. Zwei Straßen weiter blieb sie stehen und blickte zu der Frau hin, die die Hände rang. Inzwischen hatte sie sich wieder einigermaßen gefasst. »Sie wollten mir etwas sagen.«

»Ja«, erklärte Johns Mutter und schien einen Moment zu überlegen, wie sie es formulieren sollte. »Sie müssen meinen Mann verstehen«, sagte sie dann. »Es ist nicht leicht für ihn. Johannes hat …« Sie räusperte sich und schlug die Augen nieder. »Johannes war schon immer ein Problemkind. Schon in der Schule. Immer hat er sich geschlagen oder irgendwelchen Ärger gemacht.« Sie zögerte. Katharina beschloss, nichts zu erwidern, sondern einfach abzuwarten. »Er musste mal eine Klasse wiederholen. Einmal haben sie ihn aus dem Ferienheim nach Hause geschickt. Verweise hat er bekommen …« Die Frau lachte freudlos und schüttelte leicht den Kopf. »Aber er ist eigentlich ein guter Junge, wissen Sie? Er hat das alles nicht gemacht, weil er böse wäre. Er hat ein gutes Herz!« Sie sah hoch und suchte Katharinas Blick. Die schenkte ihr ein kleines Lächeln, eines, das besagte, dass sie verstünde. Dass sie wüsste, wie schwer es sein konnte, Mutter zu sein. Dass sie ihr glaubte, ja, auch das. »Und dann …«, fuhr die Frau stockend fort. »Dann ist er eines Tages nicht mehr aufgetaucht. Er war einfach weg, wissen Sie?«

»So wie jetzt.«

»Ja. So wie jetzt.«

»Aber er ist ja wieder aufgetaucht!« Katharina fragte sich, ob sie Hoffnung schöpfen sollte. Wenn John schon einmal verschwunden und wieder aufgetaucht war, weshalb sollte er nicht ein zweites Mal wieder auftauchen? Und wenn John wieder auftauchte, weshalb sollte dann nicht auch Fenja … »Und wo war er?«, wollte sie wissen.

Die Frau zuckte die Achseln. »Ich weiß es nicht.«

»Er hat es nicht erzählt?«

»Er hat gesagt, er könnte sich nicht erinnern.«

»Und das haben Sie ihm geglaubt?«

Johns Mutter wandte sich zu ihr um und blickte ihr direkt in die Augen. Ein Schauder fuhr durch Katharina, als sie diese Miene sah. Es war, als stünde das Grauen vor dieser Frau. »Sie haben ihn nicht gesehen damals«, sagte sie mit rauer Stimme. »Er war nicht er selbst, als er zurückkam.«

»Wie? Nicht er selbst?«

»Haben Sie John mal kennengelernt?«

Katharina bemerkte natürlich, dass sie plötzlich von »John« sprach und nicht von Johannes. »Ja«, sagte sie. »Ich kenne ihn.«

»Dann wissen Sie, dass er ein lebhafter Junge ist. Ein fröhlicher. Und gut aussehend.«

»Ja, so habe ich ihn auch kennengelernt.«

Frau Schuster musste mehrmals tief durchatmen, ehe sie sagte: »Es hat Monate gedauert, bis er diese Unbeschwertheit wiedergefunden hat. Wissen Sie, er stand in der Tür und war nicht mehr er selbst. Er war abgemagert und zerschunden und … es war schrecklich!« Sie presste sich die Hand auf die Lippen und zitterte.

Unwillkürlich legte Katharina eine Hand auf ihre Schulter. »Was war denn passiert?«

Johns Mutter schüttelte den Kopf, heftig, als wollte sie die Bilder und die Gedanken verscheuchen, als wollte sie die ganze böse Vergangenheit abschütteln. »Er konnte es uns nicht sagen.« Sie bebte am ganzen Körper. »Wissen Sie, ich glaube … ich glaube, er brachte es nicht über sich. Deshalb hat er behauptet, er wüsste nicht, was mit ihm geschehen ist. Auch nicht, als mein Mann ihn …« Sie schwieg. Stumm saßen die beiden Frauen im Wagen und lauschten ins Nichts. »Aber es muss etwas Schreckliches gewesen sein«, flüsterte Frau Schuster schließlich. »Mein Mann weiß das auch. Er will es bloß nicht wahrhaben. Und deshalb will er von alldem nichts wissen.«

»Und John?«

»Ich hoffe, er wird wieder auftauchen«, sagte seine Mutter. »Und Ihre Tochter auch. So Gott will.« Dann öffnete sie die Tür und ging mit schnellen Schritten zurück zu ihrer Straße.

*

11.

Natürlich wussten sie auch im Da Capo nichts Neues. Niemand hatte John gesehen. Auch Fenja nicht. Wenn Katharina vorbeikam, guckten schon alle betreten zur Seite. Sie brauchte eigentlich gar nicht mehr zu fragen. Die Leute hatten sowieso zunehmend andere Sorgen. Die Hitze machte ihnen zu schaffen. Die Felder verdorrten. Inzwischen wurde über Wasserrationierung diskutiert. Die Gärten durften nicht mehr gegossen werden. Keiner konnte sich mehr zu irgendetwas aufraffen.

Frustriert trat Katharina wieder den Heimweg an. An der Tankstelle machte sie noch eine Pause und fragte auch dort, ob jemand John oder Fenja gesehen hätte. Der Mechaniker, den sie antraf, Thorsten, erinnerte sich gut an das Mädchen, sehr gut, wie es Katharina schien. Aber gesehen hatte er weder sie noch ihren Freund. »John ist ein schräger Vogel, wissen Sie?«, sagte er.

»Und das heißt genau was?«

»Der kommt schon mal auf blöde Ideen.«

»So was wie eine spontane Reise ans Schwarze Meer? Oder was meinen Sie damit, Thorsten?«

»Guter Gedanke. Wenn Sie ihm den Floh ins Ohr setzen, trau ich ihm zu, dass er drauf hört.« Der Automechaniker grinste und wischte sich mit dem Handrücken den Schweiß von der Stirn, worauf er noch mehr Ölflecken auf der Haut trug als vorher. »Aber keine Sorge«, erklärte er. »Er ist schon okay. Der tut Ihrer Tochter nichts an, wenn Sie das befürchten.« Einen kurzen Moment schien er seinen eigenen Worten nachzulauschen, dann nickte er bekräftigend.

Katharina bedankte sich, hinterließ, wie überall, ihre Handynummer und machte sich wieder auf den Weg. Bisher hatte sie nur an eine Entführung der beiden gedacht. Dass John für Fenjas Verschwinden verantwortlich sein könnte, hatte sie nicht ernsthaft geglaubt. Hatte nicht seine Mutter gesagt, er hätte schon öfter Probleme mit der Polizei gehabt? Er sei schon immer ein »Problemkind« gewesen? Konnte er sich vielleicht einfach nur deshalb nicht daran erinnern, was während seines früheren Verschwindens passiert war, weil er es nicht erzählen *wollte*? Weil er die Konsequenzen gefürchtet hatte? Katharina wusste nicht mehr, was sie glauben sollte.

Die Straße nach Hussfeld war leer. Auch im Ort keine Menschenseele zu sehen. Katharina entschloss sich, einen Besuch in der Kirche zu machen, sie mochte sich jetzt nicht vorstellen, zu Hause zu sitzen und zu warten.

Sie stellte den Wagen vor ihrem Haus ab und ging hinüber, an der Bushaltestelle vorbei zum Hügel, auf dem St. Benno stand. Die Bäume begannen ihr Laub zu verlieren, viel zu früh im Jahr. Die Blätter hatten sich zu einem Großteil braun verfärbt. Dennoch war es unter den mächtigen alten Kronen etwas angenehmer. Katharina blieb kurz stehen und betrachtete den Friedhof. Alte Grabsteine, alte Kreuze, die meisten Gräber aber immer noch gepflegt. Sie gedachten hier ihrer Toten. Katharina fragte sich, ob sie nicht auch längst einer Toten gedachte, wenn sie in Gedanken bei Fenja war. Es war längst nicht das erste Mal, dass sie sich dieser Angst heimlich stellte. Aber immer noch schnürte es ihr das Herz zusammen, wenn sie sich vorstellte, dass sie am Ende einem Traum nachjagte, dass sie versuchte, ihre Tochter zu finden und zu retten, obwohl Fenja längst in einer anderen Welt war.

Auf einem der Grabsteine stand:

Petra Hutter
1978 – 2010
In liebender Erinnerung

Das musste die Frau des Bürgermeisters gewesen sein. Auf dem Grab stand ein Stöckchen leicht angewelkter Blumen. Aber das hieß bei der derzeitigen Hitze nichts. Offenbar kam Armin Hutter öfter vorbei, um das Grab zu pflegen.

Seufzend betrat Katharina die Kirche, die ihr trotz der stechenden Sonne an diesem Tag dunkel und feindselig erschien. Im Zwielicht machte sie die Gestalt des Pastors aus. »Guten Tag, Herr Pfarrer«, sagte sie, als sie bemerkte, dass er sich zu ihr umwandte.

»Oh. Guten Tag, Frau Bosch.« Er kam auf sie zu. »Wie geht es Ihnen?«

Katharina holte tief Luft. »Was soll ich sagen, Herr Pastor. Schlecht. Es geht mir schlecht. Meine Tochter ist nicht wieder aufgetaucht.«

Der Geistliche nickte ernst und musterte die Besucherin. »Und nun fürchten Sie, es könnte ihr etwas zugestoßen sein«, stellte er fest.

»Das befürchte ich schon die ganze Zeit. Es liegt doch auf der Hand, oder?«

Ein Lächeln trat in sein Gesicht, ein förmliches, beinahe berufsmäßiges, an dem seine Augen nicht beteiligt waren. »Nicht unbedingt, Frau Bosch«, erklärte er. »Hussfeld ist ein friedlicher Ort.«

»Das weiß ich, Herr Pfarrer«, sagte Katharina, ein wenig heftiger, als sie es beabsichtigt hatte. »Das weiß ich. Aber trotzdem ist Fenja verschwunden.«

»Ich meine nur, es wird nicht an dem Ort hier liegen oder an den Menschen, die hier leben.«

Katharina schwieg, versuchte, sich auf seine Worte einen

Reim zu machen, lauschte auf die Stille des Gotteshauses, wandte ihren Blick zum Altar. »Fenja wäre nicht weggelaufen, ohne ein Wort zu sagen.«

»Weiß man das so sicher? Sie hatte es womöglich schwerer, als Sie es wahrhaben wollen«, schlug der Pastor vor und drängte sie in eine der Kirchenbänke, wo er sie dazu brachte, sich zu setzen. »Ein neuer Ort, eine ganz neue Gemeinde ...«, gab er zu bedenken. »Alle Freunde sind verloren. An der Schule ist sie neu. Ihr Vater ist weg ...«

»Er ist schon vor drei Jahren ausgezogen!«

»Die Mutter arbeitet den ganzen Tag und kommt erst am Abend nach Hause ...«

»Aber ...«

»Was hat denn Ihre Tochter die ganze Zeit gemacht, wenn Sie in Ehrweg waren, Frau Bosch?«

»Sie war in der Schule!«, sagte Katharina, abermals leicht aufbrausend. »Sie hat Hausaufgaben gemacht. Sie hat ...« Sie stockte.

»Sie wissen es nicht«, sagte der Pastor mit ruhiger Stimme. »Sie wissen nicht, wo Ihre Tochter sich all die langen Stunden herumgetrieben hat. Wen sie getroffen hat. Was sie mit diesen Leuten getan hat ...«

»Mit diesen Leuten? Mit wem denn?«, rief Katharina und sprang auf. »Sie sagen doch selbst, sie kannte niemanden!«

Der Pfarrer blieb ganz ruhig. »Da kann es leicht geschehen, dass man in die falschen Kreise gerät.«

»Aber ist denn Hussfeld nicht ein besonders friedlicher und harmloser Ort?«

»Das ist er, Frau Bosch. Aber soweit ich weiß, hat sich Ihre Tochter auch an weniger friedlichen und harmlosen Orten aufgehalten und hat mit weniger harmlosen Menschen verkehrt.«

»Soweit Sie wissen? Was erzählt man sich denn sonst noch so?«

»Das müssen Sie die Leute schon selbst fragen, Frau Bosch«, erklärte der Pastor und stand ebenfalls auf. »Vor allem aber müssen Sie sich fragen, ob Sie Ihre Tochter wirklich kennen. Denn ich glaube, Sie kennen sie nicht. Wenn man viele Jahre als Seelsorger gearbeitet hat, erkennt man das Böse schnell. Man erkennt es oft noch, bevor es sich selbst kennt. Bedenken Sie das.«

»Das *Böse*? Wollen Sie behaupten, meine Tochter ...«

»Ich will gar nichts behaupten, Frau Bosch«, sagte der Pastor und wandte sich ab. »Ich stelle nur fest. Und was ich feststelle, macht mir wenig Hoffnung für Ihre Tochter.«

*

Vor ihrem Haus stand ein Wagen, der Katharina vorhin schon aufgefallen war, weil eine Frau darin saß und anscheinend nicht die Absicht hatte auszusteigen. Das änderte sich, als sie nun vom Kirchhof herüberkam und das Haus betrat. Die Fremde sprang aus ihrem Auto und rief: »Frau Bosch?«

»Ja?« Katharina fragte sich, ob sie die Frau kannte, ob es vielleicht eine Nachbarin war. Bisher hatte sie trotz der vielen Wochen, die sie inzwischen hier lebte, noch kaum jemanden kennengelernt.

»Elena Krakowski. Chemnitzer Zeitung«, sagte die Frau leise und blickte sich nach allen Seiten um, als wäre das Zusammentreffen konspirativ. »Kann ich Sie kurz sprechen?«

»Warum? Was ist los?« Kurz flackerte in Katharina Hoffnung auf: »Wissen Sie etwas von meiner Tochter?«

»Über Ihre Tochter wollte ich mit Ihnen sprechen«, sagte die Journalistin.

»Ich ... Es gibt nichts zu erzählen«, erklärte Katharina, der schlagartig klar wurde, dass es hier nur darum gehen konnte, dass die Presse ihre Geschichte ausschlachten wollte, sie persönliches Leid zu Geld machen und Fenjas Verschwinden als Sensationsstory bringen wollte.

»Vielleicht interessiert es Sie, was ich zu erzählen habe.« Die Frau wirkte nicht unsympathisch. Sie sah vielmehr aus wie jemand, mit dem man hätte befreundet sein können.

»Also gut«, sagte Katharina. »Kommen Sie mit hoch. Aber ich sage Ihnen gleich, dass ich Ihnen nichts über Fenja erzählen werde. Das ist Privatsache.«

»Habe die Ansage verstanden«, erwiderte Elena Krakowski ernst. »Danke, dass Sie dazu bereit sind.« Sie stieg hinter Katharina die Treppe hoch, nicht ohne zu bemerken, dass unter dem Kellerabsatz eine ältere Frau hervorlugte. Die Wohnung war nicht aufgeräumt, was die Journalistin nicht wunderte. Das erlebte sie öfter. Gerade dort, wo das Leben aus der Ordnung gekommen war, herrschte auch oft im Haushalt Chaos.

»Einen Kaffee?«

»Gerne.«

Katharina deutete auf einen der Küchenstühle, gab Kaffeepulver in die Maschine und schaltete sie an. Während das Gerät zu brodeln begann, setzte sie sich neben die Journalistin und blickte sie an.

»Also gut«, sagte Elena Krakowski. »Ich habe vom Verschwinden Ihrer Tochter gehört. Fenja.« Sie zögerte kurz und fuhr fort: »Das ist jetzt schon zwei Wochen her. Ungefähr?« Falls sie erwartet hatte, dass Katharina wenigstens das bestätigte, hatte sie sich getäuscht. »Die Polizei ist nicht sehr auskunftswillig in der Sache«, stellte sie fest.

»Die Polizei ist zu gar nichts …«, warf Katharina hin, doch dann schwieg sie lieber, stand wieder auf und holte frische Tassen aus dem Küchenschrank, die letzten.

»Das wundert mich nicht«, erwiderte die Journalistin und nahm befriedigt zur Kenntnis, dass die verzweifelte Mutter des

Mädchens sie plötzlich neugierig ansah. »Die Polizei *will* ja gar nicht, dass es diesen Fall gibt.«

Katharina schnaubte. »Die Polizei will gar keinen Fall, oder? Die können ja auch keinen Verkehrsunfall wollen oder Einbruch …«

»Verkehrsunfälle passieren. Sie haben meistens zwei Beteiligte, die sich streiten. Das geht nicht ohne Polizei ab. Einbrüche … Ja, mag sein, dass die das auch nicht wollen. Kommen hier aber nicht vor.«

Katharina lachte bitter. »Jetzt fangen Sie auch noch damit an, dass hier nie etwas vorfällt! Ich vermisse meine Tochter! Sie ist verschwunden. Und das *ist* verdammt noch mal passiert!«

Elena Krakowski nickte. »Eben«, sagte sie. »Solche Vorkommnisse passen den Herren in Blau nicht. Und dem Bürgeramt passen sie auch nicht. Kennen Sie das? Dass nicht sein kann, was nicht sein darf?«

Der Kaffee war durchgelaufen. Katharina fragte nicht, ob die Frau Milch und Zucker wollte, sondern schenkte einfach die zwei Tassen voll und stellte sie auf den Tisch.

Die Journalistin nickte und nippte. Wartete einen Augenblick und fuhr dann fort. »Es ist ein Muster, wissen Sie?«

»Was ist ein Muster? Was soll das heißen?«

»Nichts hören, nichts sehen und nichts sagen. Sie machen das nicht zum ersten Mal.«

»Ich verstehe kein Wort von dem, was Sie sagen«, stellte Katharina fest und überlegte sich, ob das hier einfach nur eine Masche war, sie letztlich doch zum Reden zu bringen.

Die Journalistin nickte wieder, schien einen Moment nachzudenken, wie sie es formulieren sollte, und erklärte dann: »Es ist nicht das erste Mal, dass hier jemand verschwindet.«

»Sie meinen Johannes Schuster?«

»Wen?«

»Fenjas Freund.« Katharina hätte sich selbst ohrfeigen können. Sie hatte einfach nicht die Nerven für solche Gespräche. Sie war schlicht zu fertig nach den zurückliegenden Tagen.

»Er ist auch weg?«

»*Sie* wollten *mir* etwas erzählen«, erinnerte Katharina die Journalistin. »Nicht ich Ihnen.«

»Sie haben recht«, gab Elena Krakowski zu. »Das war unsere Abmachung.« Sie nahm einen Schluck Kaffee und erzählte: »Es ist schon zweimal vorgekommen. Also das heißt: Ich weiß von zwei Fällen. Beides waren junge Frauen, eine noch ein Teenager, eine Anfang zwanzig. Eine stammte aus einer seit Langem ansässigen Familie, die andere war erst vor kurzer Zeit zugezogen, so ähnlich wie Sie hier.«

»Und das war in Hussfeld?«

Die Journalistin nickte.

»Und sind sie wieder aufgetaucht?«

Sie schüttelte den Kopf. »Nein. Keine von beiden. Weder lebend noch tot. Entschuldigen Sie, wenn ich das so sage.« Sie warf einen prüfenden Blick zu Katharina, die aber offenbar gefasst genug aussah. »Die Polizei hat die beiden Fälle kaum untersucht. An einer der beiden Geschichten war ich selber dran, als Volontärin. Damals hat mich mein Redaktionsleiter irgendwann abgezogen, weil es angeblich Zeitverschwendung war. Ich habe das nie verstanden.«

»Und der andere Fall?«

»Der lag vor meiner Zeit. Aber ich habe bei meinen Recherchen davon erfahren, eher zufällig. Und dann wollte irgendwann keiner mehr sprechen. Keine Ahnung, ob ich mehr herausgefunden hätte, wenn ich hätte weiter recherchieren dürfen. Ich dachte damals noch, ich wäre eine Topreporterin, wissen Sie?« Sie senkte den Blick. »Der Fall war mein Watergate. Folge dem Weg des Geldes.« Sie blickte auf. »Sagt man so unter Journalisten, wenn es was zu recherchieren gibt.

Ich bin damals hinter Gerd Teichmann hergewesen. Ihm gehört …«

»Halb Hussfeld, ich weiß schon.«

»Aber dann haben sie mich mit anderen Aufgaben zugemüllt, und irgendwann war der Fall dann tatsächlich auch für mich nur noch eine Erinnerung, und ich hab ihn nicht mehr verfolgt …« Sie sagte das, als müsste sie sich dafür entschuldigen.

»Und das war in Hussfeld?«

»Ja. Das Mädchen, dessen Fall ich ein paar Tage lang verfolgt habe, hat in einer der kleinen Wohnungen über dem Schwarzen Ochsen gewohnt.«

»Bei Zalic.«

»Der war damals ganz neu hier.«

»Und denken Sie immer noch, dass es Teichmann war?«

Elena Krakowski schüttelte den Kopf. »Nein. Er ist zwar der große Geheimnisvolle in der Region. Aber ich habe ihn mal kennengelernt, später. Er sitzt im Rollstuhl, hat die Glasknochenkrankheit, kann sich kaum bewegen, lebt völlig zurückgezogen und hat panische Angst vor Menschen … Ganz im Ernst: Er *kann* nichts damit zu tun haben.«

»Als was hat die Polizei den Fall denn damals behandelt?«, wollte Katharina wissen.

»Als was wohl? Als Vermisstenmeldung. Nichts weiter. Die sind damals davon ausgegangen, dass das Mädchen weggelaufen ist. So wie in dem Fall Ihrer Tochter auch. Nehme ich an.«

Katharina schloss die Augen und versuchte, sich zu beruhigen. »Aber Fenja ist nicht weggelaufen«, flüsterte sie.

»Ich weiß«, sagte Elena Krakowski. »Aber vielleicht finden wir ja diesmal heraus, was wirklich passiert ist.«

*

Der Bildschirm ist schwarz. Erst denkt Karl, es ist wieder einer dieser Momente, von denen er bisher zwei erlebt hat: Das Licht in der Zelle geht aus – und wenn es wieder angeht, ist Fenja versorgt und zugleich muss sie Grauenhaftes erlebt haben, so wie sie danach aussieht.

Doch dann dämmert ihm, dass der Bildschirm schwarz ist, weil er keinen Zugriff mehr auf die Kamera hat. Und tatsächlich blinkt in einer Ecke auf: *access denied*. Er versucht, sich noch einmal neu einzuloggen. Abermals erfolglos. Was ist passiert? Warum klappt es nicht mehr?

Er blickt auf die Uhr. Sein Vater ist noch mindestens zwei Stunden außer Haus, falls er nicht zwischendurch kurz vorbeikommt. Zeit genug, an seinen Rechner zu gehen. Er checkt die Außenkamera: kein Armin Hutter zu sehen. Läuft rüber ins Bad und guckt aus dem kleinen Fenster die Straße runter: alles ruhig. Also geht er ins Arbeitszimmer seines Vaters und fährt dessen Rechner hoch. Er kennt die Passwörter. Denkt er zumindest. Doch stattdessen bleibt er auch hier gesperrt. »Scheiße!«, flucht er und überlegt. Einfach ins Blaue irgendwelche Passwörter ausprobieren, das wird nichts bringen. Es wird auch zu lange dauern. Früher hat sein Vater seine Codes alle auf Zettel geschrieben und in die Schreibtischschublade gelegt. Weggesperrt. Das ist jetzt offenbar nicht mehr der Fall. Denn die Schublade ist offen und kein Zettel darin.

Wenn er den Computer laufen lässt, könnte er versuchen, sich übers Rathausnetz reinzuhacken … Karl rennt zurück in sein Zimmer und geht auf die Website der Gemeinde, dort auf den Zugang zum Intranet – und tatsächlich hat sein Vater dort sein Passwort noch nicht geändert! Minuten später ist er im Passwortmanager – nur Augenblicke danach im Computer im Arbeitszimmer. Und dort auf dem Programm, auf dem die Kamera verlinkt ist.

Das Licht ist an. Fenja liegt auf ihrer Matratze. Sie bewegt sich nicht. Einen Moment lang glaubt Karl, sie sei tot, so still liegt sie da. So blass. So dünn. Aber dann schüttelt sich ihr Leib, dass er sich vor Schreck beinahe in die Hosen macht. Sie öffnet die Augen und blickt zur Kamera. Sie sagt etwas, was er nicht verstehen kann, weil es keinen Ton gibt. Aber er sieht ihre dünnen Lippen und ihre Zähne dahinter, und er hört die Worte, obwohl sie für ihn stumm sind: *Du bist tot.*

*

Nachdem die Journalistin die Wohnung wieder verlassen hatte, saß Katharina am Küchentisch und starrte fassungslos auf ihre Tasse mit dem kalt gewordenen Kaffee. Zwei andere Mädchen waren in Hussfeld verschwunden. Und auch nach ihnen hatte niemand richtig gesucht. Auch diese Fälle waren unter den Teppich gekehrt worden. Dass mit John auch ein junger Mann wie vom Erdboden verschluckt war, hatte umgekehrt Elena Krakowski überrascht. Vielleicht hätte sie auch gar keinen Zusammenhang hergestellt, wenn er nicht gleichzeitig mit Fenja weg gewesen wäre. Aber so lag es auf der Hand, dass sein Verschwinden mit ihrem zu tun hatte.

Nachdem Katharina irgendwann Vertrauen gefasst hatte, hatte sie der Journalistin Fenjas Fall geschildert. Die hatte einfach nur zugehört, nichts notiert oder aufgenommen, was Katharina zunächst irritiert, dann aber auch irgendwie beruhigt hatte. Zum Schluss hatten sie Nummern getauscht und sich sogar wieder verabredet. Am Samstag würden sie sich wieder treffen, in Chemnitz im Diner's. Da gab es gut abgetrennte Nischen, und es war genügend Rummel rundherum, damit sie sich ungestört und unbeobachtet unterhalten konnten.

»Unbeobachtet? Warum sollte uns denn niemand sehen?«, hatte Katharina gefragt.

»Wenn hier wirklich was unter den Teppich gekehrt wird, dann steckt jemand dahinter. Jemand, dem es wichtig ist, dass nichts herauskommt.«

»Sie meinen, man will gar nicht, dass Fenja gefunden wird?«

»Möglich …«

Die Erkenntnis, dass aus *Absicht* nicht ermittelt wurde, hatte Katharina wie ein Schlag getroffen. Sie fragte sich, wie das damals gewesen war. Bei Sandra Dorn zum Beispiel, dem Mädchen, das zuletzt verschwunden war.

Frau Krakowski hatte eine Nummer von Sandras Mutter gehabt. Sie hatte sie ihr überlassen. Der Zettel, auf dem Katharina sie notiert hatte, lag auf dem Tisch wie ein schlafendes Raubtier. Was würde passieren, wenn sie ihn anfasste? Wenn sie die Frau anrief? Helga Dorn. Keine Mobilnummer, sondern eine Festnetznummer in Gornsdorf. Das lag hinter Auerbach, mit dem Auto war man in einer Viertelstunde da, zwanzig Minuten vielleicht. Die Frau war weggegangen aus Hussfeld, aber sie war in der Gegend geblieben. Weil sie immer noch hoffte? Vorsichtig berührte Katharina den Zettel mit den Fingerspitzen, als dürfte sie das Raubtier nicht wecken. Verbarg sich hinter diesem Kontakt eine Leidensgenossin, eine Seelenverwandte? Oder war es jemand, der wie die Eltern von John alles verleugnete, was zu ihrem Kind führen konnte, und sei es aus Angst vor der Wahrheit?

Katharina griff gerade zum Handy, als es läutete. Gerlach. »Bosch hier«, sagte sie und wusste noch im selben Moment, was ihr Chef zu sagen hatte.

»Guten Tag, Frau Bosch. Sie sind heute nicht zur Arbeit erschienen. Sie erinnern sich, dass ich gestern nachdrücklich darum gebeten hatte? Zum wiederholten Mal.«

»Ja«, sagte Katharina leise. »Ich weiß.«

»Sie haben es auch nicht für nötig befunden, Bescheid zu geben, dass Sie trotzdem nicht zu kommen gedenken. Das ist nun zum soundsovielten Mal geschehen, Frau Bosch. Verstehen Sie mich nicht falsch, Sie haben mein volles Mitgefühl für Ihre private Situation. Aber Privates muss privat bleiben. Wir haben hier Arbeit zu erledigen. Wir müssen Termine einhalten, wir müssen zuverlässige Partner für unsere Partner sein.« Seine Lautstärke hatte sich langsam, aber stetig gesteigert. »Dafür brauchen wir auch zuverlässige Mitarbeiter. Denn die Arbeit erledigt sich nun einmal nicht von selbst. Das können Sie sicher bestätigen?«

»Sicher, Herr Gerlach«, sagte Katharina erschöpft. »Mir ist das alles klar, ich …«

»Wir sind hier keine Unmenschen, Frau Bosch«, fiel Gerlach ihr ins Wort. »Sie sind mit sofortiger Wirkung freigestellt. Eine Übernahme nach der Probezeit scheidet für uns aber leider aus.«

»Freigestellt …?«

»Ich biete Ihnen an, dass wir Ihnen bis zum Ende der Probezeit die halben Bezüge zahlen. Alternativ müsste ich eine fristlose Kündigung wegen wiederholten Verstoßes gegen grundlegende Vertragspflichten aussprechen«, sagte Gerlach in der für ihn so typischen technokratischen Art, die auf keinerlei emotionale Beteiligung schließen ließ. »Das würde dann allerdings bedeuten, dass Sie ab sofort keinen Anspruch mehr auf irgendeine Bezahlung hätten.«

»Verstehe«, sagte Katharina, selbst erstaunt, wie wenig überrascht sie war. Im Gegenteil: Ohne wirklich darüber nachgedacht zu haben, hatte sie diesen Schritt erwartet. »Ich nehme Ihr Angebot an und danke Ihnen.« Danke, dachte sie, danke, dass du mich rausschmeißt, du Schwein. Die Fotos an seiner Bürowand fielen ihr wieder ein, auf denen seine Töchter und eine Nichte abgebildet waren. Ob er privat auch so ein eiskaltes Arschloch war?

»Gut«, sagte Gerlach. »Sie können ja in den nächsten Tagen hier vorbeikommen und Ihre Sachen abholen. Oder soll ich sie Ihnen bringen lassen?«

»Ich hole sie«, erklärte Katharina. Besser, sie räumte ihren Schreibtisch selbst leer.

»Gut.« Er legte auf. Kein Gruß, kein Bedauern und schon gar kein Dank. Natürlich nicht.

Vor Katharina lag immer noch der Zettel mit der Telefonnummer und dem Namen: Dorn. Sie würde hinfahren. Das war besser, als anzurufen. Was sie zu besprechen hatte, ließ sich sowieso nicht am Telefon sagen.

*

»Karl?« Armin Hutter sah gerne zwischendurch mal zu Hause vorbei, auch wenn er arbeitete. Karl war in einem Alter, in dem viele auf die schiefe Bahn kamen, Dinge taten, die sie später bereuten, manche sogar ein Leben lang. Es war wichtig, ihn im Blick zu behalten. Natürlich wusste Hutter, dass der Junge im Grunde seines Herzens ein Guter war. Aber das Leben hielt für jeden seine Überraschungen bereit, auch seine Verlockungen und Geheimnisse. Und Karl war einer, der gerne auch mal erst handelte und dann nachdachte. Außerdem war er ein bisschen zu aufgeweckt, was Computer betraf. »Karl?«

Nichts.

Hutter warf noch einen Blick in die Küche und lief rasch nach oben in Karls Zimmer. Alles still. Der Junge war nicht da. Wahrscheinlich mit seinem Fahrrad unterwegs. Ein Blick auf die Uhr zeigte Hutter, dass er noch eine halbe Stunde Zeit hatte, bis er wieder drüben im Rathaus sein musste. Also ging er in sein Arbeitszimmer und setzte sich an den Schreibtisch. Hatte er den Laptop aufgeklappt gelassen? Er drückte auf den Startknopf und stellte überrascht fest, dass das Gerät nur auf Standby war. Immerhin: Der Sperrbildschirm forderte ihn auf, sein Passwort einzugeben. Er atmete auf. Niemand war an seinem Rechner gewesen. In letzter Zeit hatte er manchmal ein ungutes Gefühl gehabt, wenn er den Computer hochfuhr, fast als würde er damit einen geheimen Mechanismus in Gang setzen. Was er ja auch tat. Er tippte: pANDORa+

Ein paar banale neue Nachrichten auf seinem privaten Mail-Account. Und, wie immer, ein Dutzend oder mehr in seinem E-Mail-Postfach im Bürgeramt. Eine davon machte ihn spontan neugierig. Der Betreff lautete: SKANDAL-VIDEO. Er rief sie auf und fand lediglich einen Link mit einem kryptischen Titel: https//*www.true-lies.cc/dorfschlampe6/*

Eine Kennung, die er unter anderen Umständen niemals angeklickt hätte. Aber angesichts der Absenderadresse konnte er nicht anders. Und er sah, was er erwartet hatte: das Mädchen von Frau Bosch beim Sex im Auto mit einem jungen Mann. Und was sie taten, schockierte ihn und zeigte ihm, wie richtig er gelegen hatte mit seiner Einschätzung. Er holte scharf Luft, klickte das Video weg und antwortete: *Quod erat demonstrandum.*

*

III.

Der Schwarze Ochse hatte gerade aufgemacht, aber noch war niemand dort. Es würden unter der Woche auch nicht viele kommen. Aber Katharina hatte auch gar nicht die Absicht, lange zu bleiben. Sie wollte nur den Wirt ein wenig wegen des Mädchens ausfragen.

»Ja, ich kann mich erinnern«, sagte Zalic. »Hat oben gewohnt. Damals waren zwei kleine Wohnungen. Beide vermietet. Ist jetzt unsere Wohnung, beides.«

Unsere, hatte er gesagt, und Katharina fiel auf, dass sie noch nie eine Frau Zalic gesehen hatte. »Denken Sie, ich dürfte mir das Zimmer einmal ansehen, in dem Sandra Dorn gewohnt hat?«

»Gibt es nicht mehr«, stellte Zalic fest und sperrte die Kellertür zu, durch die er gerade nach oben gekommen war, als Katharina das Wirtshaus betreten hatte. »Tut mir leid. Sieht auch alles ganz anders aus heute.«

»Verstehe.« Sie wollte auch nicht zu aufdringlich sein, sie wusste ja selbst kaum, was es bringen sollte, sich die Räumlichkeiten anzusehen. Nach so vielen Jahren würde es ohnehin keine Spuren mehr geben, egal welcher Art. »Kannten Sie sie noch?«

»Nur bisschen«, stellte Zalic fest und ging zur Küchentür, um mit einem Blick zu prüfen, dass alles seinen ordentlichen Gang der Dinge ging. »Ich muss jetzt vorbereiten alles für heute Abend«, erklärte er. »Sie müssen entschuldigen.«

»Nur kurz, Herr Zalic«, beeilte sich Katharina. »Die Familie. Waren sie zu dritt?«

»Nein. Nur die Mutter und die Tochter. War nettes Mädchen. Und hübsch.« Er lächelte. »Vielleicht bisschen zu hübsch.«

So wie Fenja, dachte Katharina und spürte, wie ihre Brust eng wurde. »Hat man damals lange nach dem Mädchen gesucht?«

»Gesucht? Ich weiß nicht, ob ihre Mutter hat gesucht. Aber sonst … nein, das Mädchen ist weggelaufen. Wie soll man suchen? Und wo? Wenn jemand läuft weg, man kann nicht finden.« Er hob die Hände. »Hauen immer mal wieder Mädchen ab hier. Auf Nimmerwiedersehen! Die wollen Sau rauslassen. Aber dafür ist das nicht richtiger Ort.« Er hielt inne. »Ist wie bei Ihrer Tochter, richtig?«

»Vielleicht«, sagte Katharina verzagt. »Vielleicht ist es so.«

»Hoffentlich sie kommt zurück«, sagte Zalic mit seltsamem Blick. »Ich wünsche Ihnen.«

»Danke, Herr Zalic.« Sie nickte ihm zu und war schon im Begriff, den Schwarzen Ochsen wieder zu verlassen, da blieb sie noch einmal stehen. »Sagen Sie, dürfte ich einmal kurz Ihre Toilette benutzen?«

Er zögerte kurz, dann lächelte er wieder und sagte: »Sicher. Ist unten.« Er deutete auf die Treppe neben der Kellertür.

»Danke.«

Es war ein seltsames Labyrinth, das Katharina hier unten vorfand. Die Gänge verliefen so unübersichtlich und waren so lang, dass sie sich an den Schildern orientieren musste. Dann stand sie endlich vor dem Damen-WC. Man konnte ja dankbar sein, dass es noch keine Tiefgaragen gegeben hatte, als dieses Haus hier erbaut worden war. Die Architekten hätten die Frauenparkplätze wahrscheinlich auch in maximaler Entfernung zum Ausgang angelegt.

Angenehm kühl war es hier unten. Sie war gerade ein paar Minuten von zu Hause fort und schon völlig durchgeschwitzt. Katharina drehte den Wasserhahn auf, stellte fest, dass das Wasser eisig kalt aus der Leitung kam und spritzte sich dann ein paar Handvoll ins Gesicht, ehe sie auch noch die Unterarme ins kühle Nass hielt und tief durchatmete. Komisch musste das sein, so direkt über einer Gastwirtschaft zu wohnen. Sie stellte sich vor, dass bis spät in die Nacht Lärm herrschte, man nie wusste, wem man auf der Treppe begegnete, dass es vielleicht auch mal ein Besäufnis gab …

Irgendwo war eine Tür gegangen. Katharina richtete sich auf und blickte sich um. Nein, hier war niemand, die Kabinen waren alle offen.

Sie zog zwei Papierhandtücher aus dem Wandhalter und trocknete sich ab. Plötzlich musste sie wieder an den Wald denken, wo sie auch Geräusche gehört hatte. Sie blickte zur Tür hin. Stand da jemand? Atmete da jemand? Sie hielt die Luft an und lauschte. Vielleicht. Vielleicht war es aber auch bloß Einbildung … Vorsichtig setzte sie einen Fuß vor den anderen und trat auf die Tür zu, als unvermittelt das Licht ausging. Klack.

Sie zuckte zusammen, stand still – und starrte auf den hellen Streifen unter dem Türblatt. Es schien, als wären dort zwei Schatten, wie von zwei Füßen eines Menschen, der draußen stand, ohne sich zu bewegen. Keuchend blickte Katharina sich um und entdeckte das kleine rote Lämpchen des Schalters. Sie stürzte darauf zu und knipste das Licht wieder an. Im nächsten Moment riss sie die Tür auf und – stand vor einem leeren düsteren Gang. Irgendwo klappte eine andere Tür zu. Ein Windhauch streifte durch die Tiefen dieses alten Gemäuers, und Katharina beeilte sich, wieder nach oben zu kommen. Wie durch ein Wunder verlief sie sich nicht, sondern stolperte schon Sekunden später in den Schankraum, wo sich ein verwunderter

»Schwarzer Ochse« nach ihr umdrehte. »Alles in Ordnung, Frau Bosch?«

»Alles in Ordnung, Herr Zalic. Danke. Ich … ich muss dann mal weiter.«

*

Der Hunger quält sie. Aber mehr noch der Durst. Immer wieder der Durst. Jede Stunde, jede Minute. Und das Licht. Es brennt immer. Ununterbrochen. Fenja kann es nicht mehr aushalten! Aber sie muss. Manchmal denkt sie, dass sie verrückt wird. Manchmal denkt sie, dass sie schon verrückt ist. Und manchmal wünscht sie sich, sie wäre tot. Eigentlich ständig. Außer in den Momenten, in denen sie dem Tod ganz nah ist. Denn das ist sie, immer öfter. In diesen Momenten wünscht sie sich zu überleben. Nein: *zu leben.* Nur leben. Nichts weiter.

Sie nimmt einen Löffel von ihrem kalten Brei. Trinkt einen Schluck Wasser. Zwei Schlucke sind noch drin. Sie weiß, dass er kommen wird, wenn sie lang genug nichts mehr getrunken hat. Wenn sie keine Kraft mehr hat, sich nicht mehr wehren kann. Die Abstände zwischen dem letzten Schluck Wasser und dem Erlöschen des Lichts werden immer kürzer. Weil sie keine Reserven mehr hat. Weil sie immer früher keine Kraft mehr hat, ihm irgendetwas entgegenzusetzen.

Am schlimmsten ist, dass sie ab einem bestimmten Moment, dann wenn es völlig unerträglich wird, herbeisehnt, dass er kommt. Weil ER Wasser dabeihat. Wasser, das er ihr anschließend einflößt, bevor er wieder geht. Anschließend, denkt sie. Ja, anschließend. Aber vorher … Wenn sie daran denkt, kann sie ihn förmlich *riechen.* Sie hat nichts, was sie erbrechen könnte, sonst müsste sie kotzen, wenn

sie nur daran denkt. Aber da ist nichts mehr in ihr. Sie hat ja nicht einmal mehr etwas für den Eimer, der in der Ecke steht.

Wenn sie die Hände flach auf die Augen legt, ist das Licht erträglicher, obwohl es ihr auch dann vorkommt, als hätte man ihren Kopf an einen Presslufthammer gefesselt. Dieses ewige Licht ist der reinste Lärm. Es ist so laut in ihrem Kopf, dass sie manchmal die Geräusche nicht hört, die sie hören könnte. Denn es gibt Geräusche. Ja, die gibt es. Ein Klopfen manchmal. Ein Scharren. Und immer wieder auch etwas, das sie wie ein Stromstoß packt: ein Stöhnen.

*

Gornsdorf. Das Nest war ungefähr so klein wie Hussfeld und ungefähr so aufregend. Es lag zwischen sanften Hügeln, umgeben von Wäldern und Feldern. Ein Idyll. Ein Idyll, in dem eine Frau wohnte, die Katharinas Schicksal teilte: Auch sie hatte ihre Tochter verloren, auch ihr Kind war verschwunden. Eine Adresse hatte die Journalistin nicht gehabt. Aber es konnte nicht allzu schwer sein, eine Einwohnerin dieses Ortes zu finden. Katharina würde erst einmal dort fragen, wo es am wahrscheinlichsten war, dass man sie kannte.

Es gab einen Schreibwarenladen, der zugleich der Post-Shop war. Allerdings würde der erst um 14.30 Uhr wieder öffnen. Im Moment war Mittagsruhe, anscheinend im ganzen Ort. Die Geschäfte hatten praktisch alle zu. Die Pizzeria Italiana war immerhin geöffnet. Also beschloss Katharina, sich hineinzusetzen und etwas zu bestellen.

Während sie wartete, beobachtete sie durch das Fenster den kleinen Ort. *Wie tot,* ging es ihr durch den Kopf. *Warum sind diese Dörfer alle wie tot?* Ein junger Mann saß in einem Auto gegenüber. Ab und zu wandte er den Kopf und starrte zu

Katharina hinüber. Sie wich seinem Blick aus, war dankbar, als die Cola kam und wenig später der Salat.

Eine Nachricht auf dem Handy: *Kennen Sie das schon?*

Die Absenderin war Elena Krakowski. Katharina rief den Link auf und konnte zuerst kaum etwas erkennen. Der Bildschirm war ganz dunkel. Bis sich ziemlich verpixelt ein Körper herausformte, nein zwei: ein Pärchen beim Liebesspiel. Was sollte das? Die Journalistin schickte ihr einen Porno vom Autobahnparkplatz? Denn die Aufnahme war durch die Fensterscheibe eines Wagens gemacht worden. Ein Mann machte sich zwischen den Beinen einer Frau zu schaffen, befriedigte sie oral, während sie offenbar eine Stellung einzunehmen versuchte, die nicht unbequem war. Es war ein Stöhnen zu hören, auch die Geräusche von Schritten. Offenbar war das eine Amateuraufnahme, vielleicht ein Film, den ein Voyeur heimlich gedreht hatte? Oder sie war einfach so gemacht, dass sie authentisch wirken sollte. Was sie tat. Der Mann war noch bekleidet, hatte bloß seine Hose ein Stück weit runtergezogen, sodass man seinen Hintern im schwachen Licht leuchten sah. Die Frau war untenrum nackt und trug ansonsten nur ein Top, das über den Busen hochgeschoben war. Blond war sie und gelenkig. Ein wenig erinnerte sie Katharina an … Und dann hob der Mann auf dem Video den Kopf zwischen ihren Beinen und starrte über die Schulter in die Kamera, und die Frau tat es ihm gleich. »Fenja«, ächzte Katharina und blickte in die entsetzten Augen ihrer Tochter.

*

Er liebt dieses Video. Wahrscheinlich hat Gregor es in seine Gruppe oder in seinen Klassenchat hochgeladen. Keine Ahnung, wem er es alles geschickt hat. Aber dass er es dem Bürgermeister von Hussfeld gemailt hat, war eine gute Idee. Auf die Weise hat es auch Karl bekommen. Obwohl er sich die beruflichen Mails seines Vaters kaum jemals ansieht. Langweiliges Zeug. Beschwerden, Anträge, politischer Kram ... Aber der Betreff hat ihn neugierig gemacht: SKANDAL-VIDEO. Klar, dass er gleich draufgegangen ist. Und dann poppte dieser geile Streifen auf, den er sich jetzt bestimmt schon zehnmal angesehen hat.

Es war nicht schwer, den Absender herauszufinden. Gregor ist nicht der Hellste. »MrX« hat er sich auch schon bei einem Streich an der Schule genannt, als er eine heimliche Aufnahme vom Lehrerklo auf der Schulwebsite hochgeladen hat: Peter Zübel beim Onanieren. Das war peinlich für den Reli-Lehrer und gefährlich für Gregor. Denn der musste damit ja angeben, damit alle wissen, was für eine coole Sau er ist. Hätte ihn fast die Schule gekostet. Zübel musste gehen, Gregor ist nur nicht geflogen, weil sein Vater die große Baustofffirma hat, die jetzt das Schulgebäude saniert.

Karl speichert das Video vom nächtlichen Autosex in seinem Fenja-Ordner, dann geht er auf seinen anonymen E-Mail-Account, den er sich als »Frau Müller« eingerichtet hat, und schreibt an einen Verteiler, in den er auch das Rathaus, die Schule, die Polizeistation in Zwönitz und einige andere öffentliche Stellen setzt: *Danke, Gregor Witzen, für diese interessante Aufnahme.* Nicht mehr. Das genügt. Und in den Betreff: RE: SKANDAL-VIDEO

So geil er den Film findet und so gern er ihn in sein privates Fenja-Archiv aufnimmt, wo er definitiv ein Highlight ist, so sehr hasst er Gregor, der ihn schon oft genug fertiggemacht hat, der ihn einmal mit seinem Auto in den Straßengraben gedrängt hat, worauf sein Fahrrad völlig demoliert war. Gregor, das Großmaul, das sich für was Besseres hält, nur weil der Papa ein fettes Bankkonto hat.

Voll Genugtuung drückt Karl auf »Senden« und geht dann

noch schnell auf die Kamera, um nach Fenja zu sehen. Wie immer, hält er die Luft an, während sich das Fenster öffnet.

Da liegt sie. Sie ist so fertig, dass sie sich kaum noch bewegen kann. Vielleicht schläft sie. Einen Moment lang packt es ihn eiskalt, als ihn der Verdacht überfällt, sie könnte tot sein. Doch dann zuckt sie und schaut mühsam Richtung Tür, als hätte sie etwas gehört. Und dann, völlig unerwartet, geht das Licht aus, und alles ist pechschwarz.

*

»Kennen Sie das Video?«, presste Armin Hutter hervor, ohne überhaupt einen Gruß zu entgegnen.

»Welches Video? Sind Sie das, Herr Hutter?«

»Sie kennen meine Nummer, oder?«

»Also, ich nehme an, Sie haben es auch gerade eben gesehen«, entgegnete der Beamte am anderen Ende der Leitung. »Wir jedenfalls haben in diesem Augenblick überhaupt erst …«

»Das ist ja das Problem!«, blaffte Hutter. »Dass Sie sich um nichts kümmern! Ich möchte wissen, woher das kommt und wer das alles bekommen hat.«

»Das werden wir wahrscheinlich nie erfahren, Herr Hutter«, sagte Polizeimeister Schott. »Wenn es keine Anzeige gibt, dann haben wir nicht einmal eine Handhabe, denjenigen zu ermitteln, der den Film gemacht hat …«

Hutter stieß scharf die Luft aus. »Heißt das, Sie werden gar nichts unternehmen?«

»Ohne eine Anzeige …«

»Dann zeige ich das hiermit an.«

»Aber Sie sind kein Betroffener.«

»Und wie wir betroffen sind!«, brauste der Bürgermeister auf. »Hier geht es um unseren Ort. Um unseren Ruf. Wir können es nicht brauchen, dass …«

Diesmal war es Schott, der dem Bürgermeister ins Wort fiel. »Ein Ort hat keine Persönlichkeitsrechte«, erklärte er in einer Ruhe, die an einen Stasibeamten erinnerte. Mit einem Mal schien er auch deutlich sächsischer zu sprechen als eben noch – um Hutter subtil unter die Nase zu reiben, dass er sich von einem Wessi nicht eines Besseren belehren ließ? »Anzeige erstatten kann die Frau, die hier abgebildet ist. Und der junge Mann natürlich auch. Obwohl ich bezweifle, dass …«

»Das heißt, Sie wissen nicht einmal, wer das ist?« Hutter interpretierte das Schweigen richtig und erklärte: »Das ist die junge Frau, die hier vor ein paar Wochen verschwunden ist. Die kann das nicht anzeigen. Weil sie nämlich verschwunden ist. Verstehen Sie?«

Schott war jetzt die Ruhe selbst, ganz im Gegensatz zum Anrufer. »Verstehe. Es handelt sich also um die junge Frau, derentwegen Sie kürzlich noch wollten, dass wir uns nicht allzu viel Mühe geben.«

»Aber das ist doch ein ganz anderes Thema!«, ereiferte sich Hutter und setzte an zu erklären. Doch Schott unterbrach ihn abermals und stellte klar: »Für uns nicht, Herr Bürgermeister. Für uns ist das eine keine Straftat und das andere kein Offizialdelikt – wenn es überhaupt eine Straftat ist. Jedenfalls sehen wir aktuell keinen Anlass, tätig zu werden. Einen schönen Tag noch.« Damit legte er auf.

Hutter starrte ungläubig auf sein Telefon. So weit waren sie also schon hier? Dass die Polizei sich nicht mehr um die Angelegenheiten der Verwaltung scherte? Immerhin war auch das Bürgeramt eine Behörde mit ordnungspolizeilichen Befugnissen. Nur die Strafverfolgung war ihr leider verwehrt.

Kurz überlegte Hutter, ob er seinen Sohn fragen sollte. Karl kannte sich gut mit Computern aus. Außerdem kannte er eine Menge junge Leute. Vielleicht hatte er eine Idee, wie man herausfinden konnte, wer das Video gedreht hatte. Oder wer es hochgeladen hatte, falls es nicht dieselbe Person war. Doch dann verwarf er den Gedanken. Es wäre keine gute Idee, Karl dieses widerliche Machwerk vorzuführen. Nein, aus guten Gründen versuchte Armin Hutter, seinen Sohn ein wenig unter Kontrolle zu halten. Was Karl sich bisher im Internet ansah, war noch im Rahmen, damit konnte Hutter leben. Noch. Aber er war auch zutiefst überzeugt, dass es gut war, den Anfängen zu wehren. Und gerade in dem Zusammenhang wäre es verrückt gewesen, dem Jungen einen solchen Film vorzuspielen.

*

Als Katharina wieder aufblickte, war der Wagen mit dem jungen Mann, der ein kleines Stück entfernt auf der gegenüberliegenden Straßenseite des Restaurants geparkt hatte, weg. Erst fiel es ihr gar nicht auf, zu aufgewühlt war sie, nachdem sie dieses Video gesehen hatte. Doch nach einiger Zeit hatte sie sich wieder beruhigt. Sie fragte sich, ob die Aufnahmen vor oder nach Fenjas Verschwinden entstanden waren. Beim zweiten Anschauen hatte sie erst kapiert, dass der Mann in dem Video John war. Die Lichtverhältnisse waren extrem schlecht, die Aufnahme war verwackelt – und was Katharina sich hatte anschauen müssen, war ohnehin eine Zumutung gewesen, selbst wenn ihre Tochter eindeutig freiwillig bei der Sache gewesen war. Aber zu wissen, dass dieser Film existierte, dass ihn womöglich unzählige Menschen sahen, dass er vielleicht von jedem gesehen werden konnte, überall, obwohl er so intim war, dass nichts davon irgendjemanden etwas anging außer Fenja und John, diese Erkenntnis traf Katharina mitten ins Herz. Dazu kam der Blick. Dieser Blick ihrer Tochter, der so erschrocken war und direkt in die Kamera gerichtet … Als sähe sie ihrer Mutter absichtlich in die Augen.

Sie war also irgendwo in einem Auto gewesen und hatte mit ihrem Freund Sex gehabt. Und irgendjemand hatte das gesehen, hatte die beiden vielleicht verfolgt und die Szene dann gefilmt und jetzt hochgeladen. Jetzt? Oder irgendwann in der Zwischenzeit, und Katharina hatte ihn nur einfach jetzt zum ersten Mal zu sehen bekommen? Genau genommen konnte diese Geschichte sich auch schon früher ereignet haben. Es musste nicht in der Nacht von Fenjas Verschwinden passiert sein. Aber wenn es in der Nacht geschehen war: Stammten die Aufnahmen von demjenigen, der für Fenjas Verschwinden verantwortlich war?

Johns Wagen war im Wald gefunden worden. Konnte es sein, dass diese Aufnahme dort entstanden war? Im Wald? Sie rief den Film noch einmal auf. Diesmal wollte sie nicht auf Fenja achten oder auf John, sondern darauf, ob man noch etwas anderes auf der Aufnahme erkennen konnte. Bäume vielleicht, Pflanzen, die ins Bild ragten, irgendeinen Hinweis auf den Ort.

Aber dafür war die Bildqualität einfach zu schlecht. Alles, was hinter John lag, verschwamm im Vagen. Lediglich einmal … Katharina stoppte den Film und zoomte den Bildausschnitt heran: Ja, an einer Stelle spiegelte sich etwas in der Fensterscheibe, an die Fenja mit ihrem Kopf stieß. Ein Schatten. Eine Gestalt. Zweifellos handelte es sich um den unerwarteten Besucher, der in diesem Moment die Aufnahme machte. Wieder und wieder ließ Katharina die Sequenz ablaufen. Als Fenja aufblickt, zuckt die Kamera zur Seite – und für einen Sekundenbruchteil wird ein Gesicht in der Scheibe erkennbar. Ein Gesicht, das Katharina schon einmal gesehen hat. Vor wenigen Augenblicken! Sie riss den Kopf hoch und starrte hinüber zu dem parkenden Wagen. Doch das Auto und sein Fahrer waren verschwunden.

*

Wenn er geht, dauert es immer noch eine Weile, bis das Licht wieder aufflackert. Es ist die Zeit, in der sie wimmernd auf ihrer Matratze liegt und mehr denn je wünscht, sie wäre tot. In der sie sich hasst, weil sie es immer noch nicht geschafft hat zu sterben. In der sie sich an die Wasserflasche klammert, die er ihr in die Hand gegeben hat, nachdem er ihr die ersten zwei, drei Schlucke selbst eingeflößt hat. In der sie mit sich ringt, weil sie so unendlich gerne alles auf einmal austrinken würde, in der sie sich das Wasser über den vertrockneten Leib kippen möchte. Am schlimmsten von allem ist, dass sie ihn liebt, wenn er ihr endlich die Flasche an die Lippen führt. Schweigend. Denn er sagt nie etwas. Kein Wort. Sie sieht ihn nicht, hört ihn nicht ... Einmal hat sie versucht, ihn etwas zu fragen, lallend, weil sie vor Durst und Erschöpfung nicht sprechen konnte. Aber er hat geschwiegen, eisern, und ihr die Flasche hingehalten. Sie möchte ihn hassen, aber sie liebt ihn. Er ist wie ein Gott, weil er ihr in diesem Augenblick das Leben schenkt. Ja, das ist er.

Erst später, wenn sie wieder halbwegs bei Sinnen ist, in der Phase, in der der Durst für eine kleine Weile erträglich wird, erst dann beginnt sie, ihn wieder zu hassen. Ehe die Verzweiflung sie wieder hoffen zu lassen beginnt, dass er endlich käme. Manchmal wünscht sie sich geradezu, dass er kommt, sehnt sich nach allem, was er mit ihr tun wird – nur weil er Leben dabeihat: Wasser. Wasser und etwas zu essen.

Sie weiß, dass sie nur in der Zeit halbwegs klar denken kann, in der sie am verzweifeltsten ist: wenn die ersten Schlucke zu wirken beginnen, ihr Gehirn wieder einigermaßen funktioniert und das verdammte Licht noch aus ist. Sobald es angeht, bricht der Terror in ihrem Kopf los, dann kann sie nicht mehr denken. Aber in dieser kurzen Phase, in der die Klarheit in sie zurückgekehrt ist und es in ihrer Zelle noch dunkel ist, in dieser kurzen Phase wäre es möglich, irgendeinen Plan zu schmieden. Wenn sie nur wüsste, was für einen.

Wieder und wieder überlegt sie, wie sie das Licht löschen und ihn dazu zwingen könnte zu kommen, solange sie noch nicht lethargisch auf dem Boden liegt. Sie hat versucht, mit dem Eimer nach den Leuchtröhren zu schlagen, die über ihr an der Decke angebracht sind. Doch die sind vergittert. Sie hat versucht, mit dem Hals der Flasche durch das Gitter zu stoßen, um sie zu zerstören. Aber das Plastik der Flasche ist zu weich. Einmal hat sie sogar versucht, Wasser auf die elektrischen Kontakte zu spritzen, um einen Kurzschluss herbeizuführen. Doch das hat sie schon nach kürzester Zeit bereut, weil sie das Wasser so dringend selbst braucht. Es scheint kein Mittel zu geben, dieser Hölle, diesem Dasein als lebender Leichnam zu entgehen.

*

IV.

Sie war tot. Fassungslos stand Katharina vor dem Grabstein auf dem Friedhof von Gornsdorf. *1977 – 2017* stand dort geschrieben. Das Grab selbst war verwahrlost, so als hätte es in der Zeit seines Bestehens kein Mensch jemals gepflegt. Die Frau war etwa in ihrem Alter gewesen. Es war, als blickte Katharina in einen bösen Spiegel, der ihr die Möglichkeiten des Schicksals aufzeigte – die düsteren. Helga Dorn. Was war das für ein Leben gewesen? Die letzten Jahre waren sicher geprägt von der Verzweiflung über den Verlust ihrer Tochter. Katharina nahm sich vor, die Journalistin von der Chemnitzer Zeitung zu fragen, wann genau das passiert war.

Zalic lebte seit sieben Jahren in Hussfeld, das wusste sie. Kurz nachdem er gekommen war, war das Mädchen verschwunden. Wenn sie damals etwa in Fenjas Alter gewesen war, dann musste Helga Dorn sehr früh Mutter geworden sein, wahrscheinlich noch früher als sie selbst, und sie war erst einundzwanzig gewesen.

Eine Nachricht schreckte sie aus ihren Gedanken. *Haben Sie den Film auch bekommen?*

Elena Krakowski. Wer immer die Aufnahme gemacht hatte, hatte ganze Arbeit geleistet. Sie tippte: *Ja.* Keine Minute später klingelte das Telefon. »Denken Sie, der Film hat etwas mit Fenjas Verschwinden zu tun?«, fragte die Journalistin.

»Ich weiß es nicht«, sagte Katharina, während sie den Friedhof, der am Ortsrand lag, verließ. »Es sieht ja nach einvernehmlichem Sex aus, finde ich.«

»Das ist eindeutig«, stimmte Elena Krakowski zu. »Aber könnte es vielleicht sein, dass Fenja weggelaufen ist, weil sie Angst hatte, dass der Film veröffentlicht wird?«

Katharina blieb stehen und schloss kurz die Augen. »Sie auch, ja?«, sagte sie dann. »Sie denken jetzt auch, dass sie freiwillig weggelaufen ist?«

»Nun, das wäre nicht wirklich freiwillig«, warf die Journalistin ein.

»Sie *ist* nicht weggelaufen, verdammt noch mal!«, schrie Katharina verzweifelt und wollte das Gespräch schon beenden, als sie hörte, wie Elena Krakowski erwiderte: »Okay, okay, wir sind uns da einig.«

Sie atmete auf. »Es gibt schon genug Leute, die mir nicht glauben«, erklärte Katharina erschöpft. »Und es wird nicht leichter mit diesem Film. Ich meine: Wer *macht* so etwas?«

»Genau das meinte ich. Könnte es sein, dass jemand Fenja …« Die Journalistin zögerte und fuhr dann fort: »… entführt hat und nun irgendetwas mit diesem Film bezweckt?«

»Aber was sollte er denn bezwecken?«

»Tja, das müssten wir dann wohl herausfinden.«

»Apropos herausfinden«, sagte Katharina seufzend.

»Haben Sie etwas Neues?«

»Helga Dorn. Ich weiß jetzt, wo sie sich aufhält.«

»Oh! Und konnten Sie sie sprechen?«

»Leider nein. Sie liegt auf dem Friedhof von Gornsdorf. Seit 2017. Sie ist tot.«

Einen Moment schwieg ihre Gesprächspartnerin. Katharina trat wieder auf die Straße hinaus und blieb vor ihrem Wagen stehen: Die ganze Beifahrerseite war mit einem Schlüssel zerkratzt worden, vom Kotflügel bis zur Tankklappe. Fassungslos starrte Katharina auf den Schaden. War das passiert, während sie das Grab besucht hatte? Oder hatte sie den Kratzer einfach bisher nicht entdeckt, weil sie das Auto von dieser Seite aus nicht angesehen hatte?

»Frau Bosch?«

»Entschuldigung«, murmelte Katharina und blickte die Straße rauf und runter. »Ich war abgelenkt.« Sie holte Luft, beschloss, diese neuerliche Drohung zu ignorieren, denn eine Drohung musste es sein. »Und noch etwas habe ich herausgefunden«, sagte sie mit leiser Stimme.

»Nämlich?«

»Dieser Film wurde von einem Mann gedreht. Einem jungen Mann, der mich heute beobachtet hat, als ich in Gornsdorf in einem Lokal saß. Ich habe es leider erst kapiert, als er schon weg war. Aber er war hier. Er saß in seinem Wagen auf der anderen Straßenseite, blickte zu mir herüber und ... Ich weiß auch nicht.«

Elena Krakowski pfiff leise durch die Zähne. »Das gibt dem Fall aber eine sehr spezielle Wendung«, stellte sie fest.

»Ja? Tut es das? Wieso?«

»Weil es damit aussieht, als hätte es jemand nicht nur auf Ihre Tochter abgesehen, Frau Bosch. Sondern auch auf Sie. Wir sehen uns morgen.«

*

Es macht ihn wahnsinnig. Ja, er hat es zuerst irgendwie geil gefunden. Pervers, aber geil. Aber zu wissen, dass etwas Schreckliches mit Fenja passiert, jedes Mal, wenn dieses verdammte Licht ausgeht. Und auch zu wissen, dass sie immer unter diesen grellen Lampen liegt, Tag und Nacht, und eingesperrt ist wie ein Tier, nein, schlimmer als ein Tier, denn keinem Tier würde man so etwas antun ... Das alles macht Karl längst wahnsinnig. Am wahnsinnigsten macht ihn der Gedanke, dass er alles das auf einem Computer entdeckt hat, auf dem es gar nicht sein dürfte: eine Kamera, die in diese Folterkammer blickt.

Immer wieder, längst in jeder freien Minute, starrt er auf den Bildschirm und betrachtet sie in ihrem Elend, in diesem Albtraum, in dem sie die Hauptrolle spielt. Er sieht die roten Striemen an ihren Beinen, die Blutergüsse an den Brüsten und am Po. Den tiefdunklen Fleck an der Schläfe. Das Blut am Haaransatz …

Und dann entdeckt er plötzlich, dass man nicht nur auf diese eine Kamera klicken kann. Wenn er mit dem Cursor ganz nach oben fährt, klappt eine Leiste auf, die nichts weiter anbietet als sieben Reiter: Nummer eins bis sieben. Und Fenjas Kamera ist die Nummer eins.

Seine Hand zittert, als er den Cursor auf die Nummer zwei zieht. Er zögert, darauf zu klicken, weiß nicht, ob er sehen will, was sich dahinter verbirgt. Einerseits kann er es vor Neugier kaum aushalten, seit er diese Leiste entdeckt hat. Andererseits bricht ihm der Schweiß aus, wenn er nur daran denkt, dass er womöglich noch ganz andere Dinge zu sehen bekommt, wenn er die Anwendung wechselt …

Er schließt die Leiste, starrt auf Fenja, die ihren Arm um die Wasserflasche gelegt hat wie um ein Baby, die die Augen geschlossen hält und den Kopf hin und her bewegt, wieder und wieder und immer wieder, so als wäre sie verrückt geworden. Und vielleicht ist sie das ja inzwischen. Er könnte es gut verstehen, er hat ja selbst das Gefühl, verrückt zu werden. Dabei geht sein Leben weiter, als wäre nichts passiert, sobald er dieses Programm verlässt. Abgesehen natürlich davon, dass er kaum noch schlafen kann und – wenn er schläft – schweißgebadet aufwacht, weil er diese Bilder immerzu vor sich sieht. Da liegt sie. Sie ist abgemagert, ihr Haar ist struppig, sie ist so verwahrlost, als lebte sie in der Wildnis. Oh Gott, wie er sich hasst! Warum hilft er ihr nicht? Warum sieht er sich das seit Wochen an, fasziniert und gebannt, statt irgendetwas zu tun, *irgendetwas!* Er klickt wieder auf den Reiter, geht auf die Nummer zwei. Zögert. Hält unwillkürlich die Luft an und beißt die Zähne zusammen, bis ihm die Backenknochen wehtun. Dann geht er drauf. Es fühlt sich an, als würde ihm jemand einen Hammer ins Gesicht schlagen.

*

Es war ein Autounfall. Die Regionalausgabe hatte sogar davon berichtet, aber Elena war nicht in den Sinn gekommen, einen Zusammenhang herzustellen. Es war ein kleiner Artikel im Vermischten: *Frau tot – Unfallflucht?* Eine typische Sensationsmeldung von der Sorte, die besagte, dass man zwar kaum etwas wusste, aber unbedingt noch einen Aufreger ins Blatt bringen wollte.

In der Nacht zum Freitag wurde auf der Landstraße zwischen Thum und Ehrenfriedersdorf eine Frau Opfer eines Verkehrsunfalls. Die 40-Jährige war in ihrem Opel Astra auf dem Heimweg, als sie aus ungeklärten Umständen von der Fahrbahn abkam und ungebremst in den Straßengraben fuhr. Bei dem Aufprall wurde sie seitlich gegen die Scheibe geschleudert und erlitt dabei einen Schädelbruch. Als das Opfer entdeckt wurde, lag der Unfall bereits einige Zeit zurück. Die Frau konnte nicht mehr gerettet werden, sondern erlag noch vor Ort ihren Verletzungen. Da es keinen erkennbaren Grund gibt, weshalb die Fahrerin von der Spur abgekommen war, nimmt die Polizei Ermittlungen wegen einer möglichen Unfallflucht eines entgegenkommenden Fahrzeugs auf.

Es war die einzige Meldung geblieben. Auch im Internet konnte Elena Krakowski nichts weiter über den Fall finden.

Ein Anruf bei der Staatsanwaltschaft ergab nur, dass die Akte nicht mehr existierte – falls es überhaupt jemals eine Akte dort gegeben hatte. Das alles sprach in erster Linie dafür, dass an dem Unfall nichts Ungewöhnliches gewesen war. Außer dem Unfall selbst. Eine Frau von vierzig Jahren fuhr am späten Nachmittag nach Hause, schoss in voller Fahrt über die Fahrbahn hinaus einige Meter in ein tiefer gelegenes Feld und kam dabei zu Tode. Solche Dinge passierten. Aber passierten sie ohne äußeren Grund? Vielleicht.

Auch ein Selbstmord war im Übrigen nicht auszuschließen: Eine verzweifelte Mutter verwand das Verschwinden und den wahrscheinlichen Tod ihrer Tochter nicht und nahm sich das Leben, indem sie einfach die Augen schloss, aufs Gaspedal drückte und wartete, bis alles endlich vorbei war.

Wäre nicht so vieles im Zusammenhang mit Helga Dorn aus Hussfeld seltsam gewesen, es hätte die Mühe nicht gelohnt, sich länger damit zu befassen. Aber die Parallelen waren nun einmal da. Eine junge Frau verschwand in einem Ort mit wenig mehr als zweitausend Einwohnern, die Polizei ermittelte zuerst nicht und legte die Sache dann zu den Akten. Niemand fragte nach dem Warum, außer einer Mutter, die sich von allen im Stich gelassen sah. Alle schienen vor allem daran interessiert, den Frieden in der Gemeinde wiederherzustellen.

Elena Krakowski stand von ihrem Schreibtisch auf und öffnete das Fenster. Doch das brachte keine Abkühlung. Wie auch, die Temperaturen lagen seit Wochen tagsüber konstant über dreißig Grad, meist sogar deutlich. Und es war weiterhin kein Regen angesagt. Die Blumen auf ihrem Balkon waren längst vertrocknet, aber Elena Krakowski war ohnehin keine große Gärtnerin. Nur machte sie sich langsam Sorgen, wohin diese klimatischen Veränderungen führen würden. Wenn in Zukunft jeder Sommer so war, dann wäre die Landwirtschaft bald am Ende. Aus den Feldern würden Wüsten. Und die Wälder würden in rascher Folge in Flammen aufgehen, so wie es in den letzten Jahren schon in Brandenburg und Mecklenburg-Vorpommern passiert war.

»Wo bist du, Fenja?«, flüsterte sie. Sie wollte nicht glauben, dass das Mädchen tot war. Wäre sie es, weshalb sollte jemand dieses Video hochladen? Weshalb sollte jemand die Mutter beobachten, die nach ihrer Tochter forschte? Ein potenzieller Entführer vielleicht ... Aber der hätte sich doch längst gemeldet, wenn er hätte Forderungen stellen wollen. Und wenn er das Mädchen aus anderen Gründen entführt hätte, wenn er es umgebracht hätte, würde er sich nach außen so still wie möglich verhalten und ganz sicher keinen Film ins Netz stellen. Nein, das ergab keinen Sinn. Nicht wenn Fenja tot war. Wenn sie es aber nicht war, dann ... Sie ging zum Schreibtisch zurück und rief bei ihrem Redaktionsleiter an: »Klaus? Elena hier. Ich ... Ja, ja, ist längst erledigt. ... Okay, kann ich gerne ... Gut. Ja, gut, mache ich heute noch.« Sie verdrehte die Augen und grätschte dazwischen, um ihre Idee anzubringen: »Hör mal, Klaus, ich wollte vorschlagen, dass wir in dieser Geschichte mit dem verschwundenen Mädchen mal selber ein bisschen recherchieren.«

»Was heißt recherchieren?«, fragte Klaus Pflugrad zurück. Er war immer ein wenig cholerisch und zu sehr in seinen eingefahrenen Bahnen unterwegs, aber gerade deshalb auch ziemlich berechenbar.

»Recherchieren heißt, dass wir nachforschen«, erklärte Elena.

»Ich *weiß*, was recherchieren ist, verdammt!«, polterte Pflugrad. »Ich will wissen, was das heißt, dass wir hier recherchieren sollen? Das ist doch der Job der Polizei, oder? Wir müssen *berichten*, kapiert?«

»Aber die Polizei scheint ihre Arbeit nicht zu machen«, warf Elena ein.

»Verstehe. Wir sind jetzt die Washington Post, und du willst Watergate aufdecken.«

Pflugrad war erst seit ungefähr zwei Jahren in der Redaktion. Er konnte nicht wissen, dass Elena damals im Fall Dorn recherchiert hatte, »als wäre sie Bob Woodward«. Es war einfach nur Zufall, dass er das gesagt hatte. »Nein, Klaus«, erklärte sie. »Ich möchte bloß wissen, ob die einen Grund haben, die Sache nicht zu verfolgen. Ist doch interessant!«, versuchte sie ihn bei der Auflage zu packen, was in seinem Fall ungefähr gleichbedeutend war mit, ihn bei den Eiern zu packen. »Ein Mädchen ist verschwunden, jung und hübsch, ziemlich sexy sogar. Kleines Nest in der Nähe. Die Mutter ist verzweifelt und sucht Tag und Nacht nach ihr, und keiner will ihr helfen … Da ist alles drin, was eine gute Geschichte ausmacht. Drama und Sex und Crime und Hoffnung auf ein Happy End, das verzweifelte Herz einer Mutter und …«

»Schon gut, ich hab's kapiert!«, blaffte Pflugrad. »Sieh zu, was du rausfinden kannst. Aber ich erwarte trotzdem auch die Reportage über den Brand in der Buchholzer Schnitzerei. Und ich will nicht, dass du jede Menge Zeit versenkst, klar?«

»Klar. Wenn nichts dabei rauskommt, zieh ich die Notbremse.«

»Lieber früher als später.«

Sie legte auf. Gut, dass Pflugrad noch nicht so lange hier war. Sonst hätte er gewusst, dass sie im damaligen Fall schon einmal recherchiert hatte und abgezogen worden war, ehe sie etwas herausgefunden hatte. Noch so ein Aspekt, der die ganze Sache für Elena Krakowski verdächtig machte: Niemand hatte ihr damals sagen wollen, warum sie die Story nicht hatte zu Ende bringen dürfen. Ihr früherer Chef Küster hatte damals lediglich verkündet, dass sie jetzt Wichtigeres erledigen sollte und er sich selbst um die Geschichte weiter kümmern würde. Dann hatte er sie zu einem Feuerwehrball geschickt, und über das

Verschwinden von Sandra Dorn war kein Wort mehr gewechselt worden – und vor allem: keines mehr in der Zeitung erschienen.

*

Er hat versucht, irgendeinen Anhaltspunkt zu finden, wann Fenja Besuch bekommt. Aber weil Karl nicht ständig zuschauen und auch nicht die Kamera im Hintergrund laufen lassen kann, ohne Gefahr, entdeckt zu werden, kann er ein solches Muster bisher nicht erkennen. Vielleicht gibt es ja auch gar keines. Vor allem jetzt, wo er weiß, dass da mehr ist als nur der Blick in Fenjas Folterkammer, *muss* er einfach wissen, was das alles zu bedeuten hat. Und er muss wissen, wo sie ist.

Mit ein bisschen Tüfteln hat er es geschafft, die Überwachungskamera an der Haustür und die an der Garage mit seinem Handy zu verbinden, sodass er jetzt jedes Kommen und Gehen seines Vaters genau verfolgen kann. Am liebsten würde er ihn tracken. Aber er weiß nicht, wie er das anstellen kann, ohne dass sein Vater es bemerken könnte.

Irgendwie wird er es schaffen, diesen Wahnsinn zu beenden. Aber zuerst einmal muss er mehr Informationen haben. Und er muss jeden Schritt seines Vaters beobachten. Tag und Nacht.

*

Katharina sah den Bürgermeister schon von Weitem vor ihrem Haus stehen. Irgendwie überraschte es sie, dass Frau Kleve nicht bei ihm stand. Die Vermieterin hatte ihre Augen und Ohren doch überall. Vielleicht war sie ja einfach nicht da und hatte Hutter deshalb noch nicht entdeckt.

Sie parkte ihren Wagen neben der Einfahrt zum Hof und ging durchs Tor, um den Hintereingang zu nehmen. Seltsam eigentlich: Die Garagen waren immer geschlossen. Acht Tore, rostbraun gestrichen, und noch nie hatte Katharina ein Auto heraus- oder hineinfahren sehen …

»Frau Bosch?«

Sie wandte sich um. Der Bürgermeister war hinter ihr hergekommen. »Guten Tag, Herr Hutter.«

»Guten Tag.« Er kam über den Hof und blieb vor ihr stehen. »Ich wollte Sie fragen, wie es Ihnen geht.« Als Katharina nicht antwortete, fügte er hinzu: »Und ob man etwas für Sie tun kann.«

»Das ist nett von Ihnen«, erwiderte Katharina, schwankend, ob es die Mühe wert war, sich auf ein Gespräch einzulassen. Hatte der Bürgermeister, hatte die Gemeinde denn bisher irgendetwas für sie getan? Andererseits war jede Hilfe gut, und vielleicht würde Hutter ja etwas für sie tun, vielleicht war die Frage ehrlich gemeint und ein Anfang. Es wäre ein Hoffnungsschimmer, und Katharina konnte jedes noch so kleine Fünkchen Licht in der Finsternis, die sie umgab, so dringend brauchen … »Möchten Sie eine Tasse Kaffee mit mir trinken?«, fragte sie ihn.

»Ich möchte Sie nicht stören …«

»Aber nein. Im Gegenteil. Ich bin froh über Gesellschaft«, erklärte Katharina. »Es ist immer noch schwer, alleine zu Hause zu sitzen.«

»Verstehe«, sagte Hutter und schickte sich an, hinter ihr her die Treppe hochzugehen.

Inzwischen hatte es Katharina immerhin geschafft, die Wohnung auch wieder in einen ordentlichen Zustand zu bringen. Eigentlich schon beinahe in einen peniblen Zustand. Wenn sie daheim war, war Putzen oft das beste Mittel, um nicht völlig in Lethargie zu verfallen. Anfangs hatte sie oft nur dagesessen und ein Bier getrunken oder ein Glas Wein und noch eines und noch eines. Bis die Angst sie gepackt hatte, sie könnte zur Alkoholikerin werden. Die Getränke hatte sie von Ehrweg mitgebracht, weil in einem Nest wie Hussfeld sofort jeder über ihren Alkoholkonsum gesprochen hätte, wenn sie die Flaschen im hiesigen Supermarkt gekauft hätte. Wo es sowieso kaum Auswahl gab.

Klinisch rein also sah es in der Wohnung aus, als sie Hutter hereinbat. »Bitte, setzen Sie sich.« Sie deutete auf einen Stuhl in der Küche, auf dem auch die Vermieterin und Elena Krakowski schon gesessen hatten. Nur Fenjas Stuhl besetzte sie nicht. Nie. Der blieb frei, bis Fenja wieder da war. Und so war es stets, als säße auch ihre Tochter mit am Tisch. Katharina knipste die Kaffeemaschine an und nahm Tassen aus dem Küchenschrank.

»Es tut mir sehr leid, was mit Ihrer Tochter passiert ist«, sagte Hutter leise.

»Danke«, erwiderte Katharina. »Wir wissen ja nicht wirklich, was mit ihr passiert ist.« Sie fixierte ihn plötzlich. »Oder?«

»Nein, nein, leider nicht«, beeilte sich der Bürgermeister zu sagen. »Wir wissen nur, dass sie verschwunden ist. Das habe ich gemeint.«

»Ja.« Sie setzte sich zu ihm.

»Von der Polizei gibt es auch nichts Neues, nehme ich an?«

»Die Polizei unternimmt nichts«, erklärte Katharina bitter. »Die hat sich entschlossen, die Sache nicht weiter zu verfolgen. Das sagen sie nicht, aber sie zeigen es deutlich.«

Hutter nickte. »Verstehe. Und das trifft Sie.«

»Würde es Sie nicht treffen?«

»Doch! Natürlich! Ich bin auch Vater. Ich habe einen Jungen, der nur ein wenig jünger ist als Ihre Tochter. Wenn er eines Tages verschwände …« Er ließ den Rest unausgesprochen, aber der Schrecken stand ihm auch so ins Gesicht geschrieben.

»Es ist auch ein Junge verschwunden. Fenjas Freund.«

»Ja, ich weiß.« Der Bürgermeister blickte zur Kaffeemaschine. »Das ist wohl mit ein Grund, warum die Polizei sich hier nicht sehr engagiert.«

»Sie meinen, wenn zwei Menschen spurlos verschwinden, dann gibt das weniger Anlass für Nachforschungen? Was ist das denn für eine Logik?«

Hutter lächelte verständnisvoll. »Sicher, wenn Sie es so sagen, dann klingt es absurd. Aber sehen Sie es doch einmal so: Dass ein junges Mädchen alleine wegläuft, ohne etwas zu sagen, und spurlos verschwindet, das ist doch eher unwahrscheinlich.« Katharina nickte. So weit stimmte sie ihm zu. »Aber wenn sie mit ihrem Freund verschwindet, dann besteht immerhin die Möglichkeit, dass die beiden gemeinsam durchgebrannt sind.« Er hob die Hände. »Soll schon vorgekommen sein.«

Katharina schnaubte und stand auf, schenkte Kaffee ein, nahm die Zuckerdose und stellte alles auf den Tisch.

»Ob Sie einen Schluck Milch dazu hätten?«

Hatte sie nicht. Seit Fenja nicht mehr da war, gab es keinen Grund, Milch zu kaufen. Fenja hatte immer Müsli zum Frühstück gegessen. Katharina brauchte eigentlich keine Milch. Also kaufte sie keine. »Leider nein«, sagte sie.

»Kein Problem, ich nehme einfach mehr Zucker.« Er lächelte dieses warmherzige, verständnisvolle Lächeln. »Sie können sich gar nicht vorstellen, wie sehr ich mit Ihnen fühle, Frau Bosch«, sagte er, und Katharina fragte sich tatsächlich, ob sie sich das vorstellen konnte. Jedenfalls taten ihr seine Worte gut. Und seine Anwesenheit auch. »Danke, dass Sie gekommen sind«, sagte sie. »Ich bin sehr allein, seit Fenja weg ist, wissen Sie.«

»Das kann ich mir vorstellen«, erwiderte Hutter. »Mir ging es so, als meine Frau starb.«

»Ja. Das muss auch schrecklich für Sie gewesen sein.«

Er nickte. »Krebs. Es ging so schnell, so etwas hätte ich nie für möglich gehalten.«

»Das tut mir leid.« Katharina legte ihre Hand auf seine.

»Ist schon ziemlich lange her. Aber Karl, mein Sohn, war damals noch ziemlich klein. Wenn er abends um sieben im Bett lag oder wenn ich ihn in den Kindergarten gebracht habe, dann war ich so allein, dass ich am liebsten ...« Er ließ unausgesprochen, was er damals am liebsten getan hätte, aber Katharina konnte es sich vorstellen. »Ja«, flüsterte sie. »So geht es mir auch manchen Abend. Man denkt dann, man ist ganz allein auf der Welt.«

»Ja«, sagte Hutter und legte seinerseits eine Hand auf ihre. »Deshalb ist es so wichtig, dass wir Anteil nehmen.«

Als Hutter wenig später ging, blickte Katharina ihm durchs Fenster hinterher. Er war ein anständiger Mensch und eigentlich sogar sympathisch. Das machte man sich nicht klar, wenn man ihn nur als Bürgermeister betrachtete. Aber auch er war ein Mensch, auch er hatte seinen Kummer und seine Fehler und seine Träume. Beinahe hätte sie ihn zum Abschied umarmt. Aber dann hatte sie sich gerade noch zurückgehalten. So verzweifelt wollte sie nicht sein. Nicht weil Hutter kein attraktiver Mann gewesen wäre. Und frei war er ja auch, wenn auch aus tragischen Gründen. Sondern weil sie gespürt hatte, dass er denselben Impuls gehabt, sich aber dann dagegen entschieden hatte.

*

Er hatte seinen Kaffee nicht angerührt. Nicht einmal genippt. Katharina goss die Tasse aus und stellte sie in die Geschirrspülmaschine, schenkte sich selbst noch einmal nach und trat wieder ans Fenster. An der Mauer des Kirchhofs lehnte ein

Fahrrad. Sie fragte sich, ob es das Rad von Hutters Sohn war. Fenja hatte es sich einmal ausgeliehen. Das Handy riss sie aus ihren Gedanken.

»Bosch?«

»Hier ist Elena. Krakowski«, fügte die Journalistin hinzu, als wäre Elena ein Name, den man dutzendfach kannte.

»Hallo.«

»Ich wollte Ihnen etwas erzählen, das ich gerade erfahren habe.«

»Aha?« Katharina nahm einen Schluck Kaffee und lauschte.

»Es geht um Hutter. Den Bürgermeister.«

»Was ist mit ihm?« Erstaunlich, dachte Katharina. Gerade war er noch hier, und jetzt ruft mich jemand an und erzählt mir von ihm.

»Er hat eine ziemlich verrückte Geschichte.«

»Verrückt? Was heißt das?«

»Kommen Sie ins Diner's. Wir können uns genauso gut heute schon treffen. In einer halben Stunde?«

»Ich werde da sein.«

Rasch sprang sie noch unter die Dusche, schon zum zweiten Mal an diesem Tag. Immer noch war es drückend heiß, aber auch so schwül, dass sie jeden Moment mit Regen rechnete – der nicht kam.

Sie zog sich ein leichtes Sommerkleid an, wunderte sich, wie fröhlich sie aussah, so ganz anders als sie sich innerlich fühlte, und schnappte sich die Tasche von der Garderobe. Als sie gerade die Haustür hinter sich schließen wollte, hörte sie von drinnen ein Geräusch. Erschrocken hielt sie inne und überlegte, ob jemand in die Wohnung gekommen sein könnte, während sie unter der Dusche gewesen war. Fenja! Aber nein, die hätte sich bemerkbar gemacht. Zitternd schlich Katharina noch einmal nach drinnen und warf vorsichtig einen Blick in jeden Raum. Im Wohnzimmer war niemand, da hatte sie sich ja eben umgezogen. In Fenjas Zimmer? Ebenfalls nicht. Blieb noch die Küche. Mit angehaltenem Atem sah sie, eng an die Wand gedrückt, durch die Tür: nichts. Niemanden. Und plötzlich noch ein Knall. Sie zuckte zusammen und krallte sich an den Türrahmen. »Hallo?« Doch es war niemand in der Wohnung. Stattdessen lief ein zerplatztes Ei an der Fensterscheibe herunter, direkt neben einem anderen, das seine Schleimspur dort hinterlassen hatte. Katharina rannte zum Fenster und riss es auf, beugte sich nach draußen – aber da war niemand. Wer immer die Eier geworfen hatte, war nicht mehr zu sehen.

*

Natürlich fragt er sich, was sein Vater dort macht. Er ist reingegangen und ist nun schon eine Weile drin. Aber wozu? Ist das ein perverses Spiel? Ist das ein Versuch, irgendetwas wiedergutzumachen? Gibt es einen ganz anderen Grund? Fenjas Mutter sah zuerst nicht aus, als wollte sie ihn überhaupt hereinbitten. Aber dann ist er doch hinter ihr her ins Haus gegangen.

Als Karl jemanden aus der Kirche kommen hört, schreckt er auf. Der Platz an der Friedhofsmauer ist gut, wenn man die Straße runtergucken will, ohne von dort entdeckt zu werden. Aber er ist blöd, wenn noch jemand in der Kirche ist. Er hätte das vorher checken müssen. Bescheuert.

Karl duckt sich hinter einen der Grabsteine. Ausgerechnet jetzt kommt auch noch der Pastor in seine Richtung entlang. Hastig sieht Karl sich um und entdeckt, dass die Tür des Leichenhauses offen steht. Er überlegt nicht lange, sondern huscht hinüber und verbirgt sich hinter dem schwarzen Leinentuch, das dort von der Decke hängt und immer den Hintergrund für die aufgebahrten Särge bildet. Zum Glück ist hier gerade kein Toter untergebracht. Tatsächlich hält der Pastor geradewegs auf das Leichenhaus zu. Karl hält den Atem an. Durch das dünne Gewebe kann er die Silhouette des Mannes sehen. Was, wenn Reichert das Leichenhaus zusperrt? Dann säße er hier in der Falle!

Doch Reichert biegt ab und geht eine Treppe hinunter, die neben dem Bogengang gelegen ist. Karl atmet durch. Wenn der Pfarrer ein bisschen länger bräuchte, dann könnte er schnell wieder nach draußen und … Doch Reichert ist schon wieder zurück. Karl hört ihn, wie er die Treppe wieder hochkommt. Wie er das Leichenhaus betritt. Er kann sehen, wie er sich umblickt und kurz zögert. Dann wieder nach draußen geht und die Tür schließt!

Für einen Moment durchzuckt es Karl, sich zu erkennen zu geben. Hier eingesperrt zu werden, das wäre wirklich der Horror. Es riecht ja schon so fies in diesem Raum. Nach Moder irgendwie. Und nach diesen Kränzen und Gestecken. Warum eigentlich müssen die immer den gleichen Geruch haben? Karl hält die Luft an und lauscht. Doch es scheint, als ginge der Pastor wieder weg – ohne zuzusperren. Einen Augenblick wartet Karl noch, dann tritt er vorsichtig hinter der schwarzen Fahne hervor. Er kann Reichert noch sehen: Der Pastor ist mitten auf dem Kirchhof stehen geblieben und blickt geradewegs hinüber, dort, wo auch Karl gerade noch hingestarrt hat. Was er wohl sieht? Noch wagt Karl es nicht, sich weiterzubewegen. Reichert soll erst einmal wieder das Feld räumen. Den Stress, den es mit Vater gäbe, wenn der Pastor ihm erzählte, dass sein Sohn sich auf dem Friedhof nichtsnutzig herumtrieb und im Leichenhaus versteckte, den Stress braucht Karl nun wirklich nicht.

Er drückt sich an die Seitenwand, wo ein kleiner Mauervorsprung ihn gut verdeckt, lauscht, glaubt nach einer Weile, wieder Schritte zu hören, dann ist es still, und er beugt sich vor: niemand mehr da. Er atmet auf und muss husten. Die Kackluft hier drinnen ist wirklich das Letzte. Die hält man ja echt nur aus, wenn man tot ist. Hastig stürzt Karl zur Tür und findet sie unverschlossen. Gott sei Dank, geht es ihm durch den Kopf. Er zwängt sich nach draußen und holt tief Luft. Dann beeilt er sich, vom Kirchhof zu kommen. Unten an der Mauer lehnt sein Fahrrad. Er wird sich hinter dem Wartehäuschen der Bushaltestelle verbergen, um seinen Vater weiter zu beobachten.

Doch als er die Treppe hinunterläuft, entdeckt er, dass Armin Hutters Auto weg ist. Sein Vater ist verschwunden.

*

Das Diner's lag einen Steinwurf vom Industriemuseum entfernt in Chemnitz. Man kam von Süden her relativ schnell in die Stadt, vorbei an Tankstellen, Tattoostudios, den üblichen Außenbezirksbruchbuden und -bausünden. Dann bog die Straße nach rechts ab, während das Restaurant links lag. Beinahe wäre Katharina deshalb vorbeigefahren. Im letzten Moment schwenkte sie rüber und erntete wütendes Hupen der anderen Verkehrsteilnehmer. Da war es: mit viel Chrom und Glitzer. Ein paar aufgepimpte Ami-Schlitten standen auf dem Parkplatz zwischen den üblichen VWs und Fords und ein paar Trabis. Neben einem pinkfarbenen Cadillac wartete Elena Krakowski mit Sonnenbrille und Sommerkleid. Fehlt nur noch das Kopftuch, dachte Katharina, dann wäre sie das typische All-American-Girl der Fünfzigerjahre.

»Dachte schon, Sie kommen nicht mehr!«, rief die Journalistin.

»Haben Sie eine Ahnung, was für ein Stau auf den paar Kilometern war?«

»Klar. Ich kenne die Gegend lang genug. Kommen Sie, wir gehen rein.«

Drinnen organisierte Elena Krakowski ihnen einen Tisch. Überall gab es hier Nischen, in denen man für sich sein konnte.

Es sah ein bisschen aus wie in *Twin Peaks,* jedenfalls sehr amerikanisch. Prompt bestellte die Journalistin auch noch Cherry Pie und Kaffee. Katharina schloss sich an. »Also?«, fragte sie, als die Bedienung weg war.

»Er hat vor Jahren einen Mann umgebracht.« Die Journalistin machte eine kleine Pause, als wollte sie ihre Worte wirken lassen.

»Hutter?«

»Hutter.«

»Das glaube ich nicht«, erwiderte Katharina. »Wieso sollte er?«

»Das war eine schreckliche Geschichte«, sagte Elena Krakowski. »Aber sie erklärt, warum er so erpicht darauf ist, dass in Hussfeld nichts geschieht. Nichts Böses, meine ich.«

»Warum? Was ist denn geschehen?«, fragte Katharina und beobachtete, wie am Nebentisch ein paar Jugendliche sich über ein Handy beugten und johlten.

»Ich bin mal durch unser Archiv gegangen«, erzählte die Journalistin. »Dabei habe ich einen Artikel gefunden: *Selbstjustiz oder Heldentat? Sextäter in Hussfeld zu Tode gehetzt.* Die Geschichte liegt fast zwölf Jahre zurück.«

»Aha. Und was hat Hutter damit zu tun?« Einer der Jugendlichen sah zu ihnen herüber und wandte dann ganz schnell wieder den Blick ab.

»Er war der Täter.«

Katharina stellte die Tasse weg. »Ich denke, der Täter ist tot.«

»Nicht der Sextäter. Hutter war der Mann, der ihn zu Tode gehetzt hat. *Nachdem in der Nacht zum Montag in Hussfeld eine junge Frau geschändet in der Kirche gefunden worden war, hat sich gestern in dem kleinen Ort im Erzgebirgskreis ein Drama mit tödlichem Ausgang ereignet*«, las sie vor. »*Der dringend tatverdächtige Lebensgefährte des Opfers war in einem Schuppen entdeckt worden, wo er sich versteckt hielt. Bei einer spektakulären Hetzjagd hatte er sich in den Wald geflüchtet, wohin ihm mehrere Hussfelder Männer gefolgt waren. Als ihn der 30-jährige Armin H. schließlich an einem nahen Stauwehr stellte, kam es zum Kampf, bei dem der Flüchtige ein Messer zog. Armin H. konnte sich wehren, indem er mit einem faustgroßen Stein auf den Täter einschlug. Dabei verletzte er den Mann, der daraufhin ins Wasser stürzte und ertrank.* Und so weiter.« Elena Krakowski schwieg. »Frau Bosch?«

»Schrecklich«, flüsterte Katharina. »Was für eine fürchterliche Geschichte.« Sie erinnerte sich, wie Hutter erzählt hatte, dass sein Sohn noch klein gewesen war, als seine Frau starb. All diese grausamen Erlebnisse mussten nah aufeinander geschehen sein.

»Natürlich waren sich alle einig, dass der Mann den Tod verdient hatte. Interessant ist, dass das Opfer später angegeben hat, sie könne sich an die Tat gar nicht erinnern. Sie wissen, worauf ich hinauswill?«

»Ehrlich gesagt …«

»Dass keiner sicher weiß, ob der Täter wirklich der Täter war!«, rief die Journalistin. »Der Mann könnte sich auch nur versteckt haben, weil er genau das befürchtet hat, was dann auch tatsächlich eingetreten ist.«

»Ich verstehe nicht …«

»Na, dass sie ihn verdächtigen würden. Und dass sie ihn verfolgen würden! War natürlich trotzdem blöd wegzurennen. Das hat ihn schließlich erst recht verdächtig gemacht.«

»Aber wenn er es wirklich war …«, gab Katharina zu bedenken.

»Tja, dann hat er jedenfalls seine Strafe bekommen.«

»Und es war tatsächlich der Bürgermeister, der ihn erschlagen hat?«

»*Armin H.?* Was denken Sie, wie viele Armin H.s es in einem Kaff wie Hussfeld gibt, die auch noch im selben Alter sind?«

»Klar. Er wird es gewesen sein«, gab Katharina zu.

»Anschließend haben sie ihn zum Bürgermeister gewählt. *Unser Mann für Recht und Ordnung*, würde ich sagen«, erklärte die Journalistin. »Allerdings gebe ich zu, dass es mehrere Menschen gibt, die gesagt haben, er wäre heute ein anderer als damals.«

»Aha?«

»Früher soll er fröhlich und gesellig gewesen sein. Na ja, und heute ist er eben der Pedant und Provinzdiktator, der er ist.«

»Ich weiß nicht«, warf Katharina ein. »Ich finde nicht, dass er sich wie ein Diktator benimmt.«

»Er ist ein totaler Law-and-Order-Politiker!«, erklärte Elena Krakowski bestimmt. »Jede noch so kleine Verfehlung wird doch in Hussfeld gnadenlos geahndet. Wussten Sie, dass die Beschlüsse des Gemeinderats praktisch immer einstimmig gefasst werden?«

»Das ist doch nichts Schlechtes«, befand Katharina. »Wenn sich ein Politiker für Einvernehmlichkeit einsetzt …«

Die Journalistin lachte. »Man merkt, dass Sie nicht in der DDR aufgewachsen sind. Da sind auch immer alle Beschlüsse einstimmig gefällt worden. Alles immer schön im Gleichklang. Bloß keine Abweichler. Alles schön harmonisch. Zumindest vordergründig. Wer nicht passt, wird passend gemacht. Oder er wird ausgegrenzt. Sie tanzen alle nach Hutters Pfeife. Und er lässt keine Gnade walten, macht Hussfeld zum *sichersten Ort im Erzgebirgskreis* und so weiter.«

»Aber wieso sollte er so ein Provinzdiktator geworden sein«, warf Katharina ein. »Was soll er denn davon haben?«

»Ich glaube gar nicht, dass er es aus Eigennutz tut«, gab Elena Krakowski zu. »Ich denke, er verarbeitet sein Trauma. Er hat einen Schuldkomplex, weil er den Mann umgebracht hat, ob absichtlich oder nicht. Und um diese Schuld zu tilgen, arbeitet er sich selbst zu Tode für die Gemeinde und versucht, alles Böse von ihr fernzuhalten. Es hat etwas Manisches. Aber wenn man die Geschichte kennt, kann man das vielleicht sogar verstehen.«

»Ja«, sagte Katharina. »Vielleicht ist das so. Danke, dass Sie's mir erzählt haben.«

Die Jugendlichen nebenan standen auf. Richtung Ausgang kamen sie an ihrem Tisch vorbei. »Geiles Video«, raunte einer, und die anderen johlten und pfiffen, ehe sie aus der Tür waren.

»Vollidioten«, zischte Elena Krakowski. »Hören Sie gar nicht hin.«

Katharina versuchte, Haltung zu bewahren. Sie war nicht naiv. Natürlich wusste sie, dass *alle* den Film gesehen hatten. Trotzdem tat es weh.

Die Journalistin kramte in ihrer Tasche. »Ich habe noch etwas mitgebracht«, sagte sie und legte ein paar Hefte auf den Tisch: *Jahrbuch 2020 Gymnasium Annathal* stand auf einem. Das andere war ebenfalls ein Jahrbuch einer Schule in Buchholz. »Schauen Sie sich doch mal die Fotos der höheren Klassen an.«

»Wozu?«

»Was Sie mir erzählt haben ... Dieser junge Mann, der Sie beobachtet hat, Sie wissen schon ...«

»Sie meinen, ich soll mal sehen, ob ich ihn identifizieren kann?«

»Wer weiß? Ihre Tochter war doch in Annaberg auf der Schule ...«

Katharina blätterte die Jahrbücher durch. Fröhliche Gesichter. In den höheren Klassen auch ein paar ernstere. Viele, die versuchten, sich möglichst cool zu geben. Manche trugen Sonnenbrillen. Andere hatten ... »Der da!«, rief sie. »Das ist er, ganz klar! Er hat diesen ... diesen herablassenden Blick. Genau so hat er mich angesehen von seinem Auto aus.«

Elena Krakowski zog das Heft zu sich und betrachtete das Gesicht. Sie kannte ihn nicht, aber sie kannte auch sonst niemanden auf dem Foto. Die Namensliste stand zwar unter dem Bild, aber natürlich war nicht nachvollziehbar, wer wer war. Nur ein Name fiel der Journalistin auf: Gregor Witzen. »Haben Sie mal was von einem Gregor gehört?«

»Gregor? Ja, irgendwer hat den Namen kürzlich erwähnt. Ich erinnere mich, weil ich fand, dass er so altmodisch klingt. Aber ich weiß nicht mehr, wer das war.«

»Witzen ist in der Gegend jedenfalls ein bekannter Name. Ziemlich einflussreicher Baulöwe oder so was«, erklärte Elena Krakowski. »Ich geh dem mal nach.«

*

Auf dem Rückweg fuhr Katharina in Ehrweg vorbei, um ihre Sachen von Krummbach + Krummbach zu holen. Gerlach war nicht vor Ort, worüber sie erleichtert war. Die Kollegen waren wie immer: freundlich und distanziert. Es schien, als hätten sie nicht damit gerechnet, dass Katharina hierbleiben könnte. Immerhin: Die Praktikantin aus dem Vertrieb, die in der Teeküche stand, als Katharina ihren persönlichen Kaffeepott einsammelte, fragte: »Irgendwas Neues von Ihrer Tochter, Frau Bosch?«

»Nett, dass du fragst, Tanja. Leider nein.«

»Ich hoffe, sie taucht bald wieder auf.«

»Ja. Danke.«

»Alles Gute.«

»Dir auch.«

Die junge Frau hob die Hand und ging zurück an ihren Arbeitsplatz. Sie würde kaum hierbleiben, das konnte sich Katharina nicht vorstellen. Auch wenn Ehrweg nicht Hussfeld war: Nasenpiercing und zwei volltätowierte Unterarme, das passte nicht hierher. Ein Wunder, dass Gerlach sie überhaupt genommen hatte. Aber vielleicht war er ja irgendjemandem einen Gefallen schuldig.

Auf dem Weg zu ihrem Büro kam sie an Gerlachs Räumen vorbei. Frau Zieblitz, die Vorzimmerdame, war nicht da, vermutlich weil auch der Chef nicht anwesend war. Aber die Türen standen offen. Nachdem sie sonst niemanden in der Nähe sah, huschte Katharina schnell hinein und blickte sich um. Es sah aus wie immer. Nur dass in der Sammlung der gestylten Blondinen noch ein Foto mehr dazugekommen war. Es gab Katharina einen Stich, als sie erkannte, dass die Neue Ähnlichkeit mit Fenja hatte. Sie waren alle der gleiche Typ: schlank, blond, sportlich, jung … nur ein bisschen zu glatt, anders als Katharinas Tochter. Die hatte etwas Herausforderndes, etwas Rebellisches im Blick. Hatte sie immer schon gehabt, selbst im Kindergarten schon. Nein, Fenja hätte in diese gruselig perfekte Schönheitsgalerie nicht gepasst. Sie fragte sich, was das wohl für Charaktere waren, die sich hinter diesen glatten Fassaden verbargen.

»Frau Bosch?«

Sie fuhr herum.

»Frau Zieblitz! Ich … ähm, ich wollte mich noch verabschieden.«

»Herr Gerlach ist heute nicht da. Er ist zu einem Termin in … Er ist heute nicht da«, erklärte die Assistentin, als hätte sie beinahe versehentlich ein streng zu hütendes Geschäftsgeheimnis verraten. Die Frau, die vor Jahren vielleicht auch eine ähnlich kühle Schönheit gewesen war wie Gerlachs »Töchter«, musterte Katharina und schob hinterher: »Haben Sie das nicht bemerkt?«

»Doch. Natürlich. Und von Ihnen wollte ich mich auch verabschieden.«

»So. Ja, gut. Also: auf Wiedersehen, Frau Bosch.«

»Auf Wiedersehen, Frau Zieblitz. Alles Gute für Sie.«

»Danke. Für Sie auch.«

Die Assistentin machte keine Anstalten, noch irgendetwas zu sagen oder gar Katharina zu einem Plausch einzuladen.

»Ich geh dann mal«, sagte Katharina und begab sich ein letztes Mal an ihren Schreibtisch.

Es war nicht viel, das sie abzuholen hatte: Handcreme, Kopfschmerztabletten, Taschentücher, einen Roman, den sie in den Pausen hatte lesen wollen und der noch völlig unberührt in der Schublade lag, einen kleinen Regenschirm, einen Reiseführer Erzgebirge, weil sie mit Fenja gelegentlich einen Ausflug hatte machen wollen. Sie blätterte ihn auf. Der Einmerker lag bei »Hussfeld«. Nur eine Spalte und ein Foto von St. Benno.

Das idyllische Örtchen liegt etwas abseits zwischen Zwönitz und Zschopau. Gegründet um 1500 in Nachbarschaft zu einem frühen Ursulinenkloster, markiert H. den Übergang zwischen dem stärker bewaldeten östlichen und dem bergigen westlichen Erzgebirgskreis. Sehenswert: die Überreste des alten Zollhauses an der Hussbrücke und die Kirche St. Benno mit ihrem mittelalterlichen Gewölbegang. Auf dem dazugehörigen Friedhof lohnt der Besuch des Grabs von Heinrich Rottland (1788–1857), einem regional bekannten Landschaftsmaler und Architekten.

Ja, dachte Katharina, idyllisch, das ist es. Aber sie bezweifelte, dass es ernsthaft Menschen gab, die aus touristischen Gründen nach Hussfeld kamen.

Ein Päckchen Tampons, Lippenbalsam, das war's. »Das war's«, murmelte sie. Sie stopfte alles in ihre Handtasche und nahm als Letztes das Bild von Fenja, das sie mit Tesa ans Regal neben dem Fenster geklebt hatte: Auf der Aufnahme waren sie beide zu sehen, lachend, fröhlich, unbeschwert, ein Selfie vom Urlaub am Gardasee.

Mit tränennassen Augen verließ Katharina Krummbach + Krummbach, überlegte noch, ob sie auch gegenüber im Da Capo noch Tschüs sagen sollte, ließ es dann aber bleiben und stieg ins Auto, wo sie noch eine kleine Weile saß, bis sie sich wieder gefasst hatte. Dann startete sie den Motor und fuhr vom Hof.

Als sie auf die Straße bog, sah sie Ahmed aus dem Da Capo kommen. Ohne irgendetwas zum Ausliefern zu haben, sprang er in seinen Wagen und bog so schnell auf die Straße, dass er beinahe in sie reingefahren wäre. Doch er schien es gar nicht zu bemerken, sondern starrte nur mit vor Zorn glühender Miene auf die Straße vor sich. Seltsame Welt, dachte Katharina.

SATANISTEN

I.

Sie hat einen Plan. Sie weiß bloß nicht, wie sie es schaffen soll, ihn umzusetzen. Wenn er weg ist und sie noch im Dunkeln liegt, wenn sie Flüssigkeit bekommen hat und ihr Gehirn wieder normal zu arbeiten beginnt, dann nimmt dieser Plan Formen an, dann kann sie genau erkennen, wie sie vorgehen müsste: Sie muss die Schüssel mit dem Essen so platzieren, dass durch die Kamera nicht sichtbar ist, ob noch etwas drin ist. In der Schüssel ist Brei. Auch Brei ist Flüssigkeit. Flüssigkeit und Nahrung. Ohne Essen kann ein Mensch viel länger überleben als ohne Trinken. Wenn sie den Brei zuerst aufisst, dann hat sie ein wenig Flüssigkeit aufgenommen. Die Schüssel ist leer, und sie kann unauffällig ein wenig von dem Wasser in die Schüssel schütten, wenn sie beides – Schüssel und Flasche – mit ihrem Körper von der Kamera abschirmt. Dann trinkt sie die Flasche langsam leer. Und dann kommt der schwerste Teil: Sie muss sich genauso geben, wie sie sich verhält, wenn sie wirklich langsam verdurstet, so wie sie es alle paar Tage macht, unfreiwillig. Weil sie alle paar Tage dem Verdursten nahe ist. Nur dass sie es in Wirklichkeit dann nicht ist. Denn sie hat noch Wasser in der Schüssel. Wasser, das sie vor seinem Blick verbirgt und das sie heimlich trinkt. Falls er immer zuschaut, wird er den Betrug entdecken. Aber falls nicht, hat sie eine Chance. Sie muss nur die leere Flasche sichtbar hinlegen und sich geben, als würde sie

tatsächlich verdursten. Irgendwann würde das Licht ausgehen, und er würde kommen, so wie er immer kommt, wenn sie keine Kraft mehr hat, sich zu wehren. Nur dass sie diesmal noch Kraft haben wird. Weil sie noch Flüssigkeit in sich hat. Es ist nicht viel, und sie hat kaum noch Energie. Aber die Kraft, die Verzweiflung und der Hass – diese drei Zutaten werden ihr helfen. Und wenn nicht, dann soll er sie eben umbringen. Besser, als noch länger alle paar Tage einen weiteren grausamen Tod zu sterben, benutzt zu werden, liegen gelassen zu werden und sich in demselben Albtraum wiederzufinden, den sie erst hinter sich gebracht hat, wenn das Licht wieder angeht.

*

An manchen Tagen fiel es Armin Hutter nicht leicht zu arbeiten, obwohl er ein fleißiger Mensch war und nichts mehr verabscheute als nutzloses In-den-Tag-hinein-Leben. Aber auch er hatte eine Seele. Auch er litt unter den Zumutungen der Welt. Vor allem in solchen Zeiten, wenn die Dinge sich nicht so verhielten, wie sie es sollten. Seufzend schrieb er noch ein paar Mails wegen des bevorstehenden Feuerwehrfestes. Hussfeld und einige umliegende Gemeinden hatten eine gemeinsame freiwillige Feuerwehr. Alljährlich gab es eine Feier. Seit ein paar Jahren wurde diese Veranstaltung im Vereinsheim von Hussfeld abgehalten. Hutter nutzte die Gelegenheit, Kontakt mit den Mitgliedern seines Ortes zu pflegen und sich ihre Sorgen und Anregungen anzuhören.

Mit Walter Daume hatte die freiwillige Feuerwehr einen kompetenten und einsatzbereiten Leiter, der überdies ein langjähriger Freund Hutters war. Die beiden waren schon zusammen zur Schule gegangen, nachdem Armin Hutter mit seinen Eltern aus dem Westen hierhergezogen war. *Hallo Walter,* schrieb der Bürgermeister. *Gibt es schon eine Gästeliste für den offiziellen Teil der Feier?* Man lud traditionell die wichtigsten Vertreter aus Wirtschaft, Politik und Gesellschaft ein, das waren die Unternehmer aus der Region, der Landrat, die Ortsvorsteher der umliegenden Gemeinden und so weiter. Daumes Antwort kam prompt: *Schickt Dir Angelika morgen. Gruß W.*

Danke!

Auf Angelika war Verlass. Die Liste würde natürlich im Großen und Ganzen die gleiche sein wie letztes Jahr und vorletztes und das Jahr davor. Es war einer der großen Vorzüge der Provinz, dass sich nicht alles ständig änderte. Schon gar nicht in dem Höllentempo, das in den Großstädten herrschte. Aber schon Chemnitz war ja ein Ort, an dem vor lauter Aufbruch und Zukunft die Seele völlig verloren gegangen war.

Wenn er gekonnt hätte, hätte Armin Hutter die Zeit nicht nur angehalten, sondern am liebsten sogar zurückgedreht. Vor das Verschwinden des Mädchens. Eigentlich noch viel weiter zurück. Vor all die Dinge, die geschehen waren und sein Leben zu einem immerwährenden Bußgang gemacht hatten.

Er wechselte das Programm, zögerte, dachte kurz an Katharina Bosch, die so zerbrechlich gewirkt hatte. Dann fasste er Mut und rang sich durch zu tun, was nun einmal getan werden musste. Sekunden später war er im TOR-Browser und ging dort auf eine Website, die ihm ein Fenster in eine dunkle Welt öffnete, wie es sie so nur in Hussfeld gab. Ausgerechnet. Es war eine Welt der menschlichen Abgründe, seelisch, moralisch und sozial. Eine Welt, die zu bekämpfen er sich geschworen hatte. Doch die Bekämpfung dieser dunklen Seiten der Menschheit setzte voraus, dass man sie zuerst einmal von der hellen Seite trennte. Dass man sie isolierte und ihr das Böse austrieb. Man durfte es nicht zulassen, dass die dunklen Mächte auf den guten Teil der Menschheit übergriffen. Denn wenn man das zuließ, hatte man irgendwann alle verloren.

Er hatte es selbst erlebt, am eigenen Leib. In der eigenen Seele! Er hatte getötet! Das Böse hatte nach ihm gegriffen und ihn zu seinem Werkzeug gemacht. Und es hatte Armin Hutter unendliche Mühen gekostet, über diese Ironie seines Schicksals hinwegzukommen. Nie wieder würde er es zulassen, dass das Böse um sich griff, dass es Menschen in seinen Bann zog. Und wenn das Böse nur vernichtet werden konnte, indem sein Wirt vernichtet wurde, dann musste es eben der Wirt sein, der starb.

Aber auch das sollte nie wieder passieren. *Durfte* nie wieder passieren! Er klickte auf das Symbol der Kamera, und es offenbarte sich ein Anblick der Grausamkeit. Immer noch, nach so langer Zeit, war er fassungslos, rang das Grauen nieder, das ihn befiel, wenn er in diese Kammern des Schreckens blickte. Wenn er die Qualen sah – aber auch wenn er bedachte, welchen Weg er hiermit eingeschlagen hatte. Je länger er diesen Weg ging, umso größer wurden seine Zweifel, dass er dabei nicht am Ende seine eigene Seele, seine ganze Menschlichkeit zerstörte.

*

Je länger sie sich mit der Sache befasste, umso deutlicher wurde für Elena Krakowski, dass irgendetwas in Hussfeld nicht stimmte. Menschen verschwanden, Menschen zogen weg, aber niemand wusste, wohin oder hatte Kontakt zu ihnen. Niemand schien etwas zu wissen. Und wenn jemand etwas wissen *musste*, dann weigerte er sich zu sprechen, gerade so, als wollte niemand etwas Böses heraufbeschwören. Je länger sie diesem Phänomen nachforschte, desto mehr hatte Elena Krakowski das Gefühl, sie würde selbst etwas Böses heraufbeschwören.

War sie bisher davon ausgegangen, dass in Hussfeld niemals etwas passierte, so erschien es ihr zunehmend, als würde dort nur nie etwas aufgeklärt. Unfälle wurden nicht hinterfragt.

Vermisste Personen wurden als »unbekannt verzogen« klassifiziert ... Ja sogar der eine echte Fall, die Hetzjagd mit tödlichem Ausgang, in die der heutige Bürgermeister vor etlichen Jahren verwickelt gewesen war, wirkte unklarer, je genauer man ihn in Augenschein nahm.

Hatte es jemals Beweise gegeben für die Schuld des Mannes, den Hutter auf dem Stauwehr gestellt hatte und der dann im Kampf in den Fluss gefallen und ertrunken war? War er überhaupt ertrunken? Oder war er nicht in Wahrheit erschlagen worden? Die Frau, so hatte es in einem Artikel der Chemnitzer Zeitung geheißen, war »geschändet« worden. Was hieß das überhaupt. Vergewaltigt? Weshalb hatte niemand jemals wieder von ihr gehört? Sie schien ja nicht einmal einen Namen zu haben. Jedenfalls war nirgends einer genannt.

Immerhin so viel war bekannt, dass die Frau auf dem Friedhof zum Opfer der Gewalttat geworden war. Aber wieso sollte ihr Lebensgefährte sie an einem so öffentlichen Ort misshandeln, wenn er sich jederzeit unbemerkt in den eigenen vier Wänden an ihr hätte vergehen können?

Eine Rückfrage bei der Staatsanwaltschaft hatte ergeben, dass der zuständige Justizbeamte schon vor Jahren in den Ruhestand gegangen war. Immerhin hatte Elena Krakowski seinen Namen herausfinden können, ihn gegoogelt und festgestellt, dass er in Thum lebte. Das war nur ein paar Autominuten entfernt. Sie würde also hinfahren und ihn mal ins Gebet nehmen – falls er sich überhaupt noch an diesen alten Fall erinnerte. Aber irgendwie hatte die Journalistin das Gefühl, dass es da noch offene Rechnungen gab und die Informations- und Wissenslücken nicht rein zufällig entstanden waren. Sie packte also ihre Tasche, die Autoschlüssel und machte sich auf den Weg.

*

»Kann ich kommen?«

»Es ist gerade schlecht.«

»Ich brauche ein Gespräch.«

»Sie brauchen in letzter Zeit oft ein Gespräch.«

»Ja. Es sind die Umstände. Die *Geschehnisse*.«

Der Pastor seufzte. »Was geschehen muss, geschieht. Und was geschieht, muss geschehen.«

»Aber wenn es geschehen muss, wer sagt uns dann, dass es richtig ist?« Hutter lauschte.

Eine Weile sagte Jürgen Reichert nichts. Dann erklärte er: »Alles hat einen Plan, Herr Hutter. Und wir sind Teil dieses Plans, verstehen Sie? Deshalb müssen wir tun, was wir tun müssen.«

»Und wenn wir das Falsche tun, Herr Pastor?«

»Denken Sie denn, Sie tun das Falsche? Oder wollen Sie sagen, ich täte etwas Falsches?«

»Nein«, sagte Hutter leise. »So habe ich das nicht gemeint. Es ist nur: Angenommen, dieser Plan … nun, dieser Plan wäre … falsch …?«

»So wie Sie es sagen, Herr Hutter, klingt es, als zweifelten Sie an Gott.«

»Nein! Nein, ich …«

»Wenn Sie nicht an Gott zweifeln, dann sollten Sie seinen Plan nicht infrage stellen. Dass Sie tun, was Sie tun, ist der Beweis für die Richtigkeit des Plans. Denn Sie sind Gottes Werkzeug. Sie haben doch nichts vor mir zu verbergen?«

»Zu verbergen? Nein. Nein, natürlich nicht«, beeilte sich Hutter, dem Geistlichen zu versichern. Wie tief mochte der Pastor in seine Seele blicken? Wie viel mochte er dort entdecken? Wie viel von all dem Schrecklichen? »Es ist nur … Manchmal habe ich Zweifel.«

»Der Zweifel ist menschlich, Herr Hutter. Aber die Wahrheit ist göttlich.«

Der Pastor hatte aufgelegt. Einfach aufgelegt.

Tat er wirklich das Richtige? War er ein Teil von Gottes Plan? Vielleicht. Aber manchmal schien es Armin Hutter, als hätte das Böse ihn nie aus den Klauen gelassen und triebe ihn immer weiter vor sich her, bis in die tiefsten Abgründe. Und noch weiter.

*

Manchmal glaubt sie, es kommt jemand. ER kommt. Wenn sie nur an ihn denkt, hat sie schon seinen Geruch in der Nase. Eine Halluzination, das weiß sie. Aber sie kann nichts dagegen tun, obwohl sie es hasst.

Fenja lauscht auf die Geräusche. Meist ist es still. So still, dass sie nur die Lampe hört. Das Licht selbst kreischt zwar wie verrückt und treibt sie in den Wahnsinn. Aber davon abgesehen kann sie sich nur selbst atmen hören. Einmal hat sie eine Maus gehört. Ist aufgeschreckt und hat in der Ecke des Raums ein verängstigtes winziges Tier gesehen, das sie angestarrt hat. Vermutlich ging es der Maus wie ihr: Auch sie hat ein verängstigtes Tier gesehen. An Rand des Raums, in eine andere Ecke gedrückt, auf einer Matratze kauernd. Denn sie hat die Matratze mühsam weggezogen von der Kamera, so weit weg, wie es eben ging. Die nackte Wand ist jetzt ihr Schutz nach einer Seite hin, manchmal drückt sie sich dagegen, obwohl die Fliesen kalt sind. Aber sie spürt es kaum. Temperaturen spürt man nicht, wenn man nah am Verdursten und Verhungern ist. Dann spürt man nur noch Durst und Hunger. Und eine irre Mischung aus Angst und Todessehnsucht.

Es wäre schön gewesen, wenn die Maus geblieben wäre. Dann wäre sie nicht so allein. Aber das Tier ist genauso überraschend verschwunden, wie es aufgetaucht war. Wo sie nur hin ist?

Vor der Tür hört Fenja Schritte. Sie ist sicher, dass jemand dort ist. Die ersten Male hat sie noch um Hilfe geschrien oder wenigstens gekrächzt. Irgendwann hat sie aufgehört. Denn es ist niemand zu Hilfe gekommen. Und die Schritte sind immer die gleichen. Es ist nur ein Mensch, der hierherkommt: ER.

Sie hat sich an die Tür gedrückt und gelauscht, hat festgestellt, dass es noch andere Gefangene geben muss. Denn es waren Stimmen zu hören. Stöhnen, keuchen, jammern. Und andere Türen, die geöffnet und geschlossen wurden.

Sie wird also nicht alleine gefangen gehalten. Oder doch? Manchmal, wenn sie etwas zu hören glaubt, versucht sie selbst, sich bemerkbar zu machen. Doch es kommt keine Antwort. Manchmal hört das betreffende Geräusch sogar auf, so als hätte sie es sich nur eingebildet. Und vielleicht hat sie das ja auch. Vielleicht ist sie längst verrückt geworden in dieser Zelle, die offenbar dafür geschaffen ist, ihr das Leben zu nehmen, ohne ihr den Tod zu schenken, in der sie gefangen gehalten wird, um da zu sein für IHN. Am meisten hasst sie sich, wenn sie IHN herbeisehnt. Wenn sie spürt, wie eine Welle der Dankbarkeit sie durchströmt, wenn ER kommt und ihr das rettende Wasser und etwas zu essen bringt. Ja, sie sehnt sich nach IHM, wenn die Verzweiflung nur groß genug ist. Dann wäre sie bereit, alles für IHN zu tun. Aber das tut sie ja auch so, ob sie bereit ist oder nicht. Denn ER tut, was er tun will. Und sie kann nichts dagegen unternehmen, ob sie nun will oder nicht.

Und dann ist es wieder da, dieses Stöhnen. Lang, schrecklich, tröstend. Ein Mensch! Ein Mensch, der leidet. Ein Mensch wie sie. Sie schlägt mit der Hand gegen die Wand. Doch das kann niemand hören. Die Wände sind zu massiv – und sie ist zu geschwächt. Aber die Schüssel ist leer gegessen. Und sie hat noch kein Wasser hineingefüllt. Also benutzt sie

die Schüssel. Schlägt sie gegen die Fliesen. Zweimal, dreimal, viermal. Lauscht.

Ein Klopfen.

Sie klopft erneut.

Wieder ein Klopfen.

Jemand spricht mit ihr! Jemand hat sie gehört! Jemand, der nicht ER ist!

*

Zwei von denen bewegen sich kaum mehr. Beides Männer. Eine Frau sitzt immer in einer Ecke. Sie sitzt nur da und nickt. Nickt immerzu. Die ganze Zeit. Tag und Nacht. Obwohl es für sie nie Nacht wird. Außer wenn das Licht ausgeht, vermutlich. Aber das hat Karl noch nicht erlebt. Er sieht immer nur Licht, egal wann er in ihre Zelle schaut. So wie bei den Männern. Seit er die gesehen hat, kann er nicht mehr schlafen. Er kommt nicht mehr zur Ruhe. Es treibt ihn um. Wenn er die Augen schließt, sieht er diese ausgemergelten Körper vor sich. Er bekommt Schweißausbrüche. Immer wieder. Wenn er in der Schule sitzt, ist nur sein Körper dort. Sein Geist ist in diesen Kammern. Die beiden Männer sehen so schrecklich aus, dass er es kaum noch schafft, an Fenja zu denken. Im Vergleich zu denen erscheint sie ihm wunderschön. Aber der Gedanke, dass sie irgendwann genauso aussehen wird wie diese … Zombies, dieser Gedanke macht ihn völlig fertig.

Inzwischen verfolgt er seinen Vater jede freie Minute. Wenn er den Zugriff auf die Kameras hat, dann muss er doch auch wissen, wo diese verdammten Kerker sind. Und wenn er es weiß, dann wird er auch hingehen. Und wenn er hingeht, dann … dann kann sich Karl an seine Fersen heften und … Aber mit seinem Fahrrad hat er natürlich keine Chance, dem Auto seines Vaters zu folgen. Schon gar nicht unauffällig. Und wenn sein Vater erst einmal dahinterkommt, dass Karl ihn beobachtet, dann wird er austicken. Karl will sich nicht vorstellen, was das bedeutet. Schon oft hat er Hass in den Augen seines Vaters lodern sehen, hat den Schrecken in seinem Blick erkannt. Aber noch nie hat der Vater die Hand gegen Karl erhoben. Seit damals, seit er den Mann zu Tode gehetzt hat, verabscheut Armin Hutter jede Form von Gewalt. Wenn er Karl bestrafen will, bestraft er ihn durch Schweigen und Nichtbeachtung. Liebesentzug. So läuft das. Aber tief in der Seele seines Vaters sitzt eine Gewalt, die Karl fürchtet. Er kann sie erkennen, immer wieder – und in letzter Zeit immer öfter. Sie blickt ihn aus den Augen seines Vaters an wie ein Tier, das nur darauf wartet, sich auf sein Opfer zu stürzen. Eine Schlange, die jederzeit nach vorne schnellen und ihn mit einem Biss töten kann.

*

11.

Sie war da, noch ehe die Bank aufgemacht hatte. Obwohl es schon morgens vor halb neun drückend war und die Temperaturen auch jetzt schon bald wieder über dreißig Grad liegen würden, zitterte Katharina, als sie vor dem Eingang stand und darauf wartete, dass geöffnet wurde. Wieder einmal. Das hatte sie in den letzten Tagen öfter gemacht. Eigentlich in den letzten Wochen, seit sie gefeuert worden war und auf dem Amt im Bürgerhaus Arbeitslosengeld beantragt hatte. »Freistellung bei halben Bezügen« war keine Arbeitslosigkeit, das hatte man ihr zu verstehen gegeben, schließlich verdiente sie ja was – und musste nicht einmal dafür arbeiten! Aber dann war doch eine Lösung gefunden worden. Und seither wartete sie. Wartete auf einen Zahlungseingang. Wartete auf eine Anerkennung. Wartete auf eine Besserung ihrer wirtschaftlichen Lage, während sie gleichzeitig wartete, dass es irgendeinen Fortschritt in Fenjas Fall gab. Beides schien in ihrem Leben nicht mehr vorgesehen.

Sie hatte schon bemerkt, dass jemand in der Bank war. Aber natürlich sperrten sie keine Minute früher auf, als an der Tür geschrieben stand. Und auch keine Minute später. Man war ja in Hussfeld. Endlich kam die Mitarbeiterin hinter ihrem Schalter hervor und steuerte auf Katharina zu. Sie zögerte kurz, blickte auf ihren Schlüsselbund, als fragte sie sich, ob sie es wagen könnte aufzuschließen, wenn schon jemand draußen wartete. Dann sperrte sie auf, ohne die Tür für Katharina aufzuziehen.

»Guten Morgen«, grüßte Katharina, als sie eintrat, und blickte sich um. In dem abgetrennten Teil, einer Art Glaskasten, saß der Leiter der Zweigstelle und widmete sich seinen Papieren, ohne von der Kundin Notiz zu nehmen.

»Guten Morgen«, erwiderte die Bankangestellte und setzte ihr unverbindlichstes Lächeln auf.

»Ich würde gerne wissen, ob etwas auf meinem Konto eingegangen ist«, sagte Katharina. »Mal wieder.«

»Da sehen wir doch gleich mal nach, Frau Bosch. Haben Sie vielleicht Ihre Karte zur Hand?«

»Die hat der Automat neulich leider geschluckt, und ich habe noch keine neue zugeschickt bekommen.«

»Verstehe.« Die Bankmitarbeiterin tippte etwas auf der Tastatur ein und nickte dann.

»Ja?«

»Ich habe Ihr Konto gefunden«, erklärte sie. »Allerdings kein Zahlungseingang.«

»Aber das kann doch nicht sein!«, empörte sich Katharina. »Ich müsste doch Arbeitslosenunterstützung bekommen!«

»Hm. Tut mir leid …«

»Das ist bestimmt ein Irrtum!«, erklärte Katharina. »Darf ich mal sehen?«

»Warten Sie«, erwiderte die Mitarbeiterin, statt auf ihre Bitte einzugehen. »Ich bin gleich wieder für Sie da.« Sie wechselte das Programm, offenbar um nicht zu riskieren, dass Katharina sich selbst ein Bild von der Situation auf ihrem Konto machte, und ging hinüber in den gläsernen Käfig. Dort sprach sie leise mit dem Chef. Katharina kannte ihn natürlich. Herr Janke. Sie hatte ihn kennengelernt, als sie das Konto eröffnet hatte. Und als sie das Plakat für ihre Suche nach Fenja aufgehängt hatte. Janke lauschte seiner Mitarbeiterin, blickte kurz auf und musterte die Kundin am Schalter mit geübtem Blick, dann sagte er etwas zu der Mitarbeiterin und vertiefte sich wieder in seine Papiere.

Die Frau kam wieder aus dem abgetrennten Bereich und erklärte mit professionellem Lächeln. »Also, wie gesagt, es ist leider nichts eingegangen auf Ihrem *Gehaltskonto*.« Wie sie es betonte, machte Katharina schon stutzig.

»Aber es ist doch schon der Zwölfte«, erklärte Katharina. »Das Arbeitslosengeld müsste doch am Ersten da sein, oder?«

»Wenn Sie bezugsberechtigt sind …«

»Aber natürlich bin ich bezugsberechtigt! Ich bin arbeitslos. Und ich habe in die Arbeitslosenversicherung eingezahlt.« Katharina hatte das Gefühl, als würde ihr gleich schwarz vor Augen.

»Ein *Gehalt* bekommen Sie nicht mehr, richtig?«

»Natürlich nicht! Wenn ich arbeitslos bin, bekomme ich natürlich kein Gehalt.«

»Hm«, machte die Bankangestellte. »Dann haben wir sowieso ein Problem, fürchte ich.«

»Wir? Wieso haben *wir* ein Problem? *Ich* weiß doch nicht, wie ich die Miete bezahlen soll.«

»Regelmäßige Einkünfte aus unselbstständiger Arbeit sind die Voraussetzung für ein Gehaltskonto bei unserem Institut. So wie es aussieht, liegen diese Voraussetzungen aber nicht mehr vor.«

»Sicher«, sagte Katharina müde. »Zurzeit liegen sie nicht vor. Aber ich suche mir schon was Neues.«

»Natürlich«, erwiderte die Bankmitarbeiterin. »Allerdings bis dahin …«

»Bis dahin was?«

Die Frau hob in einer scheinbar hilflosen Geste die Hände. »Ihr Konto ist weit im Soll. Das können wir als Bank leider nicht dauerhaft dulden.«

Katharina schnaubte bitter. »Natürlich ist es im Soll, wenn das ALG nicht kommt.«

»Auch wenn es kommt, dann handelt es sich nicht um Gehalt.«

»Aber das ist doch *wie* Gehalt!«, insistierte Katharina.

»Und es würde auf Dauer auch nicht den Negativsaldo ausgleichen.«

»Und deshalb was?«, fragte Katharina, der plötzlich ein Licht aufging. »Wollen Sie mir das Konto kündigen?«

»So leid es mir tut, Frau Bosch …«

»Ich fass es nicht!«, rief Katharina. »Sie können mir doch nicht einfach das Konto kündigen!«

»Sie müssten die aufgelaufenen Dispozinsen bitte bis zum Ende des Monats ausgleichen, damit wir das Konto schließen können.«

»Und wie soll das gehen, wenn ich mein Geld nicht bekomme? Und wie soll ich überhaupt mein Geld bekommen, wenn ich kein Konto mehr habe?«

»Das kann ich Ihnen leider auch nicht sagen. Aber ich bin sicher, ein anderes Institut …«

»Ich will Ihren Chef sprechen«, erklärte Katharina, bleich vor Wut.

»Herr Janke ist leider verhindert.«

»Aber da sitzt er doch!«

»Ich kann ihn jetzt nicht stören«, erklärte die Bankmitarbeiterin. »Er hat wichtige Aufgaben zu erledigen. Außerdem könnte er Ihnen auch nichts anderes sagen als ich.«

Katharina machte einen Schritt auf den gläsernen Käfig zu, der Mann dort blickte kurz auf und beugte sich dann wieder über seine Dokumente, als ginge ihn das alles nichts an. Von einem Moment auf den anderen fühlte sich Katharina, als hätte ihr jemand die Füße weggerissen. Als wäre sie im freien Fall. Und im Grunde war sie das ja auch. Wenn sie gedacht hatte, es könnte nicht schlimmer kommen in ihrem Leben, dann hatte sie sich getäuscht. Es ging schlimmer. Sie war auf dem Weg in den Abgrund. Und sie fiel immer schneller.

Blind vor Tränen stolperte sie nach draußen. Ihr war schwindelig, ihr war schlecht. Sie wollte sich auf die Bank unter der großen Buche setzen, doch kurz bevor sie sie erreichte, knickte sie um und fiel.

Starke Hände griffen nach ihr und hielten sie auf. »Frau Bosch! Was ist mit Ihnen?«

»Herr … Herr Hutter«, stammelte Katharina und hielt sich an der Lehne der Parkbank fest. Mit immer noch wackeligen Beinen setzte sie sich und atmete mehrmals tief durch.

»Kann ich irgendetwas für Sie tun?«

Sie schüttelte den Kopf. »Nein. Nein, ich wüsste nicht … nein.«

Er setzte sich neben sie und legte ihr behutsam die Hand auf den Arm. Katharina spürte, wie die Wärme seiner Haut sich tröstend in ihrem ganzen Körper ausbreitete. »Sie … sie haben mir das Konto gekündigt.«

»Oh. Aber warum?«

Katharina rang um Fassung. »Sie sagen, ohne Gehalt können sie kein Gehaltskonto von mir führen.«

»Aber Sie bekommen doch Arbeitslosengeld«, stellte Hutter fest. »Sie waren ja bei uns im Bürgerhaus und haben einen Antrag gestellt.«

»Vielleicht, wenn es gekommen wäre … Aber so habe ich auf dem Konto nur Schulden. Und jetzt haben sie es mir gekündigt.«

Hutter schien einen Moment zu überlegen. »Soll ich vielleicht einmal mit Herrn Janke sprechen?«

»Das würden Sie tun?« Ein Funke Hoffnung keimte in Katharina auf.

»Es kann ja nicht schaden, denke ich.«

Sie nickte. »Aber pleite bin ich trotzdem. Es ist nichts gekommen.«

»Manchmal dauert es am Anfang einige Zeit, bis das Arbeitslosengeld kommt. Sie wissen ja, die Mühlen der Behörden arbeiten langsam …«

»Ich weiß. Ich weiß. Ja, ich weiß.« Katharina straffte ihren Rücken, holte tief Luft und stand auf. »Vielen Dank, Herr Hutter. Für alles.« Sie nickte ihm zu und ging. Er würde nichts ausrichten können. Das wusste sie schon jetzt.

*

Er hätte hinübergehen können in sein Büro im Bürgerhaus. Jetzt gleich. Hätte alles in Ordnung bringen können. Er hätte die Freigabe des Arbeitslosengeldes für Katharina Bosch erwirken können. Hätte Janke einfach gebeten, die Kündigung zurückzunehmen. Alles hätte sich wie von Zauberhand gelöst. Doch was wäre damit gewonnen gewesen? Er hätte es der Frau leichter gemacht, doch sich selbst schwerer – sich und der Gemeinde. Denn natürlich war es kein Zufall, dass das Geld nicht kam. Ein Anruf in Chemnitz, eine Bemerkung, dass es hilfreich wäre, den Antrag nicht bevorzugt zu bearbeiten, ein kleiner Hinweis an den Filialleiter der Volksbank, dass es besser wäre, sich von einer unzuverlässigen Kundin zu trennen – schon rückten geordnete Verhältnisse in Hussfeld wieder sehr viel näher. Wer kein Geld hatte und kein Konto, der war gezwungen, sich zu verändern. Im Grunde hatte Armin Hutter Katharina Bosch nur einen Gefallen getan. Er hatte einen Prozess beschleunigt, der unweigerlich auch so eingetreten wäre. Aber durch seinen Einfluss auf die Geschehnisse hatte er vor allem auch die Interessen der Gemeinde gewahrt. Hussfeld konnte niemanden brauchen, der keinen Beitrag zu einem guten Miteinander leistete. Überschuldete Arbeitslose waren für jedes Gemeinwesen eine unerträgliche Belastung. Daran änderte auch nichts, dass er an Katharina Boschs Arbeitslosigkeit nicht unbeteiligt war. Gerlach war ihm seit Langem einen Gefallen schuldig gewesen. Ihn einzufordern, war ein kluger Schachzug gewesen. Hart, ja. Für eine gewisse Zeit. Aber strategische Maßnahmen waren nun einmal bisweilen hart. Sie hätte den Job sowieso verloren. Eine Frau, die nur noch an ihr vermisstes Kind dachte, die suchte und suchte und auch noch mit den Medien kungelte, war nicht nur Gift für den sozialen Frieden in Hussfeld, sie war letztlich auch nicht lebensfähig. Also musste man sie herausreißen aus ihrer Blockade. Musste *er* sie herausreißen. Und sei es durch schmerzhafte Eingriffe. Aber war es nicht eine alte Erkenntnis der Heilkunst, dass nur bittere Medizin wirklich half?

Hutter blickte auf das Telefon. Nein, er würde nicht in Chemnitz anrufen.

Er wollte sich gerade wieder seiner Arbeit widmen, als genau dieser Apparat läutete.

»Hutter, Gemeinde Hussfeld?«

»Steubner hier, Polizeidienststelle Zschopau. Guten Tag, Herr Hutter.«

»Guten Tag, Steubner, was verschafft mir die Ehre?«

»Es geht um eine Anzeige.«

»Aha?«

»Freiheitsberaubung. Entführung. Körperverletzung und noch ein paar andere Delikte.«

Armin Hutter setzte sich und ließ seinen Blick aus dem Fenster schweifen. »Tatsächlich. Und was kann ich da für Sie tun?«

»Es geht um Ihre Gemeinde.«

»Hussfeld? Das kann ich mir nicht vorstellen, Herr Steubner. Hussfeld ist die …«

»… sicherste Gemeinde in ganz Deutschland, ich weiß. Aber es sind nun mal ein paar Delikte dabei, denen wir eigentlich nachgehen müssten. Offizialdelikte, Sie verstehen.«

»Verstehe«, erwiderte Hutter. »Und was heißt *eigentlich*? Und *müssten*?«

»Nun, wir dachten, wir sollten vielleicht zuerst noch ein paar Informationen abklären.«

Freiheitsberaubung. Entführung. Körperverletzung. Hutter spürte, wie er am ganzen Körper Gänsehaut bekam. »Also, wenn ich da irgendetwas beitragen kann …«, hörte er sich sagen. Sein Mund war so trocken, als hätte er seit Tagen nichts getrunken.

»Es ist so«, erklärte der Polizist. »Die Anzeige kam anonym rein. Per E-Mail. Wir konnten aber die IP ermitteln.«

»Ach. Und dabei sind Sie auf Hussfeld gekommen? Wurde die Mail etwa von hier geschickt?«

»Ehrlich gesagt, haben wir die Nachverfolgung nicht einmal beantragt. Das lohnt nicht. Der ganze Aufwand für eine wahrscheinlich sowieso an den Haaren herbeigezogene Behauptung … Aber diesmal …« Der Polizist räusperte sich. »Die IP-Adresse war in unserer Datei. Schon seltsam. Wir haben das nur herausgefunden, weil unser derzeitiger Praktikant einer von diesen Computerspezialisten ist. Er hat den Abgleich gemacht. Da wären wir gar nicht draufgekommen.«

»Organisiertes Verbrechen?«, riet Hutter.

»Nein. Eine interne IP, die im Behördenverkehr benutzt wird.« Steubner machte eine kurze Pause und erklärte: »Es war Ihre, Herr Hutter.«

Seine IP. Jemand hatte die Anzeige von seinem Computer geschickt!

*

»Bitte. Bitte!« Seine Stimme war kaum mehr als ein Flüstern und ohnehin unhörbar durch die Kamera. Seine Bewegungen waren unkoordiniert. Aber es war eindeutig, dass er zu Bewusstsein gekommen war. Seine Augenlider flackerten, ein Keuchen entrang sich seiner vertrockneten Kehle. Mit matten Bewegungen versuchte er sich aufzurichten. Vergebens. Es war keine Kraft mehr in diesem Körper. »Bitte ... Hilfe.«

Es war Zeit, das Licht zu löschen und nach dem Rechten zu sehen. Endlich konnte die Arbeit beginnen. Er packte sein Werkzeug ein, nahm eine Flasche Wasser und etwas Brei. Dann machte er sich auf den Weg, um zu tun, was getan werden musste. Vor der Tür betätigte er den Lichtschalter. Er sperrte auf, wartete einen Moment, bis sich seine Augen an die Dunkelheit gewöhnt hatten und trat schließlich ein. »Hallo, Johannes.«

*

Auch wenn der Weg nach Hause nicht weit war, hatte Katharina das Gefühl, als würde sie ihn nicht bewältigen. Jeder Schritt fiel ihr schwer. Immer wieder musste sie an den Bankchef denken, der sie kaum angesehen hatte und nicht zu sprechen gewesen war. An seine Mitarbeiterin, die nicht die geringste Vorstellung davon gehabt hatte, was das alles für sie bedeutete. Ja, auch an Hutter, der so fürsorglich gewesen war. Aber im Grunde würde auch er nichts ausrichten. Längst war Katharina zu der Erkenntnis gekommen, dass es das Schicksal war, das gegen sie spielte. Sie war zu einem Spielball höherer Mächte geworden. Vielleicht hätte sie doch in die Kirche gehen sollen. Vielleicht gab es wirklich einen Gott. Vielleicht war es ein rachsüchtiger Gott, der ihr übel nahm, dass sie nicht an ihn glaubte. Vielleicht, vielleicht ...

Als sie vor dem Haus angekommen war, überlegte sie einen Moment, hinüberzugehen und ein Gebet zu versuchen. Es konnte schließlich nicht schaden. Auf der Straße war niemand zu sehen. Das Bushäuschen war wie immer leer. Der Kirchhof schien ebenfalls verlassen. Und die Sonne brannte wie jeden Tag seit vielen Wochen herab und hatte aus den stolzen Buchen Skelette gemacht. Katharina atmete durch und ging hinüber, die paar Stufen hoch und über den Friedhof. Die Grabsteine starrten sie an wie einen bösen Eindringling. Schmidt. Hoffmann. Raubke. Hassfurth. Görner. Sie hastete vorbei, in den Schutz des dunklen, stillen Kirchenraums, der sie mit seinem kühlen Atem umschloss. Sie fröstelte. Natürlich war sie allein, wochentags vormittags. Wie spät mochte es jetzt sein? Neun? Halb zehn? Katharina hatte so viele Nächte durchwacht und war so viele Tage sinn- und ziellos durch die Gegend gefahren, dass sie sich oft kaum mehr erinnerte, welcher Tag der Woche war, oder die Uhrzeit schätzen konnte.

Friedlich war es hier. Still und friedlich. Sie setzte sich in die letzte Bank und kauerte sich zusammen. »Es tut mir leid«, flüsterte sie. »Wenn du mich hörst: Es tut mir leid. Wenn es dich gibt: Entschuldige. Bitte. Ich … ich bin nur ein Mensch. Ich will niemandem etwas Böses. Ich will nur … ich will nur meine Tochter wieder. Du kannst mir alles nehmen, alles, aber bitte gib mir mein Kind wieder, ja? Ich …« Sie schluchzte, hielt inne, lauschte und hörte: nichts. Natürlich. Es gab keine Antworten. Es gab sie nie. Du betest, aber keiner antwortet dir. Du bittest, aber niemand erhört dich. So war es immer, und so würde es immer bleiben. Und doch glomm in Katharinas Brust ein letzter winziger Funke Hoffnung, dass es irgendwo jemanden gab, der sie hörte, der sie *erhörte*! Der nicht nur die Macht hatte, alles in ihrem Leben zu zerstören, sondern auch die Macht, Fenja zurückzubringen und Katharinas Leben wieder einen Sinn zu geben.

Leise weinend saß sie in der Kirche und ließ es zu, dass die Zeit verging. Sie hatte alles getan, was sie zu tun imstande gewesen war. Sie war am Ende ihrer Kraft und ihrer Fantasie. Vor allem war sie allein. Und dass sie allein keine Chance hatte, dem Schicksal in die Speichen zu greifen, das hatte sie inzwischen verstanden. Ob Fenja jemals wieder auftauchen würde, das lag ganz einfach nicht in ihrer Macht, wie sehr sie sich auch bemühte. Katharina Bosch war bereit, ihre Niederlage anzuerkennen.

Irgendwann tauchte im Altarraum der Küster auf und wechselte ein paar Kerzen aus. Er beachtete Katharina nicht, hatte sie vielleicht nicht einmal bemerkt. Sie hatte ihn schon ein paarmal gesehen, ein freundlicher kleiner Mann, der anscheinend nie auch nur ein Wort sprach, einem aber stets lächelnd zunickte und dann in seiner typischen gebeugten Haltung weiterging. Er erinnerte Katharina an einen Hamster. Klein, unscheinbar, harmlos und immerzu am Arbeiten – oder unsichtbar, weil er sich irgendwo zurückgezogen hatte.

Sie stand auf, warf noch einen letzten flehentlichen Blick nach vorne zum Kreuz und verließ die Kirche wieder, ohne sich befreit zu fühlen oder große Hoffnung geschöpft zu haben. Als sie auf den Stufen vor dem Portal stand und über den Friedhof zur Straße hin blickte, kam es ihr vor, als wäre ihr Leben erstarrt. Als wanderte sie durch eine Kulisse, in die sie eigentlich gar nicht gehörte.

Sie dachte zurück, wie sie an ihrem ersten Tag in Hussfeld mit Fenja am Parkplatz neben dem Kirchhof angehalten hatten und ausgestiegen waren. Wie Fenja aufgeschrien hatte, weil sie geglaubt hatte, eine Schlange zu sehen. Wie sie hier gewesen und dann hinüber zur Wohnung gegangen waren. Alles war Katharina damals wie ein Neuanfang erschienen. Wenn sie jetzt darauf blickte, war es der Anfang vom Ende gewesen.

Mit schweren Schritten ging sie nach Hause. Das Postauto fuhr gerade weg. Sie leerte den Briefkasten und fand neben einigen Rechnungen auch einen Umschlag ohne Briefmarke und ohne Absender. Nur: *Frau Katharina Bosch*. Als sie ihn öffnete, war sie schon gar nicht mehr überrascht, sondern konnte nicht anders, als in lautes Lachen auszubrechen:

Sehr geehrte Frau Bosch,
hiermit kündige ich unser Mietverhältnis fristlos. Bitte räumen Sie die Wohnung im ersten Stock bis Ende des Monats.
Eine Fortsetzung unseres Mietverhältnisses ist für mich nicht zumutbar, da Sie den Frieden der Hausgemeinschaft nachhaltig stören.
Mit freundlichen Grüßen
Gerda Kleve

*

Hallo, Frau Krakowski.

Katharina zögerte. Was sollte sie schreiben? Haben Sie etwas von Fenja gehört? Konnten Sie herausfinden, wer das Video aufgenommen hat? Wissen Sie, ob die Polizei irgendetwas unternimmt? SIND SIE ÜBERHAUPT NOCH AM LEBEN?

Seit zwei Wochen hatte sie nichts mehr von der Journalistin gehört. Länger! Sie hatte keine Antworten auf ihre Nachrichten bekommen, ihre Anrufe waren nicht angenommen worden. Als Katharina einmal in der Redaktion vorbeigefahren war, hatte man sie nicht reingelassen, Frau Krakowski war angeblich nicht da gewesen.

Stillstand. Alles in ihrem Leben war nur noch Stillstand. Und in diesen Stillstand hinein klemmte man eine Ader nach der anderen ab: den Job, die Arbeitslosenunterstützung, das

Bankkonto, die Wohnung … Nur dass man ihr mit Fenjas Verschwinden das Herz gleich zu Anfang herausgerissen hatte. Sie brauchte die Nachricht gar nicht abzuschicken, selbst wenn sie gewusst hätte, was sie noch schreiben sollte. Dass sie dennoch auf »Senden« drückte, war eigentlich nur ein Versehen. Dass keine zehn Sekunden später eine Antwort kam, dafür eine Überraschung. Nur ein Wort:

Feuerwehrfest

*

Sie hat es mal in der Schule gelernt: Tiere, die Winterschlaf halten, reduzieren ihre Herzfrequenz und ihre Atmung. Sie fahren den Körper so weit wie möglich runter, um weniger zu verbrauchen. So halten sie monatelang durch, ohne etwas zu essen oder zu trinken. Menschen können das nicht. Aber auch Menschen verbrauchen mehr, wenn sie aktiv sind, und viel weniger in einer Ruhephase. Also muss Fenja versuchen, sich so wenig wie möglich zu bewegen, so wenig wie möglich zu atmen, so entspannt wie möglich zu sein. Die Entspannung fällt ihr einerseits leicht, weil sie so erschöpft ist, dass sie kaum die Kraft findet, sich zu bewegen. Andererseits fällt es ihr unendlich schwer, innerlich Ruhe zu finden. Zu schrecklich sind die Erinnerungen, zu grausam ist das Warten – und zu groß ist die Angst.

Trotzdem liegt sie da und wartet. Reglos und stumm liegt sie auf ihrer Matratze. Zur Seite gekrümmt, damit sie in möglichst großen Abständen unauffällig einen Schluck ihres gesparten Wassers aus der Schüssel trinken kann, während sie die leere Flasche deutlich sichtbar platziert hat. Von der Kamera aus betrachtet, muss man denken, sie hätte schon seit gestern keinen Tropfen Flüssigkeit mehr getrunken. Obwohl: Was gestern, heute oder morgen ist, das kann

sie schon so lange nicht mehr einschätzen. Sie kann nur hoffen, dass sie nicht den falschen Plan verfolgt. Aber irgendwie muss sie es schaffen, dass man denkt, sie sei tot. Dass ER denkt, sie sei tot.

*

III.

Als es klingelte, war Katharina gerade eingeschlafen. Vor Erschöpfung und Niedergeschlagenheit. Es wäre eh nur ein kurzer unruhiger Schlaf vor dem Fernseher gewesen, in dem eine Talkshow lief, der sie schon längst nicht mehr gefolgt war. Denn für einen ruhigen und erholsamen Tiefschlaf hatte sie seit Fenjas Verschwinden nicht mehr die nötige innere Ruhe gefunden. Und nun schreckte sie hoch, als wäre ein Stromstoß ihr in den Leib gefahren.

Mit klopfendem Herzen und schmerzendem Kopf schleppte sie sich zur Tür und öffnete sie einen Spaltbreit. Im Flur war es so dunkel, dass sie die Gestalt kaum richtig erkennen konnte, die dort wartete. »Ja, bitte?«

»Frau Bosch?« Es war die Stimme einer Frau. Katharina wusste sie allerdings nicht einzuordnen.

»Ja? Was ist denn? Es ist ziemlich spät …«

»Darf ich kurz hereinkommen?«

»Bitte? Wer sind Sie überhaupt?« Katharina beugte sich vor, um die Treppenhausbeleuchtung anzuschalten.

»Warten Sie!«, rief die Unbekannte leise. »Bitte. Ich … Es geht um Ihre Tochter.«

»Meine Tochter? Was ist mit Fenja? Wissen Sie etwas?« Nun öffnete Katharina die Tür ganz und versuchte, im Licht, das nach draußen fiel, besser zu erkennen, wer da vor ihr stand.

»Ich möchte das nicht so öffentlich besprechen«, erklärte die Frau, die sich einen Schal über den Kopf gezogen hatte, was ihr das Erscheinungsbild einer düsteren Madonna gab. »Bitte. Wenn Sie mich reinkommen lassen …«

Sie hatte ohnehin nichts mehr zu verlieren. Was sollte ihr schon passieren? Katharina nickte und trat einen Schritt beiseite. »Bitte. Kommen Sie rein.«

»Danke.«

Wenige Augenblicke später standen sie sich in der Küche gegenüber. Die Frau war klein, beinahe einen Kopf kleiner als Katharina. Sie hatte unter ihrem Schal, den sie jetzt herabgleiten ließ, kurzes aschblondes Haar.

»Also«, sagte Katharina. »Was wissen Sie über Fenja?«

»Heißt sie so? Ihre Tochter?« Die Frau atmete tief durch, als müsste sie erst einmal Mut fassen. »Wissen Sie, dass Ihre Tochter nicht die erste junge Frau ist, die in Hussfeld verschwunden ist?«

»Hm. Ich habe so etwas schon gehört«, erwiderte Katharina. »Es soll Ausreißerinnen gegeben haben.«

»Ausreißerinnen«, wiederholte die nächtliche Besucherin. »Ja. Das haben sie behauptet. Ich nehme an, sie behaupten es jetzt wieder?«

Katharina nickte. »Ja. Sie sind überzeugt, Fenja wäre abgehauen. Mit ihrem Freund.«

»Klar. Das haben sie auch bei meiner Schwester erklärt.«

»Ihrer Schwester! Sie haben Ihre Schwester vermisst?«

Ein bitteres Lächeln breitete sich über die Züge der zierlichen Frau. »Ich vermisse sie immer noch. Sie ist verschwunden, als wir vierzehn waren.« Sie blickte Katharina in die Augen. »Wir sind Zwillingsschwestern, wissen Sie. Ich habe nie geglaubt, dass sie ausgerissen ist. Dafür gab es überhaupt keinen Grund. Außerdem hätte sie es mir gesagt. Zwillingsschwestern haben keine Geheimnisse, wissen Sie. Also: Zumindest wir hatten keine. Wir waren eins. Auch wenn Hannah die Schönere von uns war. Aber das hat mir nichts ausgemacht. Hannah war einfach der schönere Teil von mir.« Sie schwieg kurz, als müsste sie in die Vergangenheit lauschen. »Und dann war sie weg und wurde zu dem verschwundenen Teil von mir.«

»Wie schrecklich«, sagte Katharina. Sie trat an den Küchenschrank. »Möchten Sie ein Glas Wein? Oder ein Bier?«

»Ein Glas Wasser wäre nett.«

»Natürlich. Gerne.« Katharina schenkte zwei Gläser voll Wasser und stellte sie auf den Tisch. Dann setzten sich die beiden Frauen und sahen einander eine kleine Weile an. »Leben Sie immer noch hier?«, fragte Katharina schließlich.

Die Frau schüttelte den Kopf. »Wir sind weggezogen. Ungefähr ein Jahr, nachdem es passiert ist.«

»Und wie ist es passiert?«

»Sie kam nicht mehr von der Schule nach Hause. Ihr Fahrrad stand noch vor dem Schulhaus. Es war nicht einmal abgesperrt, weil hier in der Gegend ja nie etwas passiert.«

»Ja«, flüsterte Katharina. »Das habe ich auch mehrfach hören müssen. Dass hier nie etwas geschieht.« Sie schüttelte den Kopf. »Und wo leben Sie jetzt?«

»In einem Ort in der Nähe. Meine Eltern haben sich bald nach dem Vorfall getrennt. Ich bin mit achtzehn ausgezogen. Und vor ein paar Jahren habe ich einen Mann aus Buchholz geheiratet. Ich denke, ich …« Sie zögerte, als fiele es ihr schwer, es zuzugeben. »Ich denke, ich wollte in der Nähe bleiben, weil ich glaube, dass Hannah immer noch in der Nähe ist.«

»Sie denken, Ihre Schwester ist noch am Leben?«

»Ja, das denke ich. Nein, eigentlich denke ich es nicht, ich *spüre* es. Sie ist ein Teil von mir. Und ich spüre, dass dieser Teil von mir noch lebt.«

*

Er hatte zu lange gearbeitet, war zu lange vor dem Bildschirm gewesen. Müde rieb sich Armin Hutter die Augen. Draußen war es längst dunkel, obwohl die Tage noch lang waren. Er war noch einmal ins Bürgerhaus gekommen, weil allzu viel vorzubereiten war für das anstehende Feuerwehrfest. Außerdem waren sie in den letzten Tagen von Anträgen aus der Landwirtschaft überflutet worden. Unter den Bauern herrschte inzwischen die nackte Panik. Die Ernte würde katastrophal ausfallen. Alles war verdorrt, und immer noch war kein Regen in Sicht. Die Vorhersage ließ auf eine weitere Woche sengenden Sonnenschein schließen.

Auf einem Kontrollgang heute hatte er festgestellt, dass die Huss nur noch ein schwaches Rinnsal war. Er war hinübergegangen bis zum Wehr – das verdammte Wehr – und hatte festgestellt, dass der Mindestpegel inzwischen um dreißig Zentimeter unterschritten war. Sie würden mehr Strom zukaufen müssen, auch die Gemeinde. Aber das machte ihm gerade die geringsten Sorgen.

Im Nachbarlandkreis hatte es einen Waldbrand gegeben, der nur mit größter Not hatte eingedämmt werden können. Ein Funke am falschen Ort, und Hussfeld war von Flammen umzingelt. Das war es, was er im Moment am meisten fürchtete. Und das war es, was er mit Walter Daume besprechen musste, Feuerwehrfest hin oder her. So stolz die Gemeinden hier auf ihre ausgedehnten Waldbestände waren, so gefährlich wurde es zunehmend. Mit jedem verdammten Tag, an dem kein Regen fiel.

Noch mehr aber als das Katastrophenmanagement beschäftigte ihn die Anzeige, die in Zschopau eingegangen war. Jemand war an seinem Dienstcomputer gewesen. Vera, seine Assistentin? Das war kaum vorstellbar. Sie war so einfältig und dabei eine so gute Seele, niemals würde sie ihn hintergehen. Aber sonst gab es doch gar keine Möglichkeit für irgendjemanden, an seinen Computer zu kommen – und sich auch noch einzuloggen! Es war ihm ein Rätsel. Ein Rätsel, vor dem ihm graute.

Hutter wechselte noch einmal das Programm und warf einen Blick in die düsteren Orte seines kleinen Reichs, spürte, wie ihn das Elend ins Herz stach, sprach ein stummes Gebet und fuhr dann seinen Computer herunter. Er löschte das Licht und trat ans Fenster. Da lag es, sein geliebtes Hussfeld, die Gemeinde, die ihm ihr Schicksal anvertraut hatte, weil man ihn für einen Ehrenmann hielt, für einen Menschen, den das Schicksal geprüft und für gerecht befunden hatte. Doch das war er nicht. Er war fehlbar. Fehlbar wie jeder Mensch. Vielleicht sogar mehr. Vielleicht war es ein großer Fehler gewesen, sich wählen zu lassen. Dabei hatte er nicht einmal kandidiert! Sie hatten ihn per Akklamation zum Ortsvorsteher bestimmt – und er hatte es geschehen lassen. Zwölf Jahre waren das nun. Und im kommenden Jahr würden sie ihn wiederwählen. Was niemand ahnte, war, dass es ein immerwährender Bußgang für Armin Hutter war, eine Strafe, die er Jahr um Jahr um Jahr antrat und die anscheinend niemals enden würde. Niemand erkannte, wie sehr er litt und wie sehr er selbst wusste, dass er dieses Leiden verdient hatte.

Durchs Fenster sah er eine Gestalt, die seine Aufmerksamkeit erregte, jemand, der aus dem Haus von Gerda Kleve kam. Es war nicht Katharina Bosch, es war auch niemand von den anderen Mietern, die er alle kannte. Und die alte Frau Kleve war es auch nicht. Dennoch kam ihm diese Gestalt bekannt vor. Etwas an ihr ließ seine innere Alarmanlage schrillen. Hutter kniff die Augen zusammen und beobachtete sie ganz genau. Sie lief über die Straße und stieg in einen Wagen, der auf dem Parkplatz neben dem Kirchhof stand. Es war ein Kennzeichen aus dem Landkreis, wie er feststellte, als das Auto näher kam. Kurz verdeckte die beinahe entlaubte, aber eben dennoch riesige Buche vor dem Rathaus den Blick, dann konnte er im Schein der Straßenbeleuchtung ihr Gesicht erkennen. Ja, er kannte diese Frau. Und dass sie aus dem Haus gekommen war, in dem Katharina Bosch wohnte, brachte seine Seele in Aufruhr. »Nein«, flüsterte er. »Das werde ich nicht zulassen.«

*

Hannah Paulus. Karl hat den Namen noch nie gehört. Eine Familie Paulus gibt es in Hussfeld nicht. Oder vielmehr: nicht mehr. Im Melderegister hat er den Namen Paulus gefunden. Erich, Anna, Ruth und Hannah Paulus. Sie sind weggezogen. Haben sich abgemeldet. Aber nicht auf einmal, sondern nacheinander. Obwohl, auch das stimmt nicht ganz. Denn Hannah wurde nicht abgemeldet. Nur die anderen drei. Also müsste Hannah eigentlich noch hier wohnen. Tut sie aber nicht. Es gibt weder eine Hannah Paulus noch eine Hannah mit anderem Nachnamen. Sie kann also nicht einfach geheiratet haben und deshalb nicht mehr im Einwohnerregister geführt sein. Wo ist Hannah Paulus geblieben?

Er weiß, wo sie geblieben ist. Er hat sie gesehen. Aber wenn er sich vorstellt, wann die Familie aus Hussfeld weggegangen ist, dann bedeutet das, dass sie seit damals in diesem … diesem … Er will es nicht glauben. Aber er muss erkennen, dass es keine vernünftige andere Antwort auf die Frage gibt, was mit dem Mädchen geschehen ist. Denn ein Mädchen war sie. Damals. Vierzehn. Etwas jünger als er jetzt. Und sie hat verdammt hübsch ausgesehen! Er hat sie auf alten Klassenfotos gefunden. Fast erinnern ihn die Aufnahmen ein bisschen an Fenja. Sie war genauso blond, genauso schlank – und sie hat sich auch gern sexy gekleidet.

Das alles ist lange vorbei.

Er hat noch andere Namen gefunden. Einwohner, deren Familien weggezogen sind, die sich aber selbst nicht abgemeldet haben. Alexander Kapf. Leon Olzog. Natürlich hat er ihr Alter nachgesehen. Aber es ist unmöglich zu erkennen, ob es die Männer sind, die mehr tot als lebendig auf dem nackten Boden dieser Zellen vegetieren. Denn die sehen längst aus, als wären sie bereits Leichname. Und vielleicht sind sie das ja auch. Lebende Leichname.

Zwei Treffer auf Google hat er gelandet, die hätten weiterhelfen können. Doch dann war die Spur beide Male im Nirgendwo gelandet. *Unfallfahrer flüchtig!* hieß es einmal. Im Artikel wurde berichtet, dass ein junger Mann mit überhöhter Geschwindigkeit eine Straßenbegrenzung gerammt hatte und dann an einer Böschung unsanft liegen geblieben war. *Von dem Unfallfahrer fehlt jede Spur. Es wird angenommen, dass er sich in alkoholisiertem Zustand befunden hat und deshalb einer polizeilichen Aufnahme des Unfalls aus dem Weg gegangen ist.*

Aber warum um alles in der Welt soll jemand wegen eines so läppischen Unfalls untertauchen? Und warum hat das niemand hinterfragt? Weder damals noch später!

Die Meldung über den anderen, einen Siebzehnjährigen aus Ehrweg, war noch fragwürdiger:

Jugendlicher vermisst

Nach einer privaten Feier ist in der Nacht zum Sonntag ein 17 Jahre alter Einwohner von Ehrweg nicht wieder zu Hause aufgetaucht. Die Polizei ermittelt.

Ob dabei jemals etwas herausgekommen ist, lässt sich nicht mehr sagen. Denn das ist der einzige Beitrag über die Sache, der zu finden ist.

Vier Menschen. Fenja und drei weitere Namen, die er herausgefunden hat. Und er ist sich sicher, dass die drei anderen zu sechs Menschen gehören, die in diesen Verliesen vor sich hinvegetieren. Vier Gefangene in womöglich lebenslanger Kerkerhaft, vergessen von der Welt, gedemütigt und gequält. Und er sieht zu. Jeden Tag sieht er zu.

Aber er wird etwas tun. Er *kann* etwas tun! Er muss etwas tun. Selbst wenn seine Anzeige nicht ernst genommen wird. Eigentlich sollte er Screenshots von den Livecams machen. Aber er bringt es nicht über sich. Wer weiß, wer das sieht? Wer weiß, welche Kreise das zieht? Was, wenn die Falschen gewarnt werden? Solange er Zugriff auf die Kameras hat, hat er auch die Kontrolle, den Überblick. Weiß, dass Fenja noch lebt! Wenn die falschen Leute bemerken, dass ein Unbefugter mitguckt, werden sie die Frequenz ändern, vielleicht auch die Anwendung von den Computern löschen, auf die sie sie installiert haben – und dann hätte er nichts mehr. Nichts außer der Erinnerung. Und die beweist gar nichts.

Karl ruft seinen anonymen E-Mail-Account auf und tippt: *katharina.bosch@freeweb.net*

Es sind noch mehr verschwunden

Hannah Paulus

Alexander Kapf

Leon Olzog

In den Betreff schreibt er: FENJA

*

Als sie die Namen liest, fühlt sie sich, als hätte ihr jemand den Kopf gegen die Wand geschlagen. Hannah Paulus. »Mein Gott!«, keucht Katharina. Sie kann es nicht fassen. Auf dem Tisch steht noch das Glas der Frau, die vorhin erst die Wohnung verlassen hat. Hannah Paulus, das war die Zwillingsschwester. Und jetzt schreibt ihr jemand diese Nachricht. Der Absender nannte sich »Der Beobachter«. Unwillkürlich wanderte Katharinas Blick zum Fenster. Gab es jemanden, der sie beobachtete? Wenn sie bedachte, wie ihr Leben ihr entglitten war, hielt sie es nicht für unwahrscheinlich. Sie antwortete: *Wer sind Sie?*

Doch natürlich kam keine Rückmeldung.

Sie löschte das Licht und trat ans Fenster, fragte sich, ob dort unten ein Beobachter stand, der ihre Reaktion auf die Mail verfolgte. Doch auf der Straße war niemand, und auch das Bushäuschen war verwaist. Gerade kam der letzte Bus die Straße herunter und hielt an, obwohl niemand aus- und niemand einstieg. Das war ihr schon vorher aufgefallen. Ein seltsames Ritual: anzuhalten, obwohl es keinen Grund dazu gab. Zischend löste der Fahrer wieder die Bremsen und gab Gas. Erschrocken stellte Katharina fest, dass doch ein Mann dort drüben am Bushäuschen stand und zu ihr herüberstarrte. Ein kleiner unscheinbarer Mensch, dessen Augen aber so schwarz waren, dass sie wie Löcher erschienen. Fröstelnd trat Katharina einen Schritt zurück und verbarg sich neben dem Fenster. Als der Mann wegging, erkannte sie ihn als den Küster, den sie bisher nur in der Kirche gesehen hatte.

Sie rief die Nachricht noch einmal auf, las die Worte noch einmal und beschloss, nicht mehr zu warten. Sie musste Klarheit bekommen. Jetzt!

Rasch schlüpfte sie in ihre Hose und Sneakers und rannte dann die Treppe hinunter und die Straße durch den Ort entlang, bis sie am anderen Ende beim Haus des Bürgermeisters ankam.

Natürlich war schon alles dunkel. Dies war schließlich Hussfeld. Da knipste man die Lampen um zehn Uhr aus. Spätestens. Aber diesmal war es ihr egal. Sie klingelte und wartete. Klingelte erneut, sah, dass im Hausflur das Licht anging, sah einen Schatten durch die Milchglasscheibe auf sich zukommen und schließlich die Tür aufgehen.

»Guten Abend«, sagte Hutter, als hätte er sie erwartet.

»Kann ich reinkommen?«

Er bedeutete ihr einzutreten. »Es ist spät«, stellte er fest, während er hinter ihr her durch den Flur zum Wohnzimmer ging.

»Ja«, sagte Katharina. Sie wollte sich nicht entschuldigen. Nach allem, was geschehen war, nach den Dingen, die sie erfahren hatte, und angesichts dessen, dass es nichts mehr gab, was ihr noch zustoßen konnte, hatte sie nicht die Absicht, sich für ihr nächtliches Eindringen zu entschuldigen. Sie wandte sich zum Bürgermeister um und fixierte ihn. »Hannah Paulus. Sagt Ihnen der Name etwas?«

Hutter holte tief Luft. »Setzen Sie sich.«

»Ich stehe lieber.«

»Wie Sie wollen.« Er lehnte sich an die Lehne des Sofas. »Ja«, erklärte er. »Der Name sagt mir etwas.«

»Was ist mit ihr geschehen?«

»Das wissen wir nicht.«

»Sie ist verschwunden«, stellte Katharina klar.

»Das weiß ich auch.«

»Und dann?«

»Die Familie ist irgendwann weggezogen. Ziehen Sie Parallelen zu Ihrem Fall?«

»Sie nicht?«

Er wiegte den Kopf. »Darauf war ich bisher nicht gekommen.«

»Liegt das nicht nahe?«, fragte Katharina empört.

Er zuckte die Achseln. »Sie kannten das Mädchen nicht. Sie war … nun, wie soll ich es sagen, sie war … sehr eigen.«

Katharina schnaubte und verschränkte die Arme. »Sehr eigen. Sind wir das nicht alle?«

»Nicht in dem Sinn, würde ich sagen.« Er seufzte und deutete auf das Sofa. »Setzen Sie sich doch, Katharina. Und erzählen Sie mir, was Ihnen sonst noch alles durch den Kopf geht.«

Es störte sie nicht, dass er sie beim Vornamen nannte. Das hatte schon so lange niemand mehr getan. Zögernd nahm sie Platz und sah ihm zu, wie er sich auf den Sessel daneben setzte. »In welchem Sinn war sie es denn?«, wollte sie wissen.

»Sie hat ...« Armin Hutter schien zu überlegen, ob er es aussprechen sollte, dann nickte er, als wollte er sich selbst die Freigabe erteilen. »Sie hat sich einer Sekte angeschlossen.«

Falls er dachte, Katharina wäre schockiert, dachte er falsch. »Einer Sekte? Scientology? Zeugen Jehovas? Adventisten? Was heißt das schon: einer Sekte angeschlossen?«

»Einer Gruppe Satanisten, um genau zu sein. Sie haben ihre Rituale hier ganz in der Nähe auf einer Lichtung im Wald zelebriert«, erklärte Hutter mit rauer Stimme. »Man hat dann am nächsten Tag ausgeweidete Katzen gefunden, einmal einen geköpften Hofhund, Blut unbekannter Herkunft. Da waren irgendwelche Zeichen an den Bäumen, die diese Menschen dort hingeschmiert hatten ... solche Dinge. Das meine ich mit Sekte.«

Katharina schwieg eine Weile. Davon hatte die Frau nichts erwähnt, die vorhin zu Besuch gewesen war. »Denken Sie, die Sekte hat ihr etwas angetan?«, fragte sie schließlich.

Hutter zuckte die Achseln. »Vielleicht nicht. Ich glaube nicht, dass Menschen, die Tiere töten, automatisch auch Menschen töten würden, falls Sie das meinen. Aber dass verblendete Mitglieder ihren Sektenführern folgen, das hat man schon gehört.«

Hatte man das? Vermutlich. Katharina überlegte eine kleine Weile, betrachtete das Wohnzimmer, das so wohlsituiert bürgerlich aussah, als wäre es aus dem Möbelhauskatalog geradewegs nach Hussfeld gezaubert worden. Auf einer Kommode standen ein paar Fotos. Sie zeigten Armin Hutter und seine Familie. Auch die verstorbene Frau. »Leon Olzog?«, fragte Katharina unvermittelt. »War der auch ein Sektenmitglied?«

»Olzog? Nein. Aber der ist auch nicht verschwunden«, erklärte Hutter. »Der ist doch nur weggezogen.«

Katharina hätte sich ohrfeigen können. Warum hatte sie nicht erst selbst nachgeforscht? Warum hatte sie einfach die

Namen aus dieser obskuren E-Mail für bare Münze genommen? »Alexander Kapf vermutlich auch«, sagte sie leise.

»Alexander. Nein. Der ist tatsächlich eines Tages weg gewesen, und wir wissen bis heute nicht, was mit ihm geschehen ist.« Mit einem Mal wirkte der Bürgermeister wie ein Vater, dem seine Kinder großen Kummer bereiteten. »Dabei war er ein so guter Junge.« Hutter blickte auf. »Er war beim THW. Im Sportverein war er engagiert. Ein netter Bursche. Also, meistens.« Er zögerte, schien einen Augenblick überlegen zu müssen und entschied dann: »Immer höflich. Und fleißig. Er hat vor der Schule Zeitungen ausgetragen.« Als hätte das den Jugendlichen zu einem guten Menschen gemacht.

»Sie kannten ihn gut?«

»Er war mein Patensohn«, flüsterte Armin Hutter. Und Katharina meinte, ein Glitzern in seinen Augen sehen zu können.

*

Es war alles wieder da. Alles. Der Geruch. Die ewige Kälte. Und das Licht. Dieses fiese unerträgliche Licht, das Tag und Nacht brannte. Auf einmal hatte er sich wieder erinnert, als hätte man seine Erinnerung an diesen Ort wieder angeknipst. Natürlich war es nicht derselbe Raum. Es war ein anderer Kerker. Aber es war dieselbe Art Kerker. Es fühlte sich genauso an wie damals. Alles hatte er vergessen – und hätte er es sich aussuchen können, dann hätte er am liebsten sofort alles erneut vergessen. Denn die Erinnerung quälte ihn. Sie quälte ihn noch mehr als die Kälte und das Licht und der Hunger und der verdammte Durst. Sie quälte ihn, wie die Sache selbst ihn gequält hatte. Und wie die Frage ihn quälte, ob er wieder durch diese Hölle musste.

Aber nein, eigentlich war die Frage längst beantwortet. Denn auch an die Fesseln erinnerte er sich so klar, als wäre es gestern gewesen. Und diese Fesseln hatte er ihm schon wieder umgeschnallt. Es würde nicht mehr lange dauern, bis er das Gefühl hatte, als müssten seine Knochen zerbrechen, jeder einzelne, unter dem grausamen Druck der völligen Bewegungslosigkeit. Erst würde er ächzen, dann würde er heulen, er würde brüllen, und irgendwann würde er nur noch wimmern. Bis ihn die Ohnmacht erlöste. Für viel zu kurze Zeit.

*

Gregor Witzen. Da hatte sie ihn. Es gab zwei Notizen im Lokalen: Einmal war ein »Gregor W., 16, wegen illegalen Drogenbesitzes« am Rande einer Party in Thum festgenommen worden. Was anschließend mit ihm geschehen war, darüber war nichts zu finden gewesen. Und einmal hatte »Gregor Witzen, Sohn des Zwönitzer Baulöwen und Mäzens Egon Witzen«, durch einen besonders mutigen Einsatz bei einer Rettungsaktion der freiwilligen Feuerwehr von sich reden gemacht und war sogar belobigt worden, weil er zwei Kleinkinder aus einem Teich gezogen hatte, ehe sie ertrunken wären. Dennoch wunderte sich Elena Krakowski, dass es offenbar zum Zerwürfnis zwischen dem alten Witzen und seinem einzigen Erben gekommen war. Weshalb sonst sollte Gregor in eine Bruchbude in Bertoldsbach gezogen sein?

Bertoldsbach, da hatte auch John gewohnt, nur ein paar Häuser weiter. Kein Zufall. Die beiden gingen ja auch auf dieselbe Schule. Vermutlich kannten sie sich gut, vielleicht sogar gut genug, dass Gregor wusste, wohin John seine jeweilige Flamme für diskrete Nummern zu kutschieren pflegte. Womöglich war Gregor ihm und Fenja gefolgt und hatte ein Filmchen gemacht, um das Mädchen vor der ganzen Welt bloßzustellen. Er war also ein zukünftiger Großerbe, ein lokaler Held und ein riesiges Arschloch in einem. Und genauso sah er auch aus, fand die

Journalistin, die inzwischen auch noch andere Bilder entdeckt und festgestellt hatte, dass Witzen natürlich genau der junge Mann war, der Katharina Bosch in dem Lokal durchs Fenster von seinem Auto aus beobachtet hatte.

Nun wussten sie zwar, wer den Film gemacht hatte. Aber brachte sie das bei der Suche nach Fenja weiter? Wohl kaum. Hätte Witzen etwas damit zu tun gehabt, weshalb sollte er diesen Film hochladen und riskieren, genau deswegen entdeckt zu werden. Außerdem: Wenn er das Mädchen in seiner Gewalt hatte, hätte er für seine Rache nicht ein paar völlig verpixelte, unterbelichtete Bilder gebraucht, dann hätte er mit anderem Material arbeiten können.

Nein, diese ganze Geschichte brachte sie nicht weiter. Allenfalls konnte ein Gespräch mit Gregor Witzen weitere Informationen zutage fördern, die dann für einen Fortschritt sorgten. Als Sohn des lokalen Krösus würde er wahrscheinlich abweisend sein. Nun, das hieß nicht, dass er es bleiben würde, wenn man ihn damit konfrontierte, dass er als Urheber des miesen kleinen Filmchens enttarnt worden war …

Elena rieb sich die Augen und stand auf. Es war spät geworden. Morgen würde sie Kopfschmerzen haben. Sie ging ins Bad und ließ sich kaltes Wasser über die Unterarme laufen. Diese Hitze machte einen völlig fertig. Ein in jeder Hinsicht eigenartiger Sommer war das. Mörderisch.

*

Jedes Wort hat er gehört. Völlig reglos und oft sogar, ohne Atem zu holen, sitzt er auf dem oberen Treppenabsatz und lauscht, was im Wohnzimmer gesprochen wird. Sie unterhalten sich leise. Aber Karls Sinne sind so geschärft, dass er jedes Seufzen hört, jede Bewegung seines Vaters oder von Fenjas Mutter. Dass sie hier aufkreuzen würde, damit hat er nicht gerechnet.

Er fragt sich, ob er sie damit in Gefahr gebracht hat. Er fragt sich, ob sie ahnt, dass er lügt. Dass seine Geschichte nicht stimmen kann. Ob sie durchblickt, was hier gerade passiert.

Aber wie sollte sie? Sie kann es eigentlich gar nicht wissen. Alles, was Fenjas Mutter gerade erfahren hat, ist, dass noch andere Menschen verschwunden sind in diesem Ort. Und dass man ihr das bisher nicht gesagt hat. Sie muss sich fragen, warum nicht. Weil man sie nicht unnötig schockieren wollte? Weil man sie nicht unterstützen wollte? Oder weil es etwas gibt, das vor ihr verborgen werden sollte? Der Einzige, an den sie sich mit ihren Fragen wenden kann, ist Armin Hutter, der langjährige Bürgermeister. Karl hätte wissen müssen, dass sie hier aufkreuzen würde. Vielleicht nicht mitten in der Nacht. Aber früher oder später wäre sie auf jeden Fall gekommen. Dass sie jetzt schon da ist, das könnte für Fenja ein Glück sein. Oder – und er schaudert, als ihm das bewusst wird – eine Katastrophe.

*

Erst kann sie den Ton gar nicht einordnen. Es ist ein seltsames Geräusch. Als würde ein Tier heulen. Es schleicht sich so langsam in ihr Bewusstsein, dass sie es erst für einen ihrer vielen Albträume hält, für eine dieser Qualen, die sie im Dämmer zwischen Wachsein und Schlaf erlebt. Irgendwann wird Fenja bewusst, dass sie es hört, buchstäblich *hört.* Aber als sie erkennt, dass es eine Stimme ist, die sie kennt, fühlt es sich an wie ein Stromstoß. Sie schafft es kaum, in ihrer Position zu bleiben, obwohl sie es sich *geschworen* hat, obwohl es zu ihrem *Plan* gehört. Aber es ist so schrecklich, dass ihr die Tränen in die vertrockneten Augen schießen. Denn sie weiß, es ist Johns Stimme, die sich immer weiter steigert, die heult, schreit, brüllt. Es müssen Stunden sein, Stunden, in

denen er wie von Sinnen kreischt und schließlich wimmert. Aber das hört Fenja schon nicht mehr. Denn irgendwann ist da nur noch das Rauschen in ihren Ohren, so verzweifelt ist sie.

Hat sie gezuckt? Hat sie tiefer geatmet? Sie weiß es nicht. Liegt sie überhaupt noch so da, wie sie es seit einer gefühlten Ewigkeit tut, um den Anschein zu erwecken, sie sei längst krepiert? Wenn sie es doch nur wäre. Völlig reglos zu bleiben fällt leicht, wenn man keinerlei Energie mehr hat. Aber wenn ein geliebter Mensch irgendwo in nächster Nähe gefoltert wird, dann ist es unendlich schwer, nicht vor lauter Verzweiflung durchzudrehen und den eigenen Schädel gegen die Wand zu schlagen. Vielleicht hätte sie ja genau das tun sollen. John wäre damit zwar nicht geholfen gewesen. Aber sie selbst hätte es endlich hinter sich gehabt.

Sie fragt sich, ob ER gerade zusieht. Oder kann er gar nicht zusehen, weil er damit beschäftigt ist, John zu quälen? Aber wie lange könnte er *das* tun? Und würde er John damit tatsächlich solche Schmerzen zufügen? Nein, so lange kann er ihn nicht auf *die* Art misshandeln. Es nimmt immer ein Ende. Auch wenn es sich anfühlt, als würde es nie wieder aufhören, hört es irgendwann auf, das weiß sie. Sie hat es inzwischen oft genug erlebt. Aber was immer ER John antut, ist schlimmer, und sei es nur, weil es scheinbar gar nicht mehr aufhört.

Und dann ist es doch still. Totenstill. Scheinbar. Wie weit Johns Stimme trägt? Wie viele dicke Mauern sie durchdringen muss, um zu ihr zu kommen? Sie kann es sich nicht vorstellen. Dass es aufgehört hat, merkt sie auch erst, nachdem sie kurz die Besinnung verloren hat und wieder zu Bewusstsein kommt. *Ein Schluck Wasser,* denkt sie. *Ein Schluck Wasser, nur einer.* Sie hat noch einen letzten Rest in ihrer Schale. Sie wird ihn nicht trinken, solange sie es irgendwie aushält. Aber ob ihre Rechnung aufgeht, hängt davon ab, ob er sie beobachtet oder nicht, ob er sie für tot hält oder nicht – und ob es ihn überhaupt interessiert.

*

IV.

Armin Hutter war so verständnisvoll gewesen, dass Katharina sich schämte, ihn verdächtigt zu haben, ihr Informationen vorenthalten oder sie gar sabotiert zu haben. Bis weit nach Mitternacht hatte er ihr zugehört und erzählt – auch von sich selbst und seinem eigenen Unglück. Von der geliebten Frau, die er an den Krebs verloren hatte. Davon, wie verzweifelt er gewesen war, mit einem kleinen Kind allein im Leben zu stehen. Wie er Karl großgezogen hatte, wie er sich um die Gemeinde gekümmert hatte und wie die Lücke, die seine Frau hinterlassen hatte, nie gefüllt worden war. Plötzlich hatte Katharina sich verstanden gefühlt, zum ersten Mal, seit Fenja verschwunden war!

Er hatte sie gefragt, ob er sie nach Hause bringen sollte, schließlich war es tiefe Nacht. Nein, hatte sie geantwortet, was soll mir schon passieren.

»Sie müssen auf sich achtgeben!«, hatte er erklärt. »Ich möchte nicht, dass Ihnen etwas zustößt.«

»Mir wird nichts zustoßen, Armin«, hatte sie erwidert. Auch das: dass er zum Vornamen gewechselt, aber dennoch respektvoll beim Sie geblieben war, es sprach für ihn als einfühlsamen und fürsorglichen Menschen.

Auch wenn sie mit Vorwürfen und Anklagen gekommen war, ging sie mit dem Gefühl, dass es hier jemanden gab, dem sie trotz allem am Herzen lag. Sie konnte die Hussfelder verstehen, dass sie ihn zum Bürgermeister gewählt hatten. Einen Mann, der manches Unglück hatte hinter sich bringen müssen und dessen Wunden ihn zu einem verständnisvollen Mitmenschen gemacht hatten. Zum Abschied hatte sie ihn umarmt. Aber vielleicht war es auch nur aus Sehnsucht gewesen, einmal wieder von einem anderen Menschen berührt zu werden.

In ihrer Küche brannte Licht. Katharina fragte sich, ob sie es wirklich nicht gelöscht hatte, als sie aus dem Haus gegangen war. Ja, hatte sie es nicht eigentlich sogar schon ausgemacht, als dieser Mann von der Bushaltestelle herübergeblickt hatte?

In der Wohnung schien alles unverändert. Nur ein eigentümlicher Duft hing in der Luft, aber der mochte von draußen kommen. Denn sie hatte die beiden Fenster zur Straßenseite hin geöffnet, um ein wenig kühlere Abendluft hereinzulassen.

Wind war aufgekommen. Sie fröstelte und schloss die Fenster. Es schien endlich abzukühlen. Ganz in der Ferne glaubte Katharina ein Wetterleuchten zu sehen. Nicht weit entfernt hatte es in den letzten Tagen Waldbrände gegeben, das hatte sie in den Nachrichten gehört, auch wenn sie eigentlich gar nicht auf solche Meldungen achtete. Aber oft ließ sie den Fernseher einfach laufen. Es half gegen die Einsamkeit, ein bisschen zumindest, und ein klein wenig hatte sie die Hoffnung, dass sie etwas über Fenja erfahren könnte – bis die Angst sie wie eine eisige Faust packte, dass es genau das sein könnte, was sie am meisten fürchtete: dass in den Nachrichten etwas über Fenja käme. Denn was sollte schon gemeldet werden, wenn nicht etwas Schreckliches.

*

Den ganzen Tag hatte sie schon so dagelegen. Genau genommen war sie schon seit gestern in dieser Position. Sie hatte sich kein bisschen bewegt. Das war ungewöhnlich. Langsam machte er sich Sorgen. Etwas stimmte nicht. Ja, inzwischen war ihr das Wasser ausgegangen, etwas früher als zuletzt. Aber das kannte er: Ab einem bestimmten Punkt fiel es den Bewohnern schwer, sich die Rationen einzuteilen, sei es aus übermächtiger Gier, sei es aus Todessehnsucht, weil sie dachten, dann schneller alles hinter sich zu haben. Bis ihnen klar wurde, dass es immer jemanden gab, der auf sie aufpasste. Es war nicht das Ziel, einem der Bewohner ein schnelles Ende seiner Reise zu bescheren. Ganz abgesehen davon war es eine Zumutung, sich um die Überreste zu kümmern. Das hatte er nun zweimal erledigen müssen, er vermied es, wenn es sich vermeiden ließ.

Aber dass die junge Frau schon nach so kurzer Zeit in die Phase der Selbstaufgabe trat, das überraschte und enttäuschte ihn. Ja, er war im Grunde menschlich enttäuscht von dieser Person, die ja nicht zum Vergnügen hier war. Es gab Arbeit. Es gab eine Aufgabe. Sich nach ein paar Wochen zu verabschieden verstieß gegen alle Pläne. Das würde er ihr nicht erlauben.

Mit kühlem Blick forschte er, ob es wirklich sein konnte, dass sie dabei war, ihr Leben auszuhauchen. Atmete sie überhaupt noch? Aus der Perspektive der Kamera war es nicht zu erkennen. Einmal, als er am Vormittag in die Zelle geblickt hatte, hatte er den Eindruck gehabt, ihr Arm wäre etwas stärker angewinkelt gewesen als noch zuvor. Aber sicher war er sich nicht. Er bedauerte, keine Aufzeichnungen gemacht zu haben. Sollte er es jetzt tun? Doch wozu? Wenn sie wirklich kurz vor dem Exitus war, nützte es nichts, noch eine Stunde mitzuschneiden. Dann musste er vielmehr gleich handeln. Im Grunde sofort.

Ärgerlich klinkte er sich aus und fuhr den Rechner herunter, ehe er eine Flasche mit Wasser füllte und etwas Babybrei anrührte, um sich um die junge Frau zu kümmern. Nun, immerhin würde er auf die Weise noch ein wenig körperliche Betätigung haben. Und eine kleine Belohnung bekommen für seine Mühen.

*

Er wird kommen. Sie spürt es. Es ist so still. Es ist so ... so ... anders. Auf einmal. Nein, es ist *nicht* still. Jemand ist draußen. Vielleicht hat sie auch nur den Riegel gehört, mit dem irgendeine Tür entsperrt wird, ehe ER die Treppe runterkommt. Hastig greift sie nach der Schale, in der sie Wasser gespart hat, stößt sie beinahe um, weil sie zittert. Auch wenn zwischen der letzten Versorgung und jetzt weniger Zeit liegt als sonst, fällt es ihr schwer, ihre Bewegungen zu koordinieren. Aber sie *muss* ihre Bewegungen im Griff haben! Gierig trinkt sie, versucht, sich zu zügeln, trinkt weiter. Sie hat nicht viel Zeit. Aber sie darf sich auch nicht verschlucken. Und sie braucht noch ein paar Atemzüge, ehe ihr das Wasser hilft, dass Leben in ihren Adern fließt. Also trinkt sie Schluck für Schluck. Zügig, aber nicht hastig. Jetzt hört sie auch seine Schritte auf der Treppe. ER kommt. Gleich wird das Licht ausgehen. Dann wird es ein paar Sekunden dauern. Sie hat lange überlegt, warum jedes Mal eine gewisse Zeit vergeht, ehe ER eintritt. Dann ist ihr eingefallen: Es geht um seine Augen. Er kommt aus dem Licht, seine Augen müssen sich an die Dunkelheit gewöhnen. So wie ihre. Nur dass er nicht so lange geblendet ist, weil er nicht Tag und Nacht ununterbrochen in gleißendem Licht zubringen muss. Also deckt sie ihre Augen mit einer Hand ab, während sie mit der anderen die Schale hält, aus der sie trinkt. Sie atmet tief

durch: Das Wasser ist jetzt alle. Wie immer war es viel zu wenig. So gerne würde sie einmal trinken, bis sie nicht mehr durstig ist. Ein einziges Mal trinken, bis sie genug hat. Aber diese Gedanken helfen ihr jetzt nicht weiter. Sie muss sich konzentrieren. Vor allem muss sie versuchen, ihn zu überraschen. Denn er ist viel stärker als sie. Sie hat keine Chance, wenn sie ihn nicht überrumpelt. Lautlos richtet sie sich auf und bewegt sich auf allen vieren auf die Tür zu. Das Licht an der Kamera leuchtet. Es leuchtet immer. Aber Fenja glaubt nicht, dass das Gerät etwas aufzeichnet, wenn es dunkel ist. Egal. Jetzt geht es nicht um Filme oder Zuschauer. Jetzt geht es nur noch um eine einzige sehr einfach Frage: leben oder sterben?

Dann macht es Klack, und es wird finster in ihrem Kerker. So finster, dass sie wie vor einer schwarzen Wand kauert. Die Umrisse der Tür allerdings sieht sie noch immer vor sich. Sie haben sich in ihre Netzhaut eingebrannt. Gleich wird sie sich öffnen. Und dann braucht sie alle Kraft und allen Mut. Und ein kleines bisschen verdammtes Glück.

*

Kurz nachdem Fenjas Mutter das Haus wieder verlassen hat, ist auch Karls Vater noch einmal rausgegangen. Er hat ihn noch für ein paar Sekunden auf dem Feldweg gesehen, aber jetzt ist er verschwunden. Kann es sein, dass er mitten in der Nacht in den Wald geht?

Karl ist hin- und hergerissen, ihm zu folgen. Einerseits interessiert ihn brennend, wohin er geht. Andererseits wird er ihn womöglich vor dem Wald nicht mehr einholen. Und dann … ist er allein da draußen. Nicht dass er Angst hätte. Aber mulmig ist ihm doch bei dem Gedanken. Vor einiger Zeit hat es geheißen, dass Wölfe gesehen worden sind. Aber das ist ihm eigentlich egal. Nur … wenn er jetzt rüberläuft zum Wald und seinen Vater nicht mehr erwischt …

Es ist sowieso zu dunkel. Er sieht ihn jetzt schon nicht mehr. Wahrscheinlich ist er ja nur noch mal kurz raus, um sich die Beine zu vertreten und seinem geliebten Hussfeld Gute Nacht zu wünschen. Jeden Moment wird er wieder da sein und ins Bett gehen. Nach Karl wird er nicht mehr sehen, er denkt sicher, dass er schon schlafe.

Also fährt Karl den Rechner noch mal hoch. Er will noch einmal nach Fenja sehen. Sie hat sich so lange kaum bewegt. Zwischendurch dachte er schon, sie wäre bewusstlos. Doch dann lag der Arm ein bisschen anders da, das hat ihn beruhigt.

Als er drin ist, fällt er fast vom Stuhl, weil er damit nicht gerechnet hat: Sie ist aufgestanden und hat sich vor die Tür gehockt. Wie ein Raubtier, ein Tiger oder Löwe, sitzt sie da, direkt unter der Kamera und lauert, als würde sie jeden Augenblick die Tür anfallen. Die Tür? Oder jemanden, der reinkommen wird? Verwirrt betrachtet Karl das Bild ganz genau. Er kann sehen, wie ihre Augen blitzen! Irgendetwas ist völlig anders an Fenja. Es dauert einen Moment, bis er es versteht: Sie hat auf einmal Kraft. Sie hat Energie, nachdem sie so lange immer schwächer geworden ist. Er spürt, wie sein Hals trockener wird, als wäre er es, der kaum etwas zu trinken bekommt. Was zur Hölle tut sie da? Was ist passiert?

Dann geht das Licht aus.

*

Schweißgebadet schreckte Katharina hoch, als unten ein Auto vorbeifuhr und mit seinem Lichtkegel durch die Dunkelheit schnitt. Sie keuchte, atmete mehrmals tief durch und merkte, wie ihr Herz galoppierte. Im Traum war sie bei Fenja gewesen.

Sie hatten beide in Gitterkäfigen gesessen, die über einem Abgrund hingen. Dann war ein riesiger schwarzer Vogel gekommen und hatte begonnen, auf die Ketten einzuhacken, an denen die Käfige aufgehängt waren. Dabei hatte Fenja die ganze Zeit gegrinst, und sie selbst hatte ununterbrochen geschrien – aber es war kein Laut über ihre Lippen gekommen. Die Käfige hatten angefangen, über dem Abgrund zu schaukeln, Katharina hatte sich an die Gitterstäbe geklammert, Fenja hatte ein Lied zu singen begonnen: *A Million Dreams*. Immer höher, immer schriller und so laut, dass Katharina sich die Ohren zuhalten musste. Plötzlich hatte der Vogel die Kette von Fenjas Käfig durchgehackt, und das Lied ging in einen gellenden Schrei über, und der Schrei verschwamm mit dem Geräusch des näher kommenden Wagens. Auch Katharina stürzte und fuhr mit einem Schrei hoch, ehe sie realisierte, dass sie nur geträumt hatte.

Sie riss das Fenster, das nur auf Kipp gewesen war, ganz auf und holte tief Luft. Für einen Moment dachte sie, sie hätte Armin Hutter hinter dem Kirchhof vorbeigehen sehen. Doch als sie genauer hinblickte, war da niemand. »Klar«, murmelte sie. »Langsam dreh ich völlig durch.« Wie auch sonst?

Sie sah sich in der dunklen Wohnung um. Es würde ihr nicht schwerfallen, sie aufzugeben. Denn diese Unterkunft würde sie sowieso immer damit verbinden, dass Fenja hier verschwunden war. Andererseits wollte sie nicht wegziehen. Denn das würde heißen, Fenja endgültig aufzugeben, sie hinter sich zu lassen.

Nun, vielleicht wurde ihr die Entscheidung abgenommen. Inzwischen hatte sie nichts mehr: keinen Job, kein Einkommen, kein Konto, keine Wohnung … Sie konnte sich umbringen oder demnächst auf der Straße schlafen. Natürlich wusste sie, dass sie nach Chemnitz gemusst hätte, aufs Amt, sich beraten lassen, sich eine Wohnung zuteilen lassen, sich unterstützen lassen, damit sie bald wieder ein Konto hatte und Arbeitslosengeld bekam. Aber woher sollte sie die Kraft nehmen? Wozu sollte sie sich die Mühe überhaupt noch machen? Ihr Leben war sowieso vorbei. Was noch davon übrig war, war nur ein Schatten ihrer Existenz. Und je tiefer die Dunkelheit wurde, durch die sie wandern musste, umso weniger war von diesem Schatten zu sehen.

*

Als die Tür sich öffnet, kann sie es kaum erwarten loszuspringen. Sie kann immer noch so gut wie nichts sehen. Ein ganz schwacher Lichtschein fällt in den tiefschwarzen Kerker. Die Tür geht langsam auf, langsamer als sonst. Es macht sie wahnsinnig. Kann sie schon losschlagen? Muss sie noch warten? Ihre Sinne sind bis zum Äußersten geschärft. Sie fühlt sich wie in einem Orkan. In ihren Ohren rauscht das Blut, sie hat sich mit den Fingern am Boden beinahe festgekrallt, ist kaum fähig, ihren Atem unter Kontrolle zu behalten.

Und dann ist die Tür so weit offen, dass sie es wagt. Wagen *muss!* Sie schreit, wie sie in ihrem Leben noch nicht geschrien hat, und stürzt nach vorne, dass sie beinahe fliegt. Alles, was noch an Energie in ihr steckt, steckt in diesem Sprung. Wie ein Katapult schnellt sie vor und hofft, dass sie ihn erwischt. So frontal wie möglich. Mit dem Kopf voran will sie ihn treffen. In den Bauch oder gegen den Brustkorb, um ihn zu Fall zu bringen. Sie hat es sich genau ausgerechnet. Er muss nach hinten stürzen, er *muss!*

Aber noch ehe sie ihn berührt, kracht sie gegen die Tür, die immer noch schräg offen steht. Mit der Schulter donnert sie gegen die Kante und wird herumgeworfen, sodass sie

IHN nur noch mit der anderen Seite erwischt. Dennoch taumelt er, fällt nach hinten, nach draußen, kann sich nicht mehr festhalten und geht zu Boden. Sie fällt halb auf ihn, versucht, sich aufzurappeln. Sie muss ihn treten, so fest sie kann, am besten gegen den Kopf. Jetzt sieht sie auch ein bisschen was, ihre Pupillen sind endlich etwas geweitet. Aber zugleich merkt sie mit Verzögerung, dass etwas nicht stimmt. Ihre Schulter. Der Schmerz. Sie kann den Arm nicht mehr bewegen. Ihr Stöhnen vermischt sich mit seinem. Sie versucht hochzukommen. Sie *muss* sich aufrichten, nur so kann sie kämpfen. Mit der Kraft der Verzweiflung arbeitet sie sich hoch und schlägt ihren nackten Fuß gegen ihn. Trifft ihn auch, aber nur das Bein. Sie wirft sich noch einmal auf ihn, versucht noch einmal, ihm ihren Kopf in den Leib zu rammen. Doch inzwischen hat er sich gefangen und rollt zur Seite, sodass ihr Angriff ins Leere geht. Dort, wo er gerade noch lag, sind jetzt nur noch blanke Steinplatten. Und sie kann ihren Sturz nicht mehr aufhalten. Noch ehe sie mit ihrem Schädel auf den Boden knallt, weiß sie, dass sie verloren hat. Es ist aus.

*

Ein Schrei gellte durch die Stille. Ein Schrei, so laut, dass er aus der Ohnmacht gerissen wurde. Man hatte ihm die Fesseln wieder abgenommen. Aber sein Körper kreischte vor Schmerzen. Und in dieses Kreischen mischte sich der Schrei draußen vor der Tür. Etwas geschah dort. Es war die Stimme einer Frau. Er hörte sie deutlicher als jemals zuvor. Er hatte oft Schreie gehört, aber sie waren immer durch die dicken Mauern gedämpft gewesen. Es musste draußen auf dem Gang stattfinden. Auch andere Geräusche waren zu hören. Es fiel ihm nicht leicht, sich zu konzentrieren, auch weil er vor

Schmerzen kaum klar denken konnte. Und doch: Etwas geschah. Ein winziger Hoffnungsfunke glomm in ihm auf. Sekunden später war er wieder erloschen.

*

STURZFLUT

I.

Die Autos standen bis zum Schwarzen Ochsen, der an diesem Tag geschlossen hatte. Es hätte auch nichts gebracht, das Gasthaus aufzusperren. Wenn Feuerwehrfest war, gab es keine Gäste. Das hatte Zalic in den ersten zwei Jahren gelernt, nachdem er Wirt in Hussfeld geworden war. Inzwischen ging er selbst hin, allerdings etwas später als die anderen. In einem Ort wie Hussfeld war die Mitgliedschaft bei der freiwilligen Feuerwehr für die Männer Ehrensache. Zalic hätte auch mitgemacht, sicher, er machte ja alles mit, weil es wichtig für ihn war dazuzugehören. Schwer genug, sich in eine solche Dorfgemeinschaft einzufügen. Aber er hatte Angst vor Feuer, Panik eigentlich, seit er im Bosnienkrieg in einem brennenden Haus eingeschlossen gewesen war. Dass er überhaupt noch lebte, war nur dem Umstand zu verdanken, dass das Feuer nicht auf den hinteren Teil des Gebäudes übergegriffen hatte. Aber zur freiwilligen Feuerwehr gehen, nein, das brachte er nicht über sich.

Also beobachtete Zalic die Leute, die oft erst einmal vorfuhren bis zum Vereinsheim, um dann zu wenden und auf der anderen Seite des Ortes zu parken, wo noch ein paar Lücken frei waren. Zum Beispiel vor dem Schwarzen Ochsen. Viele junge Leute, die Männer in ihrer Feuerwehruniform oder mindestens im Sonntagsstaat. Die Frauen stolz auf ihre Männer, oft ein bisschen zu gut aussehend … Aber an diesem Tag durfte das auch in Hussfeld mal sein, da war man hier nicht kleinlich.

Die Blaskapelle spielte schon, wie Zalic hörte, als er oben noch mal Durchzug machte. Gestern hatte es schon so nach Regen ausgesehen, aber dennoch war nichts runtergekommen. Heute genauso. Es war vor allem so schwül, dass es kaum auszuhalten war. Zalic hatte schon zum zweiten Mal das Hemd gewechselt an diesem Tag.

Unten ging der Pastor vorbei, blickte zu ihm hoch, nickte und ging weiter. Hinkte er? Vielleicht. Vielleicht auch nicht. Zalic mochte den Mann nicht. Das hatte womöglich damit zu tun, dass er serbisch-orthodox war und Pastor Reichert Lutheraner. Im Grunde war dem Wirt die Kirche aber egal. Er ging gelegentlich hin, weil man das von einem guten Hussfelder so erwartete. Schaden konnte es auch nichts. Also setzte er sich in die Kirchenbank und wartete, bis die Glocken wieder läuteten. Manchmal war das sogar ganz entspannend. Als Wirt hat man so viel Arbeit, dass solche kleinen Pausen oft völlig unter den Tisch fielen. Egal wo oder wann, immer gab es etwas zu tun. Das zehrte an einem. Kleine Pausen waren aber wichtig, sonst drehte man irgendwann durch. Ein Grund, warum er sich sein kleines Reich im Keller eingerichtet hatte. Genug Platz war ja in dem alten Gemäuer. Kurz überlegte er, ob er noch einmal runtergehen sollte. Aber dann entschied er sich dagegen und schlüpfte in sein Sakko, um ebenfalls hinüber ins Vereinsheim zu schlendern. Doch vorher schloss er die Fenster doch noch richtig. Die Wolken hingen so tief, dass irgendwann der Regen kommen musste.

Das tat er auch, allerdings nur spärlich. Kaum war der Wirt vor die Tür getreten und hatte den Weg zum Ortsrand Richtung Ehrweg eingeschlagen, da trafen ihn schon ein paar erste Tropfen. »Scheiße«, knurrte Zalic. »Muss ausgerechnet jetzt sein?« Doch dann fiel ihm ein, dass das endlich die ersehnte

Abkühlung bringen könnte, und er ging etwas schneller weiter – und etwas besserer Laune.

*

Sie wollten ihn in die Jugendorganisation stecken. Die Jugendorganisation! Als wäre er noch auf der Grundschule. Nein, das hat er nicht gebraucht. Lieber wartet er, bis er achtzehn ist. Dann müssen sie ihn aufnehmen. Den Antrag hat er schon zu Hause. Er wird ihn an seinem achtzehnten Geburtstag stellen. Nicht dass Karl sich großen Spaß von der freiwilligen Feuerwehr verspricht. Aber er weiß, wie das hier läuft. Bestimmte Leute werden anders behandelt als der Rest. Und von allen so ziemlich am besten behandelt werden die Feuerwehrmänner. Das sieht man auch daran, was die hier für eine Party steigen lassen können. Das könnte so sonst keiner hier, wahrscheinlich nicht mal Janke von der Bank. Aber der würde sowieso kein Geld fürs Feiern ausgeben.

Letztes Jahr ist er schon mal dabei gewesen, wenn auch nur bis abends um zehn, was megapeinlich den älteren Mitschülern gegenüber war, die nach Hussfeld gekommen waren. Vielleicht hätte er dieses Jahr länger bleiben können. Aber als sein Vater ihn gefragt hat, ob er auch kommen möchte, hat er abgewinkt und irgendwas von »verdammt viel zu lernen für die Klausur am Montag« gemurmelt. Was Quatsch war, denn es wird zwar einen Test geben, aber einen in Mathe. Und das kann er, dafür braucht er nicht zu lernen.

Nein, es ist der Abend, an dem er bis spät völlig frei ist. Er kann tun und lassen, was er will. Das bedeutet: Er kann gehen, wohin er will, die Zeit nutzen, wie er will. Und er weiß auch, wie er sie nutzen will: Er wird Fenja suchen.

Karl ist sicher, dass sie irgendwo in der Nähe ist. Irgendwo in der Umgebung gibt es einen Ort, an dem sie gefangen gehalten wird, an dem ER ihr das antut. Und er will wissen, wo dieser Ort ist. Und wenn er ihn gefunden hat, wird er Fenja da rausholen. Er hat es sich geschworen. Nicht nur weil er sie bewundert und bemitleidet, sondern auch weil er es selbst nicht mehr aushält, ihr Schicksal mit anzusehen. Es ist ihm auch egal, welche Folgen das haben wird. Für ihn – oder für … Es ist ihm egal.

Im Moment wartet er noch. Es sind zu viele Leute draußen, immer noch. Wenn nur einer von denen ihn sehen und seinen Vater darauf ansprechen würde, wer weiß, was das für Folgen hätte. Nein, noch wartet er. Aber er arbeitet auch an seinem Plan.

*

Auch wenn ihn alle für diese Veranstaltung bewunderten: Armin Hutter hasste sie. Er hasste den Aufwand, hasste, wie der Ort überrannt wurde, hasste, dass zu viel getrunken wurde, er hasste die Musik, die überzogene Fröhlichkeit, überhaupt alles an diesem elenden Feuerwehrfest. Aber er wusste auch, dass die Leute dieses Ereignis von ihm erwarteten. Es hatte sich eingebürgert, wurde vor allem von der Jugend jedes Jahr heiß ersehnt und war aus dem Hussfelder Kalender ebenso wenig wegzudenken wie Weihnachten oder Ostern. Rückblickend hätte er lieber darauf verzichtet, es einzuführen. Aber er hatte auf Walter gehört, der als frisch gekürter Chef der freiwilligen Feuerwehr im Landkreis nun einmal etwas Besonderes etablieren wollte. Und da hatte er nicht gut Nein sagen können.

Missmutig, aber mit heiterer Miene, spazierte Armin Hutter durch die Reihen der dicht an dicht aufgestellten Bierbänke und grüßte mal in die eine Richtung, mal in die andere. Wenn es sich gar nicht vermeiden ließ, ließ er sich sogar in ein Gespräch verwickeln. Spätestens um Mitternacht würde er wieder hier raus sein. Bis dahin hieß es durchhalten.

»Armin, wie schön, dich mal wieder zu sehen!«, grüßte ihn Walter Daume und klopfte ihm freundschaftlich auf die Schulter.

»Walter, hallo. Na, wenigstens einmal im Jahr lässt sich's kaum vermeiden, mich zu treffen, was?«, erwiderte der Bürgermeister launig und sah sich um. »Ist Angelika auch hier?«

Daume schüttelte den Kopf. »Sie musste zu einer Schulung nach Potsdam, leider. Aber sie grüßt dich schön.«

»Dann grüße sie bitte von mir zurück. Wollt ihr nicht einmal wieder zum Kaffee zu uns kommen? Thilo könnte mitkommen! Karl würde sich sicher freuen.«

Früher hatten sie das manchmal gemacht, einander besucht. Aber irgendwann hatte sich dieser Brauch dann verloren. Alle waren zu beschäftigt gewesen mit anderen Dingen, so was kam vor.

»Ja, da hast du völlig recht, Armin«, entgegnete der alte Schulfreund. »Wir verhalten uns, als wären wir Hunderte von Kilometern voneinander entfernt.« Tatsächlich waren es keine dreißig.

Ehe sie etwas Konkretes ausmachen konnten, wurden sie vom Ehrweger Ortsvorstand der freiwilligen Feuerwehr unterbrochen: »Herr Daume, Sie sollten bald mit Ihrer Rede anfangen.«

Die Musik hatte eine Pause eingelegt, das große kalte Büfett war noch nicht eröffnet, und die ersten Ortsfremden hatten bereits mehr Bier getankt, als es gut für die Veranstaltung war. »Natürlich«, sagte Walter Daume. »Ich komme sofort.« Er wandte sich an Hutter: »Lass uns am Wochenende mal telefonieren, dann machen wir was aus.«

»Das tun wir.«

»Und? Hältst du wieder die gleiche Rede wie letztes Jahr?«, fragte Daume mit einem Augenzwinkern. Jetzt erinnerte sich Armin Hutter wieder, wieso es mit den gegenseitigen Einladungen irgendwann vorbei gewesen war. »Ja«, sagte er. »Aber diesmal halte ich sie auf Sächsisch, damit du auch was verstehst.« Der Witz kam schroffer rüber als beabsichtigt. Aber Walter Daume lächelte, wenn auch vielleicht etwas gezwungen, und wandte sich dann der Bühne zu.

Hutter nutzte die Gelegenheit, sich etwas zurückzuziehen. Er beobachtete gerne, machte sich seine Gedanken, wer warum nicht gekommen war, wie sich die Leute verhielten, wer mit wem sprach. Manchmal erhaschte er sogar ein paar Worte, die interessant für ihn waren.

Janke von der Bank sah er mit Pastor Reichert zusammensitzen. Geld und Geist, dachte er, eine gefährliche Konstellation. Er entdeckte ein paar von den jungen Burschen, die in Ehrweg in der Pizzeria arbeiteten, unter anderem Gregor Witzen, von dem er nicht so recht wusste, was er von ihm halten sollte, und diesen Mirko, der bereits eine einjährige Jugendstrafe hinter sich hatte. Die Kerle beugten sich über ihre Handys und schienen sich gemeinsam etwas anzusehen. »Da würde ich auch gern mal lecken«, hörte er einen von ihnen sagen, als er etwas näher kam. »Ist ein geiles Teil, das war mir gleich klar.« – »Aber du weißt schon, dass sie verschwunden ist, oder?« – »Wie, verschwunden?« – »Na, sie und John!« – »Echt? Ich dachte, er hat wieder Ärger gemacht und ist abgehauen.« – »Und? Vielleicht haben sie's beide gemacht.« – »Hey, Moment mal, ist das John? Ja, Leute, das ist John, die Sau.« – »Hast du nicht selber gerade gesagt, da würdest du auch gern mal lecken?« – »Klar, Mann. Dann bin ich die Sau. Boah, hat der ein Glück. Wieso kriegt immer John die geilen Bitches ab?« – »Schsch…« Einer von ihnen nickte Richtung Hutter, der aber so tat, als würde er sich auf die Bühne konzentrieren, auf die jetzt der Chef der freiwilligen Feuerwehr trat. Dennoch wechselten die jungen Männer das Thema.

Dass Ortrud Pritzkow da war, so kurz nach dem Tod ihres Mannes. Das überraschte Hutter. Aber sein Tod war eine Erlösung für alle gewesen, er konnte es ihr nicht verdenken. Sie unterhielt sich mit Zalic, der wie jedes Jahr seinen Schwarzen Ochsen zugesperrt hatte.

Pastor Reichert hatte sich erhoben und ging durch die Reihen, während Walter vorne mit seiner Ansprache begann: »Liebe Gäste des diesjährigen Feuerwehrfestes!«, rief er in den Saal, der inzwischen fast voll besetzt war. »Die freiwillige Feuerwehr unseres schönen Landkreises grüßt Sie alle herzlich und freut sich, dass Sie wieder so zahlreich erschienen sind.« Seine Rede schien sich auch nicht von der vom letzten Jahr oder von dem davor zu unterscheiden.

Herr Wieland war da und saß unauffällig am Rand bei einer Weinschorle. Hutter mochte den Küster. Ein fähiger, ruhiger Mann, der kein großes Aufhebens um sich machte. Anders als der Chef von Krummbach + Krummbach, Gerlach, der auch gekommen war, nicht zuletzt, um sich als großzügiger Spender der Feuerwehr feiern zu lassen. Gerlach hatte seine Frau dabei, die sich verzweifelt jugendlich zu halten versuchte. Wie oft sie wohl schon unter dem Messer eines Schönheitschirurgen gelegen hatte?

Frimmel, der Besitzer des Supermarkts, war mit seinen beiden Töchtern und seiner Frau da. Alberts, die eine Wäscherei in Zwönitz betrieben, Faulhauer von der Tankstelle in Ehrweg, die beiden Reuter-Brüder, denen eine Menge Wald im Landkreis gehörte, Dr. Hoffmann, Frau Hoch, die ihm den ganzen Abend nicht von der Seite weichen und ihm all ihre Wehwehchen erzählen würde, Frau Petermann von der Schneiderei …

»Wie wichtig die freiwillige Feuerwehr ist, stellen wir in diesen Tagen ganz besonders fest«, erklärte inzwischen Walter Daume mit seinem kräftigen Bariton. »Es hat seit vielen Wochen nicht geregnet. Immer öfter kommt es zu Waldbränden, manchmal geraten schon die völlig verdorrten Felder in Brand. Und in einer akuten Lage wie jetzt bedeutet das oft genug auch

Gefahr für unsere Häuser und Wohnungen. Auch wir haben schon Hilfe in angrenzenden Landkreisen geleistet. Aber natürlich sind wir vor allem für die Menschen hier vor Ort immer da. Wir passen auf, dass unserer Heimat nichts geschieht.«

Applaus brandete auf. Auch Hutter klatschte, weniger aus Begeisterung, vielmehr, weil man es von ihm erwartete. Mit halbem Ohr hörte er seinem alten Freund weiter zu, während er mit Erleichterung feststellte, dass die letzten Ankömmlinge alle reichlich durchnässt ins Vereinsheim gekommen waren. Offenbar hatte es nun doch ordentlich zu regnen begonnen. Er blickte hoch und erkannte, dass es auf die Fensterelemente des Dachs kräftig prasselte. Jetzt, da er es sah, konnte er es auch hören.

Hutter fing den Blick des Pastors auf, der offenbar auch mitbekommen hatte, dass der so sehr ersehnte Regen endlich eingesetzt hatte. Sie sahen einander erleichtert an, dann wandte sich der Geistliche wieder seinen Schäfchen zu. Jetzt schien es auch Walter Daume bemerkt zu haben, denn er rief: »Zu meiner großen Freude kann ich hiermit verkünden, dass es endlich Regen gibt in unserer Region!« Er deutete zur Decke, worauf sich alle Köpfe hoben und spontaner Jubel ausbrach. »Meine lieben Freunde, wir hätten den Regen nicht gebraucht, um heute zu feiern. Aber wir nehmen ihn sehr gerne – das Feiern wird uns doppelten Spaß machen! Einen schönen Abend Ihnen allen! Ach ja, und natürlich … Am Ausgang haben wir Spendenboxen aufgestellt. Bitte nutzen Sie sie reichlich.«

Der Beifall klang, als hätte der Regen sich einfach verdoppelt. Aber als der Applaus verebbt war, schien es nicht leiser zu werden – tatsächlich hatte sich der Himmel offenbar entschieden, alle Schleusen zu öffnen und nachzuholen, was er den Menschen und der Natur so lange vorenthalten hatte.

Pitschnass streckte Katharina Bosch den Kopf herein und blickte sich um. Durch ihre Bluse konnte man den BH sehen, die Jeans klebte ihr an den Beinen. Sie sah verflucht attraktiv aus. Hutter sog scharf die Luft ein. Diese Frau brachte ihm kein Glück. Als sie ihn entdeckte, winkte er ihr zu und lächelte. Doch anders als erwartet, kam sie nicht herüber, sondern wandte sich wieder um. Hinter ihr hatte jemand anderes das Vereinsheim betreten. Und es war keine Freude für Armin Hutter zu erkennen, um wen es sich handelte.

*

Katharina war so in Gedanken, dass sie es kaum merkte, als der Regen anfing. Mehrmals hatte sie in den letzten Tagen versucht, die Journalistin zu erreichen. Aber Elena Krakowski ging nicht ans Telefon. Sie ging einfach nicht ran! Und dann diese Nachricht: *Feuerwehrfest*. Was sollte das? Klar, sie wollte sich dort treffen, das lag auf der Hand. Aber konnte es *irgendeinen* Grund geben, weshalb ein Treffen auf dem Feuerwehrfest günstiger war als an irgendeinem anderen Ort zu irgendeiner anderen Zeit?

Und dann war ihr ein ganz anderer Gedanke gekommen: Vielleicht wäre Presse dort! Nicht nur die Frau von der Chemnitzer Zeitung. Vielleicht würde ja ein lokaler Radio- oder Fernsehsender berichten. Wäre das nicht eine Möglichkeit, auf Fenjas Schicksal aufmerksam zu machen? Das musste sie unbedingt probieren. Sie *musste* hingehen und Presseleute ansprechen. Vielleicht war es ihre letzte Chance, doch noch dafür zu sorgen, dass etwas geschah, dass irgendjemand etwas *tat!*

Es hatte schon zu regnen begonnen, als sie das Haus verließ. Beinahe wäre sie mit Frau Kleve zusammengestoßen, die sich anscheinend nicht für das Hussfelder Großereignis interessierte. »Guten Abend«, sagte die Vermieterin, auch wenn der Ton eher das Gegenteil verhieß. Katharina antwortete nicht. Sie brachte es nach der Kündigung nicht mehr über sich, die Form zu wahren. Dass ihr diese Frau vorwarf, sie würde Unfrieden ins Haus bringen und die Hausgemeinschaft stören, das konnte Katharina nicht verwinden. Ohne die Vermieterin eines Blickes zu würdigen, lief sie vors Haus und die Straße hinab.

Autos säumten den Weg. Offenbar kam der ganze Landkreis zum Hussfelder Feuerwehrfest. Ein Stück vor sich entdeckte sie einige der jungen Typen, die für Da Capo Pizza ausfuhren. Sie hielten sich die Jacken über die Köpfe, als sie zum Vereinsheim liefen. Tatsächlich hatte es zu regnen begonnen, erst jetzt merkte sie es. Sie lief etwas schneller, aber als sie ankam, war sie völlig durchnässt.

Sie hatte sich unter das Vordach gerettet und kurz überlegt, ob sie nun noch einmal nach Hause gehen und sich umziehen sollte. Aber letztlich war es ihr egal, sie würde schon wieder trocknen. Jetzt war sie hier und hatte keine Lust, noch einmal durch den sintflutartigen Schauer zu laufen.

»Frau Bosch?«

Sie drehte sich um. Elena Krakowski von der Chemnitzer Zeitung stand hinter ihr, kaum weniger durchnässt. »Was für ein Wetter!«, rief die Journalistin.

Katharina zuckte die Achseln. Dass die Reporterin tatsächlich käme, hatte sie schon gar nicht mehr geglaubt, nachdem diese auch nach der Textnachricht auf keine ihrer Nachrichten reagiert hatte. Elena Krakowski schien genau zu wissen, was in Katharina vorging. »Tut mir leid«, sagte sie. »Tut mir leid, dass ich nicht erreichbar war und nicht zurückgerufen habe.«

Katharina schwieg. Was hätte sie auch sagen sollen. Schon gut? Macht doch nichts? Entschuldigung akzeptiert?

»Kommen Sie, wir machen uns schnell frisch.« Die Journalistin ging voraus. Sie schien sich auszukennen, denn sie musste nicht nach Schildern gucken, um den Weg zu den sanitären Räumen zu finden. Als sie bei den Toiletten angekommen waren, prüfte Elena Krakowski zu Katharinas Befremden zuerst einmal alle Kabinen, ehe sie sprach. »Also, ich kann gut verstehen, wenn sie gekränkt sind. Und das tut mir ehrlich leid«, erklärte sie. »Man hat mich von der Geschichte abgezogen. Ich solle lieber etwas Ergiebiges recherchieren, statt meine Zeit an eine weggelaufene Teenagerin zu verschwenden.«

»Fenja ist nicht …«

Die Journalistin hob die Hand. »Das weiß ich«, sagte sie. »Es geht nicht darum, was Sie denken oder ich. Es geht darum, was mein Chef denkt. Und der hat offenbar seine ganz klaren Vorstellungen.« Sie senkte die Stimme. »Er denkt immer das, was er gerade denken soll.«

»Soll? Wer sagt ihm denn, was er denken soll?«

»Beweisen kann ich es leider noch nicht. Denn es ist nicht wirklich einfach, die Geschichte weiterzuverfolgen, wenn man ständig mit anderer Arbeit eingedeckt wird. Aber wenn Sie mich fragen, bekommt Pflugrad seine klaren Anweisungen.«

»Pflugrad?«

»Mein Redaktionsleiter.«

»Sie meinen, er lässt sich vorschreiben, was er zu denken hat?«

»So sieht es aus.« Elena Krakowski hob entschuldigend die Hände. »Ich wünschte, es wäre anders.« Sie beugte sich vor und studierte ihr Gesicht im Spiegel. »Die Zeitung ist auf großzügige Spender angewiesen. Auch auf Werbekunden. Wenn da einer sagt, bei euch schalte ich keine Anzeigen mehr …«

»Und wer soll das sein?«

»Egon Witzen zum Beispiel, der kein Vergnügen daran hat, den Namen seines Sohnes in der Zeitung zu lesen. Jedenfalls nicht, solange der junge Mann nur Mist im Kopf hat. Oder Ihr Chef. Ihr Exchef, meine ich.«

»Gerlach?«

»Absolut. Er hat ein Interesse, dass nichts seine Kreise stört.«

»Aber Fenjas Verschwinden interessiert den doch gar nicht!«, widersprach Katharina.

»Vielleicht.« Die Journalistin warf ihr im Spiegel einen rätselhaften Blick zu. »Vielleicht aber doch? Warum sollte er Sie rausschmeißen? Warum sollte er dafür sorgen, dass Sie Ihr Arbeitslosengeld nicht bekommen und Ihnen Ihr Konto gekündigt wird?«

»Er?«

»Es kann nur er gewesen sein. Oder Hutter. Das sind die beiden Männer mit den einflussreichsten Netzwerken. Und genau das ist der Punkt: Diese Netzwerke sind empfindlich. Alles, was Sand ins Getriebe bringt, könnte alles zum Stillstand bringen.«

*

Als sie aus der Besinnungslosigkeit erwacht, würde sie am liebsten sofort wieder ohnmächtig werden. Fenjas Kopf ist ein einziger Schrei aus Schmerz und Angst. Sie ist so verzweifelt, dass sie laut heult. Sie weint, aber es kommen keine Tränen, denn für Tränen ist sie viel zu ausgetrocknet. Ihre Schulter brennt wie die Hölle. Ihre Hände ebenfalls. Er muss ihr auf die Finger getreten sein, denn sie kann sie nicht mehr bewegen, jedenfalls auf der rechten Seite nicht. Sie würde sich die Hand ansehen und auch den Rest ihres zerschundenen Leibs, wenn sie etwas sehen könnte. Aber es ist so dunkel … Plötzlich schreit sie auf und greift mit der Linken in ihr Gesicht. Hat er ihr die Augen zerstochen? Hat er sie geblendet? Sie wird nie wieder etwas sehen können, nie wieder! Heulend kippt sie zur Seite, unfähig, ihr Unglück zu begreifen, während ihr Kopf wie verrückt pocht. Er muss ihn gegen die Wand oder gegen den Boden geschlagen ha-

ben, wer weiß, wie oft. Und dann, irgendwann, als er mit ihr fertig war, hat er sie liegen lassen.

Langsam schafft sie es zumindest, wieder regelmäßig zu atmen, auch wenn sie nicht mehr weiß, wozu überhaupt. Ihr Leben ist vorbei, selbst wenn sie noch nicht ganz tot ist. Aber es fehlt nicht mehr viel. Den Rest wird sie ihm abnehmen. Er braucht sie gar nicht mehr umzubringen. Das wird sie allein erledigen. Denn jetzt will sie nur noch eines: sterben. Je schneller, desto besser.

Wenn sie es könnte, würde sie ihren Kopf einfach noch öfter gegen den Boden knallen. So oft, bis es vorbei ist. Aber sie schafft es nicht. Sie schafft es kaum, sich überhaupt zu bewegen. Denn jede Regung ist der reine Schmerz.

Einmal glaubt sie, von irgendwoher eine Stimme zu hören. Johns? Unmöglich zu sagen. Es gibt hier noch andere Menschen. Obwohl: Menschen sind sie alle nicht mehr. Sie sind nur noch Objekte. Weniger als ein Tier. Körper. Ja, das sind sie. Körper. Und von allen Körpern sind sie die elendsten, hässlichsten, abscheulichsten, die stinkendsten und traurigsten. Sie schämt sich. Schämt sich, dass es sie noch gibt. Schämt sich für den widerlichen Rest Mensch, der sie ist.

Und dann sieht sie das kleine rote Licht. Das Lämpchen an der Kamera über der Tür. Sie *sieht* es.

*

11.

Dass es nicht unter ihrem Haus sein kann, ist klar. Das ist zu neu, und Karl kennt jeden Winkel. Auch auf dem Dachboden. Außerdem ist er einigermaßen sicher, dass es ein Keller ist. Es muss ein größeres Gebäude sein, denn wer hat schon sieben Räume im Keller, möglicherweise sogar mehr! Also hat er sich eine Liste gemacht mit möglichen Orten. Natürlich könnte es auch sein, dass die Räume unter einem Zweckbau liegen, so was wie einem Stall oder einer Lagerhalle. Die Idee mit der Lagerhalle hat ihn auf einen weiteren Gedanken gebracht: Was, wenn Fenja nicht auf dem Weg vom Club nach Hause entführt worden ist, sondern direkt dort, auf dem Gelände?

Der Club hat an diesem Tag zu, weil es keinen Sinn hat, gegen das Hussfelder Feuerwehrfest anzustinken. Das ist ein Vorteil. Dass es in Strömen gießt, bringt Karl aus dem Konzept. Bei dem Wetter kann er nicht mit dem Fahrrad bis dorthin fahren. Er braucht für die Strecke schon bei gutem Wetter fast eine halbe Stunde. Aber dann lässt der Regen etwas nach, und ihm fällt ein, dass er die Abkürzung über das Stauwehr nehmen kann. So wird er es in zwanzig Minuten schaffen.

Er schwingt sich auf den Sattel und fährt los: den Feldweg entlang, das Stück durch den Wald, wo es auch schneller geht, weil der Regen durch die Bäume noch einigermaßen zurückgehalten wird, dann übers Wehr. Die Huss ist ein Witz, ein Bächlein, da gibt es nichts mehr zu stauen. Er fährt auf die andere

Seite und dann Richtung Gelenau. Es geht schnell, schneller, als er dachte. Vielleicht liegt es auch daran, dass er ständig im Kopf hat, wie kurz die paar Stunden sind, die sein Vater auf dem Fest sein wird. Diese paar Stunden muss er nutzen!

Als er vor dem Club ankommt, ist alles verlassen. Klar, die Besitzer sind auch nicht hier, nachdem sie ja heute nicht aufgesperrt haben. Karl lehnt sein Fahrrad unters Vordach des Eingangs und schleicht sich an den abgeklebten Fenstern entlang ums Gebäude. Noch ist es hell genug, um sich gut zurechtzufinden. Aber die Dämmerung ist durch die schwarzen Wolken früher hereingebrochen. »Hallo?«, ruft er und biegt auf die Rückseite des Flachbaus. »Jemand da?«

Natürlich antwortet keiner.

Er sucht nach irgendwelchen Lichtschächten. Hat diese Halle überhaupt so was wie einen Keller? Und falls sie einen hat, hat der Keller Fenster? Karl erinnert sich, dass es in den Zellen keine Fenster gibt. Fenja und die anderen werden zwar ständig beleuchtet, aber sie bekommen kein bisschen Tageslicht.

Er wird es nur herausfinden, wenn er einsteigt.

Auf der Rückseite gibt es ein Fenster, das zwar etwas kleiner ist, aber in dessen Nähe ein Stück eines morschen Baumstamms liegt. Dieses Teil zerrt er unter das Fenster, sucht sich einen größeren Geröllbrocken und schlägt dann die Scheibe ein. Es geht so leicht, dass er fast in die Splitter fällt. Er kann sich gerade noch mit der Hand am Fensterrahmen abstützen. Die andere ritzt er sich dennoch, aber nicht schlimm. »Kacke«, flucht er und klopft dann mit dem Stein die Reste der Scheibe aus dem Rahmen, damit er gefahrlos einsteigen kann.

Fünf Minuten später ist er drin.

Es ist finster. Ob er Licht machen soll? Aber was, wenn ihn jemand entdeckt? Andererseits: Wer sollte ihn schon sehen? Ist doch niemand hier heute. Und die Fenster sind abgeklebt, da dringt nichts nach draußen. Er tappt im Halbdunkel nach einem Lichtschalter und findet ihn endlich hinten, wo eine kleine Bühne ist, ein altertümliches Teil, wahrscheinlich noch aus DDR-Zeiten. Surrend springt die Beleuchtung an und gibt einen trostlosen Raum zu erkennen, in dem nur am anderen Ende bei der Bar ein paar Stehtische platziert sind. Auf dem Boden klebt Glitzerfolie, an der Decke hängen Dutzende Scheinwerfer. Es sieht so was von scheiße aus, dass man sich schwer vorstellen kann, wie hier am Wochenende gefeiert wird. Aber so ein Club ist eben vor allem Licht und Leute und Bässe und Bier. Wenn das stimmt, stimmt auch die Stimmung.

Hinter der Bühne geht es in einen abgetrennten Bereich, der aber offen steht. Ein Büro, ein Lager mit Gerümpel, die Toiletten – und eine Treppe nach unten, tatsächlich! Plötzlich fühlt es sich für Karl an, als kämen die Beats mitten aus seiner Brust. Mit angehaltenem Atem steigt er hinunter. Es ist eine Eisentreppe, wackelig und steil. Fast stolpert er. Er kann sich gerade noch am Geländer festhalten. Es riecht muffig, richtig fies riecht es hier. Als würde irgendwas vor sich hin faulen. Karl hält sich eine Hand vors Gesicht und sieht sich um. Eine Metalltür links, eine geradeaus. Inzwischen weiß er nicht mehr, ob er so nass ist, weil er durch den Regen gekommen ist oder weil er so schwitzt. Zugleich ist ihm kalt. Er probiert die eine Tür aus und stellt fest, dass sie nicht verschlossen ist. Dahinter: nichts! Nur eine Rumpelkammer, in der sich Bierkästen stapeln. Die andere Tür dagegen ist zugesperrt. Er legt das Ohr ans Metall und lauscht. Es ist still. Von oben kann er den Regen hören. Und Stimmen!

*

Ist es nicht immer wieder eigenartig, wie ein Mensch aussieht, wenn er merkt, dass er ganz bei sich ist? Ganz allein? Ohne all die Dinge, mit denen er sich immer umgibt? Ohne jemand anderen? Ohne Ablenkung, ohne Spiegel, ohne Gegenüber?

Auch wie ein Mensch sich verändert. Wie er es wieder zu schätzen lernt, am Leben zu sein. Wie er einen einzigen Schluck Wasser zu würdigen beginnt. Wie eine Handvoll Essen beinahe zum Wunder für ihn wird.

Wie klein ein Mensch wird, wenn man ihm all die sinnlosen Dinge nimmt, die ihm so wichtig waren. Wie schmutzig und elend er wird, wenn er nur noch sich selber hat. Und wie rein er dabei zugleich wird. Denn nichts mehr beschmutzt seine Seele.

Er ist zurückgeworfen auf sein reines Dasein, seine pure Existenz. Wie erbärmlich sie auch immer sei. Und das war sie. Erbärmlich und elend und verlockend.

Keiner von ihnen wusste es. Sie waren wie die Kinder, nein schlimmer: wie die Tiere. Sie fraßen, sie soffen, sie hurten, sie vergnügten sich, als gäbe es nichts anderes. Aber eines Tages würden auch sie vor der Wahrheit stehen und feststellen, dass sie ihr Leben gegeben hatten für Nichtigkeiten.

Dieser Tag war der schlimmste von allen. An diesem Tag ließen sie alle Zurückhaltung fahren. Sie benahmen sich wie im Irrenhaus. Diese Feiern holten das Schlechteste aus den Menschen hervor. Und sie genossen dieses Schlechte, dieses Widerwärtige, dieses Böse, ja, sie genossen es.

*

»Hannah. Sie erinnern sich?«

»Natürlich erinnere ich mich. Das Mädchen, das verschwunden ist«, sagte Katharina.

»Richtig.« Elena Krakowski wandte sich zur Tür. »Es war nach einer dieser Feiern hier.«

»Nach einem Feuerwehrfest?«

»Genau.«

Katharina schauderte. Sie stellte sich vor, wie die einen gefeiert hatten, während irgendwo unbemerkt eine junge Frau, ein Mädchen verschwand. »Schrecklich.«

»Wir gehen nicht zusammen raus«, erklärte die Journalistin. »Es ist besser, wir werden nicht gemeinsam gesehen. Warten Sie zwei Minuten oder drei, und gehen Sie dann wieder hinüber. Wenn ich etwas Neues in Erfahrung bringe, melde ich mich.«

»Danke«, flüsterte Katharina.

»Es tut mir leid, dass ich nicht mehr tun kann.«

»Sie haben von allen am meisten für mich getan.«

»Ich schätze, ich habe es für uns alle getan. Für Sie, für Ihre Tochter und auch für mich. Man will sich ja auch noch im Spiegel ansehen können, oder?« Sie lächelte Katharina aufmunternd zu und verließ dann das Damen-WC. Katharina folgte ihr ein paar Minuten später. Inzwischen war ihre Bluse wieder blickdicht, weil sie halbwegs getrocknet war.

Mittlerweile stand Armin Hutter auf der Bühne und hielt eine Rede. Wieder einmal lobte er Hussfeld für den Gemeinsinn, den Zusammenhalt, den Frieden und den dadurch verdienten Wohlstand. Es schien Katharina, als hätte der Mann zwei Gesichter: eines, das er ihr unter vier Augen zeigte, wenn er ein freundlicher, liebenswerter und besorgter Mann war, und eines für die Öffentlichkeit, das ihn als Macher und strammen Law-and-Order-Politiker zeigte. Aber konnte es so einfach sein? Konnte es wirklich sein, dass dieser Mensch seine Persönlichkeit im Amt aufgab?

»Ein elendes Gesülze«, sagte neben ihr ein Zuhörer abschätzig und warf ihr einen ironischen Blick zu.

»Eigentlich ist er ganz in Ordnung, denke ich.«

»Ja? Vielleicht. Aber ich habe nie verstanden, warum er sich als Politiker so affig benimmt.«

»Sie kennen ihn persönlich?«

Der Mann lachte. Jetzt erkannte sie ihn wieder: Es war der Chef der freiwilligen Feuerwehr. »Ich war mit ihm auf der Schule.«

»Oh! Sie stammen auch von hier?«

»Ich stamme aus Thum. Er ist dann irgendwann mit seinen Eltern hierhergezogen.«

»Verstehe.«

Sie lauschten der Rede des Bürgermeisters eine kleine Weile. Dann schlug Walter Daume vor: »Darf ich Ihnen ein Bier ausgeben?«

»Das nehme ich gerne an«, erklärte Katharina. »Ich bin am Verdursten.«

»Und Sie? Leben Sie in Hussfeld?«

»Ja. Noch.«

»Aha? Sie ziehen wieder weg? Vom schönsten Flecken weltweit?« Der Spott in seiner Stimme war gar nicht unsympathisch.

»Es ist sicher sehr schön hier«, sagte Katharina, während sie zum Ausschank gingen. »Aber mir ist gerade mein ganzes Leben aus den Fugen geraten. Ich könnte nicht mal hierbleiben, wenn ich es wollte.« Sie sprach es nicht aus, aber er verstand es auch so: Sie wollte nicht.

»Zwei Bier, bitte«, bestellte Daume und reichte dann das erste gleich an Katharina weiter. »Kommen Sie, gehen wir einen Schritt vor die Tür, hier drin ist es so schwül, dass man kaum Luft bekommt. Und dann müssen Sie mir erzählen, was passiert ist.«

Dankbar, dass es jemanden gab, der sich für ihre Sorgen interessierte, folgte Katharina dem Feuerwehrchef nach draußen, wo sie beide staunend unter dem Vordach stehen blieben. »Wow«, sagte Daume. »So viel Regen hatten wir die ersten acht Monate dieses Jahres nicht mal zusammengenommen.« Tatsächlich hatten sich die Straßenrinnen zu kleinen Sturzbächen entwickelt, und es regnete kräftig weiter. Daume nahm ein Päckchen Zigaretten aus der Tasche und hielt es ihr hin: »Sie auch eine?«

Katharina schüttelte den Kopf. »Nein, danke.«

Er suchte nach einem Feuerzeug und fand keines.

»Warten Sie, ich hab eines«, erinnerte sich Katharina und kramte das Feuerzeug, das sie im Wald gefunden hatte, aus der Tasche. Johns Feuerzeug, dachte sie. Vielleicht.

»Danke. Okay, erzählen Sie. Eine Frau wie Sie, klug, schön, wenn ich das sagen darf, jung ... Was kann da schon aus den Fugen geraten. Die Welt müsste Ihnen doch zu Füßen liegen.«

Katharina musste lächeln. Komplimente? Sie wusste gar nicht, wann sie zuletzt eines bekommen hatte. »Alles«, sagte sie mit belegter Stimme. »Alles. Meine Tochter ist verschwunden.« Sie musste schlucken.

»Ach, Sie sind das!« Er kannte die Geschichte also. »Das tut mir echt wahnsinnig leid. Ich hab's gehört und konnte es nicht fassen. Ich glaube sogar, so was ist hier schon einmal passiert. Ist allerdings etliche Jahre her.« Er schüttelte ungläubig den Kopf.

»Die meisten Leute hier gehen davon aus, dass Fenja abgehauen ist.«

»Klingt für mich, als würden Sie das nicht glauben.«

»Nein. Fenja ist lebenslustig und vielleicht auch ein bisschen widerspenstig. Aber sie wäre nicht einfach abgehauen. Ohne irgendetwas zu sagen.«

»Verstehe.« Er sinnierte einen Moment, nahm einen Schluck von seinem Bier und erklärte dann: »Es ist natürlich so, dass die anderen Ihre Tochter nicht so gut kannten – oder *kennen* – wie Sie. Da ist es vielleicht die einfachste Erklärung, dass sie abgehauen ist. Aber wissen Sie, ich glaube, die Hussfelder sind anständige und nette Menschen. Die werden Sie nicht hängen lassen.«

»Sie haben mir meine Wohnung gekündigt.«

»Hm.«

»Und mein Konto.«

»Ihr Bankkonto? Wer war das? Janke?«

Katharina nickte verzagt.

»Diese Ratte. Der Mann ist so was von asozial. Also mit dem werde ich mal ein Wörtchen reden, darauf können Sie sich verlassen.«

Katharina konnte nicht anders, sie musste seinen Arm drücken. »Sie sind ja wirklich ein besonderer Mensch hier«, stellte sie gerührt fest. »Aber lassen Sie nur. Ich will gar nicht mehr hierbleiben. Alles erinnert mich an meine Tochter. Das halte ich auf Dauer nicht aus.«

»Sie Arme«, sagte Daume und legte den Arm um sie, drückte sie kurz an sich und seufzte. »Es tut mir wirklich sehr leid, dass Sie so eine harte Zeit durchmachen.«

»Danke«, flüsterte Katharina und konnte es nicht vermeiden zu weinen. Sie wischte sich die Augen und schniefte. »Danke.«

»Ich wüsste nicht, wofür.« Er stieß seine Bierflasche gegen ihre.

Hinter ihnen kam ein junger Kerl aus dem Vereinsheim. »Herr Daume? Wir haben gerade eine Meldung bekommen, dass in der Bank die Keller volllaufen. Da scheint ein Fenster kaputt zu sein. Und die haben die Tresorräume da unten …«

Daume stieß einen unernsten verzweifelten Schrei aus. »Ewig kein Brand – und dann genau an unserem Festtag. Okay. Danke, Gerwin. Ich kümmere mich.«

*

Es fiel Armin Hutter nicht leicht, seine Rede so zu Ende zu bringen, wie er sie geplant hatte. Klar hatte Walter recht gehabt mit seiner Bemerkung, dass es sowieso wieder nur die gleiche

Ansprache sein würde wie jedes Jahr. Aber so war das nun einmal: Bestimmte Dinge mussten gesagt werden. Hier ging es um Gemeinsinn und Zusammenhalt, um Verantwortung und Disziplin. Es ging um Sicherheit, Umsicht und Vorsicht. Aber natürlich musste auch die Jugend ein bisschen gebauchpinselt werden, die sich schließlich zur Verfügung stellen sollte. Und die Älteren wollten nicht unerwähnt bleiben. Aus diesen Zutaten konnte man nicht jedes Jahr ein völlig anderes Gericht kochen.

Das wusste er, das wusste auch Walter, und das hätte Armin Hutter auch gar nicht gestört, hätte er seinen alten Schulfreund nicht mitten in seinem Auftritt plötzlich am Rand stehen und mit Katharina Bosch sprechen sehen. Nun ja, wenn sie wirklich nur gesprochen hätten ... Aber es war mehr als offensichtlich, dass Walter ein Auge auf sie geworfen hatte. Er stand so nah bei ihr, als würde er jeden Moment einen Schieber mit ihr tanzen. Und dann waren sie auf einmal verschwunden.

Die ganze restliche Rede über scannte Hutter den Saal, ob sie sich irgendwohin gesetzt hatten. Aber es schien, als hätten sie sich verzogen. Armin Hutter kannte Walter Daume. Er kannte ihn als alten Schwerenöter. Immer wieder hatten sie sich in die Wolle gekriegt, weil Walter seiner Frau einfach nicht treu sein konnte. Das Schlimmste war: Alle wussten es. Alle außer Angelika vermutlich, seiner Frau, auf die er so stolz hätte sein können. Sie war nett, bescheiden, gut aussehend, eine gute Mutter, eine gute Ehefrau ... Und Walter war ein Idiot, dass er es nicht zu schätzen wusste. Jeder andere Mann wäre glücklich mit Angelika gewesen. Aber ihm war sie gerade gut genug, um seine Kinder großzuziehen.

Als er endlich fertig war mit seinem Sermon und sich mehrmals zum Applaus verbeugt hatte, sprang Armin Hutter von der Bühne und wimmelte zuerst einmal die unvermeidlichen Bittsteller ab, die sich schon in Stellung gebracht hatten. Es waren sowieso die immergleichen Anliegen, die sie ihm vortragen würden. Einen Beitrag für die Sanierung des Kreiskrankenhauses würden sie erbitten, eine Weihnachtsfeier für die Landfrauen organisieren wollen, seine Unterstützung für die nächstjährige Jugendweihe würden sie klären wollen, mit ihm über die Ausweisung neuen Bauerwartungslands diskutieren, seine Rede loben, seine Rede kritisieren, ihn für ein Foto im Kreisboten haben wollen …

Aber er wollte jetzt wissen, wo Walter und Katharina Bosch waren, wohin er sie abgeschleppt hatte. Es kränkte ihn, dass sie gerade mit ihm abhing. Dass gerade sie seiner Ansprache nicht gelauscht hatte. Dass … Er wusste es auch nicht. Walter *hatte* doch eine Frau! Was musste er sich ausgerechnet an Katharina Bosch ranwerfen?

*

Er schrickt zusammen. Ist doch jemand hier? Hastig rennt Karl die wackelige Treppe wieder hoch und kann sich gerade noch hinter das Pult ducken, an dem sonst der DJ steht, als die Tür aufgeht und ein Mann hereinkommt. »Warum muss irgendein Vollidiot sein Fahrrad hier vor die Tür stellen?«

»Wahrscheinlich zu besoffen, um noch geradeaus zu fahren. Wollte es vielleicht vor dem Regen schützen?«, schlägt ein anderer Mann vor, der hinter ihm hereinkommt.

»Okay. Sehr vorausschauend. Sag mal, hast du das Licht wieder nicht ausgemacht am Sonntag?«

»Sieht so aus, sorry.«

»Hey, bald stell ich dir eine Extrarechnung für Strom! Das ist jetzt bestimmt schon das vierte oder fünfte Mal.«

»Ja, Mann, tut mir leid. Nach so einem Wochenende hat man doch bloß noch Matsch in der Birne.«

»Dafür brauchst du kein extra Wochenende. Bei dir war noch nie was anderes im Schädel.«

Karl hält die Luft an. Wenn nur einer der beiden in seine Richtung kommt, werden sie ihn unweigerlich entdecken. Er sitzt wie auf dem Präsentierteller. Stattdessen entdecken die Typen etwas anderes: »Hey! Irgendein Arsch hat ein Fenster zerstört!«

»Was für 'ne Scheiße. Jetzt, wo es regnet wie Sau. Und bis wir 'nen Glaser bekommen, vergeht locker …«

»Hol lieber was zum Abkleben. Das bringt uns jetzt nicht weiter zu jammern.«

»Ich glaub, im Keller gibt's irgendwo eine Plane.« Der Mann bewegt sich auf den hinteren Teil des Clubs zu. Jeden Augenblick wird er an Karl vorbeikommen und …

»Nimm den Überwurf von der Bar«, ruft der andere. »Der ist dick und wasserdicht.«

»Gute Idee.« Er dreht um und geht in die andere Richtung. Karl hat das Gefühl, dass er sich gleich in die Hosen macht. Es dauert eine gefühlte Ewigkeit, bis die beiden mit dem Fenster fertig sind. Dann sagt der eine: »Du packst hinten an, ich vorne.«

Was immer sie transportieren, es scheint schwer zu sein, denn die Männer ächzen, während sie es nach draußen schleppen. Dann wuchten sie die Tür zu und sperren ab. Wenig später ist ein Motor zu hören, den Karl vorhin vom Keller aus nicht bemerkt hatte.

Sie scheinen weg zu sein. Ob sie sein Fahrrad mitgenommen haben? Er zögert noch einen Moment, dann wagt er sich aus seinem Versteck und geht hinüber zur Tür. Klar, abgesperrt. Er hat es ja gehört. Hier drinnen ist es jetzt stockfinster. Durch eine Ritze an der Fensterfolie kann er nach draußen linsen. Offenbar ist niemand mehr da. Was nicht heißt, dass sie nicht bald wiederkommen könnten, um noch mehr Zeug abzutransportieren. Er sieht sich um, packt einen Barhocker und zertrümmert eines der Vorderfenster. Dann klettert er hastig hinaus, fällt auf den Rücken, bleibt liegen, bis er wieder Atem bekommt und sieht sich um. Sein Fahrrad steht jetzt neben dem Eingang, nicht mehr unter dem Dach an der Tür. Immerhin haben sie es nicht ins Gebüsch gepfeffert.

Er überlegt kurz, ob er die Zufahrt nehmen soll, entscheidet sich dann aber doch, lieber wieder auf dem Weg zurückzufahren, den er gekommen ist. Schneller und unauffälliger.

Inzwischen regnet es wieder heftiger. Schon nach ein paar Metern ist er bis auf die Unterhose durchnässt. Egal, nasser kann er jetzt jedenfalls nicht mehr werden. Nerviger ist, dass er vor lauter Regen kaum etwas sieht.

Als er über das Stauwehr fährt, staunt er: Die Huss sieht schon nicht mehr so läppisch aus wie noch vorhin. Aber es fließt ja auch von allen Seiten Wasser die Hänge vor dem Wehr hinunter. Bald wird der Bach wieder seine normale Größe haben. Irgendwie macht ihn das nicht froh. Irgendwie fühlt es sich einfach seltsam an, dass das so schnell geht. Aber darüber will er jetzt nicht nachdenken. Er hat so wenig Zeit, dass er nur an Fenja denken will. Wenn es heute nicht klappt, dann wird er sie vielleicht nie finden. Weil es ganz einfach zu spät sein wird.

*

Manchmal bereut sie es. In manchen Augenblicken, wenn sie noch einmal ganz zu Sinnen kommt, bereut sie, dass sie es versucht hat. Auch wenn Fenja selbst nicht verstehen kann, wieso, sie hängt an diesem Leben. Obwohl es doch kein Leben mehr ist. Obwohl doch jede Minute eine Qual ist, Schmerz und Scham. Vielleicht weil der Tod bedeutet, dass es keine Hoffnung mehr gibt. Aber solange das Blut in ihren Adern noch fließt, bewegt sich eben auch ein Fünkchen Hoffnung in ihrem Geist. Ein Fünkchen, das aber immer kleiner wird – und mit ihm ihr Lebensmut und ihr Lebens-

wille. Meist liegt sie nur noch da und gibt sich der Zeit hin, die an ihr frisst, die ihr das Leben aus dem Leib frisst.

Es gibt kein Wasser mehr, nichts mehr zu essen. Es ist wie unter der Guillotine, wenn sich das Beil gelöst hat: Dann saust es herab. Man lebt noch, aber der Tod ist schon beschlossen, und er wird unweigerlich eintreten. Eine Guillotine hätte sie sich gewünscht. So schnell, so gnädig. Anders als ein Tod durch Verdursten, der einen über Stunden, über Tage hinweg in Besinnungslosigkeit und Wahnsinn treibt. Wenn du weißt, dass es aus ist, aber wenn es dennoch nicht vorbei ist und du leidest, Stunde um Stunde um Stunde …

Fenja ist so tief in ihren düsteren Gedanken versunken, dass sie kaum hört, wie sich die Geräusche um sie herum verändern. Sie ist so sehr daran gewöhnt, dass ihre Sinne sie im Stich lassen oder ihr Träume vorgaukeln, dass sie lange Zeit gar nicht erkennt, wie die Matratze unter ihrem Körper kälter wird, kälter und klamm.

*

III.

»Herr Hutter?« Gregor Witzen, ein junger Kerl aus Bertoldsbach, der sich immer mal wieder nützlich machte bei regionalen Veranstaltungen und in der freiwilligen Feuerwehr eine verlässliche Größe und außerdem der Sohn eines wichtigen Gönners war, hatte den Bürgermeister im Gespräch mit Roland Freiberg vom Bauernverband angetroffen.

»Was gibt es?« Heute schienen sich alle verschworen zu haben, ihn zu behelligen.

»Wir gehen auf einen Einsatz«, erklärte Witzen. »Ich dachte, das sollten Sie wissen.«

»Einsatz? Ist irgendwo ein Feuer ausgebrochen?« Hutter war sofort alarmiert. »Ein Blitzschlag?«

Der junge Mann schüttelte den Kopf. »Mehrere kleine Überschwemmungen. Aber Herr Daume hat gerade Verstärkung vom THW angefordert, weil es wohl am Stauwehr ein Problem gibt.«

»Danke, dass du mir Bescheid gegeben hast.« Hutter nickte dem Bauernvertreter zu. »Darum muss ich mich leider kümmern.«

Freiberg nickte, seufzte und hob theatralisch die Arme. »Da betet man monatelang um Regen, und dann kommt alles auf einmal.«

»Es kommt immer alles auf einmal«, erklärte Hutter und ließ den Mann stehen.

Es stellte sich heraus, dass inzwischen aus mehreren Gemeinden Notrufe gekommen waren: Überall liefen Keller voll, waren leichte Gebäude unter der Last der Wassermassen zusammengebrochen oder drohten Rückhaltebecken überzulaufen.

Unter den Mitgliedern der freiwilligen Feuerwehr war inzwischen hektische Betriebsamkeit ausgebrochen. An Feiern war für die meisten nicht mehr zu denken. Während die einen fluchten, dass ihnen der Spaß gründlich verdorben worden war, sahen die anderen eine gute Gelegenheit, sich als Helden zu inszenieren, vor allem der anwesenden Weiblichkeit gegenüber. Frauen gab es bei der freiwilligen Feuerwehr im Landkreis kaum. Ein Schwesternpaar aus Annaberg war mit dabei, beide in den Zwanzigern, beide mit politischen Ambitionen, leider in der falschen Partei.

Hutter fand Walter Daume bei der improvisierten Lagebesprechung. Man hatte einen Biertisch leer geräumt, als gelte es, eine Karte zu studieren. Natürlich lag keine Karte da, sondern nur eine Reihe Smartphones, von denen immer wieder eines aufleuchtete, weil eine Nachricht eintraf. Die Feuerwehrleute standen um den Biertisch herum und besprachen die Maßnahmen und Abläufe. »Schneider, übernehmen Sie bitte Ehrweg. Sie arbeiten sich von unten nach oben vor, weil die tiefer gelegenen Keller am schnellsten volllaufen. Sie nehmen drei Mann mit und treffen dort die Kollegen vom THW.« Alle wussten, dass die freiwillige Feuerwehr im Landkreis nicht das nötige Material hatte, um gleichzeitig mehrere Einsätze mit eigenen Fahrzeugen zu bewältigen. Es gab insgesamt zwei Hochleistungspumpen. Die Frage war, wo sie am dringendsten benötigt wurden.

»Olbricht, haben Sie Ihr Auto da? Gut. Dann fahren Sie bitte voraus zum Wehr und melden Sie sich so schnell wie möglich mit einer Einschätzung, was wir da tun müssen. Ah, Armin! Gut, dass du da bist!«, rief Daume Hutter zu. »Kannst du dafür sorgen, dass die Schleusen alle so weit wie möglich geöffnet werden?«

»Das kann ich«, erwiderte Hutter. »Aber haben wir nicht jetzt schon vollgelaufene Keller? Wir können doch nicht noch mehr Wasser hier brauchen, oder?«

»Ihr könnt vor allem kein Stauwehr brauchen, das zusammenbricht.«

Einen Moment lang war Hutter sprachlos. »Zusammenbricht? Es regnet doch erst seit ein paar Minuten.«

»Das geht schnell«, sagte einer der Männer, ein Ingenieur, dessen Name Hutter nicht einfiel. »Die Böden sind durch die lange Trockenheit nicht aufnahmebereit.«

»Die müssten doch das Wasser wegsaugen, so vertrocknet wie sie sind.«

Der Mann schüttelte den Kopf. »Das Gegenteil ist der Fall. Die Oberfläche ist wie versiegelt. Das Wasser dringt nicht ein.«

»Aber … aber …«

Daume ergriff das Wort: »Wenn der Damm bricht, ist die Katastrophe noch größer, als wenn jetzt ein paar Keller volllaufen. Olbricht, vielleicht nehmen Sie Herrn Hutter mit?«

Zum Wehr? Hutter spürte, wie Panik nach ihm griff. »Ich … ich denke, ich werde hier gebraucht.«

»Du kannst ja dann gleich zurückkommen«, sagte Daume. »Aber ich möchte deine Einschätzung. Das ist zu wichtig.«

Olbricht nickte und winkte dem Bürgermeister, mit ihm zu kommen. »Sie kennen vermutlich sowieso den kürzesten Weg. Ich bin ja als Thumer nicht ganz so vertraut mit der Gegend hier.«

Hutter seufzte und fügte sich in sein Schicksal. Er ging mit dem Mann nach draußen und registrierte erstaunt, wie sich die kleinen Bächlein links und rechts der Straße binnen kürzester Zeit zu regelrechten Sturzbächen entwickelt hatten. »Wird nicht ganz ungefährlich sein auf der Straße«, sagte er.

»Keine Sorge«, erwiderte Olbricht. »Ich bin mit dem Rover hier. Der kommt damit gut klar.« Er deutete auf einen Defender, der etwas die Straße runter geparkt war. Völlig durchnässt kamen sie bei ihm an und stiegen ein. Fluchend nahm Hutter sein Handy aus der Tasche und wählte die Nummer seines Sohns.

*

Da ist sie. Fenjas Mutter. Sie geht allein auf der Straße. Es scheint ihr gar nichts auszumachen, dass es wie verrückt regnet. Karl hat sein Fahrrad hinter dem Schwarzen Ochsen abgestellt und versucht, ins Wirtshaus zu kommen. Irgendwo ist hoffentlich nicht abgesperrt. Und tatsächlich steht die Laderampe des Lastenaufzugs offen. Das Wasser plätschert munter hinunter in den Keller. Karl prüft kurz, ob ihn das Ding nicht plötzlich zerquetschen wird, stellt zufrieden fest, dass alles stabil ist, und schlüpft hinein, angelt mit den Füßen nach Halt – und sieht dann, kurz bevor er sich abstößt und den Sprung nach unten wagt, Katharina Bosch auf dem Weg nach Hause.

Es ist nicht nur finster hier unten, das Wasser steht auch schon knöchelhoch. Unsicher tastet Karl sich voran und findet endlich einen Lichtschalter. Ein Keller, der ein paar Hundert Jahre alt ist, kann richtig gruselig aussehen. Dieser hier tut es nicht. Zalic hat aufwendig renoviert und den Lagerraum mit Metallregalen eingerüstet, in denen jede Menge Vorräte lagern.

Die Eisentür ist leider verschlossen. Karl denkt schon, dass er jetzt irgendwie versuchen muss, den Weg, den er gekommen ist, auch wieder zurück zu nehmen, da entdeckt er, dass es noch einen zweiten Raum hier unten gibt, der offen steht – und von diesem Raum geht eine weitere Tür ab, die unverschlossen ist. Augenblicke später ist er im Flur. Ein verwinkeltes Untergeschoss erstreckt sich vor ihm mit ehemaligen Eis- und Kohlekellern, mit Verschlägen voller Gerümpel, weiter vorne mit den Gästetoiletten, mit einem Raum für Putzmittel und Werkzeug … aber keine Verliese, wie er sie in den Übertragungen sieht. Nein, sosehr Karl gehofft hatte, Zalic könnte damit zu tun haben und er würde Fenja hier finden, so klar ist: Hier ist sie nicht.

Karl muss nicht überlegen, wie er nach draußen kommt, er wird ganz sicher nicht wieder den Weg über den Lastenaufzug nehmen. Einfacher ist es, oben ein Fenster zu öffnen und auszusteigen. Also rennt er hoch, durchquert so leise wie möglich die Gaststube, weil es ja auch eine Frau Zalic gibt, der er jeden Moment in die Arme laufen könnte, dann sucht er sich ein Fenster, das zur Seite zeigt, damit man ihn nicht gleich von der Straße aus sieht, wenn er nach draußen springt – und wenig später hat er den Schwarzen Ochsen wieder verlassen. Er drückt sich noch an die Hauswand, weil im selben Augenblick ein Land Rover vorbeifährt. Aber in dem Regen achtet sowieso niemand darauf, was in irgendwelchen Hauseinfahrten geschieht. Er wischt sich die nassen Haare aus der Stirn und atmet tief durch. In dem Moment klingelt sein Handy.

»Papa?«

»Karl! Wo bist du?«

»Ich …«

»Was machst du bei der Wirtschaft? Warum bist du nicht zu Hause?«

Hat ihn sein Vater etwa gesehen? Das ist unmöglich! Karl ist sprachlos, starrt sein Handy an.

»Mach, dass du nach Hause kommst!«, herrscht Armin Hutter seinen Sohn an.

»Aber ich … bin zu Hause, Papa.«

»Lüg mich nicht an! Ich sehe doch, dass du nicht zu Hause bist! Du gehst jetzt sofort heim und bleibst da. Es wird spät, bis ich komme. Ich will nicht, dass du dich draußen herumtreibst, verstanden?« Und als Karl nichts erwidert, wiederholt Hutter: »Verstanden?«

»Ja«, presst Karl hervor. »Verstanden.«

»Gut.«

Die Verbindung ist weg. Karl steht im Regen und starrt auf sein Handy. Wer hat ihm gesagt, dass er draußen ist? Wer hat ihn gesehen und verpfiffen?

*

Die Lage war dramatischer, als Hutter in seinen schlimmsten Befürchtungen angenommen hätte. Die Huss war zu einem Fluss angeschwollen. Und unablässig stürzten weitere Wassermassen von allen Seiten in das Bett über das Stauwehr. Hier hatte man vor achtzig Jahren eine Staustufe eingerichtet, über der ein Rückhaltebecken angelegt war. Eigentlich vorausschauend für Fälle wie diesen. Nur dass so viel Wasser in so kurzer Zeit zusammenkam, das hatten die Planer nicht vorhergesehen. Weshalb es kaum möglich war, die Sturzfluten durch ein Öffnen der Schleusen auszugleichen. Der Effekt war, dass einerseits viel zu viel Wasser Richtung Dorf floss, während gleichzeitig der Druck auf das Wehr unaufhörlich wuchs.

»Wann können Sie mit dem Pumpen beginnen?«, fragte Hutter.

»In fünf Minuten sind wir einsatzbereit!«, rief der Mann vom THW.

»Und wohin pumpen Sie?«, schrie Hutter gegen den Lärm an, den das Wehr verursachte. Er hasste diesen Ort. Hier hatte er den Albtraum seines Lebens erlebt, hier war alles aus den Fugen geraten.

»Wir leiten es von oben ab und lassen es unten wieder in den Fluss«, erklärte der Einsatzleiter.

»Aber dann kommt ja noch mehr Wasser ins Dorf!«, rief Hutter und winkte ab. »Das können Sie unmöglich machen!«

»Wir müssen! Wenn wir den Druck oben nicht wegnehmen, dann hält das Wehr vielleicht nicht stand.«

»Und wenn Sie es woandershin leiten?«

»Wohin denn, Mann!«, schrie der Einsatzleiter entnervt. »Wasser fließt immer nach unten!«

Fluchend wandte sich Hutter ab. Wenn das THW hier abpumpte, musste die Feuerwehr unten im Ort pumpen, um die Wassermassen irgendwie einzudämmen. So oder so sah er schwarz. Es war zu viel, und es kam immer mehr. Der Regen schien nicht nachzulassen. Er musste weg von hier. »Olbricht! Kann ich Ihren Wagen nehmen?«

»Nehmen Sie ihn! Ich komme schon zurecht!«

Hutter stieg wieder in den Defender und wendete, wobei er der Böschung ums Haar zu nahe gekommen und in das Rückhaltebecken gerutscht wäre. Schweißüberströmt nahm er den Weg zurück nach Hussfeld. Er war froh, dass er diesen verfluchten Ort verlassen konnte, mit dem ihn so fürchterliche Erinnerungen verbanden. Noch einmal prüfte er das Smartphone seines Sohns, doch das war ausgeschaltet. »Verdammt!«, schrie er. Alles schien sich gegen ihn zu verschwören. Natürlich ging Karl auch nicht ans Telefon zu Hause.

*

Wenn man stirbt, schenkt einem Gott schöne Träume. Das muss Fenja denken, als sie spürt, wie sie auf einem See ins Jenseits gleitet. Vielleicht ist es der Fährmann, der mich jetzt holt, denkt sie. Irgendwann hat sie das in der Schule gelernt. Die Griechen haben geglaubt, dass man über einen Fluss gebracht wird, wenn man stirbt. Dass es wirklich so sein würde, hätte sie nie gedacht. Aber jetzt schwebt sie auf Wasser. Sie

kann es genau fühlen. Sie kann es sogar hören! Von irgendwoher kommen Stimmen, die dieses schöne Gefühl aber stören. So lange hat sie kein Wasser mehr auf ihrer Haut gespürt. Und jetzt darf sie sogar darin schwimmen.

Es ist dunkel. Natürlich. Aber jetzt weiß sie, dass es nie mehr hell wird. Oder? Vielleicht ist das Jenseits ja auch ein Ort des Ewigen Lichts? Die Idee lässt sie aufschrecken. Sie zuckt, weil sie kaum Kraft hat, ihre Bewegungen zu beherrschen. Und während sie zuckt, merkt sie, dass noch Leben übrig ist in ihr. Und dass es nicht dieser griechische Fluss sein kann. Weil alles um sie her noch genauso hart und grausam ist wie schon die ganze Zeit. Nur einen Unterschied gibt es: Sie liegt im Wasser! Die Matratze unter ihr ist nass. Und als sie zur Seite greift, stellt sie fest, dass um die Matratze eine tiefe Pfütze ist. Sie greift sich ins Gesicht, spürt, dass es Wasser ist, leckt an ihren Fingern, wird von Lebenswillen durchzuckt wie von einem Stromstoß und lässt sich gierig zur Seite fallen. Trinkt, trinkt, trinkt, bis sie nicht mehr kann, und sinkt dann wieder zurück auf ihre klatschnasse Unterlage, atmet tief durch, spürt, wie sie wieder klarer denken kann, während die Lampe wieder aufflackert. Doch mit jedem bisschen mehr an Sinn und Verstand wächst auch die Erkenntnis, dass ihre Qualen noch nicht zu Ende sind.

*

»Frau Bosch?« Er hat die ganze Fahrt lang überlegt, ob er es tun soll. Aber eigentlich weiß er längst, dass er es alleine nicht schaffen würde. Karl braucht Hilfe. Aber es muss jemand sein, dem er vertrauen kann. Und je länger er darüber nachdenkt, umso klarer wird ihm, dass das nur Fenjas Mutter sein kann. Auch wenn er damit eingestehen muss, dass er seit Wochen zusieht, wie … wie …

»Ja?«
»Ich bin Karl. Karl Hutter.«
»Ja. Hallo. Wir kennen uns, glaube ich.«
»Ich bin ein Freund von Fenja.«

*

Katharina erwiderte nichts, sondern presste nur die Lippen aufeinander. Er rang mit sich, das konnte sie erkennen. Und dann wurde ihr klar: Er wusste etwas. Er hatte etwas zu sagen. Er stand nicht zufällig hier unter dem Vordach des Schwarzen Ochsen und hatte sie angesprochen. Sie fasste ihn an den Schultern und blickte ihm in die Augen, als wollte sie ganz tief in ihn hineinsehen. »Weißt du etwas?«, fragte sie und konnte spüren, dass er genauso zitterte wie sie. Und sie wusste, dass es genauso wenig der Kälte wegen war wie bei ihr. Sie zitterte aus Angst. Und er? »Weißt du etwas über Fenja, Karl?«

Er holte Luft. Doch statt etwas zu sagen, holte er sein Smartphone raus und rief eine Website auf. Wenig später hielt er ihr den Bildschirm hin und hatte Mühe, seine Hand ruhig zu halten.

Katharina packte ihn am Arm und riss ihn mit sich. Sie lief zu ihrer Wohnung, schubste Karl ins Haus und zerrte ihn die Treppe hoch. Sie konnte kaum aufsperren, so aufgewühlt war sie. Drinnen packte sie ihn abermals an den Schultern und presste ihn gegen die Wand. »Wo ist das? Wo hast du das her?«

»Ich … ich weiß es nicht«, sagte Karl mit rauer Stimme.

»Wer hat das aufgenommen?«

»Aufgenommen?«, fragte Karl verwirrt.

»Den Film. Wer hat ihn gemacht?«

»Es … es ist kein Film.« Er brachte die Worte kaum hervor. »Das … das ist Fenja.«

»Ich weiß, dass es Fenja ist, verdammt!«, rief Katharina und ließ ihn los. »Aber jemand muss den Film ja gemacht haben!«

Endlich kapierte Karl, was sie da sagte. Sie hielt es für ein Video wie das mit der Sexszene aus dem Auto im Wald. Aber das war es nicht. »Es ist eine Livekamera, Frau Bosch.«

Der Blick aus ihrem Schlafzimmerfenster ist absurd. All die Zeit, die sie hier gewohnt hatte, war die Straße trocken und staubig gewesen. Und jetzt, auf einmal, sah sie aus wie ein Wasserfall. Zum ersten Mal hatte sie das Gefühl gehabt, dass etwas zu Ende ging, dass sie Fenja vielleicht wirklich nie mehr wiedersehen würde, dass es eine Illusion war zu glauben, sie könnte sie jemals wiederfinden. Und jetzt das!

Ein paar Autos fuhren vorbei, offenbar war die Feier im Vereinsheim beendet worden, und alle flüchteten nach Hause. Es war so trostlos, dass Katharina nicht unterscheiden konnte zwischen den Regentropfen auf der Fensterscheibe und ihren Tränen. »Wo ist diese Kamera?«, fragte sie, nachdem sie den ersten Schock verarbeitet hatte.

»Das weiß ich nicht, Frau Bosch«, erklärte Karl und wagte es kaum, die Frau anzusehen, die so erschöpft und zerbrechlich wirkte, nein, nicht zerbrechlich, sondern zerbrochen.

»Aber wie kannst du dann auf die Kamera zugreifen? Die ... die Bilder müssen doch von irgendwo auf dein Handy übertragen werden.«

»Ich weiß nicht, wo das ist. Ich ...« Er zögerte. »Ich habe einen anderen Computer gehackt«, sagte er schließlich. Und setzte dann nach: »Es muss hier irgendwo in der Nähe sein, ich bin sicher. Ich ... ich habe schon im Club geschaut, wo Fenja zuletzt war. Aber da kann es nicht sein. Im Schwarzen Ochsen ist es auch nicht.«

»Im Schwarzen Ochsen?«

»Es geht doch darum, wo ein solcher Raum überhaupt sein könnte!«

»Aber so ein Zimmer könnte doch überall sein!«, sagte Katharina. »Man sieht doch nichts als vier Wände. Und Fenja«, flüsterte sie.

»Es …« Karl holte Luft. »Es ist nicht die einzige solche Kammer.«

Katharina sah ihn an, als wäre er ein böser Geist. Alles, was er hier zu sagen hatte, war grauenhaft. »Es gibt mindestens sieben davon. Und in sechs von den Kammern sind Menschen.« Jetzt war es raus.

Katharina Bosch riss vor Angst und Panik die Augen auf. »Weiß die Polizei davon?«, sagte sie so leise, dass er sie kaum hörte.

»Ich glaube nicht. Ich glaube, niemand weiß es. Außer uns. Und demjenigen, der sie dort eingesperrt hat.«

»Wo können wir noch suchen?«, fragte sie.

»Ich denke, es ist ein altes Haus. Jedenfalls ein großes. Niemand hat doch sieben Zimmer übrig. Oder mehr. Außerdem glaube ich, dass es Keller sind, weil keine der Kammern Fenster hat. Es könnten auch Garagen sein«, fiel ihm wieder ein. Unwillkürlich warf er einen Blick aus der Zimmertür in Richtung Wohnzimmer, das zum Hof rausging.

»Ein großes Haus«, wiederholte Katharina. »So wie dieses.«

»Tatsächlich gibt es nicht so viele in Hussfeld. Dieses wäre auch möglich.«

»Es könnte einer der alten Höfe hier sein«, schlug Katharina vor.

Karl nickte. »Davon gibt es drei, die infrage kommen. Einer ist hier gegenüber.« Er deutete aus dem Fenster, wo unterhalb der Kirche der ehemalige Bauernhof war, in dem jetzt ein Baustoffhändler sein Lager unterhielt.

»Ich sehe hier im Haus nach, du gehst rüber«, sagte Katharina. Wenn du was findest, rufst du mich an, wenn ich was finde, rufe ich dich an. Wenn wir beide nichts finden, treffen wir uns gleich im Bushäuschen.«

»Okay«, sagte Karl und rannte los.

»Hey!«

»Ja?«

»Deine Nummer!«

»Klar.« Er streckte die Hand aus, ließ sich Katharinas Handy geben, wählte den eigenen Anschluss und gab es ihr zurück. »Viel Glück.«

»Viel Glück.«

Weg war er.

*

IV.

Es war fast dunkel. Mehrmals krachte der Wagen in ein Schlagloch auf dem Feldweg, doch irgendwann hatte Hutter die Straße wieder erreicht. Wenig später war er zurück im Ort. Die Hauptstraße sah aus wie ein Wasserfall. Sogar der Rover kam immer wieder ins Schlittern. Hutter fuhr einmal bis vor zum Vereinsheim, wendete und blieb schließlich vor dem Bürgerhaus stehen. Wo konnte Karl sein? Auf das Fest würde er nicht gegangen sein, denn da musste er damit rechnen, ihn zu treffen und Ärger zu bekommen. Wieso überhaupt war der Junge bei diesem beschissenen Wetter rausgegangen? Hutter versuchte sich zu erinnern, wo sich Karl bei seinem Anruf aufgehalten hatte. War das beim Schwarzen Ochsen gewesen?

Er lief hinüber und klopfte, rief nach seinem Sohn. Nichts. Noch einmal wählte er die Nummer. Diesmal kam die Verbindung zustande, aber Karl nahm den Anruf nicht an. Stattdessen meldete sich die Mailbox. »Karl, verdammt, wo bist du? Warum bist du bei diesem Wetter und um diese Uhrzeit nicht zu Hause?«

Er legte auf und ging auf sein lokales Netzwerk. Tatsächlich war Karls Smartphone wieder zu sehen. Gar nicht weit entfernt! Hutter wählte ein weiteres Mal die Nummer seines Sohnes, rechnete aber schon gar nicht mehr damit, dass Karl sich melden würde. Tatsächlich sprang dieses Mal die Mailbox gleich an, das Handy hatte keinen Empfang. »Was machst du bei Frau Bosch? Ich will, dass du sofort nach Hause gehst!«, knurrte er. Er lief ums Haus und klingelte bei Bosch. Aber niemand öffnete. Als er nach oben blickte, waren die Fenster dunkel. War Katharina da? War Karl bei ihr? Oder war er inzwischen wieder ganz woanders?

Ein neuer Check besagte nur, dass Karls Handy sich gerade nicht orten ließ. Hutter fluchte und rannte ein Stück weiter die Straße hinunter, überquerte sie und stellte sich kurz am Bushäuschen unter. Er sah nach, ob Karl sich gemeldet hatte. Hatte er aber natürlich nicht. Stattdessen vier Nachrichten von der Feuerwehr und vom THW. Verzweifelt blickte er sich um. Irgendwie lief gerade alles gewaltig aus dem Ruder, und er wusste noch nicht, wie er das in den Griff bekommen sollte. Und an allem war der große Plan schuld, diese riesige Aufgabe, die er nie hatte übernehmen wollen. Einen Augenblick lang hatte Armin Hutter das Gefühl, als müsste er sich übergeben. Doch dann riss er sich zusammen, antwortete der Feuerwehr: *Bin auf dem Weg.* Und rief beim THW an.

»Herr Hutter? Wir brauchen Sandsäcke. Je mehr und je schneller, desto besser!«

»Ich weiß, dass die Kollegen von der Feuerwehr schon dabei sind, welche zu organisieren«, erwiderte Hutter. Erstaunt bemerkte er, dass oben die Kirchenpforte offen stand.

»Sie sollen sie nicht einsetzen, um Kellerfenster zu sichern. Sie sollen sie alle schnellstens hier rüberbringen zum Wehr.«

»Alles klar.«

Er rief bei Daume an.

»Walter?«

»Armin, ich bin hier im Einsatz.«

»Deshalb rufe ich an. Alle Sandsäcke, die ihr auftreiben könnt, unbedingt direkt zum Stauwehr, ja? Da ist inzwischen Alarmstufe Rot.«

»Das heißt Alarmstufe drei, Armin.«

»Gibst du das bitte weiter?«

»Klar. Danke.«

»Alles Gute!«

Hutter beendete den Anruf, hielt sich einen Moment an einem der Balken des Bushäuschens fest und steckte das Handy weg. Es musste sein: Er musste mit jemandem sprechen. Mit einem Schluchzen riss er sich los und lief hoch zur Kirche.

*

Er sieht seinen Vater schon von Weitem. Er würde ihn immer und überall erkennen, auch wenn der Regen die Sicht fast völlig verhindert. Und er weiß auch, was sein Vater da tut: Er sucht ihn. Vielleicht war er zu Hause und hat festgestellt, dass Karl nicht dort ist. Ja, wahrscheinlich. Und jetzt sucht er ihn. Aber er hat keine Idee, wo Karl sein könnte.

Die letzte Nachricht auf der Mailbox hat Karl die Augen geöffnet: Sein Vater hat ihn getrackt! Karls Handy ist auf den Namen seines Vaters registriert. Und der hat die Einstellungen so gemacht, dass er jederzeit genau sehen kann, wo sein Sohn sich aufhält – wenn er das Smartphone dabeihat und es eingeschaltet ist. Im ersten Moment hat Karl den Impuls gehabt, das Handy wegzuschleudern oder draufzutreten. Doch dann hat er es einfach ganz ausgeschaltet und im Treppenhaus von Frau Bosch versteckt.

Karl fragt sich, wie viel sein Vater ahnt, ob er weiß, dass Karl hinter sein dunkles Geheimnis gekommen ist. Vielleicht ahnt er es nicht nur, sondern weiß es sogar. Wenn er ihn getrackt hat, dann hat er ihn womöglich auch anders überwacht. Karl wird schlecht, wenn er sich das vorstellt. Am Ende weiß sein Vater alles?

Armin Hutter hastet die Straße runter. Er wirft einen Blick in den Hinterhof bei Frau Kleve, dort, wo die Garagen sind.

Die Garagen! An die hat er früher schon gedacht. Von der Größe her scheint es ihm auf einmal gut möglich, dass das in Wirklichkeit Verliese sind. Wäre sein Vater nicht dort drüben, er würde sofort hinüberlaufen und versuchen, es herauszufinden. Andererseits: Vom Haus aus kann man genau auf die Garagen blicken. Er würde vielleicht nicht unentdeckt bleiben.

Als Armin Hutter wieder aus dem Hinterhof kommt und über die Straße blickt, zuckt Karl zusammen. Hat er ihn entdeckt? Karl hat sich im Leichenhaus verborgen. Er ist ganz froh, dass gerade kein Toter aufgebahrt ist. Vorsichtig zieht er sich ein Stückchen zurück und blickt hinter dem schwarzen Vorhang hervor durch das alte Fenster zur Straße hin. Sein Vater kommt herübergelaufen. Eine Schrecksekunde lang denkt Karl, jetzt wird er gleich die Treppe zum Kirchhof nehmen. Doch dann stellt sich Armin Hutter am Bushäuschen unter. Das ist der Augenblick, in dem Karl seinen Mut zusammennimmt und zur Kirche hastet. Dort kann er sich besser verstecken.

*

Katharina kannte den Keller kaum. Sie war nur ganz am Anfang mal hier unten gewesen. Aber da sie nur mit den Sachen umgezogen waren, die sie tatsächlich brauchten, hatte sie nur ein paar wenige Kisten von den Umzugsleuten nach unten tragen lassen und dann zugesperrt, ohne sich weiter darum zu kümmern.

Es ist muffig hier unten. Durch eines der wenigen Fenster rinnt Wasser. Kein Wunder bei den Sturzfluten, die gerade herabregneten. Die Kellerabteile waren mit gewöhnlichen Holzlatten abgetrennt, wie man es aus vielen Kellern kannte. Der Gang knickte einmal nach rechts ab und dann noch einmal nach links. Nach der ersten Richtungsänderung kam eine schwere Metalltür, auf der ein Aufkleber einen gelben Blitz auf schwarzem Grund zeigte: Offenbar waren hier der Sicherungskasten und die Stromzähler untergebracht. Nach der zweiten Abzweigung gab es noch zwei weitere Metalltüren, beide waren geschlossen. Katharina prüfte die erste und stellte fest, dass sie in einen Raum führte, der wohl mal eine Waschküche gewesen war. Der Boden fiel zur Mitte hin leicht ab, wo eine Rinne zu einem Abfluss im Zentrum des Raums angelegt war. An den Seitenwänden hingen starke Haken in den Wänden. Aber die Leuchtröhren an der Decke funktionierten nicht, Katharina konnte hier nur mit dem Licht aus dem Gang etwas sehen und mit ihrer Handylampe, die ein gruseliges blaues Licht tanzen ließ. Sie wandte sich ab, um die zweite Tür zu checken – und hätte beinahe laut aufgeschrien.

»Kann ich Ihnen helfen, Frau Bosch?«, fragte die Vermieterin, die plötzlich hinter ihr stand, so nah, dass sie sie fast berührte.

»Nein«, keuchte Katharina. »Nein, ich … ich habe nur nach meinem Abteil gesucht«, log sie.

»Hier drin werden Sie es nicht finden. Ihr Abteil ist vorne bei den anderen. Hier gibt es nichts zu schnüffeln.«

»Also bitte, ich schnüffle nicht herum«, protestierte Katharina, die sich wieder etwas gefasst hatte. »Ich habe mich nur umgesehen.« Sie blickte auf die andere Stahltür. »Darf ich fragen, was dort drin ist?«

»Das ist privat«, erklärte Frau Kleve. »Das geht Sie nichts an.«

»Ich …«

»Sie sollten jetzt wieder gehen.«

Katharina rang mit sich. Doch dann schien es ihr doch nicht wirklich wahrscheinlich, dass ausgerechnet hier unten noch einmal zusätzliche sieben Räume verborgen sein sollten. Sie nickte der Vermieterin nur kurz zu und lief wieder nach oben ins Erdgeschoss.

Durch das Fenster in der Haustür betrachtete sie ungläubig die Regenmassen, die herabstürzten, während sie versuchte, Karl anzurufen. Doch er ging nicht ran. Vielleicht hatte er ja auch gar keinen Empfang, dort, wo er gerade war. In irgendwelchen Kellern, dachte Katharina mit Schaudern und zugleich mit der Hoffnung, dass er dort Fenja fand. Sie wollte schon die Tür aufziehen, um wie besprochen hinüber zum Bushäuschen zu laufen, da sah sie auf einmal einen Mann durch den Regen rennen. Konnte es sein, dass das Armin Hutter war? So undeutlich er im Regen zu erkennen war, so eindeutig schien es seine Gestalt zu sein. Sie beobachtete, wie er die Treppe zum Kirchhof hinauflief. Augenblicke später war er verschwunden.

Einem Impuls folgend, hastete Katharina ihm hinterher. Bis sie an der Kirche war, war sie abermals völlig durchnässt. Die Pforte war zu ihrer Überraschung trotz der vorgerückten Stunde geöffnet, wenn auch nur einen Spaltbreit. So leise wie möglich huschte sie hinein und drückte sich an die Wand. Als sich ihr Atem etwas beruhigt hatte, konnte sie Stimmen hören. Zwei Männer im Gespräch. Sie sah sich um und entdeckte neben dem Altarraum einen Durchgang zur Sakristei. Während es in der Kirche beinahe dunkel war und nur ein paar Kerzen Licht spendeten, brannte dort eine Lampe. Allerdings wagte Katharina sich nicht nah genug heran, um die Männer sehen zu können.

»... das nicht mehr länger aushalten, Herr Pastor«, hörte sie eine Stimme, die eindeutig Armin Hutters war.

»Was man angefangen hat, muss man auch zu Ende bringen«, erwiderte der Pfarrer.

»Aber ... *das?* Gott kann doch nicht wollen, dass ich das immer weiter tue.«

»Was immer du tust, tu es in Gottes Namen, und es ist gut, mein Sohn.«

»Wie kann etwas gut sein, wenn ... wenn ...«

»Gottes Wege sind dem Menschen oft schwer begreiflich, mein Sohn. Entscheidend ist, dass deine Buße im Namen des Herrn geschieht und dass du im rechten Glauben handelst.«

»Und wenn ich das Falsche *tue*, Pastor?«

»Zweifel sind des Menschen Recht und Pflicht. Ob, was du tust, richtig ist oder falsch, das kann nur einer entscheiden: derjenige, der jeden deiner Schritte sieht und stets über dich wacht.«

»Aber haben wir ...«

»Es geht nicht um *uns*, mein Sohn, es geht um *dich!* Darum ging es immer. Du hast gesündigt, schwer gesündigt. Dir muss der Herr vergeben. Dich prüft der Herr, um zu wägen, was mit deiner Seele geschehen soll.«

»Aber so lange, Herr Pastor, so lange!«

»Für Gott sind Jahre nichts als Wimpernschläge und Menschenleben nichts als Augenblicke. Der Herr rechnet in anderen Dimensionen. Wenn du dich endlich ganz und gar dem Herrn zuwendest, so wird auch dir alles wie eine kurze Episode erscheinen, glaub mir.«

»Eine kurze Episode ...« Hutter schien in Tränen auszubrechen. »Und wenn ... wenn es zu spät ist?«

»Für den Herrn ist nichts zu spät. Niemals, mein Sohn. Du musst vertrauen.«

Zu spät. Katharina bekam kaum Luft. Konnte es sein ... Karl hatte einen Computer gehackt, auf dem er den Zugang zu dieser Kamera gefunden hatte. Und wenn es der Computer seines Vaters war? Gab es etwas Naheliegenderes? *Wenn es zu spät ist.* Zu spät wofür? Worunter litt der Bürgermeister so? Was würde er *zu Ende bringen?* Das Grauen schüttelte Katharina innerlich. Der Pastor hatte ja keine Ahnung, aus welchem Grund er

Hutter zu beschwichtigen versuchte! Wenn es wirklich so war, dass Hutter derjenige war … Im ersten Moment hatte sie den Impuls, einen der Kerzenleuchter zu packen und ihn dem Bürgermeister über den Schädel zu ziehen, ihn zu überwältigen und ihn zum Sprechen zu zwingen. Doch dann konnte sie sich gerade noch zurückhalten. Erstens konnte er ihr nicht mehr helfen, wenn sie ihn erschlug. Zweitens konnte der Angriff misslingen, dann wäre sie am Ende die Nächste, die in einem Kerker landete. Und drittens würde er sie auch so hinführen. Sie musste sich nur an seine Fersen heften.

Als Hutters Handy klingelte und der Signalton durch die leere dunkle Kirche gellte, verlor sie beinahe das Gleichgewicht.

»Ja?«, hörte sie Hutter bellen. »Gut. Dann leiten Sie jetzt seitlich ab und nehmen Sie möglichst viel Druck weg … Ja, das ist gut … Nein, ich bin noch in einem anderen Einsatz … Ein paar Minuten. Ich melde mich wieder … Ja … Danke.« Er fluchte leise, murmelte: »Entschuldigung. Ich muss …« Dann stürmte er aus der Sakristei, und Katharina duckte sich im letzten Augenblick hinter den Altar.

*

Karl kann erkennen, dass sich hinter den erleuchteten Fenstern von Frau Boschs Wohnung jemand bewegt. Aber sie ist doch gerade vorhin hier in die Kirche gerannt – hinter seinem Vater her. Und ist es dort oben nicht gerade noch dunkel gewesen? Er wüsste gerne, was in der Kirche vor sich geht. Aber er weiß auch, dass es besser ist, unentdeckt zu bleiben. Irgendwann werden sie wieder herauskommen. Tatsächlich tritt nun eine Gestalt heraus, aber nicht Frau Bosch, sondern sein Vater. Und er kommt direkt auf das Leichenhaus zu. Karl macht sich so klein und schmal, wie er nur kann. Immerhin ist es hier drin richtig dunkel. Und dass er hinter dem schwarzen Tuch entdeckt wird, kann er sich beim besten Willen nicht vorstellen. Es sei denn natürlich, sein Vater weiß, wo er nachsehen muss. Er kann seine Schritte auf dem Kiesweg hören. Schnell, zackig, zielgerichtet. Scheiße! *Woher weiß er, wo ich bin?*, schoss es Karl durch den Kopf. *Ich hab nicht mal mein Handy dabei, er kann mich nicht tracken!*

Dann hören die Schritte plötzlich auf. Karl hält in seinem Versteck den Atem an. Ist er hier drin? Steht er noch vor der Tür? Langsam, unendlich langsam blickt er, auf dem Boden kauernd, hinter dem Tuch hervor, darauf gefasst, jederzeit einen Schlag verpasst zu bekommen. Doch er kann seinen Vater nicht sehen. Auch als er einen halben Schritt hervorrutscht: nichts. Stattdessen erklingt von irgendwo Metall.

Nach einem weiteren Augenblick des Zögerns kriecht Karl hinter dem Vorhang hervor. Vorsichtig krabbelt er auf allen vieren zur Tür und hebt den Kopf, um durchs Fenster nach draußen zu sehen. Doch Armin Hutter ist nicht da. Er ist wie vom Erdboden verschluckt.

Und dann trifft ihn die Erkenntnis wie ein Faustschlag. Der Vater *ist* vom Erdboden verschluckt worden! Es muss *hier* sein! Hier irgendwo sind die Katakomben, in denen Fenja und die anderen gefangen gehalten werden.

*

»Verfickte Scheiße!«, brüllte Walter Daume. »Was zum Teufel kann jetzt wichtiger sein als dieser Einsatz hier? Wenn das verdammte Wehr bricht, dann hat er da unten in seinem Kaff Tote!«

»Herr Daume«, erklärte der Kollege vom THW. »Die Pumpen laufen jetzt. Wenn es nicht noch stärker regnet, dann bekommen wir den Druck runtergeregelt.«

»Wie sollte es denn noch stärker regnen, Mann!«, bellte Daume. »Wir stehen doch schon bis zum Hals im Wasser!« Doch dann fasste er sich und schob ein »Entschuldigung« hinterher. »Sie können nichts dafür. Danke für Ihren Einsatz. Wir sind froh, dass wir Sie haben.«

Der THW-Mann nickte nur und schob ab. Klar, er hatte Besseres zu tun, als sich hier anschreien zu lassen. Daume hätte sich am liebsten selbst geohrfeigt. Gut, das konnte er später noch tun. Die Frage war, wo jetzt am dringendsten Hilfe gebraucht wurde. Er rief Koch an. »In fünf Minuten wieder im Lagezentrum?«

»Vereinsheim?«

»Ja.«

»Gut. Ich gebe allen Bescheid.«

Daume sprang in den Einsatzwagen und fuhr los, so schnell es unter den gegebenen Umständen möglich war – was nicht viel hieß: Die Zufahrt zum Wehr war in einem katastrophalen Zustand, es goss weiter wie aus Kübeln, der Wagen rutschte mehr, als er rollte. Er stellte das Radio an und wieder aus, weil in dem Lärm, den der Regen auf dem Blech verursachte, sowieso nichts zu verstehen war.

*

Fenja meint, etwas zu hören. Aber sie ist nicht sicher. Alles ist ganz anders. Wasser tropft und plätschert in den Raum. Inzwischen sieht ihre Matratze aus wie eine Eisscholle im Meer. Die Lampe flackert. Irgendwo sind Stimmen. Stimmen, die sie kennt. Aber diesmal klingen sie anders.

Keinen Durst mehr zu haben, schärft ihre Sinne auf eine Weise, die ihr zusätzliche Angst macht. Zusätzlich zu der Angst, die sie hat, seit sie hier ist. Angst zu sterben und

Angst weiterzuleben. Angst vor der nächsten Stunde und vor der übernächsten und immer so weiter.

Aber dennoch ist da ein Geräusch, das sie dazu bewegt aufzustehen. Das geht mühsam, aber es geht besser als jemals zuvor, seit sie hier unten vor sich hin vegetiert. Das Wasser gibt ihr Kraft, auch wenn es ihr langsam ebenfalls Angst macht. Sie ist hier eingesperrt. Und das Wasser steigt. Es steigt nicht schnell, es geht ihr nur bis zu den Knöcheln – bis jetzt. Aber was, wenn es immer weiter steigt?

Tatsächlich muss jemand da draußen sein. Ganz sicher sogar. Sie kann ihn hören. Sie blickt sich um, auf die Matratze, auf den See, in dem sie liegt. Wenn ER kommt, wird er es wieder tun? Unter diesen Umständen? Oder kommt er, um sie doch zu retten? Um sie rauszuholen, ehe sie ertrinkt? Und wenn er sie holt, was dann? Wird er sie an einen anderen Ort bringen, an dem er sie wieder so hält wie hier? Mit allem, was es bedeutet?

Sie muss kämpfen. Es ist ihre letzte Chance, sie weiß es. Sie muss und sie wird kämpfen. Er steht schon an der Tür, oder? Ist er da? Hört sie die Schlüssel? Wie muss sie sich hinstellen, um ihm den Kopf ins Gesicht zu rammen, ehe er irgendetwas bemerkt? Diesmal wird die Tür sie nicht abfälschen und ihr den Schlag verderben. Sie muss nur die Kante der Tür ganz leicht mit den Fingerspitzen berühren und darf keinen Widerstand geben. Dann wird sie es schaffen, sich mit voller Wucht nach vorn zu katapultieren. Vorsichtig berührt sie die Tür. Doch diesmal geht das Licht nicht aus. Da! Die Tür bewegt sich! Sie wird ihn sehen!

*

Wie versteinert kauerte Katharina hinter dem Altar. Konnte es wirklich sein, dass ausgerechnet der Mann, der an diesem Ort nett zu ihr gewesen war – mehr als nett … dass ausgerechnet er hinter Fenjas Verschwinden steckte? Nein, so böse konnte kein Mensch sein. Oder doch?

Vorsichtig blickte sie ihm nach, wie er durch das Kirchenschiff hastete und sich gegen die Tür warf. Wenn sie jetzt aufsprang, um ihm zu folgen, würde der Pastor sie entdecken. Aus irgendeinem Grund brachte sie es nicht über sich. Sie hatte Angst. Wenn sie nicht einmal mehr Armin Hutter vertrauen konnte, wem konnte sie überhaupt noch vertrauen? Andererseits: Der Pastor mit seinen bedeutungsschwangeren Worten – hatte er womöglich unwissentlich gerade einen wahren Teufel dazu aufgefordert, sein Werk zu vollenden? Katharina schwirrte der Kopf. Vielleicht war das ja die Lösung: dem Pastor zu erzählen, was in Wahrheit vor sich ging! Er war am Ende der Mann, der Hutter Einhalt gebieten konnte. Schließlich war Hutter doch zu ihm gekommen, um ihm sein Herz auszuschütten.

Katharina holte tief Luft und richtete sich auf. Sie ging um den Altar herum und trat an die Tür zur Sakristei. »Herr Pastor?«

Doch der Pfarrer war weg. Und wie von dunklen Mächten bestimmt, erlosch die Kerze auf dem Tisch.

Schluchzend ließ Katharina sich auf einen der Stühle sinken und versuchte, sich zu beruhigen. Sie holte ihr Handy raus und rief Karl an. Doch wieder ging nur die Mailbox ran. »Karl? Wo bist du denn? Ruf mich bitte an!«

»Darf ich fragen, was Sie hier machen?«, erklang plötzlich hinter ihr Pastor Reicherts Stimme. Erschrocken fuhr Katharina herum und starrte ihn an. »Ich … ich … Entschuldigung. Ich …« Sie suchte nach Worten.

»Haben Sie Zuflucht vor dem Unwetter gesucht?« Der Pastor trat in die Sakristei. Er ließ sie nicht aus den Augen. »Oder wollten Sie zu mir?«

»Es geht um Herrn Hutter. Und um Fenja.«

»Ihre Tochter? Was ist mit ihr?«

»Ich glaube … Ich fürchte …« Sie holte tief Luft. »Es tut mir leid, ich habe gerade Ihr Gespräch mit Herrn Hutter mit angehört.« Ehe er etwas sagen konnte, fuhr sie fort: »Ich glaube, er hat etwas mit Fenjas Verschwinden zu tun.«

»Herr Hutter? Wie kommen Sie denn auf so etwas Absurdes!« Der Pfarrer schien nicht recht zu wissen, ob er amüsiert oder empört sein sollte.

»Was er Ihnen gesagt hat … Ich glaube, es hat mit meiner Tochter zu tun. Dass er so … so leidet, seelisch meine ich, das ist vielleicht, weil er weiß, wo meine Tochter ist. Und dass er … nichts dagegen tut, was mit ihr geschieht.« Das Letzte hatte sie nur noch geflüstert.

»Sie meinen, er könnte dahinterstecken?«, fragte der Pastor und setzte sich neben sie. »Aber das ist doch … Das wäre doch …« Er schien den Gedanken nicht fassen zu können. Und zugleich schien er die Möglichkeit erstmals in Erwägung zu ziehen.

»Bitte, Herr Pastor. Sie können helfen. Wenn es wirklich so ist, sind Sie der Einzige, auf den er hören wird.«

»Ich weiß nicht … Ja, vermutlich ist das so. Aber nein, das kann nicht sein.« Er stand wieder auf.

»Aber es *ist* so, Herr Pastor, glauben Sie mir!« Katharina stand ebenfalls auf und blickte ihn mit Hilfe suchenden Augen an. »Und selbst wenn es nicht so wäre, dann … Ich meine: Es kann nichts passieren, wenn mein Verdacht nicht stimmt. Aber *wenn* er stimmt, verstehen Sie?«

Langsam nickte der Pastor. »Ja«, sagte er dann. »Ich kann verstehen, was Sie denken.«

»Dann kommen Sie und lassen Sie uns …«

»Sie tun gar nichts«, erklärte der Pfarrer. »Lassen Sie mich das machen. Ich gehe gleich morgen früh zu ihm und …«

Katharina erkannte, dass er ihr nicht helfen würde. So wie ihr niemand in diesem verdammten Dorf jemals geholfen hatte. »Gut«, keuchte sie. »Gut.« Und sie lief los. So schnell sie konnte.

Als sie die Kirchenpforte aufdrückte, klatschte ihr Regen ins Gesicht. Sie versuchte, im Dunkel des Friedhofs etwas zu erkennen. Neben dem Totenhaus schien sich etwas zu bewegen. Katharina beschirmte die Augen mit der Hand und glaubte, eine Gestalt im Bogengang verschwinden zu sehen. Sie drückte sich an der Kirchenmauer entlang und betrat die Arkaden von der anderen Seite. An den alten Grabmalen vorbei, die in die äußere Mauer eingelassen worden waren, ging sie hinüber Richtung Totenhaus, wo sie zu ihrer Überraschung eine eiserne Gittertür offen stehen sah. »Hallo?«, flüsterte sie unsicher. Doch als ihr niemand antwortete, war sie froh. Wenn ihr Verdacht stimmte, würde es besser sein, Armin Hutter entdeckte sie nicht. Zumindest nicht, bevor sie ihn erreicht und vielleicht mehr in Erfahrung gebracht hatte.

*

Es ist so dunkel, dass er kaum etwas erkennen kann. Der Eingang sieht wie das Tor zur Unterwelt aus. Aber vielleicht ist er das ja im Grunde auch. Karl greift ganz automatisch zu seinem Smartphone, weil er die Taschenlampe anmachen will. Aber das Ding ist ja nicht mehr da, und das ist gut, denn Licht hätte ihn jetzt verraten.

Es gibt Licht in dem Gang, aber es sind nur Funzeln. Eine einzige müde Glühbirne flackert über dem Ende der Treppe. Und als wäre das alles nicht schon gefährlich genug, fließt der Regen über die Treppe, dass man die einzelnen Stufen nicht sieht und kaum Halt findet. Mit bangen Gefühlen steigt Karl hinab und hält sich an der Mauer fest. Er ist sicher, dass sein

Vater hier hinuntergegangen ist. Aber jetzt ist er nirgends zu sehen. Allerdings meint Karl, Stimmen zu hören. Menschen, die stöhnen und schreien? Als hielte ihn das nackte Grauen nicht schon die ganze Zeit in seinen Klauen, befällt ihn ein Zittern, das er nicht beherrschen kann und das ihn zwingt, kurz stehen zu bleiben, um nicht hinunterzustürzen.

Nach einigen Sekunden hat er sich wieder so weit unter Kontrolle, dass er weitergehen kann. Wenn es wirklich sein Vater ist, dann hat er nichts zu befürchten, oder? Armin Hutter wird nicht ausgerechnet seinem eigenen Sohn etwas antun, oder? Er wird ihn nicht hier unten in ein Verlies sperren. Oder?

Karl rutscht aus, fällt zwei, drei Stufen weiter, schrammt sich den Rücken auf, ächzt, flucht leise und rappelt sich wieder hoch. Er lauscht. Aber niemand scheint von ihm Notiz genommen zu haben. Wie auch? Es gibt hier genug Geräusche und auch genug Stimmen. Karl fragt sich, ob es die Weggesperrten sind. Aber wer sonst soll es sein? Als er erkennt, dass es um eine Ecke geht, zögert er kurz und drückt sich dann ganz eng an die Mauer, um zu schauen, was ihn dort erwartet.

Da steht er. Vor einer Tür, einer verschlossenen Eisentür, die Hand am Lichtschalter, in der anderen Hand ein Messer.

Karl hat gleichzeitig den unbändigen Drang, zu schreien und sich auf ihn zu stürzen – und eine Panik, wie er sie noch nie erlebt hat. Er erstarrt vor Entsetzen, was als Nächstes passieren wird. Wenn das Licht ausgeht, das weiß Karl, dann …

*

Hinter der Gittertür führte eine Treppe nach unten. Als wäre es eine Kaskade, plätscherte das Regenwasser abwärts. Vorsichtig setzte Katharina Fuß vor Fuß. Einmal rutschte sie beinahe aus und konnte sich gerade noch an einem der rohen Steine festhalten, aus denen die Wand gemauert war. Sie riss sich einen Fingernagel blutig, aber sie bemerkte es gar nicht, so aufgewühlt war sie. Täuschte es, oder hörte sie Stimmen? Je weiter sie hinabstieg, umso deutlicher wurden diese Stimmen. Klagende, heulende Töne, ein Stöhnen, dass ihr ein Schaudern durch den ganzen Leib lief. Und dann ein Geräusch, als würde jemand einen Riegel zurückschieben.

*

FINSTERNIS

1.

Als die Tür aufgeht, bricht zuerst ein Schwall Wasser herein, so überraschend, dass Fenja kurz irritiert ist. Es bremst ihre Bewegung. Dennoch schnellt sie nach vorne, diesmal mit Kräften, die sie so lange schon nicht mehr gehabt hat, vor allem aber mit dem Todesmut völliger Verzweiflung und einem Hass, der noch weit darüber hinausgeht. Mit einem irrwitzigen Kreischen rammt sie ihren Kopf in seine Brust, so heftig, dass er rückwärts taumelt und gegen die Wand stößt. Er schlägt sich den Kopf so heftig an, dass das Blut spritzt. Fenja brüllt ihre Angst und ihre Panik nieder und wirft sich hinterher, packt ihn, ehe er noch reagieren kann, an den Haaren und schlägt seinen Kopf noch einmal gegen die Wand. Mit einem Geräusch, als hätte sie ein Beil in eine Melone gehackt, kracht er gegen den rauen Stein und sackt zusammen. Und Fenja sinkt neben ihn ins Wasser, das schon fast bis zu ihren Ellbogen reicht.

Rings um sie sind Stimmen: Schreie, Stöhnen, Wimmern … Verwirrt blickt sie sich um, kämpft sich hoch – und steht auf einmal vor Karl, der sie mit riesigen Augen anstarrt. »Fenja«, keucht er und streckt die Hände nach ihr aus.

Sie weicht einen Schritt zurück, blickt von ihm zu dem Mann, den sie eben überwältigt hat und wieder zu ihm.

»Ich … ich habe nichts damit zu tun«, sagt Karl und stolpert auf sie zu. »Ehrlich.«

»Was ... was ist hier los?«, flüstert sie.

Er versperrt ihr den Weg. Sie muss hier weg. Weg. So schnell wie möglich. Was hat Karl hier zu suchen? Dass sein Vater hier liegt, kann sie immer noch nicht verstehen. »Lass mich!«, schreit sie Karl an und will ihn zur Seite stoßen. Aber sie hat keine Kraft mehr, sondern landet in seinen Armen, die sie auffangen, als hätte sie nur noch das Gewicht eines Schmetterlings.

»Fenja«, sagt Karl mit rauer Stimme. »Ich tu dir nichts. Ich will dir helfen! Ich ...«

Fenja versucht, sich loszureißen und zur Treppe zu stürzen, da spürt sie, wie etwas ihr Fußgelenk umklammert hält.

*

»Hat jemand von euch den Bürgermeister gesehen?« Walter Daume blickte mit ernster Miene von einem zum anderen. Es waren nur noch vier Männer hier, um die diversen Einsätze zu koordinieren. Einer nach dem anderen schüttelte den Kopf. »Gerwin, ruf ihn an und sag ihm, wir brauchen seine Unterstützung.« Dann wandte er sich wieder der Runde zu: »Die Situation am Wehr ist entschärft. Wo sind aktuell die größten Probleme?«

»Wir haben Überschwemmungen in Ehrweg, in Thum, in Ehrenfriedersdorf, in Geyer und natürlich hier in Hussfeld«, zählte einer der jungen Männer auf. »Am heikelsten ist die Lage vermutlich in Geyer, weil es dort ein Pflegeheim betrifft und inzwischen die Elektrizität ausgefallen ist.«

»THW schon vor Ort?«

»Ja, aber nicht genügend Mann.«

»Und die Kollegen aus Zwönitz?«

»Kommen vor lauter Einsätzen nicht aus Zwönitz raus. Die hat es dort offenbar besonders heftig erwischt.«

Daume blickte aus dem Fenster. »Na, wenn das hier nicht besonders heftig ist, dann möchte ich nicht wissen, wie es dort aussieht.«

»Sehr angespannt ist die Lage auch hier am Ort beim Gasthaus.«

»Beim Schwarzen Ochsen?«

»Ja. Der liegt ja direkt an einer Ableitung der Huss. Ehemalige Mühle und so. Jedenfalls ist da wohl ein Stück der Außenmauer weggerissen worden, und ein Teil des Hauses wird gerade unterspült.«

»Jemand vor Ort?«

»Wagner und Özkan sind raus, um uns ein Bild durchzugeben.«

»Das will ich mir selber ansehen.«

Sekunden später war Daume wieder draußen und rannte die Hauptstraße hinunter zum Schwarzen Ochsen. Von der Straßenseite aus sah alles ganz normal aus, außer dass ein reißender Bach vor dem Anwesen vorbeiströmte. Aber als er um die Ecke lief, sah er, wie die Kollegen ihm entgegenkamen, einer mit dem Handy am Ohr. »Und?«

»Ich geb gerade durch, das sieht hier verdammt gefährlich aus. Das Haus kann jeden Moment nach hinten kippen«, schrie der Feuerwehrmann gegen den Lärm der Elemente.

»Das Haus ist evakuiert?«

»Ist es.«

»Nachbargebäude?«

»Noch nicht.«

»Dann fordern Sie alle Mann an, die wir hier kriegen können, und evakuieren Sie die nächstliegenden Gebäude flussabwärts. Und Özkan? Sie inspizieren die Rückseite flussaufwärts, ob es nicht noch andere Gebäude gibt, die einsturzgefährdet sind und uns hier um die Ohren fliegen. Ich fordere das nötige Material an.«

Die Männer taten, was ihnen Daume gesagt hatte, während er mit den Leuten im Vereinsheim telefonierte und ihnen Anweisungen gab. Ein Stück die Straße runter erkannte er den Landrover, mit dem Hutter vom Wehr weggefahren war. »Und was zur Hölle tust du dort?«, murmelte er, ehe er in die Richtung rannte und sich umsah, ob er den Bürgermeister irgendwo entdeckte.

*

Er will ihr doch nur helfen! »Fenja!«, ruft Karl. Dann erst erkennt er, dass sie nicht einfach gefallen ist. Sie wurde festgehalten. Sein Vater ist zu sich gekommen und hat sie am Fußgelenk gepackt. Er kämpft sich aus dem Wasser hoch und richtet sich über Fenja auf. »Papa!«, ruft Karl, fassungslos, was hier gerade geschieht.

»Hau ab!«, knurrt Armin Hutter, ohne seinen Sohn anzusehen. Der versucht, ihn am Arm zu greifen, doch Hutter schüttelt ihn ab. Die Klinge in seiner Hand blitzt auf. »Hau ab! Sofort!«

Das wird er nicht tun. Er weiß, dass er auf der richtigen Seite steht. Auf Fenjas Seite. Und er wird nicht mehr länger zusehen. Karl stürzt sich auf seinen Vater, versucht, ihn von Fenja wegzuzerren, ihm das Messer zu entwinden. Er achtet nicht darauf, dass ihm die Klinge in die Finger dringt. Doch Armin Hutter stößt ihm den Ellbogen so heftig in die Seite, dass Karl ächzend zu Boden geht und auf den Knien im Wasser landet.

Mit einer weiteren schnellen Bewegung reißt Hutter das Mädchen an den Haaren nach oben und dreht es um, sodass es mit dem Rücken zu ihm steht. »Karl, du hättest dich besser rausgehalten«, erklärt er seinem Sohn kopfschüttelnd. »Es gibt Dinge, die dich nichts angehen und die du nicht verstehen kannst.«

Erst jetzt erkennt Karl, dass sein Vater ihr das Messer an den Hals hält. »Nicht!«, kreischt er. »Du kannst doch nicht ...«

»Wenn du nicht willst, dass deiner Freundin hier was geschieht, dann gehst du jetzt nach Hause«, zischt Armin Hutter. »Geh in dein Zimmer und bleib dort. Das ist die letzte Aufforderung, verstanden?«

»Fenja! Ich ... ich wusste nicht ... Mein Gott. Was hat er mit dir gemacht?«

Fenja blickt ihn an, als gebe es nichts mehr zu sagen. Sie sieht aus wie eine Statue. Nackt und bleich und starr. Und dann sagt sie doch etwas: »Schau mich an«. Leise und traurig, während das Messer an ihrer Kehle sich in ihre Haut zu arbeiten beginnt und ein Blutstropfen ihr übers Schlüsselbein rinnt und zwischen ihre Brüste, die mit roten Malen übersät sind, so wie ihr Körper von unendlich vielen Blutergüssen gezeichnet ist – bis zu ihrem Unterleib und ...

Karl schließt für einen Moment die Augen. »Warum hast du das gemacht?«, fragt er, voll Scham darüber, was sein Vater getan hat, und darüber, dass er Fenja so lange zugesehen hat in ihrem Leid, ohne etwas zu unternehmen.

»Gemacht?« Armin Hutter starrt seinen Sohn an, als wäre er der Leibhaftige. »Was weißt du schon?«, brüllt er schließlich. »Was weißt du schon?« Und er stößt Fenja von sich, zurück in das Verlies. Karl rappelt sich auf und versucht noch einmal, sich auf seinen Vater zu werfen, doch der zielt nun mit dem Messer direkt auf seine Brust. »Du auch«, sagt er, jetzt wieder leise, und das wirkt noch viel bedrohlicher. »Du auch. Da rein.«

*

Als sie Fenjas Stimme hörte, brach Katharina in Tränen aus. Aber als sie Hutters Worte kurz darauf von den Wänden widerhallen hörte, gefror ihr das Blut in den Adern. Er war es also wirklich gewesen? Er hatte ihre Tochter verschleppt? Und Fenja hatte die ganze Zeit nur einen Steinwurf von ihrem Zuhause dahinvegetiert? Wieder tauchten die Bilder vor ihrem inneren Auge auf, die Karl ihr gezeigt hatte: Fenja nackt und verloren in einem Kerker … »Du Schwein«, flüsterte sie. »Du perverses Schwein.« So schnell und so wachsam wie möglich tastete sie sich weiter. Sie wollte nicht riskieren, dass Hutter sie kommen hörte. Außerdem war noch jemand da, das konnte sie hören. War das Karl? War Karl mit seinem Vater und mit Fenja dort unten?

Die Lampe, unter der sie sich bewegte, knisterte verdächtig. Hoffentlich ging sie nicht auch noch aus, es war so schon viel zu dunkel hier. Katharina war so krank vor Sorge, dass sie sich fragte, ob sie nicht jeden Augenblick durchdrehen würde. »Nicht!«, hört sie eine Stimme schreien, so irre, dass ihr Herz für einen Moment aussetzte. »Du kannst doch nicht …!«

Der Schweiß lief ihr in Strömen runter, obwohl der unablässige Regen sie völlig ausgekühlt hatte. Sie zitterte, fror und schwitzte wie verrückt.

Wieder die Stimmen. Karl sagte etwas, aber Katharina konnte ihn nicht verstehen. Vielleicht lag es auch am Rauschen in ihren Ohren, von dem sie nicht wusste, ob es vom Regen kam oder von ihrer Panik. Doch dann hörte sie Hutter brüllen: »Was weißt du schon?« Und noch mal: »Was weißt du schon?« Gleich würde sie an der Ecke sein, um die der Gang ein paar Stufen weiter vorne bog, vielleicht konnte sie dann auch etwas sehen. »Du auch«, blaffte Hutter. »Du auch. Da rein.«

Geräusche. Ein Riegel? Und dann, so plötzlich, dass sie ausglitt und aufs Knie fiel: Dunkelheit.

Sekunden später leuchtete eine Taschenlampe auf. Sie konnte Hutter sehen, der vor einer Tür stand, bis zu den Oberschenkeln im Wasser. In der anderen Hand hielt er ein Messer. Aber das war Katharina jetzt egal. Fenja war weg. Auch Karl war nicht zu sehen. Er musste sie hinter der Eisentür weggesperrt haben. Sie kämpfte sich durch das Wasser vor. Als er sie sah, war sie nur noch zwei oder drei Armlängen entfernt. »Wo ist meine Tochter?«

»Sie?«

»Wo ist Fenja, verdammt?«, brüllte Katharina.

»Mama?«, hörte sie hinter der Stahltür die Stimme ihrer Tochter.

»Fenja!«

Auf einmal ging ein Ruck durch Hutter. Ein irres Grinsen trat in sein Gesicht, und er sagte: »Gut. Gut, jetzt regeln wir das alles richtig.« Er trat einen Schritt vor und richtete das Messer gegen Katharina. »Sie werden Ihre Tochter gleich wiedersehen.« Er winkte mit dem Messer in Richtung der Eisentür. »Da rüber! Los!«

»Ich werde mich nicht auch noch einsperren lassen«, erklärte Katharina so ruhig wie möglich, obwohl ihr das Herz bis zum Hals klopfte. »Sperren Sie sofort auf, und geben Sie mir meine Tochter zurück.«

»Das habe ich vor«, versicherte ihr Hutter.

Katharina wich ein Stück zurück. Die Bewegungen fielen ihr im beinahe hüfthohen Wasser immer schwerer. »Ich werde hier nicht ohne meine Tochter weggehen«, sagte sie.

»Stimmt«, erwiderte Hutter. »Sie werden gar nicht weggehen.« Er kam näher.

»Wenn Sie glauben, ich hätte Angst, täuschen Sie sich. Sie müssen mich schon umbringen, wenn Sie …«

»Vorsicht!«, rief eine Stimme hinter ihr. »Es bringt nichts, wenn Sie für Ihre Tochter sterben.« Als sie sich umblickte, stand Pastor Reichert auf der Treppe. »Überlassen Sie ihn mir.« In der Hand hielt er einen schweren Kerzenleuchter, mit dem er auf Hutter zuging. Wenn er ihn mit dem Ding trifft, dachte Katharina, dann schlägt er ihn tot. Tatsächlich holte Reichert aus und stürzte sich nach vorne, um dem Bürgermeister das Mordwerkzeug über den Schädel zu ziehen. Doch Hutter war schneller, als es im hüfthohen Wasser möglich schien. Er hechtete zur Seite, nicht ohne seinerseits mit dem Messer einen Hieb gegen den Pastor zu platzieren. Der Geistliche stöhnte auf, als ihm die Klinge in den Arm fuhr. Er tauchte kurz unter Wasser, und Katharina dachte schon, nun würde er ertrinken. Doch schon Sekunden später hob Reichert den Kopf und kämpfte sich wieder nach oben.

Inzwischen war Hutter schon auf der Treppe und strebte hinauf und hinaus aus den Katakomben des alten Klosters.

»Wir müssen Fenja befreien«, rief Katharina und machte sich wieder an der Tür zu schaffen. »Und Karl.«

»Kümmern Sie sich darum«, knurrte der Pastor und wandte sich ab. »Ich muss ihm hinterher, ehe er noch mehr Bluttaten begeht.«

»Aber … aber ich habe Angst!«, rief Katharina. »Das Wasser …!«

Doch Reichert war schon auf der Treppe und Augenblicke später verschwunden.

*

11.

»Mama?« Sie kann es nicht glauben. Ist es wahr? Oder fantasiert sie nur noch? Ist es nur noch ein letztes Zucken ihres vertrockneten Geistes? Fenja sieht sich um. Natürlich ist nichts zu sehen. Nicht einmal die Kamera! Das rote Licht ist aus. Es ist stockfinster. So wie es immer gewesen ist, wenn ER gekommen war. Und doch … Sie hört ein Stöhnen, ganz nah. »Karl?« Hatte sie ihn sich nicht bloß eingebildet? »Karl?«

Ein weiteres Stöhnen, ein Platschen. »Hilfe.« Ganz schwach. Ein Keuchen.

Sie watet durch das Wasser. Und dann spürt sie etwas: einen Menschen. »Karl?«

»Fenja? Fenja!«

»Ist alles in Ordnung mit dir?«

»Mein Kopf«, stöhnt er. »Aber … es geht schon. Wie geht es dir?«

Was soll sie darauf antworten? Sie schweigt. »Wir müssen raus«, sagt sie dann.

»Ja. Und zwar so schnell wie möglich. Ich … ich habe das Gefühl, dass das Wasser immer schneller steigt.«

»Wo kommt das ganze Wasser her?« Sie kann ihn nicht sehen, aber sie hält sich an seinem Arm fest, ganz fest, als hätte sie Angst, er könnte auf einmal wieder weg sein.

»Es regnet wie verrückt«, erklärt Karl. »Das ist die reinste Sintflut, echt.«

»Ich würde Licht machen. Aber es gibt keines.«

»Ich weiß«, sagt Karl und verstummt dann.

»Wir müssen versuchen rauszukommen.«

»Ich glaube, ich habe die Tür gefunden«, sagt Karl und bewegt sich.

»Sie hat keine Klinke, keinen Griff, keinen Knauf, nichts«, erklärt Fenja.

»Wir müssen versuchen, jemanden auf uns aufmerksam zu machen.« Jetzt ist es Karl, der sich an Fenjas Arm klammert. Dann hebt er beide Hände und hämmert an die Tür, schreit: »Hilfe! Hilfe! Hilfe!«

Draußen scheint jemand zu sein. »Karl? Fenja, Fenja, sag was. Bitte!«

»Mama?«

»Oh Gott, Fenny! Ich bin so froh, dass du lebst!«

»Mama, wir müssen hier raus. Das Wasser steigt immer weiter.«

»Ja. Ja, ich versuche schon die ganze Zeit, die Tür aufzukriegen. Aber ich glaube, er hat sie abgesperrt. Ich glaube, da hängt ein Schloss.«

»Was heißt das: Du glaubst es?«

»Ich kann es nicht sehen. Es ist ziemlich dunkel hier und ... und der Riegel ist ... ist schon unter Wasser.«

»Dann laufen Sie!«, schreit Karl. »Rennen Sie rauf und suchen Sie jemanden! Irgendwer muss uns helfen!«

»Okay. Okay. Fenja? Ich bin weg, ja? Aber ich hole Hilfe.«

»Ja. Bitte. Hol Hilfe.« Fenja kann kaum noch stehen, als sie die Worte spricht. Sie hat einfach keine Kraft mehr. Aber das Wasser steht so hoch, dass sie sich nicht mehr hinsetzen kann. Und es gibt nichts, woran sie sich festhalten kann. Nichts außer Karl.

Er scheint ihre Erschöpfung zu spüren. »Fenja?«

»Ich ... Bitte halt mich ...«

*

Das Wasser lief in Strömen zwischen den Gräbern hindurch. Längst konnten die Regenrinnen der Kirche ihm nicht mehr standhalten, sodass es in Sturzbächen auf allen Seiten herabfiel und zum Ausgang des Friedhofs einerseits und zum Totenhaus und zum Gewölbegang andererseits lief. Als Armin Hutter sich nach oben gekämpft hatte, blickte er sich um. Das Gewitter schien sich entladen zu haben, der Regen hatte eher noch zugenommen. Es regnete, als hätte es noch nie geregnet, als müsste alles auf einmal aus dem Himmel herabstürzen und die Welt ersäufen.

Keuchend wandte er sich zum Ausgang. Kurz hatte er überlegt, ob er Reichert hier oben abpassen und die Sache zu Ende bringen sollte. Doch er brachte es nicht über sich. Er wollte nur noch weg. Weg von diesem verfluchten Ort, an dem nur der Tod seine Freude haben konnte und an dem er nie, nie, niemals wieder sein wollte. Ein Geräusch ließ ihn zusammenzucken. Es schien, als käme der Pastor tatsächlich wieder nach oben.

Hastig rannte er über den Friedhof, stolperte, fiel hin, rappelte sich wieder auf und flüchtete weiter. Der Landrover stand noch irgendwo. Wo hatte er ihn geparkt? Er konnte sich nicht mehr erinnern. Immer wieder schoben sich Bilder vor sein inneres Auge, die ihn beinahe blind machten für die Realität.

Als er an der Pforte des Kirchhofs angelangt war, hörte er hinter sich den Pastor brüllen: »Hutter! Bleiben Sie stehen!«

Er blickte sich nicht einmal um, sondern lief die Stufen hinunter zur Straße und dann Richtung Ortsmitte. Wenn ihn hier jemand sah, dann würde er sowieso denken, Hutter rannte vor dem Regen davon. In Wirklichkeit rannte er vor seinem Leben davon. Er wusste nur nicht, wohin! Alles, was er jetzt brauchte, war ein Ort, um nachzudenken, zur Ruhe zu kommen, einen Plan zu entwerfen. Denn er hatte keinen Plan. Alles, was er vor sich sah, war ein riesiger schwarzer Abgrund, auf den er mit jedem Schritt, den er tat, zulief, ohne einen Ausweg zu finden.

»Hutter! Es ist aus! Bleiben Sie stehen!«

Doch das würde er nicht. Er würde nicht stehen bleiben. Denn wenn er stehen blieb, das wusste Armin Hutter ganz genau, dann würde er sterben.

*

Die Feuerwehr. Katharina musste die Feuerwehr rufen. So schnell wie möglich. Sie war so nah dran! Sie hatte ihre Tochter gefunden, sie hatte sie sogar gesehen! Und jetzt stand Fenja auf der einen Seite dieser verfluchten Tür, und sie stand auf der anderen. Und das Wasser stieg. Es stieg unaufhörlich. 112. Sie konnte kaum die Finger bewegen. Das Handy war klitschnass. Ob es überhaupt noch funktionierte? Das tat es. »Hallo? Ja, bitte, bitte, wir brauchen Hilfe. Es geht um Leben und Tod!«

»Wer spricht denn bitte?«

»Katharina Bosch. Hussfeld. Ich … ich bin hier in … unter dem Friedhof von … von St. Benno.«

»Sie sind *unter dem Friedhof*?«

»Ja, hier gibt es … also, so was wie … Katakomben? Jedenfalls sind hier Menschen eingeschlossen. Und das Wasser steigt gefährlich hoch. Es gießt hier wie verrückt.«

»Es gießt gerade überall wie verrückt, Frau … Bosch.«

»Hören Sie, die sind hier eingeschlossen …«

»Unter dem Friedhof.«

»Es gibt hier ein Totenhaus. Da geht eine Treppe runter. Und unten sind Keller«, erklärte Katharina. »In diesen Kellern sind Menschen eingesperrt …«

»Hören Sie, gute Frau, wir haben gerade einen Katastrophenfall nach dem anderen. Wenn Sie uns hier Märchen erzählen, dann wird das ernste Konsequenzen für Sie haben. Wir arbeiten am Anschlag. Alle unsere Leute sind draußen und im ständigen Einsatz für Menschenleben.«

»Ja! Ich weiß! Deswegen müssen Sie auch hierherkommen! Ich erzähle Ihnen keine Märchen, das müssen Sie mir glauben!« Katharina schluchzte verzweifelt auf. »Meine Tochter ist da drin. Und ihr Freund. Sie … sie werden ertrinken!«

Der Feuerwehrmann seufzte. Dann erklärte er: »Ich gebe den Kollegen vor Ort Bescheid. Sobald jemand abkömmlich ist, wird er bei Ihnen vorbeikommen. In der Zwischenzeit sollten Sie versuchen, jemanden zu finden, der aufsperren oder die Tür aufbrechen kann.«

»Danke«, schluchzte Katharina. »Danke! Und bitte machen Sie schnell.«

Irgendwo musste doch noch der Kerzenleuchter liegen, den der Pastor vorhin dabeigehabt hatte. Er hatte ihn nicht mit nach oben genommen. Katharina wusste es genau, weil sie sich noch gewundert hatte, dass der Geistliche ohne irgendeine Waffe hinter Hutter hergerannt war.

Es dauerte eine Ewigkeit, bis sie ihn gefunden hatte. Immer wieder musste sie unter Wasser gehen, weil sie mit den Armen nicht mehr bis zum Boden reichte. Aber irgendwann war sie mit dem Fuß dagegen gestoßen und hatte ihn dann hochgetaucht. Er war wirklich schwer. So schwer, dass sie ihn zuerst kaum festhalten konnte. Sie konnte jetzt nicht mehr weggehen, um irgendjemanden zu suchen, der vielleicht einen Schlüssel hatte. Wen denn auch? Die Haushälterin des Pfarrers? Und wenn sie keinen Schlüssel hatte? Dann würden die beiden da drinnen ertrinken!

Mit der Kraft der Verzweiflung hieb sie den Kerzenleuchter gegen die eiserne Tür. Er entglitt ihr und tauchte wieder unter Wasser. Diesmal war es nur ein Griff, und sie hatte ihn wieder in den klammen Fäusten. »Fenja?« Sie schlug erneut auf die Tür ein, wieder und wieder. Sie wollte das Schloss treffen. Doch es lag so weit unter Wasser, dass der Leuchter keine Wucht mehr hatte, wenn er an der Stelle anlangte. Ein weiterer Schlag und das bronzene Teil glitt ihr aus den Fingern und versank erneut.

Ein lang gezogenes Heulen drang an ihr Ohr. »Fenja?« Nein, das war nicht die Stimme ihrer Tochter. Und auch nicht die von Karl. War noch jemand hier? Sie sah sich um, erkannte, dass es noch weitere Türen gab: drei zur rechten, vier zur linken Seite. Und es war nicht nur eine Stimme, wie sie jetzt erkannte. Mehrere Stimmen heulten, schrien, jammerten … Irgendwo schien jemand gegen Metall zu hämmern. Da wurde Katharina auf einmal klar, dass nicht allein Fenja hier unten ihr Gefängnis gefunden hatte. Was hatte Karl gesagt? Es gab sieben Kammern, von denen sechs besetzt waren? Aber wer waren diese Menschen? Die Erkenntnis, dass es sich um die verschwundenen Frauen und Männer aus der Gegend handeln musste, traf sie mit solcher Härte, dass sie unwillkürlich auf die Knie sank und die Hände vors Gesicht schlug – das Wasser buchstäblich bis zum Hals.

*

»Ja, Daume!«, bellte der Leiter der freiwilligen Feuerwehr in sein Smartphone. »Gut. Dann ziehen Sie unsere Leute jetzt alle da oben ab und teilen Sie sie in zwei Gruppen auf. Eine verstärkt den Einsatz am Schwarzen Ochsen, die andere soll zur Kirche kommen. Ich habe gerade von unseren Kollegen vom Notruf eine Bitte um Übernahme eines Einsatzes dort bekommen.« Er blieb stehen und atmete durch. »Keine Ahnung. Es ist auch ganz egal. Die kommen sowieso nicht durch, wenn die Straßen überall so sind wie hier … Gut. Dann beeilen Sie sich bitte! Ich hab so was in meinem Leben noch nicht gesehen … Ja … Danke.«

Kopfschüttelnd stand er auf der Straße und blickte auf das Bild, das sich ihm bot: strömender Regen überall, Kollegen, die versuchten, das Wasser von der Gastwirtschaft abzuleiten, damit nicht noch weitere Gebäudeteile in den reißenden Strom stürzten, der sich dort gebildet hatte, wo bisher nur ein liebliches Bächlein unterm alten Mühlrad dahingeplätschert war. Aber das Mühlrad war natürlich auch längst fortgespült worden. Andere Kollegen evakuierten die umliegenden Häuser. Menschen versuchten, sich vor dem Regen zu schützen und an irgendeinen trockenen Ort zu flüchten. Daume hätte schwören können, dass er zwischen ihnen irgendwo Armin Hutter gesehen hatte. Auch der Pastor war vorbeigeeilt. Seltsamerweise waren sie beide in eine völlig unpassende Richtung unterwegs gewesen. Wenn sie es denn gewesen waren und nicht nur optische Täuschungen oder Ausgeburten von Daumes Fantasie. Denn was hier passierte, ließ sich mit Maßstäben der Vernunft sowieso nicht mehr begreifen.

»Chef! Wir brauchen Hilfe!«

»Unterstützung ist schon unterwegs!«, rief Daume. »Das Stauwehr ist versorgt, die Kollegen werden bald hier sein.« Was er nur hoffen konnte. Denn wie lange sie mit ihrem Gerät brauchten, bis sie hierherkamen, das stand noch mal auf einem anderen Blatt. Inzwischen würde er schon mal vorausrennen zur Kirche.

Auf dem Kirchhof fand er einige Grabsteine umgekippt, vermutlich unterspült, vielleicht auch von den Sturzbächen, die von der Kirche her kamen, umgedrückt. Die Dinger standen hier zum Teil seit Generationen, da brauchte es nicht viel, um sie umzuwerfen.

Irgendwo war eine Frau zu hören. Er versuchte sich zu orientieren. Dann ging er Richtung Kirche und stellte überrascht fest, dass sie geöffnet war. Aber das war natürlich auch das einzig Richtige in einer solchen Situation: Man musste Menschen ein Dach über dem Kopf geben. Buchstäblich. Wer unterwegs war, suchte vielleicht Schutz vor den Regenmassen. Hier würde er ihn finden. »Hallo? Hallo! Jemand da?«

Doch die Kirche schien leer zu sein. Eine Notsituation war hier nicht zu erkennen. Im Gegenteil. Es kam Walter Daume beinahe unwirklich vor, wie friedlich es hier drinnen war. Außer dem leisen Rauschen des Regens draußen war nichts zu hören. »Hallo?«, rief er noch einmal, dann entschied er sich, sich wieder in den Albtraum draußen zu stürzen.

Friedhöfe hatten ja häufig etwas Trauriges. Aber so elend hatte Daume noch keinen empfunden wie diesen. »Fehlt nicht viel, dann spült das verdammte Wetter die Toten raus«, knurrte er und machte sich wieder auf den Weg. Er nahm die etwas längere Strecke am Totenhaus vorbei, weil auf dem Weg weniger Wasser lief. Und dann hörte er es auf einmal ganz deutlich: Irgendwo brüllte eine Frau aus Leibeskräften.

*

Er könnte sie ewig so halten. Sie ist so leicht wie ein Vögelchen. Selbst in den zwei Minuten, in denen sie ohnmächtig war, hat sie kaum etwas gewogen. Er wünschte, er wäre auch nackt, könnte ihre Haut auf seiner fühlen. Aber noch viel mehr wünschte er, es gäbe überhaupt noch irgendetwas Gutes für sie. Gibt es nicht. Es ist vorbei. Er weiß es. Sie hat nicht mehr die Kraft, hier lange durchzuhalten. Und er kann nicht schwimmen. Außerdem ist sie völlig ausgekühlt. So lange war es so beschissen heiß. Und jetzt ist dieser Regen so irre kalt …

»Karl?«

»Ich halt dich, Fenja«, sagt er und denkt, dass er lügt. Denn das Wasser steht ihnen jetzt schon bis zu den Schultern. In ein paar Minuten würde er den Kopf nicht mehr

rausstrecken können – und dann ist es aus. Aus und vorbei. Keine Chance. Over.

»Woher wusstest du, dass du mich hier finden würdest?« Sie fragt es, als wäre es ihre letzte Frage. Das Grauen packt Karl, als er sie so hört. »Ich ... ich hab dich gesehen. Die Kamera.«

»Ja. Die Kamera. Ich weiß.«

»Auf dem Computer ...« Er bringt es kaum über sich. Fühlt sich schmutzig, schämt sich. Soll das das Letzte sein, was sie von ihm erfährt? Dass sein Vater ein Schwein und ein Verbrecher ist? Ein dreckiges Stück Scheiße? Und er ist der Sohn davon? Von so was?

»Von deinem Vater?«

Er nickt. Sie kann es in der Finsternis nicht sehen. Aber sie weiß es auch so. »Ich bin froh, dass du nicht so bist wie er«, sagt sie. Und da muss Karl losheulen. Er kann es nicht mehr aufhalten. Die Tränen laufen ihm runter, als hätte er nie etwas anderes getan, als immerzu zu heulen. »Es ... es tut mir so leid, Fenja.« Sie weiß es noch nicht. Sie ahnt es nicht, dass sie in ein paar Minuten beide tot sein werden. Nur weil er nicht schwimmen kann! Er bringt kein Wort mehr heraus.

»Danke, dass du mich retten wolltest«, sagt Fenja und schlingt ihre dünnen Arme um seinen Hals. So stehen sie in der Dunkelheit, während das Wasser unaufhörlich steigt und aus den anderen Kerkern Schreie in Todesangst zu ihnen herüberdringen.

*

Als er die Feuerwehr entdeckte, blieb Armin Hutter stehen, drückte sich unter einen Türsturz und atmete kurz durch. Er konnte nicht dort entlang. Sie würden ihn ansprechen, würden ihn aufhalten. Und dann würden sie unweigerlich, sie würden … Nein, er musste weiter. Weg. Er musste weg. Weg von hier. So weit wie irgend möglich. So schnell wie möglich! Es gab den Feldweg neben der Bäckerei. Dort konnte er lang. Auch wenn er nicht wusste, wie er den Bach überqueren sollte. Denn das erkannte er auch von hier schon: Der kleine Mühlbach war gefährlich geworden, ein riesiges Ding, das alles mit sich riss. Egal, Hauptsache, weg. Hutter blickte sich um. Er hätte gern den Wagen genommen. Aber der war drüben bei den Feuerwehrleuten. Verdammt, warum hatte er ihn auch dort stehen lassen? Noch während er auf den richtigen Moment wartete, um weiterzurennen, entdeckte er, wie Reichert die Stufen vom Kirchhof herunterstolperte und beinahe hinfiel. Das war der Augenblick, in dem er Reißaus nahm. Er rannte, als ob der Teufel hinter ihm her wäre. Aber der Teufel war ja auch hinter ihm her. Hutter rannte, wie er noch nie in seinem Leben gerannt war. Er nahm die paar Meter bis zur Abzweigung innerhalb von Augenblicken, dann lief er an der Hauswand entlang runter zum Bächlein, erschrak, als er erkannte, wie groß dieses Rinnsal geworden war, sah noch einmal über die Schulter und erblickte den Pastor, der ihn aus der Ferne anstarrte, als wollte er ihn direkt mit seinem Blick ermorden. Trotz des Regens, der sich wie eine Wand zwischen ihnen auftürmte, sah er Reicherts stechende schwarze Augen, ja, er meinte fast, ihn sprechen zu hören. Ganz leise sagte der Pfarrer: Das ist dein letzter Gang, mein Sohn. Und er lachte.

Nein, das bildete er sich nur ein. Ganz bestimmt bildete er es sich ein. Man konnte niemanden aus der Entfernung leise sprechen hören, schon gar nicht bei dem Getöse ringsumher. Langsam hatte Hutter das Gefühl, verrückt zu werden.

Er war weitergerannt, so schnell, dass seine Beine brannten und seine Lunge auch. Der Bach, der Fluss: nur ein paar wenige Meter vor ihm. Wenn er jetzt nicht bremste … Aber Hutter würde nicht abbremsen. Stattdessen rannte er noch schneller. Wie eine Maschine hämmerten seine Füße ins knöcheltiefe Wasser, während er noch mehr Tempo aufnahm. Er musste nach drüben, er *musste!*

Und dann war er am Ufer, das nur aus ein wenig Geröll bestand, das der Bach von irgendwoher mitgerissen und hier liegen gelassen hatte. Hutter rutschte aus, fing sich, versuchte, die Knie zu beugen, und stieß sich dann mit aller Kraft ab, so fest, dass es sich anfühlte, als würden alle Bänder in seinen Fußgelenken reißen. Er warf sich nach vorne, die Arme weit von sich gestreckt, die Hände so weit ausgreifend wie irgend möglich. Die andere Uferseite kam näher. Hutter hörte sich selbst schreien, brüllen, ruderte mit den Händen nach Halt, merkte, wie er mit den Füßen ins Wasser tauchte, mit den Hüften und schließlich mit dem ganzen Körper. Er hatte es nicht geschafft! Er war kurz vor der rettenden anderen Seite in den reißenden Bach getaucht – aber er hatte irgendetwas zu fassen bekommen. Eine Wurzel? Einen Ast? Verzweifelt klammerte er sich fest, woran auch immer. Riss das verdammte Teil zu sich, um den Fluten zu entkommen, wurde von irgendetwas, was der Bach mit sich spülte, am Kopf getroffen, war für einen Augenblick einer Ohnmacht nahe, fing sich, japste nach Luft. Luft! Luft!! Und schaffte es endlich, sich festzuhalten und Stück für Stück nach oben zu ziehen. Jede Faser seines Körpers schrie vor Schmerz. Aber irgendwann rollte er sich erschöpft ans andere Ufer und pumpte Luft in seine Lungen. Er lebte.

Und er hörte Reichert hinter sich. »Du hast es noch nicht geschafft!«, rief der Pastor vom anderen Ufer. »Und du wirst es nicht schaffen! Du entkommst mir nicht!«

*

III.

»Frau Bosch?« Beinahe hätte Daume sie nicht wiedererkannt, obwohl es kaum eine Stunde her war, dass er sie im Vereinsheim kennengelernt hatte. Oder war es schon viel länger her? Er wusste es nicht, längst hatte er jedes Zeitgefühl verloren.

»Sie sind das?«

»Was ist hier los? Ich glaube, ich habe jemanden um Hilfe rufen hören!« Man musste schreien, um sich im Lärm dieser Nacht verständigen zu können. »Und einen Notruf gab es von hier auch!«

»Meine Tochter! Sie ist hier eingesperrt! Und … und noch andere … andere Menschen!«

»Sie meinen, sie ist hier unten?« Er nickte zu der Treppe hin, die verdammt gefährlich aussah.

»Die sind eingesperrt!«, versuchte ihm Katharina noch einmal zu erklären.

»Wenn sie nicht rauskommen, werden sie ertrinken. Klingt, als sollten wir einen Psychologen anfordern!«

»Sie haben sich doch nicht selbst eingesperrt, Mann! Sie werden da unten gefangen gehalten!«

»Oh Gott. Und Sie bekommen sie nicht frei?«

Katharina schüttelte den Kopf. »Kommen Sie!«, rief Daume und winkte ihr, ihm nach unten zu folgen. Dann stolperte er die glitschigen Stufen in die Tiefe, wo die einzige Lampe noch nur notdürftig flackerte. »Und wo sind sie? Hier steht das Wasser ja schon fast bis zur oberen Kante der Türen!«

»Ich weiß es nicht genau«, rief Katharina. »Fenja und Karl sind hier drin.«

»Karl? Karl Hutter?«

»Ja. Genau.«

»Hallo? Hört ihr mich?« Daume hämmerte gegen die Tür. »Hört ihr mich da drin? Ist alles in Ordnung?«

Die Schreie, die nach draußen drangen, waren zwar nicht zu verstehen, aber zumindest war klar, dass die beiden tatsächlich dort drin waren und dass sie noch am Leben waren. Walter Daume wandte sich an Katharina: »Sie laufen wieder rauf. Ich rufe Verstärkung. Halten Sie Ausschau und zeigen Sie denen, wo sie hinkommen müssen, ja? Machen Sie schnell!«

Katharina watete zurück und lief dann die Treppe hoch, während Daume die Nummer von Özkan wählte. »Murat? Hier Walter. Wir brauchen dringend ein paar Männer mit Brecheisen, Kreissäge mit Metallblatt, Blechzange, Hämmern und Beilen. Alles möglichst schwer. Wir müssen mehrere Metalltüren aufbrechen. Macht, so schnell ihr könnt, wir haben hier höchstens noch zehn Minuten, dann ertrinken Menschen!«

Er sah sich um. Über ihm waren vielleicht noch vierzig Zentimeter Raum. Das war gut. Aber man konnte dem Wasser fast beim Steigen zusehen. Vielleicht regnete es bloß hundert oder zweihundert Liter pro Quadratmeter in der Stunde. Aber dieser Stollen war wie ein Trichter: Die Wassermassen, die über das riesige Kirchendach abliefen, flossen den Hügel hinunter und über die gepflasterten Wege. Und die Bäche, die so entstanden waren, liefen an wenigen Punkten zusammen – unter anderem im Bogengang, wo sie unweigerlich auf die Tür oben trafen und dann von dort herabstürzten in den ehemaligen

Klosterkeller. Im ungünstigsten Fall war hier in wenigen Minuten alles vollgelaufen.

*

»Fenja?«

»Was denn?«

»Es ... es tut mir alles leid.«

»Okay. Können wir das später besprechen? Falls wir hier noch irgendwie rauskommen? Es ist einfach ... Ich hab die Kraft nicht mehr, verstehst du? Du ... du weißt nicht, was hier passiert ist. Ich ... ich kann einfach nicht mehr alleine stehen. Oder schwimmen.«

»Fenja! Du musst! Ich ... kann ... nicht schwimmen! Gar nicht, verstehst du?«

»Du kannst nicht schwimmen? Aber du musst!«

»Ich kann nicht. Hab's nie gelernt. Und hier gibt es nichts ... nichts zum Festhalten.«

Schluckt er etwa schon Wasser? Ein Husten, ein Japsen. »Karl? Karl, versuch es. *Versuch es!*«, kreischt Fenja. Sie überlegt fieberhaft. Gibt es denn nichts, woran er sich festhalten könnte? Oder sie sich? Was macht sie, wenn er tot ist? Dann wird sie ebenso ertrinken. Weil sie nicht mehr kann. Sie kann zwar schwimmen. Aber sie hat keine Kraft mehr. »Karl! Bitte!« Die Kamera? Die Kamera, sie muss doch irgendwo dort sein. Daran könnten sie sich vielleicht festklammern! »Karl? Du musst mich noch einmal stützen, ja? Komm hierher, schnell!« Sie tastet sich zur Seite der Tür und überlegt. Die Kamera ist über der rechten Seite des Rahmens aufgehängt, ganz oben an der Decke. Zu hoch, als dass sie jemals rangekommen wäre. Weil sie nichts zum Draufsteigen hatte. Aber wenn Karl sie jetzt stützt, dann kommt sie sicher hin. Und wenn sie sich daran fest-

klammert, dann kann sie ihrerseits ihn hochziehen. Vielleicht.

*

Hutter musste irgendwo Richtung Wald verschwunden sein. Der Pastor kannte sich in der Richtung eigentlich ganz gut aus. Sein täglicher Spaziergang hatte ihn oft hinübergeführt. Allerdings war jetzt alles anders als sonst. Vor allem hatte sich ein reißender Bach gebildet, der parallel zur Hauptstraße hinter den Häusern durch Hussfeld schoss. Und über diesen Bach gab es keine Brücke. Wenn Hutter allerdings nach Norden lief, musste er irgendwann über die Brücke bei der B 95. Und spätestens dort konnte er ihn abfangen.

Der Pastor lief hinüber zum Anwesen von Frau Kleve, wo er sich eine Garage gemietet hatte, und holte seinen eigenen Wagen. Er konnte nur hoffen, dass der alte Ford bei dem Unwetter überhaupt straßentauglich war. Aber dann ging es doch ganz gut, bis auf ein kurzes Schleudern unten beim Ortsausgang im Kreisverkehr, der genauso überflutet war wie jeder Weg und alle Straßen. Die Scheinwerfer spiegelten sich in den Wassermassen, dass man kaum die Katzenaugen der Begrenzungspfosten erkennen konnte. Und immer wieder tauchte ein Blitz alles in gleißendes Licht, sodass Reichert für Sekundenbruchteile geblendet war. Er fluchte und versuchte, die Gewalt über den Wagen nicht zu verlieren.

Und dann sah er ihn. Hutter lief übers freie Feld – nicht Richtung Wald, jedenfalls nicht zu dem Stück, das Reichert sich überlegt hatte, sondern eher nach Osten hin, wo es über ein Stück Brachland zu einem anderen Waldstück ging und dahinter zum Stauwehr. »Du Verrückter«, knurrte der Pastor. »Wie damals.« Er schüttelte fassungslos den Kopf. »Wie damals.«

*

Walter Daume versuchte alles. Aber es war völlig aussichtslos. Die Tür bewegte sich keinen Millimeter. Das Schloss saß bombenfest. Das Wasser stieg unaufhörlich, es waren allenfalls noch fünf Zentimeter bis zur Oberkante der Tür. Und Daume hatte keinerlei Gerät bei sich. Nicht einmal einen Schraubenzieher, mit dem er hätte versuchen können, das Schloss zu knacken. Was ihm außerdem zunehmend Sorgen machte, war die Lampe an der Treppe. Sie war zwar zwei Stufen aufwärts angebracht. Aber irgendwann würde auch diese Stelle unter Wasser stehen. Und wenn bis dahin nicht alle hier unten ersoffen waren, würden sie einen Stromstoß bekommen, der ihnen den Rest gab. Es sei denn, er konnte die Stromzufuhr irgendwie unterbrechen. Aber wie? Es war nicht einmal ein Lichtschalter zu erkennen. Und der hätte an sich auch nichts gebracht. Sobald die Leitung im Wasser lag, würde irgendein Leck in der Isolierung ausreichen, um einen tödlichen Blitz durch die Fluten zu schicken. Vermutlich auch durch ihn. Denn so, wie die Lage war, konnte er sich nicht mehr vorstellen, hier noch rechtzeitig rauszukommen. »Hört mich jemand?«, rief er. »Hier ist Walter Daume von der Feuerwehr! Wir tun alles, um Sie hier lebend herauszuholen! Bitte behalten Sie Ruhe und versuchen Sie, auf einen möglichst hohen Standort zu kommen oder sich möglichst weit oben festzuhalten!«

Er wiederholte die Botschaft noch zweimal, ohne große Hoffnung, dass irgendjemand ihn ernsthaft verstanden hatte. Er zumindest hatte zwar jede Menge Schreie gehört, aber außer ein paar Flüchen nichts verstanden. Klar, die Menschen, die hier eingesperrt waren, waren in Panik. Was auch sonst? Und wenn er ehrlich zu sich selbst war, war auch er in Panik. In ein paar Minuten konnte hier alles vorbei sein – einschließlich seiner eigenen Existenz.

*

John war dankbar. Das Wasser hatte seine Schmerzen gelindert. Es hatte ihn getragen und getröstet. Es hatte ihn erinnert an die schönen Zeiten am See. An seine Kindheit, als er ein paarmal an der Ostsee gewesen und ganz weit rausgeschwommen war. Das tat er jetzt auch: ganz weit rausschwimmen. Er konnte die Wellen spüren, den Wind, er tauchte, glitt durchs Wasser, ließ sich treiben, ließ sich fallen und lauschte in die Unendlichkeit des Meeres, wo alles groß und sanft und friedlich war. Und er schwebte davon wie eine Muschel, die davongetragen wird, ja, weit, weit weg von hier.

*

Reichert würde ihn nicht kriegen. Niemals! Wenn es sein musste, würde Hutter den Pastor zur Hölle befördern, wo er hingehörte. Seine Lungen brannten, er konnte kaum etwas sehen, und das Laufen über das vertrocknete Weizenfeld, das jetzt mehr als knöcheltief unter Wasser stand, war unendlich anstrengend. Aber der Wald war jetzt nicht mehr weit, und Reichert war immer noch irgendwo da hinten mit seinem lächerlichen Auto, mit dem er sowieso nicht hierherkommen konnte. Und mit seinem Wanst würde der Pfaffe noch weit langsamer vorankommen als er.

Das gab Armin Hutter neue Kraft. Kraft, sich voranzukämpfen und dem Waldrand entgegenzustreben. Manchmal verfing er sich in Büscheln von abgesoffenen Getreidehalmen, zweimal fiel er der Länge nach ins Wasser. Der Boden darunter war trotz des Regens knallhart. So hart, dass er sich den Ellbogen aufschlug und der Arm teuflisch zu schmerzen begann. Dennoch rannte Hutter weiter. Und auch wenn der Wald mit jedem Schritt, den er vorwärtshastete, zwei Schritte zurückzuweichen schien, er würde ihn erreichen und sich dort …

»Hutter! Du bist verloren! Es ist aus, bleib stehen!«, brüllte hinter ihm der Pastor. Als der Bürgermeister sich umblickte, erschrak er: Der Geistliche mochte im Alltag langsam und bedächtig wirken. Aber jetzt musste Hutter erkennen, dass der Mann gewaltige Kraftreserven hatte – und die rief er gegen ihn ab! Hutter brüllte, weil er es musste. Aber er fand keine Worte mehr. Es gab nichts mehr, was er zu sagen hatte. Hätte er irgendwo Steine gefunden, so hätte er sie seinem Verfolger entgegengeschleudert. Doch in dieser Sintflut gab es nichts zu finden. Es blieb nur die Flucht. Also rannte Hutter weiter. Er sah nicht mehr zurück, wollte die Fratze des Pastors nicht mehr sehen. Nur weg. So schnell und so weit wie möglich. Aber zuerst in den Wald. Den Wald, der jetzt endlich zum Greifen nah war. Schon stand Hutter im Gestrüpp wuchernder Brennnesseln, riss sich an einem Brombeerbusch die Hände blutig und stürzte weiter, hinein in die völlige Dunkelheit dieses mächtigen Schattenreichs.

*

Endlich erblickte Katharina zwei Fahrzeuge, die Richtung Kirche kamen. Sie rannte zur Friedhofsmauer und winkte mit beiden Armen. »Hierher! Hierher!«, schrie sie, obwohl die Feuerwehrleute sie noch gar nicht hören konnten. Doch sie fanden sie auch so.

»Wo ist es?«, fragte der Einsatzleiter.

»Wir müssen hier entlang!« Katharina führte ihn und zwei Kollegen zum Totenhaus, wo seitlich die Treppe nach unten führte. »Da unten. Das Wasser steht schon furchtbar hoch!«

»Können wir hier nicht abpumpen?«

»Ich … ich weiß es nicht.«

»Wieso hat das keiner gesagt, verdammt, dass das wie ein Keller ist?« Der Einsatzleiter wandte sich an einen der beiden anderen: »Personenschutz vor Gebäudeschutz! Wenn wir irgendwo eine Pumpe haben, die nicht zur Lebensrettung eingesetzt wird, sofort hierherholen!« Und zu Katharina: »Wir gehen runter. Zeigen Sie mir den Weg.«

Katharina lief vor, rutschte aus, schlug sich das Rückgrat blutig, kurz wurde ihr schwarz vor Augen, dann konnte sie weiter. Als sie um die Ecke bogen, schrie sie unwillkürlich auf. »Es … es ist schon fast bis zur Decke!«

»Teutsch!«, rief Walter Daume, der die Retter entdeckt hatte. »Gott sei Dank. Es steht hier Spitz auf Knopf. Wenn wir die Türen nicht in den nächsten fünf Minuten aufbekommen, sind die Menschen da drinnen tot.« Er deutete dorthin, wo bis vor Kurzem noch Türen zu sehen gewesen waren. Doch inzwischen hatte das Wasser die Zargen überstiegen. Wenn sie die Türen tatsächlich irgendwie aufbekamen, würden die Gefangenen tauchen müssen, um herauszukommen.

»Wir müssen abpumpen, Herr Daume.«

»Ich weiß. Ich Idiot habe keine Pumpe angefordert!«

»Das habe ich gerade. Die Frage ist, ob sie noch rechtzeitig kommt.«

»Darauf können wir nicht warten.«

»Sicher nicht«, stimmte Teutsch zu. »Ich schlage vor, Sie gehen einmal hoch zu den Kollegen und wählen das Material, mit dem wir hier arbeiten sollen, und ich versuche, mir ein Bild von der Lage zu machen.«

Im nächsten Moment war Daume auf der Treppe. »Frau Bosch! Kommen Sie wieder mit hoch!«

»Ich … ich bleibe lieber hier.«

»Ganz sicher nicht! Wir brauchen hier gleich Platz für die Einsatzkräfte. Und eine Person mehr in Lebensgefahr werde ich nicht riskieren!«

Widerwillig folgte Katharina dem Feuerwehrmann. »Ich kann Material tragen!«, schlug sie vor.

»Das ist eine gute Idee. Sie können helfen. Bleiben Sie am Einsatzwagen, wenn wir oben sind, und tun Sie, was die Kollegen Ihnen sagen.«

Sie konnte erkennen, wie sehr die Situation ihm zugesetzt hatte. Einerseits war er immer noch der souveräne Mann, den sie kennengelernt hatte. Andererseits war ihm das Grauen ins Gesicht geschrieben. Alles an ihm schien gröber, härter, rauer. Sie griff nach seiner Hand. Er drehte sich um. »Ja?«

»Danke.«

»Sagen Sie mir das in ein paar Minuten. Hoffentlich.«

*

Obwohl er nach Luft japst und kaum noch das Gesicht über Wasser halten kann, macht Karl eine Räuberleiter für Fenja. Sie hält sich an seinem Kopf fest, spürt, dass dieser Kopf fast vollständig unter Wasser ist, betet und flucht und steigt in seine verschränkten Finger. Stößt sich hoch und sucht nach der Kamera. Hier irgendwo muss sie doch sein. So lange, so verdammt lange hat sie dieses teuflische Teil gesehen, hat sich anstarren lassen von diesem Auge des Bösen, und jetzt findet sie es nicht. Sie spürt, wie Karl wankt, konzentriert sich, tastet noch einmal in die andere Richtung. Vergeblich. Schließlich lässt sie sich nach unten sinken und kommt neben Karl zu stehen. Auch sie ist jetzt bis zur Stirn unter Wasser. Sie nimmt Karl in die Arme und hebt ihn ein wenig nach oben, erstaunt, dass sie dazu noch die Kraft findet. Aber es gibt jetzt sowieso keinen Grund mehr, noch irgendwelche Kräfte zu sparen. Was in ihr ist, kann sie bis zum Letzten abrufen. Denn in wenigen Minuten ist es aus. Sie weiß das, und Karl weiß es auch. Mit dem Unterschied, dass er schon aufgegeben hat. Sie aber noch nicht. Schließlich gibt es eine Sache, die sie am Leben hält: Sie will sich an dem Schwein

rächen. Sie will ihn leiden sehen. Wenn es noch eine winzige Chance gibt, hier lebend rauszukommen, und sei es nur, um ihm die Eier abzuschneiden, dann will sie die nutzen. Dann wird sie jede erdenkliche Qual erdulden, die dafür nötig ist.

Karl macht sich frei, strampelt, um wenigstens kurz über Wasser zu bleiben. Fenja taucht auf. »Noch mal«, keucht sie. »Noch einmal eine Räuberleiter. Ich zieh dich dann hoch, ja? Hast du mich verstanden?«

Karl antwortet nicht, sondern versucht nur verzweifelt, irgendwie Luft in seine Lungen zu bekommen. Aber dann lässt er sich runtersinken, und Fenja weiß, dass er noch einmal allen Todesmut zusammennimmt, dessen er fähig ist. Sie sucht noch einmal die Räuberleiter, findet sie jetzt schneller, zieht sich hoch und klatscht mit beiden Händen an die Wand. Hier ist die Tür, hier ist die Kante – und da ist die Kamera. Da ist sie! Sie packt sie und hält sich fest, rüttelt vorsichtig daran, atmet auf: Das Ding ist richtig fest in die Wand geschraubt. Sie krallt sich mit einer Hand daran fest, mit der anderen angelt sie nach Karl, der noch nicht kapiert hat, dass er Schluss machen kann mit der Leiter. »Karl!« Sie klopft ihm auf den Kopf. Da greift er mit einer Hand nach oben und dann mit der anderen und hält sich an ihrem Arm fest, und sie kann ihn nach oben ziehen.

Prustend taucht er auf, lässt mit einer Hand wieder los, rudert, keucht.

»Halt dich mit beiden Händen fest! So bist du zu schwer!«

Er packt sie mit beiden Händen. Aber Fenja weiß auch so, dass sie nicht lange durchhalten wird. Auch wenn das Wasser viel Gewicht von ihnen nimmt, sind zwei Menschen zu schwer für sie. Sie hat einfach keine Kraft mehr.

*

IV.

Hutter hatte den Wald erreicht, das schon. Aber er würde nicht weit kommen, da war sich Pastor Reichert sicher. Denn da drinnen würde es so finster sein, dass er schon nach kürzester Zeit stehen bleiben musste, weil er gar nicht mehr wusste, in welche Richtung er lief. Hutter würde über Wurzeln stolpern, gegen Bäume laufen, sich in Sträuchern verfangen. Und dann würde er ein Licht sehen. Vielleicht würde er davor fliehen, vielleicht auch darauf zugehen.

Wie gut, dass Reichert seine Taschenlampe dabeihatte. Er hatte sie immer bei sich, wenn er in den Keller ging. Nun würde sie ihm auch im Wald gute Dienste leisten.

Wie die Dinge sich glichen! Einst war es Hutter gewesen, der einen Mann durch die Nacht und durch den Wald gejagt und letztlich zu Tode gehetzt hatte – nun war es Hutter selbst, der gejagt wurde. Allein der Gedanke, dass Geschichte sich zu wiederholen schien, wirkte wie eine Droge auf den Geistlichen. Auch wenn er durch eine geradezu albtraumhafte Welt lief, war er doch innerlich ruhig. Es war, als schwebte sein Geist über den Dingen, in einer Art göttlichem Auftrag, ein Werk zu vollenden. Zugleich spürte er eine Kraft in sich, die grenzenlos schien. Und diese Kraft würde ihn befähigen, Hutter zu stellen, da war Reichert sich absolut sicher.

Meter für Meter kam er dem Flüchtenden näher. Ja, er würde Hutter für einige Augenblicke verlieren, jetzt, da er durchs

Gestrüpp stolperte und zwischen den ersten Bäumen verschwand. Aber gleich wäre er selbst dort. Und dann war Hutter der Mann, der in der Dunkelheit umherirrte. Und er war der Mann, der Licht hatte und sich orientieren konnte. *Ich bin das Licht,* dachte Reichert und musste sogar lachen. Ja, Hutter hatte keine Chance. Das Böse hatte keine Chance.

*

Hutter hielt inne. Wie eine schwarze Wand stand der Wald vor ihm. Er blickte sich um. Hinter sich konnte er noch etwas Licht erkennen, dort, wo das Feld lag. Das Feld, über das Reichert ihn verfolgte. Dorthin konnte er nicht zurück. Vor sich aber hatte er nur tiefste Dunkelheit. Hutter spürte, wie ihn die Panik am ganzen Leib schüttelte. Ratlos stand er in dieser alles umfassenden Finsternis und zögerte, ob er wirklich weiterlaufen sollte. Oder sollte er auf Reichert warten und kämpfen? Er tastete um sich, ob er einen Stock fand, einen Prügel, irgendetwas, womit er zuschlagen konnte. Doch auch wenn überall Gehölz war und aus dem Boden Wurzelwerk wucherte, einen losen Ast fand er auf die Schnelle nicht. Und Zeit zur Suche hatte er nicht. Der Pastor würde in wenigen Augenblicken da sein – wenn er es denn wagte, ebenfalls in den Wald einzudringen. Aber vielleicht würde er das gar nicht. Denn hier drinnen war es zwar nicht so nass, aber dafür furchterregend dunkel.

Er konnte Reichert hören. Immer wieder bellte der Mann Verwünschungen, forderte ihn auf, stehen zu bleiben. Aufzugeben. Sich zu stellen. Doch das würde er nicht. Niemals. Niemals! »Du bist tot!«, schrie Hutter Richtung Waldrand. »Du bist tot!« Dann rannte er weiter. Stürzte über eine Wurzel, schlug sich die Schläfe blutig, rappelte sich auf und rannte tiefer in den Wald hinein und immer noch tiefer. Der Regen war nur noch als obskures Rauschen zu hören, der Untergrund war zwar durchweicht, und immer wieder sank Hutter bis über die Knöchel ein, aber hier lief er nicht durch einen See, wie draußen auf dem Feld, sondern durch Sumpf, der sich aus dem Waldboden gebildet hatte, als wäre er eine durchlässige Schicht zwischen der Oberfläche und der Unterwelt. Das Grauen krallte sich mit seinen Klauen in Armin Hutters Leib und Seele. Er blieb stehen, änderte die Richtung, stürmte weiter nach links, weil er meinte, von dort den Lärm der nahen Bundesstraße zu hören. Irgendwo da vorne musste es doch auch wieder rausgehen aus dem Wald! Die Überreste eines umgestürzten Riesen rammten sich in seinen Unterleib. Stöhnend stolperte Hutter zur Seite und hielt sich an einem anderen Baum fest, um nicht auf die Knie zu gehen. Schritte? Waren da Schritte hinter ihm? Er blickte sich um – und starrte plötzlich in ein gleißendes Licht, das ihn direkt in die Augen traf.

»Da sind wir also«, sagte der Pastor mit absurd ruhiger Stimme. »Der Sünder und sein Seelsorger.«

*

Inzwischen kleben sie fast an der Decke. Sie müssen das Gesicht nach oben halten, um noch den letzten Rest Luft zu bekommen, aber Karl stößt mit der Stirn schon oben an. Sie können hören, dass draußen gearbeitet wird. Aber wie soll das gehen? Die sind ja selbst schon bald unter Wasser, oder? Vielleicht ist der Gang draußen höher als die Kammern hier. Karl lauscht auf das Hämmern, auf die leichten Erschütterungen, die von der Tür ausgehen. Er hat keine Idee, was da vor sich geht. Aber er erkennt, dass es nichts bringt. Denn an ihrer Situation hier drinnen ändert sich nichts. Nichts, außer dass das Wasser unaufhörlich steigt.

Fenja umarmt ihn, so fest sie kann, während er sich an der Kamera festklammert. Zuerst war sie es, die ihn gerettet und nach oben gezogen hat. Dann, als er endlich wieder Luft in den Lungen hatte, hatte er übernommen und bildete den Anker im Leben. Längst hat er einen Krampf im Arm. Aber wenn er mit ihr gemeinsam sterben wird, dann ist das schon in Ordnung. Zumindest muss sie nicht alleine sterben. Und er hat es verdient, das steht sowieso fest. Aber bis es so weit ist, will er ihren Tod nicht hinnehmen. So lange wird er noch um jeden Millimeter rettende Luft kämpfen. Und am Schluss, ganz am Schluss, wenn es nichts mehr zu holen gibt und auch das letzte bisschen Sauerstoff verbraucht ist, dann wird er ihr seinen letzten Atemzug schenken. Das hat er sich fest vorgenommen. Er wird Luft holen und ihr einen Kuss geben, der ihr noch ein paar Sekunden Zeit gibt, ehe alles zu Ende ist.

Er kann spüren, wie sie zittert. Er hört, wie sie wimmert. Aber sie beklagt sich nicht. Sie hält sich nur an ihm fest und wartet. Natürlich weiß er, dass sie auf den sicheren Tod wartet. Genau wie er.

*

Sie würden nicht mehr alle Türen aufbekommen, das stand fest. Wenn sie überhaupt eine Tür aufbekamen. Daume hatte ein großes Brecheisen kommen lassen und zwei Männer, die mit schweren Hämmern auf das Brecheisen schlugen, das er unten an das Schloss gesetzt hatte, um es aufzubrechen. Immer wieder rutschte das Metall ab. Mehrmals hatte er es schon herauftauchen müssen. Dass die Kollegen vom zweiten Team die Pumpe gebracht hatten und einen Schlauch runterließen, bekam er ebenso am Rande mit wie die Arbeiten, mit denen ein weiteres Eindringen von Wasser verhindert werden sollte. Hätte er einen Kopf dafür gehabt, er hätte sich verflucht, dass er nicht damit begonnen hatte, Sandsäcke vor die obere Tür schaffen zu lassen. Aber Noteinsätze zeichneten sich nun einmal dadurch aus, dass jede einzelne Maßnahme die wichtigste ist und man niemals alles zuerst tun konnte. Es war wie eine Dynamitstange, die an zwei Enden gleichzeitig brannte. Löschte man die eine Lunte, zündete die andere – und umgekehrt. Er hatte alle Sandsäcke zum Stauwehr schaffen lassen, das rächte sich jetzt. Aber es war ohnehin egal. Die Pumpe mochte ihnen noch zwei oder drei Minuten Zeit schenken, falls da drinnen überhaupt noch jemand lebte. Aber sie würde nicht verhindern, dass es Tote gab. Das Einzige, was jetzt kurzfristig noch eine winzige Chance auf Rettung versprach, war, das verdammte Schloss zu sprengen. Und vielleicht noch ein zweites. An drei wagte Daume gar nicht mehr zu denken.

»Wir können nicht mehr ausholen, Chef!«, rief einer der beiden Helfer.

»Ihr müsst! Schlagt gleichzeitig! Gebt alles! Einmal noch, bitte!«, schrie Daume und presste das Brecheisen mit all seiner Kraft gegen das Schloss.

Die Männer hämmerten wie verrückt auf das Metall ein, schlugen sich die Hände blutig. Der Ziegel spritzte von der Decke, weil es keinen Raum mehr gab, um auszuholen. »Herrgott!«, schrie Daume. »*Ein* richtiger Treffer! Nur *einer!*«

Und dann trafen die Hammer. Gleichzeitig und mit maximaler Wucht.

*

Katharina war längst völlig krank vor Sorge, ihr Kind könnte ihr genommen werden, nachdem sie es endlich gefunden hatte. Händeringend stand sie oben. Die Feuerwehrleute hinderten sie daran, noch einmal hinunterzusteigen. Zugleich klangen die Kommandos immer verzweifelter. Eine Pumpe war gebracht worden. Aber dann hatte man zunächst keinen Weg gefunden, sie die Treppen hoch zum Kirchhof und herüber zum Totenhaus zu bringen. Schließlich war der Wagen seitlich an die Mauer des Kirchhofs gefahren, und man hatte den Schlauch nach oben gezogen, um ihn dann wieder nach unten in den Keller abzuleiten. Als das nicht ausreichte, war eine Verlängerung an den ursprünglichen Schlauch montiert worden, was weitere wertvolle Minuten gekostet hatte. Aber jetzt endlich brummte der Motor, und die Maschine begann, Wasser abzusaugen. Immer noch floss weiteres Regenwasser die Treppe hinab, weil die Feuerwehrjacken und aller Krempel, den die Männer mangels Sandsäcken am oberen Ende der Treppe aufgeschichtet hatten, nicht richtig abdichteten. Aber es war weniger als bisher. Die Frage war, ob es der Feuerwehr nun gelang, mehr herauszupumpen, als neu nachfloss.

Über Katharina krachte ein Blitz, dass ihr der Atem stockte. Er schlug in eine der alten Buchen auf dem Friedhof ein. Eine Flamme loderte aus dem ausgetrockneten Holz empor, wurde aber innerhalb weniger Augenblicke von den Wassermassen gelöscht, die immer noch herabstürzten. »Vorsicht!«, schrie einer der Feuerwehrmänner und stieß Katharina unter den Bogengang. Über ihnen donnerte ein Ast auf das Dach und sprengte mehrere Ziegel ab. »Bleiben Sie lieber hier!«

»Danke!«, keuchte Katharina. »Ich … ich weiß gar nicht …« Das Ding war so herabgestürzt, dass es sie vermutlich genau an der Stelle getroffen hätte, an der sie eben noch gestanden hatte. Während sie fassungslos dastand und diesen Weltuntergang betrachtete, merkte sie, wie sie still betete. Sie stand da mit aufs Äußerste geschärften Sinnen, mit einem Herzen, das sich anfühlte, als würde es in Flammen stehen, voller Horror, was gerade einige Meter unter ihr geschah – und sie betete. *Wenn es dich gibt, dann hilf. Jetzt! Jetzt oder nie. Bitte, Gott. Wenn es dich gibt, dann rette mein Kind!*

Und dann schrien alle plötzlich wie verrückt durcheinander.

*

Dass Hutter sich an einem Ast festgehalten hatte und dass ausgerechnet dieser Ast in seiner Faust abbrach, damit hatte auch Reichert nicht gerechnet. Doch auf einmal stand der Bürgermeister mit der Waffe in der Hand da, die er sich so ersehnt hatte. Er konnte es für einen Bruchteil von Sekunden selbst nicht fassen, starrte auf den Knüppel, der bleich wie ein riesiger Knochen in seiner Hand lag, von Reicherts Taschenlampe angeleuchtet. Der schien im selben Augenblick genau Hutters Gedanken zu haben: Wenn die Lampe an ist, bin ich ein gutes Ziel. Im selben Moment, in dem Hutter, den Ast erhoben, nach vorne sprang und zuschlug, erlosch die Lampe, und der Pastor trat einen Schritt zur Seite. Er bückte sich, weil er damit rechnete, dass Hutter wild wütend rundum schlagen würde. Und tatsächlich verfehlte die Keule seinen Kopf nur um Haaresbreite. Doch dann orientierte sich der Mann mit der Waffe in die falsche Richtung, und Reichert blieb einige Zeit kauernd am selben Ort.

»Komm raus!«, schrie Hutter. »Komm raus, du Feigling! Kämpf doch, wenn du dich traust! Dein lieber Gott wird dir nicht helfen!« Die Stimme entfernte sich ein paar Meter. »Ich schlag dir den Schädel ein, Reichert! Wo bist du?« Sie kam wieder etwas näher. Der Pastor tastete nach einem großen Baum und verbarg sich dahinter. Selbst wenn Hutter in die richtige Richtung schlug, würde er nur den Stamm treffen.

Und wirklich hörte der Pfarrer, wie sein Gegner mehrmals etwas traf. Wieder und wieder fand der Knüppel ein Hindernis, bis er deutlich vernehmbar zerbrach. Reichert atmete auf. Hutter hatte seine Waffe zerstört. Kurz überlegte er, ob er die Lampe wieder anmachen sollte. Aber dann entschloss er sich, lieber noch etwas zu warten. Erst einmal sollte Hutter noch ein Stück weiter flüchten. Die Verfassung, in der er war, würde ihn jetzt schnell an seine Grenzen bringen.

Der Bürgermeister schien zu ahnen, dass er seine Chance verspielt hatte. Denn er gab ein seltsames Heulen von sich, wie ein waidwundes Tier, das von der Herde zurückgelassen worden war.

*

Die Bundesstraße!, erinnerte sich Hutter und versuchte, sich zu orientieren. Ja, in der Richtung war sie deutlich zu hören. Dorthin musste er. Hatte er Reichert mit dem Ast getroffen? Er wusste es nicht. Aber selbst wenn: Es würden andere kommen, um ihn zu verfolgen. Er musste weg!

Nachdem er ein Stück weit durch die Dunkelheit gestolpert war, bemerkte er, dass er auf einen Waldweg gekommen war. Nicht nur konnte er hier besser laufen, ein Stück weiter vorne schimmerte es auch ein wenig. »Licht«, flüsterte er mit rauer Stimme und fand die Kraft, wieder schneller zu rennen. »Licht.«

Es war nicht die B 95. Als Armin Hutter am Waldrand angekommen war, stand er starr vor Entsetzen an dem Ort, den er wie keinen anderen hasste. Was er für das Rauschen von Straßenverkehr gehalten hatte, war in Wirklichkeit Wasserrauschen gewesen: Er war an der Huss gelandet, und zwar am Stauwehr!

Die Laternen, mit denen die Anlage beleuchtet war, schaukelten wild im Sturm und warfen ein irres Licht auf die völlig überforderten Stauanlagen. Das Wasser auf der höheren Seite erreichte schon den Überweg. Noch ein paar Zentimeter, und das Stauwehr würde überspült. Es war ein Wunder, dass es überhaupt noch standhielt. Ein Geräusch hinter sich ließ

Hutter herumfahren. Konnte es sein, dass Reichert mit seiner Taschenlampe nur ein paar Meter entfernt war? Zwischen den Bäumen blitzte immer wieder kurz ein kaltes Licht auf.

Er musste auf die andere Seite. Allerdings war das ein wahnsinniges Unterfangen. Die Anlage war weit jenseits ihres Limits! Die Pumpen schienen ausgefallen zu sein, jedenfalls konnte Hutter nichts hören, was darauf hingewiesen hätte, dass die Installation der Feuerwehr noch funktionierte.

»Hutter!«, hörte er hinter sich.

Reichert war da. Unschlüssig, ob er weiter flüchten oder kämpfen sollte, brachte Hutter es nicht über sich, *irgendetwas* zu tun. So lange nicht, bis ihn der Pastor beinahe erreicht hatte. Verzweifelt rannte er los: zum Stauwehr, wo die nachdrückenden Fluten den Steg schon überspülten. Wenn er es schaffte, nach drüben zu kommen, wenn er es über sich brachte, diesen Weg zu gehen …

*

Die Luft ist schneller verbraucht, als Karl es erwartet hat. Es geht so schnell, dass er kaum noch schafft, bei Besinnung zu bleiben, als er plötzlich merkt, wie der Sauerstoff fast alle ist. »Fenja.« Sie reagiert nicht. »Fenja. Es ist aus. Wir haben es nicht geschafft.« Er weiß nicht, ob er es sagt oder ob er es bloß denkt. Seine Lungen scheinen zerreißen zu wollen. Verzweifelt schnappt er nach Luft. Einen Atemzug noch, einen einzigen! Er hat es sich geschworen!

Und er spürt, wie noch einmal irgendwoher eine Winzigkeit Leben kommt und seine Brust ein letztes Mal füllt. Fenja ist so federleicht, dass er denkt, sie ist schon drüben auf der anderen Seite, auf die er jetzt auch wechseln wird. Muss. Er sucht ihre Lippen, findet sie kalt und leblos. Drückt seinen Mund auf ihren und presst das letzte bisschen Luft, das er

aufgetrieben hat, in ihre Lungen. Dann lässt er sie los und lässt auch die Kamera los. Weil es egal ist. Weil sie sowieso sterben müssen. Weil sie es beide gar nicht mehr spüren werden. Ganz leicht sinken sie nieder aus der Dunkelheit des Diesseits in die Dunkelheit des Jenseits. Getrennt, aber doch vereint im Tod. *Fenja* ist sein letzter Gedanke. Und er ist glücklich, dass er sie küssen durfte, dass er ihr einen winzigen Augenblick Leben schenken durfte und dass er mit ihr gemeinsam sterben darf.

*

»Ausgerechnet hier?«, rief Reichert gegen das Getöse der Naturgewalten. »Willst du deine Sünden sühnen, wo du deine größte Sünde begangen hast?«

»Sie haben mich dazu gebracht!«, schrie Hutter und klammerte sich an das Geländer, um nicht von einer plötzlichen Welle weggespült zu werden. Er war schon fast in der Mitte des Stauwehrs, und der Pastor war ihm bis auf wenige Meter gefolgt. Gedrängt hatte er ihn, gedrängt, immer weiterzugehen auf dieses verfluchte Bauwerk, auf diesen verfluchten Steg, wo er damals die Mordtat begangen hatte.

»Was du getan hast, hast du getan!«, rief Reichert. »Deine Schuld hast du selbst auf dich geladen! Niemand kann sie dir abnehmen.«

»Ich habe das nie gewollt!«

»Das sagen alle, die sich einer Todsünde schuldig gemacht haben.«

»Aber ich … ich kann mich nicht einmal erinnern! Ich muss außer mir gewesen sein.«

»Auch das sagen sie alle. Und doch warst du es, der den Mann zu Tode gehetzt hat.«

»Er hätte sich doch nur ergeben müssen.«

»So wie du jetzt?«

»Warum ich? Ich habe doch gar nichts getan!«

»Hast du sie nicht in diese Kerker gesperrt? Hast du sie nicht gehalten wie Vieh? War es nicht deine Entscheidung, den Frieden und die Sicherheit in der Gemeinde mit dem Leben schwarzer Schafe zu erkaufen?«

»Aber *Sie* haben doch gesagt, dass Gott will ...!« Hutter schluchzte verzweifelt.

»Ich habe gar nichts!«, donnerte Reichert und drang noch weiter auf ihn ein. »Ich habe nur versucht, deine Seele zu retten.«

»Sie haben gesagt, ich muss handeln, um das Böse auszumerzen!«

»Aus gutem Grund, du Sünder! Wer Böses tut, muss büßen!«

»Aber Sie waren es, der ... Sie haben doch ...«

»Ich habe nichts, verstehst du?«

»Ich weiß genau, dass Sie ...« Der Sprung, den der Pastor auf Hutter zumachte, kam so plötzlich, dass dieser stolperte und ins Leere trat. Verzweifelt packte der Bürgermeister das Geländer und hielt sich daran fest. Während er noch versuchte, wieder auf die Beine zu kommen, stand der Pastor auf einmal über ihm.

»Und der Junge?«, bellte Reichert zornig. »Was war mit dem?«

»Ich hab es nicht mehr ausgehalten!«, ächzte Hutter verzweifelt. »Ich konnte nicht mehr ...«

»Das hättest *du* nicht tun dürfen!«, donnerte der Pastor. »Du siehst, wohin es uns gebracht hat. Wohin es *dich* gebracht hat!«

»Ich ... ich konnte das nicht länger mit ansehen«, schluchzte Hutter. »Er wäre fast gestorben.«

Reichert schnaubte und packte ihn am Kragen, um ihn hinabzudrücken in die schäumende Flut. »Das Spiel ist aus, Hutter. Zeit, vor den Herrn zu treten.«

»Ich … ich habe nichts …«

»Beende dein Leben nicht mit einer Lüge!«

Voller Panik trat Hutter gegen die Beine des Pastors, traf ihn am Knie, worauf der Geistliche zu Boden ging und er für einen Moment die Oberhand gewann. Hutter packte ihn am Handgelenk und zog ihn zu sich, sodass beide Männer unvermittelt mit den Oberkörpern halb über dem Wasser lagen, auf der einen Seite umspült von den immer höher steigenden Sturzfluten der Huss, auf der anderen über dem Abgrund der unteren Seite des Wehrs, wo sich ebenfalls ein reißender Bach gebildet hatte. »Wenn ich hier sterbe, sterbe ich nicht allein«, zischte Hutter dem Pastor ins Gesicht und versuchte, ihn am Hals zu packen und zu würgen. »Es ist Ihre Idee gewesen. Sie haben mich dazu gebracht. Und dann haben Sie mich gezwungen, immer weiterzumachen, mit diesem … diesem …«

Reichert griff in seine Tasche und holte die Taschenlampe heraus. »Du bist schon tot«, ächzte er. »Du hast es nur noch nicht kapiert.« Und dann hieb er mit der Lampe auf Hutters Kopf ein, wieder und wieder und wieder, bis Armin Hutter ihn losließ und die Hände vors Gesicht riss, um sich zu schützen. Das war der Moment, in dem der Pastor ihm das Knie in die Seite rammte und ihn vollständig ins Wasser beförderte.

Während die Fluten Hutter gegen die Staumauer pressten, rappelte Reichert sich auf und verließ das Wehr. Er würde warten. Irgendwann würden Hutter die Kräfte verlassen, und die Fluten würden ihn mitreißen. Oder, wenn er sich tatsächlich noch einmal hochzog, wäre er so entkräftet, dass er kein ernsthafter Gegner mehr war. Womit der Pastor nicht gerechnet hatte, war, dass in dem Moment die Mauer brach. Während Hutter oben noch das Metallgestänge des Geländers zu erreichen versuchte, bildete sich unmittelbar vor ihm ein Riss im Wehr, der innerhalb von Sekunden breiter wurde, ehe das gesamte Bauwerk von den Fluten fortgespült wurde – und mit ihm der Bürgermeister Armin Hutter, dessen Schreie im Lärm so untergingen wie sein Körper im Wasser der Huss.

*

Verzweifelt zerrte Walter Daume an der Tür, die sich unter dem Brecheisen verzogen hatte. Das Schloss war zerschlagen, aber die Tür klemmte. Er musste beinahe im Dunkeln arbeiten, weil kaum Licht unter Wasser drang. Aber sein Kollege Özkan hatte die Situation erkannt und war ebenfalls untergetaucht, um ihm zu helfen. Mehr als einmal mussten sie beide auftauchen, um Luft zu holen. Luft, von der es immer weniger gab hier unten. Die Pumpe arbeitete, aber sie arbeitete zu langsam. Längst schien das Wasser nicht mehr nur die Treppe herunterzukommen, sondern auch aus anderen Stellen herabzusickern, was es noch schwieriger machte, sich auch nur die geringste Zeit zu erkaufen.

Sie tauchten erneut, zogen gleichzeitig, rissen an der Tür, stemmten sich gegen die Mauer und gaben alles, wozu sie fähig waren. Und dann glaubte Daume, ein Rucken zu spüren. Tatsächlich gab die Tür ein Stück weit nach. Nicht genug, um die ganze Hand hineinzuschieben und endlich einen guten Hebel zu haben. Doch mit einem weiteren Tauchgang bekam er das Brecheisen zu fassen, das sie zwischenzeitlich hatten zu Boden fallen lassen. Und mit diesem Brecheisen gelang es endlich, die Tür ganz aufzuhebeln. Einmal musste Walter Daume noch auftauchen, weil er keine Luft mehr hatte, dann tauchte er hinein in das Verlies, wo es so finster war, dass er nur hoffen konnte, irgendetwas zu spüren. *Jemanden* zu spüren und ihn zu fassen zu bekommen.

Unmittelbar hinter der Tür lag ein Körper auf dem Boden. Daume packte ihn und zog ihn nach draußen, übergab ihn Özkan, der bereitstand, ihn nach oben zu befördern. Es war so anstrengend, wie noch nie etwas in seinem Leben gewesen war. Aber Walter Daume war nicht der Typ, der kurz vor dem Ziel aufgab. Es musste noch jemand hier sein, entweder das Mädchen oder der Junge. Er hatte keine Ahnung, wen er gerade nach draußen transportiert hatte. Zu wenig Licht, zu wenig Zeit für Details. In solchen Augenblicken ging es nur noch um die Hauptsache: Leben retten. Egal welches, egal wie. Also tauchte er wieder hinein in die Finsternis und tastete auf dem Boden nach der zweiten Person. Vergeblich. Kurz bevor er selbst ohnmächtig wurde, schaffte er es, noch nach draußen zu kommen und einige Atemzüge Luft in seine Lungen zu pumpen. Im nächsten Moment war er wieder unten. Er wusste, dass es seine letzte Chance war. Wenn er es jetzt nicht schaffte, würden sie nur noch eine Leiche bergen. Verzweifelt tastete Daume sich vorwärts, zuerst rechts der Tür, dann links der Tür. Und dann griff er ins Haar eines Menschen. Eine Welle der Dankbarkeit und Hoffnung durchströmte ihn. So schnell er konnte, zog er den Körper nach draußen und stieß ihn hoch, wo ein anderer Kollege ihn in Empfang nahm. Dann sank Walter Daume zurück auf den Boden des Kellers, wo ihn tiefe Dunkelheit umfing.

*

TRAGÖDIE IN HUSSFELD

Hussfeld, Erzgebirgskreis. Auf tragische Weise sind am vergangenen Wochenende mehrere Menschen in der Gemeinde Hussfeld ums Leben gekommen. Bei den schweren Überschwemmungen hatten einige Bürger der 2000-Einwohner-Gemeinde in den Räumen eines ehemaligen Klosters Zuflucht gesucht. Doch die Fluten hatten ihnen den Rückweg abgeschnitten, sodass sie in den tief gelegenen ehemaligen Unterkünften der Nonnen eingeschlossen wurden und ertranken. Zugleich kam der langjährige Bürgermeister des Ortes, Armin Hutter, unter ungeklärten Umständen am Stauwehr über das Flüsschen Huss ums Leben. Seit Kurzem haben die Justizbehörden Ermittlungen wegen diverser Straftaten in Hussfeld aufgenommen, unter anderem wegen Freiheitsberaubung, schwerer Körperverletzung und sexueller Nötigung. Inwieweit diese Taten im Zusammenhang mit den Vorkommnissen vom Sonntag stehen, ist noch nicht geklärt. Es wird nicht ausgeschlossen, dass Armin Hutters Tod ein Selbstmord war, um sich der Strafverfolgung zu entziehen.

Auch die Rettungskräfte haben mit Walter Daume ein Opfer zu beklagen. Dem Leiter der freiwilligen Feuerwehr war es gelungen, zwei der Eingeschlossenen zu befreien. Doch er selbst konnte sich nicht mehr rechtzeitig in Sicherheit bringen und ist grausam zu Tode gekommen.

Die Gemeinde steht unter Schock, der Landrat und der sächsische Innenminister haben den Hinterbliebenen ihr Beileid ausgedrückt. Bauunternehmer Egon Witzen, dessen Sohn am Einsatz der freiwilligen Feuerwehr teilgenommen hat, hat angekündigt, eine Gedenktafel für die Opfer zu stiften. »Unglücke wie dieses zeigen«, so Witzen, »wie wichtig der Zusammenhalt in unserer Gesellschaft ist. Hussfeld war immer ein Ort, in dem sich die Menschen gegenseitig unterstützt haben. Auch daran möchte ich mit meiner Spende in dieser schweren Stunde erinnern.«
Klaus Pflugrad

*

Die Kirche war voll mit Menschen. Es waren nicht nur die Hussfelder gekommen und einige Besucher aus Nachbargemeinden, sondern auch viel Presse. Reporter standen vor der Pforte, Fotografen zwängten sich durch die Gräber, um die perfekte Position zu finden. Auch drinnen wurde geknipst, obwohl man ausdrücklich darum gebeten hatte, dies nicht zu tun – aus Pietät gegenüber den Opfern und aus Rücksichtnahme gegenüber den Hinterbliebenen.

Niemals zuvor waren an einem Tag in der kleinen Gemeinde so viele Menschen gleichzeitig betrauert worden. Man hatte zwei Begräbnisse bereits vorgezogen, weil die Überreste der Verstorbenen nicht mehr in einem lagerfähigen Zustand gewesen waren. Andere Beisetzungen würden in den nächsten zwei Tagen stattfinden, möglichst unter Ausschluss der »interessierten Öffentlichkeit«. Denn die Gier nach Informationen war groß. Es war eine Sensationsgier, die auch vor Übergriffen auf die Intimsphäre der Betroffenen nicht zurückschreckte.

Deshalb hatte Fenja lange gezögert, ob sie überhaupt in die Kirche gehen würde. »Die schöne junge Frau, die ihren 18. Geburtstag in der Gewalt eines perversen Foltermeisters verbracht hatte«, wie es in einer bundesweit gelesenen Zeitung geheißen hatte, war gefundenes Fressen für die Sensationspresse. Als sie den Friedhof betrat, ging eine wahre Salve von Kameraschüssen los, die nicht enden wollte, bis die Kirchentür hinter ihr zufiel. Sie hatte damit gerechnet. Aber dennoch wollte sie nicht fehlen. Denn sie war die Einzige hier, die wusste, was die Frauen und Männer hatten durchmachen müssen, ehe sie in ihrem kalten Grab, in dem sie als lebende Leichname schon so lange gelitten hatten, ertranken. Vor allem aber wollte sie ihrem Retter die letzte Ehre erweisen: dem Feuerwehrmann, der so lange um ihr Leben gekämpft hatte, bis er keine Kraft mehr gehabt hatte, sein eigenes zu retten.

Man machte Fenja respektvoll Platz, als sie sich in eine der hinteren Bänke setzte, ganz in die Nähe ihrer Mutter, die ihr ermutigend zulächelte. Aber natürlich spürte sie die Blicke aller, die sich nicht von ihr zu lösen vermochten. War sie dort unten in ihrem Verlies noch ein Objekt eines einzelnen Monsters gewesen, seinen Blicken schutzlos ausgesetzt, so wurde sie nun von Hunderten angestarrt. Was in ihren Köpfen wohl vor sich ging? Stellten sie sich vor, wie sie nackt dort unten vor sich hin vegetiert hatte? Wie er sich an ihr vergangen hatte? Fragten sie sich, ob es ihr Lust bereitet hatte? Oder Qualen? Oder gar beides?

Endlich betrat der Pastor den Altarraum. Die Anwesenden erhoben sich. Aus dem Chor ertönte die Orgel: leise, traurig, einsam. Der Pastor ließ den Blick über die Reihe schweifen, blieb an Fenja hängen und lächelte ihr zu. Sie nickte, er nickte zurück. Sie wusste, dass er Hutter verfolgt hatte und nur mit Glück die Katastrophe am Stauwehr überlebt hatte. Beinahe wäre auch er mit in den Abgrund gerissen worden und hätte den Tod gefunden wie der Bürgermeister, der von den Steinmassen erschlagen worden war, während er gleichzeitig von den Wassermassen ersäuft wurde. Man hatte seinen Körper am nächsten Tag vollkommen zerschunden in einem umgestürzten Baum am Ufer hängend gefunden – mehr als einen Kilometer vom Unglücksort entfernt. Fenja war nicht traurig gewesen über dieses grausame Ende. Er hatte es verdient, nach allem, was er ihr und den anderen angetan hatte. Trotzdem hätte sie ihn gerne selbst umgebracht. Dass er durch höhere Gewalt zu Tode gekommen war, befriedigte ihr Bedürfnis nach Rache nicht.

Aber langsam begann sie sich mit der Situation abzufinden. Sie war am Leben. Und auch Karl war am Leben, wenn auch unklar war, ob er sich ganz erholen würde. Noch war er im Krankenhaus in Chemnitz und wurde dort medizinisch versorgt. Der Sauerstoffmangel hatte seinen Gleichgewichtssinn geschädigt, möglicherweise auch andere Schäden verursacht, die Ärzte schwiegen sich leider aus. Und da sein Vater nicht mehr am Leben und er minderjährig war, durften sie auch gar keine Auskunft geben.

Sechs Menschen waren in den Katakomben gestorben: drei Frauen, zwei Männer, die dort unten gefangen gehalten worden waren, und Walter Daume, der seinen Rettungseinsatz nicht überlebt hatte. Sechs Menschen hatte Hutter auf dem Gewissen. Fenja bemerkte erst nach einiger Zeit, dass sie weinte. Sie wischte sich die Tränen aus dem Gesicht und versuchte, den Worten des Pastors zu lauschen.

»… hat er sich der schlimmsten Sünden schuldig gemacht, die ein Mensch begehen kann. Viele von uns wissen, dass er schon einmal einen Menschen zu Tode gehetzt hat. Damals war es ein Untäter gewesen, den Armin Hutter gejagt und letztlich in den Selbstmord getrieben hat. Dass der Mann damals ausgerechnet an der Stelle zu Tode gekommen ist, an der nun eine höhere Macht ihr Urteil an Armin Hutter vollstreckt hat, können wir nur als göttliche Gerechtigkeit betrachten.« Der Pastor holte Luft und ließ seine Worte einen Augenblick wirken. »Armin Hutter hat viele Menschen verletzt und manche fürchterlich gequält. Dafür hat er seine gerechte Strafe erhalten. Wir, die wir jahrelang nicht genau genug hingesehen haben, dürfen uns nicht in Selbstgefälligkeit ergehen!« Er hob den Finger und fixierte die Anwesenden, einen nach dem anderen, ehe er vom Altarraum herabtrat und den Mittelgang entlangschritt. »Wir haben ihn geschätzt als guten Bürgermeister, der für Ruhe sorgt, der Frieden und Wohlstand in unserer Gemeinde fördert, wir haben ihn gewählt und unterstützt, auch ich! Keiner von uns hat sich gefragt, ob die Rolle des Wohltäters und Menschenfreunds womöglich nur eine Fassade war! Denn das war sie! Hinter dem Freund und Helfer für alle steckte in Wahrheit ein Feind und Peiniger einiger. Als junge Frauen und auch Männer in unserer Gemeinde verschwanden, waren wir immer wieder bereit, ihm zu glauben, dass sie eben in ihrem jugendlichen Leichtsinn durchgebrannt seien. Doch in Wirklichkeit waren sie mitten unter uns.« Der Pastor blieb neben Fenja stehen, die am liebsten unsichtbar geworden wäre. »Hier haben wir eines seiner Opfer!«, erklärte Reichert und griff nach Fenjas Arm, um sie zu sich zu holen. »Eine junge Frau, die nichts Böses begangen hat! Sie musste unmenschliche Qualen erdulden, weil wir nicht genug aufgepasst und weil wir zu leichtgläubig Hutters Lügen hingenommen haben. Dafür möchte ich dich im Namen der ganzen Gemeinde um Vergebung bitten, Fenja Bosch.«

Fenja stand neben ihm auf dem Mittelgang. Sie blickte sich um und sah all die Gesichter, die ihr zugewandt waren, die

Augen, die sie anstarrten. Hannahs Schwester war da. So lange hatte sie gebangt und gehofft – und dann war Hannah so kurz vor der Rettung gestorben. Elena Krakowski war da und versuchte, ihr aufmunternd zuzulächeln. Sie entdeckte Mirko und Ahmed vom Da Capo, ein paar andere Gesichter, die sie kannte. Johns Eltern waren da, doch sie hatten die Augen gesenkt. John … Sie würde ihn nie wiedersehen. Fenja schluchzte leise. Sie hörte den hundertfachen Atem, das Scharren von Füßen, das Räuspern der Verlegenen, hörte Frauen schnäuzen vor Rührung oder Scham. Sie spürte die Kälte des Kirchenschiffs, obwohl draußen wieder gnadenloser Sonnenschein aufs Land herunterbrannte. Und doch schien es ihr, als würde sich die Stimmung verdüstern, als hätte sich ein dunkler Filter über die Szenerie gelegt. Denn da war noch etwas.

Etwas Unterschwelliges, das sie zuerst nicht zu greifen vermochte.

Irgendetwas stimmte nicht in diesem Raum.

Sie drehte sich um sich selbst, blickte nach vorne zum Altar, wandte sich zur Seite zum Pastor.

Und dann erkannte sie, was es war.

Es war der Geruch.

SEIN Geruch.

Es war der Geruch des Bösen.